都过去了.
这个人就是
她的苦尽甘来。

鸽子飞升 著

出云志的第五年

江苏凤凰文艺出版社
JIANGSU PHOENIX LITERATURE AND
ART PUBLISHING

# 第一章

# 回京

时隔五年，梁璎再次回到了这座熟悉又陌生的大魏皇宫。

临近年关，京城其他地方都是喧闹而喜庆的，只有皇宫，依旧肃穆庄严。

哪怕宫内路两边的柱子上也挂着灯笼，可那鲜艳的大红色在纷飞的大雪中，也只让人莫名地感到寂寥。

整座红墙绿瓦的皇宫，宛若……稍稍驻足观望的梁璎，思索了片刻，才想到贴切的形容——宛若一口巨大的棺材。

只是曾经在这里的自己，怎么从未有过这样的想法？

梁璎很快就收回了视线，但仍然走得很慢，京城的冬天格外寒冷，她腿上的旧疾已经犯了几天了，不仅走不快，仔细看还能被人看出几分跛行。

前边带路的宫女是皇后身边的人，显然是训练有素的，即使这短短的一段路梁璎已经走了许久，也不见她们催促，反而耐心地配合着她的速度。

倒是偶尔有年轻的宫女擦肩而过时，梁璎听到了她们的议论——

"那是谁呀？看着好面生。"

"不知道呢，带路的是映雪姑姑，是皇后娘娘的客人吗？"

梁璎的动作又缓了几分，原来五年的时间，足以抹平她曾经在这座皇宫留下的痕迹。

如此穿过了一道又一道宫门，一行人的脚步终于在一处宫殿前停下了，前边稍微年长的宫女回头对她微微一笑："夫人还请稍等，奴婢去跟皇后娘娘通报一声。"

梁璎不能说话，便只是微微颔首。

等待的间隙，她的视线向上，正好看到宫殿门口"凤仪宫"的牌匾。梁璎在扫了一眼后就马上移开了目光，尽管如此，曾经的记忆，还是不可避免地逮着空隙就钻了进来。

"以后，我会让你成为这里的主人。站在我身边的人，也只能是你。"

彼时在她还是那个宠冠后宫的"妖妃"时，那个男人曾经这么说过。

可奇怪的是，那些她曾经恨不得再也不要回想起来的记忆，如今真的想起时，并没有在内心泛起任何涟漪。

梁璎微不可察地松了口气。

宫女进去后没有多久，就又出来，将她恭恭敬敬地迎了进去。

梁璎一进到殿里，暖意混着不知名的香迎面扑来，迅速地将她包裹其中。

她的视线在触及那华丽的衣摆时，就未再向上了。因为喉咙受损，她不方便开口，行礼时该说的话是说不了的，但动作还是不能免。

梁璎正要下跪之时，清脆的声音传来，阻止了她的动作："你我之间，就不必讲这些虚礼了。来人，赐座。"那声音一如她记忆中的婉转好听，但多了些不容置喙的威严。

梁璎微微停顿，犹豫之际，宫女已经过来要引着她往旁边的座位走过去。她便也从善如流了，感觉到上面的人投在自己身上的视线，即使腿上的酸痛感已经很明显了，她也强忍着让自己尽量正常地走去了那边。

"其实这次叫你进宫也没有特别的事情，"见她坐定了，皇后薛凝才又开口，"只是想着你我也是多年未见了，听闻你来了京城，就想着跟你叙叙旧。"

梁璎不知道她们有什么旧可叙。二人以前并不是什么相熟的关系，更别提中间又隔着那么多莫名的恩怨。

好在她不方便说话，只能摇头、点头以示回应，倒也落了个轻松。

二人之间全程都是薛凝在说，还真被她东拉西扯地说了不少话。

屋里的暖香、旁边的热茶，以及薛凝的声音，无一不让人的脑子变得迷糊起来，直到梁璎听见她突然唤道："梁璎。"

梁璎心头一凛，下意识地抬头看过去，总算是真正看清了薛凝的面容。

薛凝的容貌与五年前倒是别无二致，依旧是那张好看而端庄大气的脸，与记忆中一样，带着某种淡漠，只是眼里的情绪，复杂得让人辨识不清。

"之前你成亲，我也未能亲自送上祝福，"薛凝说道，"你与你的那位夫君，还好吗？"

梁璎点头的动作没有半分迟疑。她已经重新低下头，没有再去看坐在上面的女人，却能感觉到对方落在自己身上的审视的视线。

半晌，梁璎才听到薛凝轻笑起来，说了一句："那就好，京城的冬天冷，你这腿上的伤是犯了吧？我这里有一些药膏，等会儿让宫人拿给你。"

梁璎准备起身谢恩，却见薛凝将手一拂："你不方便，就无须多礼了，梁璎，"她叹了口气，"原本就是我欠了你的。"

她的一声"欠"，让梁璎有了片刻的恍惚。

梁璎想起薛凝还只是薛昭仪的时候，薛父也并非如今这样官至丞相，薛家依附于萧党，薛凝在宫中，自然就是萧贵妃阵营的。

梁璎对她唯一的印象，就是这个女人生得是美的，只是性子寡淡，不爱言语。她总是默默地跟在萧贵妃后边，但又不似那些女人一般恶毒。

除此之外，他们没有多余的交集。

如今薛凝说的"欠"，梁璎自然是不敢应承的。

二人后边又是一阵东拉西扯，梁璎一直打着精神，等终于从皇后宫中出来的时候，她才开始思索着，薛凝召她入宫说这些，到底是什么意思。

五年前的梁璎确实从未想到过，薛凝的父亲是魏琰在萧党的内应，而她本人，更是魏琰放在心尖尖上的人。

如今那两个人有情人终成眷属，莫非……薛凝还在介怀自己这个曾经被魏琰作为挡箭牌的棋子？

她一边想着，一边为了跟住前边的人稍稍地加快了脚步。

那个带梁璎出宫的人，已经不是方才宫女们口中的"映雪姑姑"了，她不知是没有在意还是没有发现梁璎的不便，走得要快一些。

其实也不过是正常人的速度罢了，但梁璎还是跟得很艰难，突然，她的脚像是踩到了地上的结冰处，一个趔趄，整个人向着一边倒去。

梁璎的心跳仿佛停滞了一瞬间，她稳不住自己的身形，对摔倒的恐惧让她只能下意识地闭上了眼睛。

等了一会儿，想象中的疼痛并没有如约而至。她的腰间多了一只手，将她稳稳地扶住后，微微一用力气，来人便顺利地将她捞起来。

跌落在那个温暖的怀抱之中时，梁璎愣了愣，她其实并不太想用"刻骨铭心"或者是"熟悉"这种词来形容魏琰留给她的印象，但是当熟悉的龙涎香萦绕在鼻间时，她还是在一瞬间就辨认出了来的人是谁。

即使这是五年来，两个人的第一次见面。

她想过，再见到魏琰，自己可能会是什么样的心情。离开这里的时候，她带着自己输得一败涂地的结局、满是伤痕的身心、满腔的怨恨……

她以为现在的自己也会如此。

可心情……要比她预想中的平静许多。

五年的时间，也许抹平的不仅仅是她在这座皇宫的痕迹，还有那个痛苦得几乎要活不下去的自己。

"参见皇上。"四周的小宫女们果真马上都跪了下来。

梁璎在站定稳住身形后，忙不迭地就要跟着跪下去。

方才魏琰情急之下圈在她腰间的那只手已经松开了，可握着她的另外一只手却没有松减力度，就这么紧紧地拽着她，阻止了她下跪的动作。

"平身吧。"低沉而温和的声音响起，这话是对宫女们说的。

跪着的人纷纷起身，却都低着头不敢看过来，梁璎挣扎的手更用力了，人也急着往后退。

或许是察觉到了她没有再跪下去的意图，魏琰这次没有再坚持，很快就松开了手。

梁璎下垂的视线里，瞥到那只手在空中，像是悬停了一会儿，才缓缓地收了回去。

五年后第一次见面的两个人一时间都没有说话，这个人曾经是梁璎用尽了所有去爱的人，也是她失望到极致时，恨不得消失在这个世界上的人。

而如今，她面对他时，却只剩下了低头的无言。

"从皇后那边出来的？"魏琰语气温和地询问，就像是在同故人叙旧一般。

梁璎点头。

这个动作让魏琰的声音停顿了片刻，他才又问："听李大夫说，你已经可以说些话了，是吗？"

梁璎知道他说的李大夫是给自己看病的那位，那是他派过去的人，会跟他汇报这些也是正常的。

她确实能说一些话了，如今魏琰这么问了，梁璎只能试图开口发出声音回应。

她才张嘴，咽喉的某处就像是被牵扯着疼，整个喉咙像火烧似的，火辣辣地疼痛，那疼痛让她回想起被萧贵妃喂下毒药的那天，身子忍不住地颤抖着。

梁璎还未发出声音，魏琰就已经开口制止了："不必勉强，我也只是随意问问。"他的语气稍稍有些急，像是唯恐梁璎勉强说话伤到了自己，但下一刻又转为了几分怒意，"这个李恩，报喜不报忧，是我疏忽了。"

梁璎听得出他的歉意。

这对有情人，连对她的亏欠感，似乎都如出一辙。

不知道是不是刚刚试图说话牵扯出了疼痛，梁璎的手紧紧地握在了一起。

如今的自己伤痕累累地站在这里，听着他们施舍一般的道歉。

她的心中涌出一股恶心的感觉。

好在魏琰并没有说太久的话，他的视线在梁璎的腿上停留了片刻后，突然开口："刘福，去抬轿子。"

依着梁璎的身份，在宫中坐轿，于礼不合。梁璎正想拒绝，便听到刘福已经应了下来，让人去准备了，没人敢反驳。

于是她没有再开口。

等待的时候，周围一时间又安静了下去，唯有凛冽的冷风在耳边吹过。梁璎的耳尖被吹得通红，眼角的余光里，她瞥到那抹衣服上绣着龙纹的黄色身影，向着自己靠近了半步。

他只挪动了小小的半步，就停了下来。所以梁璎虽然心头一紧，却没有多余的动作。

"大夫的事情你不用担心，"他的声音与语气都没有什么变化，只有尾音似乎是因为太冷了，闪过一瞬间不易察觉的颤音，"你只管好生调理身体。"

魏琰是出了名的仁君。如今朝中乾坤已定，他大权在握，也不吝啬于在她的身上施舍同情与歉意，来求得他自己的心安。

梁璎没有旁的反应，只是点头。

最终，魏琰在轿子来之前就离开了，梁璎则跟着宫女们一同行礼，送他离开。

站直后，她的视线不可避免地触及了魏琰的背影。

男人高大的身体在寒风中挺得笔直，明黄色的龙袍，即使从背影也能看出是怎样的威风凛凛。

他的龙辇就停在不远处，魏琰坐上去后，浩浩荡荡的一群人，才向着薛凝的凤仪宫那边去了。

现在的魏琰与从前他作为傀儡皇帝时相比，到底是不一样了。

梁璎很快收回了视线。

宫人们将轿子抬过来后，是刘福亲自送她出的宫。从方才到现在，梁璎在宫人之中看到的唯一一熟面孔，也就是刘福了。

他对梁璎也是客客气气的，到了宫门口，还恭敬地问道："奴才叫人把夫人送回住处吧。"

梁璎摇摇头，用手指指了指那边。

刘福顺着她指的方向看过去，不远处停着一辆马车，但他的视线，更多地停留在马车旁边的男人身上。

男人穿着一身黑色的衣服，显得稍微有些单薄，却并不会让人替他觉得冷，只因为那魁梧健壮的身体，仿佛带着使不完的力量，脸倒也是好看的，但自带着凶狠的感觉，让人不敢直视。

这会儿男人已经往这边走来了。

刘福已经知晓那是谁了，他的笑容有一瞬间的凝固，但很快他又重新笑了起来："既然如此，奴才就告退了。夫人路上还请小心。"

刘福是在周淮林走过来之前离开的，所以两个人并没有打照面。

梁璎站在原地看着周淮林走近，用眼神问他怎么来了这里。她来宫里，并不是跟周淮林一同过来的。

周淮林来了京城后事情很多，不仅要找上司述职，还要同一些相熟之人走动，今日约了他在京城任职的表兄饮酒。

已经走到了她跟前的男人并没有立即回答，而是先弯腰。

二人成为夫妻快五年了，这个预备动作梁璎自然是不陌生的，在她腿伤复发的季节里，周淮林唯恐她太累，经常会抱她。

可是这还在宫门口……

梁璎犹豫的这一会儿，周淮林已经熟练地将她横抱起来了。

略微坚硬的怀抱，却让梁璎感到无言的安心，她不再拒绝，只安静地任由他抱着。

"结束得早，就来了。"周淮林这才开始回答梁璎先前的问题，跟他文绉绉的名字不同，他的声音跟长相倒是很匹配，听起来十分粗犷。

他的话很少，向来是言简意赅。就比如这会儿，在回答了梁璎的疑问后，他又低声问了句："还好吗？"

梁璎在他的怀里仰着头，正对上周淮林深邃的目光，他从来不会带着其他人那些虚伪的笑容与伪装，此刻，她在这个人的眼睛里，看到了温情与担心。

不知道周淮林问的是腿还好吗，还是问她在宫里还好吗？但梁璎的鼻子就是蓦然一酸，或许是被纷飞的雪花迷住了眼，她的眼前开始模糊，于是赶在眼中的热意化作泪水流下来前，她将脑袋埋在了男人的怀里。

她确实不是曾经的那个自己了。

梁璎不会再让自己深陷在无尽的痛苦、怨恨之中，她终于能平静地面对那些事、那些人，面对过往的苦难了。

当她平静地从宫中走出来的那一刻，她真的以为自己已经足够坚强了。可是，在看到周淮林时，在他问"还好吗"之时，又瞬间土崩瓦解。

梁璎的心中升起一种密密麻麻的疼痛，她知道，那是委屈，是替曾经的自己感到委屈。梁璎捏紧了周淮林胸前的衣裳，耳边响着有力的心跳声，让她慢慢地平静了下来。

自己先前还是错了，梁璎想着，自己现在并不是伤痕累累的，那些心底的创伤，已经被这个男人抚平，所以才能有如今的平静。

下人已经掀开了车帘，习以为常地看着大人抱着夫人上了马车。

马车里是暖和的，但没有凤仪宫里熏得人昏昏欲睡的浓重香味。周淮林并没有放她下来，就这么将她抱在腿上，然后拿过旁边的汤婆子，放在梁璎的腿上，暖着她酸痛的腿。

他的视线扫过来的时候，梁璎下意识地转开了目光，因为觉得自己这会儿的眼睛定是泛红了，不想让他看见。

周淮林将手臂收紧了些："等过两日，我们便回家。"

回家……梁璎在他的怀里点头，她确实想快些离开京城了。


刘福回到御书房时，本该在皇后的凤仪宫里的皇帝，果然在这里。他弯着腰，汇报说已经送宸妃娘娘离开了。

作为宫里少数的老人，他在魏琰面前沿袭着梁璎出宫前的封号来称呼，不知是不在意还是其他原因，魏琰也从未纠正过。

"没有送她回去吗？"魏琰正好看完了手中的奏折，一边提笔批奏，一边问道，漫不经心的语气就像是随意地问起一般。

刘福便赶紧说是宸妃娘娘坐她自己的马车走的。只是说的时候，他也想起了来接梁璎的人，语气中不自觉地就带上了迟疑。

哪怕并不明显，魏琰的目光还是往这边望了过来："还有什么吗？"

刘福的心一紧，在魏琰面前，他不敢隐瞒："周刺史来接的人。"

他说得小心翼翼，也不敢看上面人的神情。意外的是，魏琰很平静地哦了一声，仿佛在说"就这点儿事"。

"没别的了？"

"没了。"

魏琰的目光继续看向手上的奏折："那便退下吧。"

刘福应了一声，轻声退下，在掩上御书房的门之前，他最后看了一眼案前批阅奏折的人，猜测着不出意外的话，皇上今日又要在御书房里待上一整夜。

魏琰的勤政，是朝廷上上下下都有目共睹的。

刘福其实是有些弄不懂皇上的，若说他不在意梁璎，梁璎的事，事无巨细他都是知晓的，每年派去看病的大夫不断，送去的药材不断，赏赐更是也不断，俨然一副让梁璎依靠的娘家的模样。

要说在意吧，这冷淡的反应，倒也不像。再说，他若真是余情未了，哪个男人能容忍心爱之人被别的男人拥有？

皇上对周刺史，可一直都是提拔重用的，甚至是与周家沾亲带故的人，他都会另眼相看几分。

如此厚待，并不像是存着嫉妒之心。

刘福思来想去，也就只有皇上是因为对梁璎心怀愧疚，所以想要尽力补偿这一个解释。

刘福拢着手看着漫天纷飞的雪花，他跟着皇上的时间长，这宫里大概也只有他，还记得皇上与梁璎二人，当初是如何在这深宫生死与共的。

到头来，果真只是……演戏吗？

入夜，梁璎懒懒地靠在周淮林的怀里，看着他为自己艾灸，用艾条熏着自己酸胀的腿。

他很是专注，将艾条悬在梁璎疼痛的关节上方，隔着固定距离来回移动。

都说灯下看美人，她越看越觉得周淮林长得很好看，他是耐看的，但是寻常人很少有胆量去多看他。

梁璎拉了拉周淮林的衣袖，待对方看向了自己才用手语比画着问：*要不要休息一会儿？*

他在看到她比画的动作时表情稍稍柔和了一些："不累。"

梁璎于是收回了手。周淮林从来不会问她艾灸时烫不烫？他的力度怎么样？哪里不舒服？他似乎是知道梁璎习惯忍耐的性子，在最开始就观察着她的反应。

到现在，艾条应该熏在什么样的位置，按摩应该是什么样的力度，他都已经烂熟于心了。

梁璎从未在他这里感受过不适。

明明是看起来就让人害怕的人，实际却这么心细。梁璎的嘴角慢慢地弯出了弧度。

她又扯了扯周淮林的衣袖，在对方再次看过来时，身子往上抬了抬，将自己的唇在他的唇上点了点。

其实在她做出向上的动作时，周淮林就已经俯身了，让她主动亲吻的动作做得很是顺畅。

他们一个不能说话，一个不爱说话，可偏偏就有一个眼神就能理解对方的默契。

他微凉的薄唇很是柔软，艾草的味道很浓，但梁璎还是能闻到属于周淮林身上的那一丝清洌干净的皂香——很好闻。

梁璎抿抿嘴唇，看向周淮林的目光中，带上了几分期待。

她的夫君如今伺候她的技术越来越好，不仅仅是在艾灸、按摩这些事情上。以至梁璎如今也被养得对欲望异常坦诚。

倒是周淮林，被她直白到纯真、却又藏着暗示的眼神看得微微避开了目光，他用一只手托着她的后背，另一只手收起已经快要燃尽的艾条。

"我先收拾一下。"他脸上还是正经的神情，大概只有微红的耳尖，显示了他并不平静的心。

梁璎的心情蓦地就好了不少。谁能想到，这么一个十足硬朗模样的男人，还这么容易害羞呢？

周淮林在床事上一向温柔，今日他似乎更卖力了一些，让本就已经化成一汪春水的梁璎愈发招架不住了。

"梁璎。"

意乱情迷之时，梁璎听到了周淮林叫她。性格使然，他唤她时不会用什么彰显亲昵的称呼，但梁璎很喜欢他这样叫自己的名字。

当他用带着几分粗犷的低沉声音唤她的时候，会让她觉得灵魂也在颤抖。

梁璎看过去，微微睁大的眼睛，在无声地询问"怎么了"。

她从周淮林的眼里，看出了他似乎有心事。还不等她细想，就被他握住了手，是十指相扣的姿态。

"没什么。"他回答了这么一句，声音里藏着不易察觉的沉闷。


梁璎后来一直觉得，答应周淮林的提亲，是她做过的最冒险的、却也最幸运的事情了。

当年她出官后，一开始是待在京城里的。举目无亲、又身无分文的她，无处可去。

她看似潇洒地向魏琰提出了出官的要求，留住了最后的尊严和体面。可事实上，无依无靠的她，即使是出官了，也躲不开魏琰的影子——宅子是魏琰的，伺候她的人也是魏琰找来的。

有时候她会想，这样的出宫有什么意义呢？却又不得不接受那个男人的施舍。

梁璎没有表面看上去的那么坦然，其实那时候的她会整晚整晚地愤恨得睡不着觉，会看见食物就想呕吐，会一遍遍地诅咒那对男女这辈子都不会幸福。

憎恨、自艾自怜，她的灵魂仿佛时时刻刻都在地狱的最底层游荡。

可为了那点儿可怜的自尊，无论夜里如何煎熬得辗转反侧，她还是会在太阳升起的那一刻，装作若无其事的样子。

直到薛凝的封后大典。

那可真是风光啊！风光到即使是过去了很多年，再有人提起时，仍然会感叹那时隆重的场面。

自此，大魏这位皇帝有多么喜欢新皇后，人尽皆知。

至于曾经那位被百官弹劾的妖妃？善忘的人哪里会记得呢。

梁璎那时候真的觉得自己会疯掉，一边觉得没意思，一边又那么不甘心，她几乎要伪装不下去平静的表面了，无数次地想着，干脆和魏琰同归于尽好了。

好在周淮林出现了，他是带着聘礼上门提亲的。

梁璎没有精力去想，这个素未相识的男人为什么想要娶她；也没有精力去在意，他看起来是那么可怕，那么难以接近，可能并非良人。

她问的第一句是写在纸上，拿给周淮林看的：你是京城人吗？

"不是。"

那是哪里的？

"峻州。"

梁璎问一句男人就答一句，绝不多说，虽然后来他告诉梁璎，他当时太紧张了，但其实梁璎根本不会去在意男人的寡言，甚至都不记得当日的细节了。

她当时只是继续问：还要回去吗？

"是的，现在只是在京城有事处理，很快就要回去了。"这大概是周淮林那时说的最长的一句话了。

梁璎的心里刹那间像是变得明亮起来。她的手上拿着毛笔，死气沉沉的眼里带着难得的隐隐的光，她思索了好一会儿，才又想到：峻州在哪里？

其实在哪里都是无所谓的，周淮林形容了一番后，梁璎也只是抓住了一点——那里离京城很远。

她逃了，抓住最后的这根救命稻草，成为周淮林的未婚妻，逃一般地离开了京城。

一晃这么多年就过去了，梁璎抚摸着上方男人的脸，五年前，她不过是离开了魏琰的身边，可今日看到魏琰的时候，梁璎就明白了，现在，她是真正彻底摆脱了与魏琰有关的一切。


翌日，梁璎起了个大早。

今日是她约好了与魏文杞见面的日子。

魏文杞是她与魏琰的孩子，也是魏琰唯一的孩子。梁璎出宫后，他作为魏琰的独子，被记在了中宫的名下，今年刚刚被册封为太子。

与魏琰在一起的时候，她以为是因为他的心里只有自己，所以后宫才只有自己生的这么一个孩子。

现在想想，她的这个想法真是自以为是得可笑。皇帝不能无所出，可彼时的局势，谁家出一位龙子都会打破平衡。也只有她这么个挡箭牌，没有任何家世背景，生下孩子才是最稳妥的，也是最顺理成章的。

于是迷惑君王的是她，善妒的是她。倒是没有人去怪那位"用情专一"的帝王。

很多事情，身在局中时看不清楚，一旦跳了出来，也都明朗了。

梁璎端起杯盏，没让自己继续想下去。

他们现在住的是周家在京城的宅子，宅子平日里就有留守的下人打扫，一直保持着干净整洁，所以这会儿下人只打扫着庭前的雪。

半晌午的时候，有下人过来禀告太子殿下的轿子已经过了东武门——那就是距离他到达宅子不远了，梁璎便提前带着下人们去门外迎接。

她虽然是太子的生母，但是现在无论是处境抑或身份，都无法以他的生母的身份自居，该有的礼节还是不能少的。

不多时，魏文杞的轿子就出现在了不远处。

梁璎示意下人松开搀扶自己的手，见到那轿子慢慢地靠近。

魏文杞并没有带太多的随从，相比于他太子的身份，轿子也显得普

012

通得多。

梁璎隔着一段距离，看着轿子停下后，从里面走下来的少年。

十岁的少年原本就是不打扮也显得朝气蓬勃、光鲜亮丽的年纪，而魏文杞明显是打扮过的。他一身贵气逼人地下来时，与那不起眼的轿子倒是显得格格不入了。

皇帝对太子十分宠爱，这是民间亦有的传闻。魏文杞才刚刚被册封为太子，魏琰就命人仿照着自己的龙袍定制了样式相近的太子朝服——从颜色、形制到材质、工艺俱是按照几乎一样的标准来做的。

而今魏文杞正穿着这身衣裳，小小年纪的他原本就气度不凡，在这身明黄色衣裳的衬托之下，显得愈发贵气。

梁璎连眼睛都未眨地打量着他，暗自心想：文杞看起来长高了许多，这个年纪的小孩子原本就长得很快，自己一年没见，就觉得他的样貌已经变了不少。

他的面色红润、目光有神，举手投足之间俱是贵气与自信从容。

他看起来生活得很好，梁璎微微放心了，但这样的想法升起时，她又忍不住地苦笑，便是不放心又能如何呢？那已经不是她再能插手的事情。

在魏文杞的目光看过来之前，她已经低头率着众人行礼迎驾了，也就没有看到华服少年在看到她时往这边稍显急切的步伐。

"恭迎太子殿下。"

下人们齐声开口，梁璎不能言语，就只是福身行礼，腰才刚弯下去，就听到魏文杞近在咫尺的声音。

"免礼。"沉稳的声音中带着几分尚未脱去的稚气。

梁璎有些意外他这么快就已经走到了自己跟前，起身之时，正好看到少年收回的手。

"我的功课耽误了些时间，让夫人久等了吧？"

梁璎摇头。

太子的身份，哪里是她等不得的。

"你的身体不便，天气又冷，不必这么多礼，还来外面迎接的。"魏文杞继续说道，虽然是关心的话，但他似乎刻意地说得很客气。

梁璎摇头，表示无须介意，又做了个请的姿势，那神色，比起客气甚至都显得冷漠了几分。魏文杞藏在袖子里的手紧了紧，但终是没说什么，向里面走去。

他们如今在外的关系并非母子，就只是太子殿下与平民百姓，梁璎将自己的地位摆得很清楚，所以客客气气的二人之间，看不出太多母子之间的其乐融融。

其实梁璎在离京的前三年，都是没有回京的想法的。对于这个流淌着魏琰一半血液的孩子，她曾经并非没有恨意，甚至是未离京之时，她便已经拒绝见这个孩子了。

如今想想，她现在想法的转变，也多是周淮林的功劳，是他带来了自己曾经以为不会再有的平静，那平静慢慢地磨平了心中愤恨的锐刺，让她重新审视这个自己曾经疼之、爱之的孩子。

梁璎终究是收回了迁怒在他身上的恨意。

于是，他们从那以后，维持着这样一年一见、不远不近的关系。

一行人一同进府的时候，梁璎能感受到魏文杞微微倾斜的头，和看向自己的腿的目光。

到底还是个孩子，他比起高深莫测的魏琰和薛凝，要好懂得许多，或许是从哪里已经听到了她腿上旧疾犯了的事情，所以看上去显得担心而在意。

当年事情发生的时候，魏文杞还小，梁璎不确定他能记住多少，出于私心，她努力不让自己的步伐看起来太过异常。

小太子很快就转移了目光。

"夫人这次在京城要待上多久？"他用一本正经的口吻问道。

梁璎没想到魏文杞会在这个时候问，她不能说话，也不能用纸、笔来写，正思索着要怎么回答，他的声音忽然又传来。

"我能看懂手语。"

梁璎的眼里闪过惊讶之色，但她还是在迟疑中慢慢地举起手，魏文杞顺理成章地放慢脚步，与她齐平，侧头去看她的手势。

梁璎只能回复出个大概的时间，具体要待多久，要看周淮林处理公务的时间，怕魏文杞看不懂，她比画得比较缓慢：**大概半个月，可能会在除夕之前回去。**

魏文杞应该是看懂了的，梁璎见他脚步顿了顿，似乎是轻声嘟囔了一句："之前吗？"

但那失落也只是一瞬间，到他们落座，梁璎都未再看到他的异常。

下人端来了茶和点心，放到魏文杞的身边时，梁璎瞥到了他脸上的笑意："夫人还记得我爱吃这个？"

梁璎这才发现那盘子上摆着的是如意阁的点心，正好是魏文杞喜欢吃的。要说记得，她确实记得，但其实没有特意准备，这会儿心里明白，应该是周淮林准备的。

她想要抬起手解释，在看到魏文杞眼里的喜悦时，到底是没动。

梁璎其实没有要与魏文杞建立深厚母子情的想法，即使她心底仍然在挂念着这个孩子，但与她走得太近对身为太子的他来说并不是什么好事。

不管是什么样的局势，她可以一走了之，但太子不行。梁璎在心里这么告诫自己。

她比画着：太子殿下若是喜欢可以多尝尝，等会儿再让下人给您装上一份吧。皇后娘娘也是喜欢甜点的。

她的本意是想说让魏文杞带回去给薛凝尽尽孝心，但提到"皇后"的时候，他的表情就不怎么好了。

梁璎微微一愣后，便省去了后边的话，马上转移了话题。魏文杞更是配合着，对自己那位名义上的母亲，绝口不提。

哪怕是不知内情，至少也能看出这对名义上的母子关系并不好，也难怪昨日薛凝与她谈论之时，也没有一句话提起魏文杞，梁璎的心情有些微妙。

那是一种说不上来的感觉。

直到这一刻，她不得不承认，她还是自私的，不管怎么告诫自己，太子与皇后的关系好起来才是对他有利的。可那是自己的孩子，若是看到他与别人其乐融融，她似乎高兴不起来。

她知道魏琰对他还是不错的，魏文杞虽说是记在薛凝的名下，却由魏琰带在身边亲自教导。

罢了，想再多也是无济于事。

他们继续交谈着旁的话，魏文杞确实是能辨认大部分手语的，梁璎偶尔也会见他露出困惑的表情，她便找来笔、纸，将那手语的意思写在纸上。

"抱歉，"魏文杞向她道歉，"我还不够熟练。"

梁璎赶紧摇头。她能想象到他身为太子要学的东西有多少，他为了她专门来学手语，她其实已经很感动了。

二人之间能说的话题并不多，梁璎不会对魏文杞的日常过问得太多，他的问题，她回答得也简单。

可就是这样有一搭没一搭的，不知不觉之间，他们也坐到了晌午。梁璎顺势就留魏文杞用膳了。

魏文杞还没有来得及回答，突然有侍从进来，在他旁边开口："太子殿下，皇上有旨，召您回宫。"

声音虽然不大，也足以让梁璎听见了，同时她也看到魏文杞的脸色一瞬间就冷了下来。他没有立即说话，像是在思索着要怎么做。

梁璎思考片刻后在他之前起身。

等魏文杞的注意力被吸引了过来，她才打起手语：太子殿下，既然是皇上的命令，您不若还是先回宫吧。

魏文杞还小，若是与薛凝的关系没有那么好，能依靠的就只有魏琰。梁璎并不想破坏他们父子二人之间的感情。

然而魏文杞在读懂她的手语后，眼里有受伤的神情一闪而过。不知怎么的，这受伤的神情也刺得梁璎心里发疼、发紧。

可她还是当作没有看见一般，微微错开了目光。

二人沉默了许久，直到魏文杞像是确定了母亲不会挽留自己，才终于开口："那我便先回去了。"

梁璎轻轻地点头。

隔了一会儿，她又听到魏文杞问："那点心，我可以带回去吗？"

这话让梁璎愣了一下，她抬头时，面前的魏文杞已经不见了刚才的受伤与委屈，只是在对她笑："方才夫人不是说，我可以带一份回去吗？"

他的笑，是介于少年的意气风发与孩童的稚气之间，偏偏又装作大人的成熟模样。

看起来……很可爱。

梁璎的心软下来了，只是她的脸上并没有显现，示意下人将多余的点心装好给魏文杞带走时也依旧是疏离有礼的态度。

因为魏文杞的强烈反对，梁璎没有送他出去，就只是站在庭前，静静地看着他离开的背影。

园子渐渐地安静了下来，她的眼前已经没有了少年的身影，可梁璎却仿佛看见了魏文杞刚刚学会走路时，摇摇晃晃的小身影。

无论周围有多少人，小家伙都会跌跌撞撞地走向她。

她深深地吸了一口气，压抑住了这一瞬间涌上来的难过。

魏琰曾经说过，要让她做大魏最尊贵的女人，而魏文杞会是他唯一的儿子，是无人撼动的太子。他虽然对她食言了，但至少后面的话，他做到了。


梁璎又在梅园待了好一会儿，午饭过后，周淮林才回来。

梁璎远远地就看见他了，他还是穿着那身黑色的衣衫。她撑着脑袋，看着男人迈着沉稳的步伐走近。

哪怕是离得很远，她也能感觉到对方的目光是落在自己身上的，或许是她不能说话的缘故吧，只要在一起，他总会盯着她以防漏掉一些反应。

进到亭子里的男人一言不发，只是目光在旁边的火炉、她身上的衣衫上一一瞄过，像是好生检查了一番。

待他握住了她的手，那手上的热意大约让他感到满意，面色才肉眼可见地缓和了。

"怎么不去屋里坐着？"周淮林在她旁边坐下了。

梁璎指了指不远处，他跟着看过去，是盛开着的梅花。

白雪点缀着鲜艳的红梅，别有一番情趣。梁璎看他面露欣赏，像是才看到红梅一般，她不由得觉得好笑，可又莫名地感到甜蜜。

——他很难看到她以外的东西，仿佛只有她对他而言才是最重要的。

梁璎得承认，她是俗人，喜欢这样被人全心全意爱着的感觉。

她将炉子上煨着的茶端给周淮林，他接过来。冬日的午后，难得有了些阳光，两个人就这么坐在炉边。

梁璎问他：那些点心，是你准备的吗？

周淮林嗯了一声："太子喜欢吗？"

梁璎笑了出来，告诉他太子不仅很喜欢，还带了一些回宫里。可比画着比画着，她的笑容又慢慢暗淡下来，手上的动作停了一会儿才继续：以后，别这样了。

她知道周淮林是想维系他们母子之间的感情，但她并不觉得那是什么好事。

正想着，梁璎的手被握住了，她一抬眼，就看到了周淮林微微皱着的眉头，他原本就带着几分凶相，这一皱眉，就更让人觉得可怕了。

可是……

"梁璎。"他在叫梁璎的名字，这两个字像是有魔力一般，让他整个人都变得柔和下来了。

"太子殿下从未穿朝服出宫过。"梁璎听到他继续说着，"他今日过来时，打扮得这般隆重，应该是想要他的母亲看看的。"

梁璎的心像是被什么击中了一般，久久回不了神，直到周淮林的手抚上她的脸时，她才发现自己不知什么时候已是泪流满面。

她想起方才少年略带拘束又藏着希冀的目光。

梁璎远在峻州，听到他被册封为太子时，既为他感到欣喜，又遗憾没能亲眼看到他的太子册封之礼，也许那时遗憾的，并不只有她自己。

可她方才那般冷淡，魏文杞会不会以为他的母亲并不喜欢他呢？

梁璎的心被难过的情绪包裹着，每当她以为自己足够理智地封印了对他的爱时，又总是会因为这突如其来的难过而不知所措。

她的眼泪越流越多，周淮林已经从怀里掏出手帕来替她擦拭了。

"你不需要想那么多的。"

听到他的声音，梁璎抬头，泪眼蒙眬中，只觉得他的面容又温柔了几分："梁璎，你只需要做你想做的。他是太子殿下，也是你的孩子，你想怎么待他，便怎么待他，日后才不会后悔。"

梁璎把脸埋进了他的怀里。

她其实现在就后悔了，刚刚应该对她的孩子多笑笑的，至少……至少夸一夸，他今日真的很好看。

即使梁璎有这样的想法，魏文杞也不是每天都会来的。自那日见面后，他便有两日没来了。

这日，梁璎接到了一张请帖，是周淮林的堂妹周清芷递来的。她与周淮林的这位堂妹之前在周府的时候，关系尚且不错。后来周清芷嫁到了京城，两个人有过几次书信往来，但确实有些时日没见过面了。因此梁璎略一思索便答应了，只是嘱咐了下人，若是太子来了，就寻自己回来。

安全起见，太子的行程并不会提前太久告知给别人，这也是梁璎这些天都等在家里的原因。

不过她也挺想见见周清芷的。

其实那时候，梁璎到了周家半年，都没有见过周家的人。只不过不愿意见面的人并不是周家的人，而是她。

那时候她人虽然逃离了京城，却无法逃脱行尸走肉般的心境，到了周家后，更是整日待在屋里，谁也不见。

现在想想，她说是把周淮林当作救命稻草，可她当时并没有把他作为救命稻草一般对待的自觉性。相反，因为不在京城了，不用伪装，梁璎更加自暴自弃地拒绝与人交谈。

作为一个随时准备放弃生命的人，她更不会思考这样作为一个未婚妻，周淮林能不能忍受。

但事实是，周淮林确实全部忍受了。

不管梁璎如何日夜颠倒，等她醒来起身的时候，他总会神出鬼没似的出现在一边，耐心地问她："饿了没有？

"晚上厨房还剩着面条，要不要吃一点儿？

"馒头呢？

"包子呢？

"还有清蒸鱼。"

他不厌其烦地一个个询问，而不是笼统地问"你想吃什么"，以便不能说话的梁璎以点头或者摇头回答。

终于，在他说到粥的时候，裹着被子坐在床上的梁璎，很轻地点了点头。

或许是她的动作幅度太小了，以至于周淮林又确认了一遍："那就喝粥？"

梁璎抬头往那边看了一眼，那是她第一次认真地去看周淮林，男人浓眉大眼，高挺的鼻梁显得目光深邃，但那双过于凌厉的眼睛和冷冽的气质，使得他看起来凶狠而难以接近。

可是这会儿，就是在一个看起来这么凶的人的脸上，梁璎看到了一丝慌张。

他像是以为她在不满。

"那就粥，"周淮林不等她再做反应就霍然起身，"我让人端过来。"

梁璎的目光重新垂下去。

她喝粥的时候，周淮林就在与她隔着一段距离的桌子旁边坐着。他们这会儿还没有正式成亲，按理说是要讲究男女之防的。

可梁璎没有在意，周淮林也没有。

粥喝到一半，梁璎终于大发慈悲似的想到，周淮林把自己这么个不清不楚的女人当未婚妻接进了家里，不知道他的家里人是什么反应？

于是她瞥了一眼坐在不远处的男人。

对方坐得很端正，腰背挺直，应该是时刻关注着她这边的，所以几乎是她一看过去，周淮林就开口了："不合胃口吗？"低沉的声音里含着的并不是那种显而易见的关切语气，反而很严肃，可是又能让人察觉到其中的紧绷。

梁璎收回了目光，没有回答。

她又喝了一口粥，不远处的男人因为她这个动作，身体微微地放松了些。

梁璎没有再去想那个问题了。那时候的她想得很简单，能活下去一日算一日，活不下去了，大不了也就是一死。

她并不惧怕死。

周淮林就像是在续着她的命，让她觉得，此时此刻，好像也还能活得下去，好像……也还没有到非死不可的地步。


到周家的两个月后，梁璎才终于走出了房门。

不是周淮林劝她的，周淮林从不会劝她出去，或者是劝她去见见人，就好像她哪怕是这么在屋子里待上一辈子，他都是没什么意见的。

是梁璎自己想要出去——她有太久没有见过蓝天了。

梁璎也不知道自己究竟离开了京城多久，只知道来的时候积雪正厚，等她再出去，园里已经隐隐可见翠绿。

哪怕她什么都没有说,周淮林早在她出门之前,就将园子里的人清空了。一路上,除了平日里照顾她的下人,梁璎没看到其他陌生的面孔。

周家在当地算是大户人家,园子很大,与京城的风情很是不一样,但梁璎没什么心情去欣赏。她漫无目的地走了一会儿,直到腿上隐隐觉得不舒服了,才停下来。

几乎是在她的脚步刚一停顿的时候,原本沉默不语地跟在她身后两步的周淮林走到了旁边。

梁璎侧目,见他弯腰,将手上的大氅铺到了亭子里的长椅上,起身之时,那宽厚的手掌还有模有样地将铺好的地方拍了拍,而后看向她。

没有言语,梁璎也懂了他的意思。她没有矫情地坐了上去,周淮林则是坐在不远处。

梁璎已习惯了这个人无声的陪伴,他除了必要的时候外,话都非常少,少到梁璎有时候会觉得二人之间,他更像是那个哑巴。

不过梁璎很庆幸他的沉默,让自己不需要付出任何精力去应对。

她侧身看向亭子外,一枝发着新芽的树枝正好伸到了她的面前。

那干枝上的点点新绿,让她的心蓦地被触动了一下。梁璎不自觉地伸出手,手指轻轻抚摸了上去。

她突然想起,自己明明已经离开了皇宫这么久,却从来没有好好地看过宫外的天空、宫外的景色,没有想过……宫外的人生。

她的时间,像是从出宫的那一刻就静止下来了。

梁璎又想起魏琰立后那日,她立在人群之中,看着宫门城墙上的帝后接受万民朝拜。

惑乱朝纲的萧党倒下了,正是普天同庆之时,梁璎的耳边都是他们的欢笑之声,空中有五彩的烟花绽放,她的眼神没有那么好,她看不到站在城墙上的人的表情与容貌。

可仅仅是两个明黄色的身影,也足以让人感觉到他们是怎样的般配,她甚至能想象到,这对帝后的脸上挂着怎样浓情蜜意的笑容。

那也是自己曾经幻想过的情景,只不过其中一个主角换了人选。

想到这儿,梁璎不自觉地握紧了手,手上的树枝也顺着她的动作弯曲出弧度,他过得那般潇洒恣意,为何自己就要这般自艾自怜?像个可怜虫似的。

梁璎的心里在那一刻燃出对生的渴望。

不过……也就那么一刻。她很快就又泄了气，松开手，瑟瑟地重新缩回了龟壳里。

后来很长的时间里，都是周淮林在陪着她。二人的关系无法准确地界定，也没有人去深思过。他们大部分的时间，就是安安静静地一起待着。

她发呆的时候，周淮林就在她旁边看书；她出去走动的时候，周淮林就在她两步外的距离跟着……如此日复一日。

后来梁璎一直在想，这个男人明明没有说过一句鼓励、安慰她的话语，也没有去教导、规劝她应该如何去做，他就这么听之任之，让梁璎自己挣扎着走出阴霾。

可对于那时的梁璎来说，这已是最好的陪伴。


梁璎与周清芷约在了京城一处茶楼的门口。

周清芷可不喜欢品茶，约在那里，估计纯粹是因为那个地方好找。

果真，梁璎刚到，就见一身湖蓝色长裙的女子遥遥招手："堂嫂，这边！"

她满脸笑意，一边招手，一边往这边走来，浑然不顾周围人异样的目光，倒是与她在周家时别无二致。

梁璎的嘴角上扬出弧度。

二人之间虽然有信件往来，但纸上说来的终究让人无法安心，如今一见，人还是出嫁时的天真烂漫模样，梁璎就知道她所嫁的是良人了。

"哎呀！"一靠近，周清芷马上就挽住了她的手，面上带着几分幽怨之色，"堂嫂，你可真是把我当外人，我才知道你来了京城，你来了怎么能不先来找我呢？我还是你的亲亲妹妹吗？"

跟她的堂哥截然相反，周清芷的话尤其多，梁璎笑着听她一见面就拽着自己抱怨了好一通。

等周清芷终于停下来了，想着堂嫂怎么一点儿反应都没有呢？才发现堂嫂的手被自己握着呢，赶紧松开了。

梁璎这才能用得了自由的手给她打手语：**不敢叨扰翰林夫人。**

周清芷能看懂手语，准确地说，周家上上下下，包括下人们，或多或少都是懂得一些的。

梁璎至今也不知道周淮林是怎么做到的，哦，周清芷倒是告诉过梁璎，她自己是被堂哥用好多宝贝忽悠的，因为可以每日拿着学习成果去堂哥那边领赏。

　　周清芷笑着拍了拍她："好啊，你还能打趣我呢。"她其实是个心大的，并不会真的计较这些，所以哼了一声就算是揭过了，转而说起，"你是不知道，我堂哥知道我约了你后，可是跟我三令五申。"

　　她特意将声音放低沉，表情也变得严肃起来，学着周淮林说话："你堂嫂的身体不好，你不要累着她了。她喜欢清静，你别太烦她了。"

　　"哎哟，"周清芷学了两句便开始直摇头，"你看他紧张的！还有之前也是，他第一次让你见我们之前，那啰唆劲儿，我都怀疑我堂哥是不是被人假扮了。从小到大他都没对我说过那么多话，我当时还以为我那位堂嫂是什么一碰就能碎的瓷娃娃。"

　　有周清芷在，永远都不会清静，但梁璎就喜欢她的闹腾，所以在一边笑着听她用飞快的语速说话。

　　"不过……"周清芷说归说，也还是很在意梁璎的情况的，"堂嫂，你的腿疾犯了吗？"

　　梁璎回她：这两日已经好了许多。

　　周清芷搀扶着她，笑道："你放心，我昨日逛街都提前把东西看好了，看中了一些首饰，你直接挑选就可以了。"她也不敢让梁璎走得太久。

　　梁璎没有反对，她对京城不熟悉，便由着周清芷带路，进了一家珠宝楼。

　　"林夫人来了！"她们一进去，掌柜就热情地招呼。能在京城里开这么大珠宝楼的自然是人精，对各位夫人、小姐都万分熟悉，更何况周清芷是他们家的常客了。

　　周清芷也是轻车熟路："掌柜的，我订好的紫嫣阁留着呢吧？"

　　"留着呢！留着呢！两位这边请。"他一边领路，一边不着痕迹地打量了梁璎两眼就快速收回了目光。

　　看着面生，他在心里猜测着这是谁。

　　"在这玲珑楼啊，只需坐在雅间里，他们就会把最新的金银首饰端过来给你挑选。"周清芷说完，又压低了声音，"这可是贵客的待遇。"

　　梁璎笑着比画：那还真是沾你的光了。

她打手语的动作，引得带路的掌柜又不自觉地往这边多看了两眼。

　　如周清芷所说，她们坐下后，便有下人端来上好的茶，掌柜吩咐人将周清芷昨日看好的首饰都端了过来。

　　"堂嫂，你快选一选。"

　　梁璎对这些其实并不十分感兴趣，只是碍于周清芷的面子才挑了挑，她每拿起一件，掌柜都要在旁边滔滔不绝地介绍。

　　梁璎随意拿了两件首饰后又放下去，拉了拉周清芷的衣袖，待对方看过来时用手势示意：*我想看看玉佩。*

　　"玉佩？"周清芷微微疑惑，但也没多想，马上让掌柜去准备了。不多时，对方就捧来了不少玉佩。

　　这次梁璎挑得细致一些了，这时一块白玉玉佩引起了她的注意，她拿起来时，不知是触碰到了哪里，原本是一整块的玉佩突然分开了一小条裂缝，将她吓了一跳。

　　"夫人真是好眼光。"掌柜又在一边笑呵呵地介绍起来了，"这块玉佩啊，可以合在一起，但也能一分为二。"说着他就伸手将那块有了裂缝的玉佩彻底分开，果真成了两块不同形状的玉佩。

　　梁璎的眼睛亮了亮。

　　"您瞧，"见她感兴趣，掌柜介绍得更详细了，"这块玉佩上面的两条锦鲤合在一起，正是阴阳八卦的图案。"

　　梁璎原本就心动，这会儿更是觉得满意了，从他的手里接过玉佩后拿在手中把玩，质地摸起来也是上乘的。

　　她看向周清芷，不需要言语，周清芷就已经懂了："要买？"

　　梁璎点点头。

　　周清芷一听，当即身体坐直："好，就这个了。老板，包起来，等会儿我来……"

　　她的话还没有说完，梁璎就赶紧拉住了她。

　　梁璎知道周清芷是要替她付钱，但她想要自己买，比画着：*平日里都是你哥给我送礼物，这次我想买了送他。*

　　周清芷一脸肉麻的表情："行，行，行，不影响你们夫妻恩爱了。"于是她示意掌柜先将玉佩拿去一边，转头又与梁璎抱怨，"不过这样可不行，你来一次京城，说什么也得让我作为东道主招待一次。你得再挑一个！"

梁璎拗不过她，也就答应了。她们正说着话的时候，有下人过来与掌柜说了什么，掌柜听了后跟二人赔笑："那林夫人，我还有其他事情要处理一下，就让孔二继续来陪你们看吧。"

周清芷没为难他，摆摆手："去吧，去吧。"

掌柜走了，但留了个机灵的小伙子在旁边伺候着她们。

梁璎最后挑了个金镯，引得周清芷在一边笑："堂嫂，咱俩的眼光可真是太一致了！昨日我看的时候，就觉得你肯定会喜欢这个，特意让掌柜的一定要帮我留着。"

梁璎失笑。

周家人向来注重感情，梁璎一开始受人恩惠还会觉得不好意思，后来发现大家都不怎么在意，也就慢慢习惯了。

所以这会儿周清芷非要买，梁璎也就没客气地挑了合眼缘的。

"那就直接戴上吧。"周清芷伸手，帮梁璎套上镯子，"孔二，等会儿记我账上。"

"好嘞！"卖了货物的孔二也笑得开心。

这金镯是双环，纤细小巧，很衬梁璎的肤色，上面镶嵌的宝石又不过于夸张，反而点缀得相得益彰。

周清芷也是一直在夸这镯子，二人正说着，猛然听到外面的动静。

"不是都说了还没卖出去？我怎么就不能看呢？难道要本小姐挑别人剩下的吗？是这间吗？"那是一个娇俏的女声，很好听，但带着掩饰不住也没想去掩饰的高傲，她说最后那句话时，已经可以听出人已经到了她们所在厢房的门口。

梁璎与周清芷面面相觑，下一刻，甚至没有听见敲门声，厢房的门就被人推开了。

推门的只是一个小厮，梁璎看向他身后的绿衣女子，不过十四五岁的模样，样貌生得美，梁璎看着她时，隐隐觉得有些熟悉。

她未来得及细想，就听见掌柜在一边赔不是："真是抱歉，扰了各位的雅兴。"

当老板的最怕遇到这种情况了，梁璎见他虽然赔着不是，却一点儿要让这个贸然闯进来的女子出去的意思也没有，猜到对方的家世应该是不低。

"我说是谁呢？原来是林夫人。"小姑娘开口道，明明面对的是比自己大了几岁的人，也听不出几分尊敬、客气的意思，一看就是被家里人宠着的。

可梁璎现在旁边站着的这位，不巧也是被家里人宠大的，哪里容得下别人这般趾高气扬。

"我刚刚听着声音还在想着，"果然，周清芷也开口了，"这玲珑楼里是真不设门槛啊，什么粗俗如村妇之人都能进，哦，原来是薛姑娘啊！"她说着还捂住了嘴，"真是失礼了。"

她嘴上说是失礼了，表情却没有一点儿失礼的意思。

梁璎听到这个女子姓薛时，才恍然大悟，难怪她刚刚觉得有几分眼熟，原来是跟皇后薛凝长得有几分相似。

"你……你一个小小的翰林夫人，也敢这样跟我说话？"女子显然是很少被这般忤逆，声音有些气急败坏。

梁璎在听到对方是薛家人时，就拉住了周清芷的手。

薛家如今在朝中如日中天，又有着皇后这层关系，这个时候得罪了对方，实在不是明智之举。

周清芷在周家是被上上下下都宠着的，且周家在当地是大户人家，无人敢得罪，她自然是一直顺风顺水的。

这会儿她原本还想再跟这个没礼貌的丫头掰扯两句的，只是手被梁璎拉住了，因为不想给堂嫂惹麻烦，只能按捺住了脾气。

见她没了气焰，薛敏这才气顺了些。其实要说一个小小的翰林夫人，还入不了她的眼的，但是周清芷夫婿的祖父，在朝中颇有些威望。

薛敏原本也只是为了自己想要的首饰来的，她的视线在那张桌子上放着的琳琅满目的金银首饰中扫过，等目光落在梁璎的手腕上时，眼睛顿时一亮。

"那个金镯已经付过钱了吗？"

薛敏这话是向掌柜问的，但掌柜刚刚并不在这里，所以孔二马上代替自己的老板回答了："回薛姑娘，这个金镯，林夫人已经定下了。"

"定下了？那就是还没结账吧？"

"这……虽然还没结账，但是……"孔二很为难。

梁璎听出了这位薛姑娘是看上了这个手镯，她还没有表示，就听见周清芷又要发作了："薛姑娘不会是连先来后到……"

梁璎赶紧抓住了她，用手势劝她：没必要因为一个金镯惹麻烦。

然后她立刻要将金镯摘下来。

梁璎打手语的动作很小，却还是被薛敏捕捉到了，一时间眼里的嘲弄之色更甚："哟，我只当这是你那个小地方的穷酸亲戚，结果还是个哑巴啊？"

"哑巴"这两个字说出来的时候，梁璎的太阳穴微微一跳，她现在其实已经不会因为"哑巴""瘸子"这种称呼而敏感、自卑了，但周家的人不同，他们因为护着自己，听到这些字眼时都会尤其激动。

所以梁璎几乎马上就去拉周清芷，却没有拉住。

"你说谁哑巴呢？"

眼看着她人都扑上去了，梁璎急得都要出声了，却只听得啪的一声，众人都愣在了原地。

最意外的是被狠狠地扇了一巴掌的薛敏，没受过这种委屈的她，火一瞬间就蹿了上来，将脸烧得通红，愤恨地看着面前的女人。

那个动手的人并不是周清芷，周清芷扑过来的时候，薛敏的下人们就已经上前拦住。所以这会儿猛然冒出来的人，让大家都有些蒙。

梁璎亦是。

她愣愣地看着来人，来人穿着的并不是常见的女子的衣裳，而是更偏于简单利落的男装，身上亦无过多的装饰点缀，只用一条发带绑起了高马尾。

梁璎在京城待的时间不短，但因为一直在深宫之中，认识的人并不多。

不巧，这个人便是其中一个。

"杜林芝，你在发什么疯？"她们显然也是认识的，下人们不敢动手，薛敏同样被对方冷冽的气质震得不敢做什么，只能这样气急败坏地吼叫。

被她吼叫的女人却表情冰冷地说："薛大人不会管教女儿，我便代替他管教一番。什么话能说，什么话不能说，以后多过过脑子。"虽然语气冰冷而平静，却不难让人听出其中的怒意。

薛敏到底是年纪不大，这会儿虽然又气又急，但论武力和嘴上功夫都占不了上风，最后灰溜溜地离开了。

只是她在临走前放了狠话，一定会让她们好看的。

厢房里一时间只剩下了她们几个人。

"杜小姐。"周清芷姑且压下对那个没教养的臭丫头的愤恨，招呼了一声。她来京城不久，与这些贵女们都不算熟悉，与这位杜小姐更是只说过几句话而已，没想到对方会这么帮自己："刚刚真是多谢了。"

杜林芝略带僵硬地点了点头，便看向了周清芷身后的人，对方低着头，没有看她。

周清芷也没在意，她已经重新去看堂嫂了，生怕刚刚的事把自己的堂嫂吓到。虽然她会时不时地嘲笑大哥对堂嫂的过度紧张，但实际上他们家里人都会下意识地照顾梁璎。

"堂嫂，你没事吧？"

梁璎已经从刚刚的心情起伏中平静下来，在撞上了周清芷担心的目光后，连忙露出笑容，摇头示意自己没事。

但是她想了想，还是打算把金镯取下来：这金镯我们不要了吧，免得滋生事端。

周清芷哪里肯同意，按住她的手不让她取下来："怕什么？她爹在林书扬的祖父跟前都不敢大声说话呢！原本就是咱们先定下的，她上哪儿去说也不占理。"林书扬便是周清芷的夫君。

"是的。"身后，杜林芝的声音传来，"既然是你先定下的，就拿着吧。"

梁璎回头，与杜林芝对视之时，看见她原本冷漠的眼中一瞬间涌出滔天巨浪一般的情绪，那种复杂的情绪中，梁璎轻易辨认出了与魏琰他们相似的愧疚。

她似乎要说什么，可却没有发出一点儿声音。

梁璎又收回了目光，她到底是没有拗得过周清芷，带着金镯与玉佩出了玲珑楼。发生了这样的事情，她们自然也没什么逛街的心情了，二人便就此分开。

梁璎坐上马车时，视线掠过在劝她放宽心的周清芷，看了一眼在不远处站着的杜林芝。

几年不见，杜林芝与她的父亲越发地相似了，立在那里，便是一身傲骨。

不期然地，梁璎想起第一次见面时，杜林芝用挑剔的目光将自己上上下下地打量了一遍。

"你就是那个祸国殃民的妖妃？也不怎么样嘛。听说你是个孤儿，皇上要让你认我父亲为义父。我可告诉你，我爹的义女，可不是谁都能当的！"

思绪收回，梁璎放下了车厢的帘子。

她其实并不喜欢见到这些故人，回忆起这些旧事，因为不可避免地，她同时也会回忆起那个一厢情愿地把他们当作家人、拼命讨好他们的自己。

梁璎闭上眼睛，抚摸着手腕上的金镯，在感受到了真正的家人亲情后，她对那个曾经的自己评价了一句——真是傻透了。

一直到梁璎的马车没了踪影，周清芷才回头，却见那位杜小姐还站在那里，目光定定地看着堂嫂离开的方向，不知道在想什么。

"杜小姐。"她出于礼貌，走过去又感谢了一次。对方这次只是冷淡地点点头，便转身离开了。

周清芷还是在回去的路上才突然想起来，先前有一次杜小姐主动跟她搭话，像是问了堂嫂的情况。

"她现在过得好吗？"周清芷回忆着杜林芝问这句话的神情，以及听到自己说堂嫂很好后，显得落寞又欣慰的眼神。

"那就好。"她当时好像是说了这么一句吧？

那她与堂嫂，原本就是相识的吗？

可是为什么方才堂嫂没有与她搭话呢？是关系不好吗？


周淮林已经在宫门口等了有一会儿了，他旁边站着的，都是跟他一样等着进宫述职的地方官员。

有三三两两认识的人凑在一起互相攀谈。只有周淮林，独自一人立在另一边。

他面相凶，又独来独往惯了，便是有与他相识的，也不会主动来搭话。但是他不可避免地听到旁人的议论——

"今年怕是又见不到皇上了吧？"

"可不是，已经好几年了吧？也不知道怎么的，皇上如此勤政爱民，但怎么不让我等面圣述职？"

周淮林的目光微微一闪。

众人正说着，突然看见一辆马车驶来，他们下意识地分立两侧，眼睁睁地看着那辆马车就这么大摇大摆地驶进了宫门。

待马车行驶得远了，大家才重新开始议论纷纷。

"那是谁家的马车？怎么还能直接过宫门？"

不怪他们感到惊讶，一般臣子的马车，依着祖制都要在宫门这里停下的。

有知情人直摇头："这你就不知道了，那可是薛家的马车。皇上特许的。"

说起薛家，大家便心照不宣地沉默下来了。谁不知道如今薛家在朝堂上风头无两，哪里是他们能随意议论的。也有聪明之人，眼中闪过深思。

树大招风，薛家是真的不懂吗？

御书房里，小太监突然来报，说是薛家的六小姐求见。

薛家的六小姐与皇后娘娘乃是一母同胞的姐妹，平日里深得皇上与皇后的喜爱，像这样直接上御书房来找皇上的情况，也不是没有的。

魏琰放下手中的奏折，刚说了一句"宣"，便见到薛敏哭得梨花带雨地进来了，嘴里还哭喊着："姐夫！你可一定要替我做主！"

第二章

# 情动

杜林芝被叫去了御书房里，这会儿那个叫嚣着不会放过杜林芝的薛敏，正在跟魏琰哭诉杜林芝是怎么欺辱她、对她动手的。

她那肿了半边的脸和脸上明显的巴掌印就是最好的证明，再加上当时很多人都看到了，杜林芝显然是抵赖不了的。

当然，杜林芝也没想着抵赖。

"林芝，"薛敏太过凄惨的模样，虽然惹得魏琰皱了皱眉，但他还是先问杜林芝，"你来说说发生了什么？"

大约是在等杜林芝的解释。

杜林芝却只是站在那里，目光低垂："臣女知罪。"

这一副完全不辩驳的模样让魏琰沉默了一会儿。

刘福没敢往那边看，这些贵女们的纠纷，按理说闹得再大，顶多也就是皇后出面处理，偏偏这位薛家的六小姐没什么分寸，竟然直接找到皇上这里了。

如今倒是成了让皇上为难了，一边是皇后的娘家，一边是皇上敬重的太傅家。

不知是不是因为魏琰沉默了太久，薛敏用带着哭腔的声音又唤了他一声："姐夫。"

杜林芝的眉头一皱，君臣便是君臣，谁敢这样叫皇帝姐夫？普天之下，也只有薛敏敢这样不守礼制。她无非是仗着皇上对薛家的宠爱罢了。

想到这里的时候，她的心莫名地觉得窒闷，眼前仿佛又出现了另一个女子的身影。

"敏儿年纪小，"魏琰终于还是开口了，"林芝，你不该轻易动手的，还是下这般狠手。"

杜林芝抬起头，薛敏正在看着她，因为看出了魏琰是偏向自己的，这会儿看向她的眼里都是得意。

她又看向了上方，皇帝的桌案上堆了不少奏折，帝王英俊的脸上，眉心隐约可见几分烦躁，可语气仍旧是不疾不徐的温和。

杜林芝从来都知道魏琰的勤政爱民，也从不怀疑他是一位好皇帝，更知道，此时此刻依着落在他眼里的事实，他偏向薛敏无可厚非。

可某一瞬间，一种说不出的愤怒却在她的心底滋长着。

那是在为另一个女子感到不平，冲动之下，杜林芝在魏琰的下一句话说出口之前，突然出声："臣女之所以打了薛小姐，是她侮辱梁璎在前。"

"梁璎"这个名字出现的时候，她在皇帝的眼里，看到了一瞬间的怔然，那完美的面具隐隐有龟裂的征兆，又在下一刻，恢复到了正常。

这短短一瞬间的变化，薛敏自然是没有发现的，她隐约觉得梁璎这个名字有些耳熟，却没有多想，反正她不觉得那个哑巴会是什么重要的人物："什么侮辱？她本来就是哑巴，我说错了吗？"

薛敏只顾着看杜林芝，没有发现上方男人漆黑的眼里汇聚的墨意，更不会知道龙袍下的手，此刻是怎样地捏出了青筋。

杜林芝也不跟她争辩，就只等着魏琰的反应。

不知过了多久，她才终于听到魏琰的声音再次传来："林芝，跟敏儿道歉。"

杜林芝的眼眸垂下，掩饰住了眼里的失望。她早就该知道是这样的，自己到底是在试探什么呢？梁璎对他而言，曾经存在的意义是为薛凝挡灾，现在不过是已经出了宫的前皇妃。

在他心里算得了什么呢？若说再有波澜，无非就是想为他自己的内疚求得一丝心安罢了。

不值！那个傻傻付出的女人，真的不值得！杜林芝不理解，那么多的感情，怎么能都是演出来的呢？

皇命不可违，她知道自己现在应该道歉，可是胸口的愤怒，让她咬紧牙关说不出一个字来。

气氛正僵持之际，突然小太监进来禀告："皇上，皇后娘娘求见。"

在一边已经冷汗直冒的刘福，听了这话可算是不着痕迹地松了口气。皇后来了事情就好办多了，娘娘是个明事理的，自然是不会让皇上为难的。

只有薛敏，脸上闪过不悦之色。

薛凝在得到了魏琰的允许后，没一会儿就进来了，一身皇后正服的她正要下跪行礼，就被魏琰叫住了："皇后不必多礼了。"

薛凝随即便没有客气地站直了身体，头却是低着的："皇上，是六妹不懂事，您日理万机，她还要为这些小事烦您。"说着，她凌厉的目光扫向了薛敏。

薛敏心虚地移开了目光，可心里又感到愤愤不平，她就知道，让她的姐姐掺和进来，这件事肯定就要不了了之，自己就是白白让人打了。

果然，下一刻薛凝的声音便响起来了："薛敏。"

话里的冷意，让薛敏的心口一颤，不自觉地就站好了。

"跟杜小姐道歉。"

薛敏一听这话，火气再次涌了上来，原本的畏惧也没了，不服气地反驳："凭什么要我道歉啊？明明就不是我的错。你看看我的脸都成什么样子了？姐夫都是让她道歉的！"

"放肆！"薛凝被自己这个妹妹气得不轻，明明跟她说过很多次，皇上就是皇上，不能这般称呼，"道歉！"

薛敏咬着唇倔强地不吭声。

"好了，"还是魏琰再次开口，"敏儿还小，这件事确实是林芝的不对。"

有了皇帝撑腰的薛敏觉得更加委屈了，却听见自家姐姐还在坚持："六妹身为臣妾的妹妹，不能谨言慎行，杜姑娘教训得没错。"

最终大家僵持的结果是谁也没有道歉，这件事就这么算了。

闹腾了一阵的几个人陆续离开，御书房里终于恢复了安静。

刘福在一边小心地伺候着，他看着皇上重新拿过一本奏折打开继续批阅，似乎是完全没有受到刚刚的事情影响。只是很快他就发现了这只是表象罢了，因为皇上对着那本奏折，凝神看了很久都没有动作。

突然，他听见了啪的一声，清脆的声音在一片寂静中显得十分突兀，刘福下意识地看过去，只见皇上手中的毛笔已经被折断了。

而男人的表情也没有了先前的温和，他像是在忍耐什么，那似风雨欲来的情绪，终究是被他一点点压了下去。

"那位神医，还没有进京吗？"

刘福立刻回答："已经在快马加鞭了，不日就能进京。"他知道皇上问的是为梁璎寻的大夫，如此回答后，刘福才反应过来，难道皇上现在的反常是在介意刚刚薛姑娘的那句"哑巴"吗？想想也是，那两个字，毫无疑问是捅到了皇上的心里去了。

魏琰将折断的毛笔扔到了一边："从太医院那边拿些上好的膏药，再挑些东西，一同送去薛府。"

刘福连忙应下了。

皇上这到底还是向着薛家啊。


三个人是一同走出御书房的。

没了魏琰，薛敏乖乖地跟在薛凝后面不敢放肆。杜林芝则是速度飞快地在前面走着，没有一丝要停留的意思。

还是薛凝开口叫住了她："林芝。"

杜林芝自然是不能装作没听到的，只能停下脚步："皇后娘娘。"

薛凝给了妹妹一个警告的眼神，这才走过去，可面对面的两个人，却好长时间谁也没有说话。

还是薛凝先叹了口气："你我之间，如今要生疏至此吗？我们以前并不是这样的。"

杜林芝回了一声"不敢"，她嘴上说着身份有别，但话里的疏离之意却让人无法忽视。

她不觉得自己与薛凝有什么好说的，即使确实如薛凝所说，两个人以前……也曾关系亲密过，但现在她只想尽快离开。

正这么想的时候，杜林芝听到薛凝突然问道："林芝，若是当初你早就知道，护送你们离开的护卫，其实是皇上留给她保命的，而她也是因为这件事才落入萧贵妃的手里，后面，你爹是不是就不会同意联合薛家，请求皇上立我为后？"

034

杜林芝猛然抬头看向她，从薛凝的眼里，看不出什么情绪，也分辨不出她说这些话的用意，如果是为了激怒自己，那她真的是成功了。

此刻，杜林芝紧紧地攥着手，指甲几乎要陷进了掌心的肉里，也没能盖过心中的疼痛。愤怒在心中滋长着，可那愤怒，该对着谁呢？到头来，只能对着自己。

毕竟薛凝说的那些事情，确实是他们做的，也确实是他们作为梁璎的"家人"，在那个人倾尽所有的付出后，给了她最后一击。

杜林芝想起梁璎打手语的模样，鼻子蓦然一酸，险些控制不住情绪。

"都是陈年往事了，"她僵硬地回道，"皇后娘娘若是没有别的事情，我就先退下了。"

说完，她甚至不等薛凝反应，转身头也不回地走了。

薛凝看着杜林芝的背影，在原地站了好一会儿，薛敏在她的旁边愤愤不平地抱怨着"她根本就没有把你放在眼里"之类的话，她也没有听进去。

所有人都说是梁璎为她挡了灾，可是有时候，她真的很难对那个人生出感激。

因为那个人同时也让自己失去了一个挚友，还有……还有什么？薛凝闭上眼睛，她的怨，又该跟谁说呢？

杜林芝回去的时候，她的父亲正在等着她。

"皇上最后怎么说的？"

杜林芝就站在大堂的门口回话："皇上让我道歉，皇后拦住了。"

她是父亲的老来子，以往总觉得父亲的身体健朗，可是这两年，却明显感觉到了他正在快速地衰老着。

一辈子高风亮节的杜太傅心里藏着事，有了心结，这事杜林芝知道，因为她也同样如此。

此刻，杜太傅沉默了好一会儿，才缓慢地开口："皇上让你道歉，你可以道歉。"他顿了顿，"但是林芝，你要知道，你没有做错，再有下次，你想做什么尽管做，有什么后果，我来承担。"

这些话对于她古板的父亲来说，已是不易。

但杜林芝想到了薛凝的问话，她定定地看着自己的父亲："爹。"

杜太傅也在看着她。

"如果不是因为后面知道了梁璎为我们做的事情，你还会对她心存愧疚吗？"杜林芝问他，"即使是知道她心地纯良，并非世人口中的妖妃；即使她为了那声'义父'，对我们掏心掏肺。还是说，现在您的愧疚，就仅仅是因为知道她冒着生命危险保全了杜家？"

她看见她的父亲骤然暗淡下去的目光，看着他紧紧地捏着拐杖不言语，不期然地又想起了方才皇上的反应。

杜林芝在那一刻好像突然明白了，与梁璎重逢时，她转开眼神的冷漠。

当时的自己露出的是不是也是这样廉价而没有意义的忏悔？

"我见到她了，"杜林芝转身，声音沉闷却又带着欣慰之情，"她看起来很好，也有了会护着她的家人——应该是不需要她讨好、不需要她拿生命付出，也会无条件地爱着她的家人。"杜林芝看着外面的天空，忍着眼眶中的酸涩，"她有了这样真正的家人，真的是太好了。"

京城里的一切，都令梁璎没有那么愉快。回府后，杜林芝的脸还时不时地在她的脑海中浮现。她确实无法真的那么洒脱地释怀一切。

杜太傅是魏琰的恩师，对于魏琰来说，那是父亲一般的存在。所以当魏琰说要让自己做他的义女时，梁璎高兴得不知所措。

好像他们……真的成了亲密的一家人。

梁璎从来没有过家人，那是她第一次对亲情生出渴望。

因为知道自己的身份、才识与杜家并不匹配，为了得到他们的认可，也为了不给魏琰丢人，她毫无保留地付出了真心。

结果呢……

梁璎将头蒙在被子里不愿意再想，一直到不知过去了多久，被子被人轻轻地拍了拍。

"梁璎。"有人在唤她。

那声音就像是什么灵丹妙药似的，梁璎方才只是觉得憋闷得难受，想哭却没有眼泪，可是这会儿听到周淮林的声音后，眼眶瞬间就感到一阵酸涩。

但与之相反的是，她的心里莫名觉得好受了许多。

梁璎在被窝里擦干了眼泪，慢慢地探出脑袋，周淮林正站在床边，他应该是刚回来，身上还穿着官服，高大的身形将日光挡得严严实实，使得本就严肃的人看着显得更加难以接近了。

梁璎仰头去看他，她在想，若是正常地相遇，说不定她也会被这个人吓住，可是一开始她因为太过伤心顾不得，后来……就更不会被吓住了。

周淮林已经蹲下来了，还弯了腰，将下巴正好抵在床上，与躺着的梁璎视线齐平。

梁璎在看到他眼里的心疼时，心里一暖，她知道周淮林肯定是看到了自己还红着的眼眶。

周淮林伸手，抚上了她的脸，良久，没有什么安慰的话语，梁璎只是听见他问："吃过了没有？"

严肃的男人配上那略带笨拙的语气，让她莫名地想笑，心里最后一丝阴霾也消失不见。

周淮林不太会哄人，也不知是不是之前梁璎将自己关在房里时留下的习惯，他最多的问话好像就是"吃了没有"。

他以这话来代替"不要难过了"。

梁璎笑着摇摇头，那个笑容驱散了方才围绕在她身边的低迷气息，让周淮林的面色缓和了不少。

"那我们吃饭。"

梁璎点点头，自然地伸出了手，其实她的腿这两日已经好多了，只要不劳累，并不会疼，更何况就几步路的距离。

可她喜欢这样的亲近。

周淮林站起来，将梁璎从床上抱了起来。

梁璎在他的怀里抬起头，男人那紧抿的唇角，有隐隐向上勾起的趋势。

周淮林不是喜欢情绪外露之人，却也并不会吝啬于爱意的表达，就像是现在，至少梁璎知道他是喜欢与她如此亲近的。

这样的确定也会让她感到安心。

饭桌上，梁璎把自己的礼物拿了出来，她没先说这块玉佩的机关，自己当时是不小心正好碰到了，周淮林总不会也这么巧吧？

周淮林将玉佩接了过去："给我的？"

梁璎点点头后，他才低头看向玉佩。

梁璎看着他用手指在玉佩上摩挲着，细细观看，快摸到那个机关时，他的动作停了停，梁璎的心提了一下。幸好，周淮林很快就掠过那里，又将玉佩转过去继续看。

他没有发现，梁璎的嘴角忍不住上扬，就知道他发现不了。

观赏完玉佩的周淮林终于抬头看向她："好看，我很喜欢。"

梁璎兴奋地把椅子往他那边挪了挪，身子也靠过去，伸手把玉佩拿过来，示意他看。

她按下机关后，学着掌柜的动作，将那块玉佩一分为二。

厉害吧？

梁璎抬头，还以为能在周淮林的眼里看到跟自己一样的惊叹呢，却见他的眼睛并不在玉佩上，而是在看自己，零星的笑意在那漆黑的眼眸中隐隐可见。

她想起刚才周淮林的手在玉佩机关处的停顿，以及他瞥向自己的若有似无的视线，好像明白了。

梁璎用手语问他：你早就知道了？

周淮林脸上的笑意明显了几分："所以我说我很喜欢。"

原来是在逗她开心，梁璎失笑，低头将两块玉佩分别系在二人的腰间。一顿饭哪怕没什么声音，两个人也都吃得很愉快。

夜里坐在床上的时候，梁璎将今日遇到杜林芝的事情告诉了他。到这会儿，再提起这些事情，她的心情已经很平静了。

对面静静地看着她诉说的男人，抿了半天嘴唇后许诺："我们很快就能离开这里了。"

梁璎笑了出来，她摇摇头：我没关系的，虽然确实也难过。

她的手停顿了一会儿，继续比画：但也是因为看到了她，我才更加感觉到，现在的自己多幸福。

她发自内心地感谢面前的人：淮林，真的谢谢你！谢谢你捡到了我，也谢谢你没有放弃我……

她的手被捉住了，梁璎一愣，周淮林很少会打断她用手语说话的，下一刻，她被拉入了男人的怀抱中。

周淮林的身上只有很淡的皂香，是让她心安的味道。

梁璎看不清他的表情，却能感觉到他抱着自己的力度，能听到他胸口跳得异常快的心脏。

"傻瓜。"男人压抑着情绪，他的心疼得快要跳出来了，像是不知道要拿这个人怎么办才好，"不要别人对你有一点儿好，你就总想着感激、想着回报。梁璎……梁璎……"

梁璎只觉得自己的名字，被他一声声唤得缠绵悱恻，她愣愣地看着周淮林吻住自己的唇。

怎么办？她又有些……想要落泪了。

"你只需要对自己好一点儿。"周淮林这晚难得地说了很多话，"你得到的所有的爱，都是你应得的。因为你值得。"

泪眼蒙眬中，梁璎仿佛看到了曾经的自己，因为一句"值得"所以无论生死都无所畏惧的那个自己。

这才是真正的爱吧？

明明吃过一次爱情的苦了，可是她好像又重新拥有了喜欢一个人的能力。

翌日，周淮林很早就出了府。

梁璎才知道他们这些地方官员昨日照例没有得到皇帝的召见，后面是皇上身边的太监来宣旨，说是述职一事今日起由丞相率领六部大臣主持。与往年没什么差别。

周淮林这两日就该忙起来了，但也意味着他们很快就能离开京城了。

梁璎有些想念峻州那边了，只是在回去之前，她还想再见魏文杞一次。

因为上次与周清芷的逛街没能尽兴，这次梁璎定了日子邀请她来家里做客。为了招待她，梁璎想做一些她喜欢的点心。

为此梁璎特意提前下厨练习做点心，正当她因为水放得多了而有些懊恼的时候，有下人突然急匆匆地过来："夫……夫人……"

她面带疑惑地回头，看到了下人一副紧张得不知所措的模样。

"来……来了客人……"

梁璎还在想什么客人会让他连说话都吞吞吐吐的，却见他的身后走出了一个熟悉的人。

"夫人。"刘福满脸堆笑，"皇上要见您。"

梁璎不知道魏琰为什么会来。

上次两个人在皇宫的见面只是偶然，除此之外，他们这五年来未曾再见过面，更别说是像这样他主动找上门来的情况。

她的心里莫名地划过一丝不安。

"夫人，"不知是不是看她沉着脸，刘福在一旁笑着解释，"皇上也是忧心您的身体，这次特意从民间寻的名医，来给夫人您看诊。"

原来又是为了那所谓的愧疚。

刘福还在一旁继续说着："这些年，皇上一直惦念着夫人的身体，从来没有停止过在全国范围内搜寻名医。您的好，皇上都记着呢。"

梁璎很庆幸自己不能说话，只需要听着就行了，不然这会儿还得附和一句，赞扬魏琰仁慈之类的话，想想还真是令人作呕。

"听说前些日子，夫人与薛家的那位姑娘起了争执。薛姑娘年纪小，夫人不必与她计较。"这原本不是刘福该说的话的，只是因为魏琰对薛家的维护，就想着给梁璎提个醒。

这话倒是让梁璎明白了，魏琰既然知晓了当日的事情，应该也知道那位薛姑娘说了自己"哑巴"。所以他现在是代替薛家人替她赔罪？还是被这声"哑巴"又勾起了愧疚感？

无论是哪个答案，对于梁璎来说都已经无所谓了，她反而莫名地松了口气。

直到接近前厅，刘福的声音才随着脚步一起停下来："夫人，皇上就在里面等您。"

周府的装修风格一向是以简朴低调为主，家具也多是单一的色彩，少数的彩色装饰还是进京之前，周淮林考虑到梁璎才特意让人放上的——怕太过单调会让她看了之后觉得心情不好。

前厅里熏着香，并不浓郁，是淡淡的清香，不远处墙上的字画还是周淮林自己画的。

一切都是梁璎再熟悉不过的东西了，此刻却都因为屋里的那个男人而变得陌生。

魏琰没有坐在上位的椅子上，而是在窗前负手而立，他穿的是寻常人家的衣裳，简单的白色直裰，再没有其他的装饰了。

男人身后，雪花从大开的窗户处飘进来，风将他未完全束起的长发微微吹起，与外面的冰天雪地融为一体的男人，俊美得不似凡人。

若是让旁人看到，应该是一幅美如画的场景。

梁璎一进来，就正对上了魏琰的视线。仅仅是那么一瞬间，可她在他的眼里看到万千情绪一一闪过，恍惚之间，她仿若隔着年岁，看到了以前的魏琰，那时他也经常用这样让人看不懂的目光注视着自己。

梁璎是后来才懂的，他的愧疚，可能从那个时候就有了。

所有的情绪都只是刹那之间，魏琰很快就笑了笑，再也看不出一丝异常。他一贯是如此的，笑意温柔，但梁璎知道那笑容里真正的温度，或许与他身后的寒风无异。

她只这么匆匆瞥过一眼后就低下了头。

魏琰的声音是在她行礼之前响起来的："今日我是微服私访来的，你不用多礼。"

魏琰的声音十分具有迷惑性，总是温和、不疾不徐，又带着几分柔情。与之同时响起的，还有一声很轻的咔嗒声，是他取下了撑着窗户的窗钩，下一刻，风声被隔绝到了外面，屋里也暖和了不少。

梁璎思索过后，顺着他的意没有行礼。

"这位是徐大夫，医术精湛，让他来给你看看。"

一旁的男子应声上前，对梁璎一拜："周夫人。"

魏琰的眉头在听到这个称呼时快速地皱了皱，但转瞬间又恢复到了正常。

梁璎没有意见。魏琰要给她看病，她便配合着看病；他想要减轻愧疚感，那就让他减轻。尖锐的恨意都慢慢地褪去了，比起曾经想要让他永生世不得安宁的想法，梁璎现在更希望他能在这寥寥无几的愧疚感消失后，彻底遗忘自己这么一个人。

她坐在椅子上，那位徐大夫在一边给她把脉。

安静的屋子里，只有魏琰走近的脚步声。没一会儿，他在梁璎旁边的位子坐了下来，两个人只隔着一张小方桌。

明明梁璎特意选了角落里的位子，魏琰却没有如她所想，坐到上边的座位。

那位徐大夫的眉头越皱越紧，过了良久，他在检查结束后，又问了些问题，诸如"能否发出声音""开口时的疼痛是怎样的"……梁璎都在纸上写下了回答。

她执笔时，能感觉到魏琰的视线就落在那笔尖之上。

徐大夫没有问她是怎么伤的、吃的何种毒药之类的问题，显然是已经提前知晓了。

过后，徐大夫对魏琰开口："皇上，夫人想来是已经损伤了咽喉，想要恢复如初，希望十分渺茫。倒是这腿疾，小的可以施针缓解一二。"

这个结果显然没有令魏琰感到满意，梁璎等了半天也没有听到他的回复，直到突然听到他叫自己的名字。

"梁璎。"

梁璎下意识地看了过去。

魏琰的脸上已经没有了笑容，眼神虽然还是温和的，但更多的是明显的悲伤。

"我一定会治好你的。"

梁璎愣了愣，她蓦然就想起了当初的宫乱，奄奄一息的她在地牢等到魏琰时，男人紧紧地抱着她流下了眼泪。

"没事了，"他带着哭腔的声音不停地安慰着她，"没事了，梁璎，我回来了，以后，谁也不能再伤害你了。"

梁璎在刚出宫的那段岁月，虽然想过无数次死亡。可是在被萧贵妃折磨的那几天时间里，却没有一刻想过死。

她想活着，无论遭受什么样的酷刑，无论被怎么折磨，只要活着就好。

因为舍不得，因为怕他失去自己会难过。

魏琰对于梁璎来说，不仅仅是恋人，更是她无依无靠的人生里唯一的家人，是让她的人生拥有意义的老师，是她愿意为之效忠的主君。

所以她被背叛时，痛苦才会来得那么强烈。

后来，一切尘埃落定，他也并不是立刻就和她挑明的，大概由于过意不去，所以哪怕给薛凝的封后大典已经在准备了，他也依旧瞒着她。明明政务繁忙，他还是会每日过来看她，找大夫来为她诊治。

"我一定会治好你的。"那时候，魏琰也是这么说的。

但其实对于梁璎来说，治好不治好，并没有那么重要。

思绪回笼，梁璎低头，在纸上写着：谢皇上隆恩，臣妇已经习惯了，并不介意，也请皇上无须介怀。

与五年前一模一样的回答，那时候是因为她觉得身边有他，现在则是因为有了另一个人，让那些苦难，能在记忆中褪色。

魏琰抿着嘴唇，盯着那纸上的字良久，终于转过头："那就让徐大夫每日来给你的腿施针。"

这次梁璎没有拒绝，因为魏琰看起来像是必须做点儿什么的样子。

魏琰又待了一会儿，才终于摆驾回宫。梁璎看着他离开的背影时，隐约间想起，魏琰今日的这身衣裳，有些像有一年上元节，他带着自己偷偷出宫时穿的衣裳。

她当时还夸了夸："平日里见惯了皇上您穿得华丽，今日这般简单的衣裳，倒是让人眼前一亮，更衬托出了您的气质。"她顿了顿，在魏琰含笑的眼里，忍着羞涩又添了一句，"真好看。"

魏琰今日穿的和那日穿的是不是同一套衣裳？梁璎已经有些记不清了，时间真是治愈一切的灵丹妙药，要是能让她把自己当初那副不值钱的傻样忘记就更好了。

梁璎转过身，厨房里的面应该已经发酵好了吧？


薛敏已经被关在凤仪宫里好几天了。

薛凝这次铁了心要给她一些教训，知道回了府就没人管得住她了，便把她留在凤仪宫里抄写《女训》。

薛敏熬了几日，实在是受不住了，好说歹说才终于求得薛凝答应带自己去御花园转一转。至于为什么薛凝一定要和薛敏一起去，是因为她知道自己若是不在，她这个妹妹能把皇宫搅得天翻地覆。

"姐，"宫人们都远远地跟在后面，只有姐妹俩在前面走着，薛敏言语之间就很是随意了，"我在你宫里这么多天了，怎么也没见姐……"想到薛凝的严厉，她才改口，"皇上来过呢？"

薛凝听到她的问话时，眼里闪过一丝复杂的情绪，却也只是回了一句："皇上事务繁忙。"

薛敏没有多想，因为这话也没错，魏琰的勤政是众所周知的，一年到头几乎都在他的御书房或是养心殿度过的，也不光是不来薛凝这里，整个后宫他都很少涉足。

"当皇帝这样还有什么意思嘛。"薛敏嘟囔了一句,下一刻就听到了薛凝的警告声。

"薛敏!"

薛敏摆了摆手:"好了,好了,我知道了,慎言是吧?这冰天雪地也没什么好看的,我们去梅园走一走吧。"她可不想刚一出来就又被带回去,赶紧转移了话题。

薛凝懒得戳破她,随着她去了,却不想她们在这里遇见了太子魏文杞。

两边的队伍是在拐角处猝不及防地相遇的,碰面时已是避无可避,狭小的花园路径上,一方若是不让路,另一方想要过去是不太可能的,所以双方都停了下来。

薛凝怔了一瞬间,回过神后脸上已经带上了笑容:"太子也是来赏梅的吗?"

少年的眉眼与他的父亲有几分相似,小小年纪,已是生得芝兰玉树,但这会儿的脸色却冷若冰霜,他同薛凝见了面不仅没有行礼,便是听了她这样的问话,也只是冷淡地回应了一句:"只是路过。"

薛凝扫了一眼他身后的宫人们,他们依次拿着暖炉、茶具、笔墨纸砚,怎么看也不像"只是路过",想来他是看见了自己才临时改变了主意。

这样的念头让薛凝的笑容僵硬下来,眸色也深了几分:"若是太子殿下觉得是本宫扰了你的兴致,本宫……"

"小李子。"魏文杞突然开口,打断了她的话。

身后的一个小太监赶紧应声:"太子殿下。"

"回宫。"

小太监咽了咽口水,此时的形势虽然让人为难,但谁是他的主子他还是分得清的,于是转头向身后的人示意,众人立刻让出了道路。

魏文杞没有再往薛凝这边看一眼,转身径直离去,连背影都带着掩藏不住的冷傲和厌恶。他带着的宫人们自然忙不迭地跟上。

被留在原地的薛凝咬住了嘴唇,她没有说什么,她旁边的薛敏可就没有那么沉得住气了:"姐,太子怎么能这么对你?你好歹也是他的嫡母!"

薛敏没怎么见过魏文杞,薛凝更是不会多言这些事情,所以她今日还是第一次见太子对姐姐竟然是这样的态度。

她一时间越想越气："毕竟不是亲生的，就是养不熟。姐，你还是应该有一个自己的亲生孩子才行。"

"行了。"薛凝心烦意乱地打断她，这下也没了逛园子的心情，转身往凤仪宫的方向走去。

但薛敏还是不死心地跟在旁边喋喋不休："姐，你得为你自己多考虑考虑，皇上现在是宠着你，信任薛家。但是这个江山，未来可是太子的，若是……"

"薛敏！"薛凝停下来，沉着脸看了她一眼。

薛敏被薛凝瞪得害怕，这才心不甘情不愿地停了下来。可她还是心有不平，什么嘛，她说的明明就句句在理！跟姐姐根本就说不通，她要回去告诉爹爹。


魏琰给梁璎找来大夫的事情，周淮林回府后就知晓了。

他回府的时候梁璎还在做点心，没法用手比画，就让下人跟他说了。

周淮林听完对此事什么也没说，只是拂去了梁璎鼻尖上的面粉："我来帮你。"

梁璎知道他是怕自己太累了，点头应允。

两个人都没有再提起魏琰，谁也没有把他放在心上。

其实早在还在周家的时候，魏琰给她找的大夫就没有断过。一开始，梁璎只想让他们滚，从来不让他们近身把脉，更别说是配合治疗。

最后还是周母劝的她："那是皇上找的大夫，医术必然是没的说的，有皇上的命令，他们也不敢不尽心。你便让他们看看，说不定真的能治好呢？"

梁璎知道，她是完完全全地为自己着想的。

说起周母，她们第一次见面之前，梁璎其实很紧张，毕竟自己作为准儿媳妇，在人家的府上住大半年了都没有正式拜访过，一直闭门不出。怎么说都是失礼的。

她那日特意涂了胭脂水粉，想让自己那颓废了许久而显得苍白的脸色有血色一些，还挑了一身颜色鲜艳的衣裳。

然后她就怀着忐忑的心情，被周淮林牵着手，第一次见到了他的母亲。

周母比她想象中的要看起来年轻一些，但气质端庄、眉眼严肃，坐在那里，就已经给人无形的压力了。

梁璎在与周母对视后，下意识地就低下了头。那一刻，她其实就开始后悔了，后悔答应了周淮林的提亲，毕竟怎么看他们都是不般配的，没有人会接受自己这样的儿媳妇；也后悔走出了院子，或许她就应该继续在房间里待着，继续躲着……

就在梁璎这么胡思乱想的时候，她的手被一双手握住了——那是一双不太年轻的手，带着女性的柔软，又莫名地有力。

梁璎感受不到任何的敌意，她缓慢地抬头，就看到了周母泛红湿润的眼睛。

"这就是璎璎吧？"没有人这么称呼过梁璎，周母慈爱的声音像是在安抚她，"好孩子，没事了。"那眼泪中藏着的心疼，恍惚间让人觉得，周母是在看着自己受了委屈的亲生女儿。

梁璎的眼睛蓦然一酸，委屈来得如此猝不及防。

后来周母说，那日梁璎明明身着光鲜、粉面红唇，可那死寂得没有一丝光亮的眼睛看过来的时候，她就只有一个想法——这孩子定然是吃了许多苦。以至她止不住地眼泪直掉。

大约是看出了梁璎的手足无措，周淮林在一边跟梁璎解释："我母亲就是这样的，很容易落泪。"

周母的内心有着与她看起来严肃的外表完全不匹配的纤细和敏感。梁璎好像知道周淮林像谁了。

梁璎摇摇头，自己曾经渴求的家人，不论怎么讨好也没能得到的认可，却都在这个第一次见面的女人身上获得了。

周母对她说"没事了"，又说"以后我们就是一家人了"。

"一家人"这几个字，在梁璎的脑海中不断回响着。握住她的那双手、落在她身上的目光，都让她感觉到了温暖。

她躲在黑暗的世界里太久了，如今像是感受到温柔的召唤一般回了头，看见了光亮处的他们。

周母说是一家人，就真的是将她当作家人来看待的，面对魏琰送来的大夫，想的也是能不能真的治好梁璎的病。

只是梁璎有自己的顾忌：我怕会有闲言碎语。

她的身份原本就敏感，她与周淮林成亲之时，魏琰送来了许多金银珠宝、房田地契。在旁人的眼中，他俨然一副作为她的娘家人为她送嫁撑腰的模样，但梁璎只觉得难堪。

可是周母知道她这么想后，反而嗔了她一眼："傻孩子，你管旁人怎么说？什么能有身体重要？我们都盼着你能健健康康的，你与淮林以后的路还长着呢。"

梁璎于是才接受了魏琰带来的一切。

魏琰赏赐的东西，她都原封不动地放着；魏琰找来的大夫，她都配合着看病；甚至魏琰派来的嬷嬷，据说是怕她在新家受委屈来给她撑腰的，她也养着，一直养到魏琰将她们召了回去。

也没有不召回去的理由，她未曾在周家受过任何委屈，魏琰应该也是知道了。

他作为曾经扎在梁璎心里的一根刺，到后面先是她怎么动都不会痛了，再到最后，被彻底拔除。


御书房里，刘福得到了小太监的通报后，走到了魏琰的跟前小声开口："皇上，太子殿下来了。"

原本因为奏折上的内容而眉头紧锁的男人，在听到这句话时，眉头倏然舒展开来。

刘福的脸上也跟着带上了笑容，他识趣地退到了一边。

作为魏琰的身边人，刘福是最清楚的，皇上对太子殿下的宠爱程度，甚至远远超过民间传闻里的。能让他露出这么舒心的笑容、毫无留恋地丢下奏折的，就只有太子一个人了，这是连皇后娘娘也做不到的。

果不其然，刘福看着，皇上的目光从太子的脚步踏进来后，就一直落在了他的身上。

那是带着欣赏、关爱的目光，这一刻的魏琰，既是严父，也像慈母。

"儿臣参见父皇。"魏文杞站定在不远处拱手行礼。

"免了，给太子赐座。"魏琰将奏折一合放去了一边，继续问道，"用过膳没有？"

宫人将椅子放在了魏文杞的身后，他坐下后才回答："用过了。"

"东宫那边的人说你近日饭量减少了，是身体有哪里不舒服吗？"

东宫的日常起居都会有人向魏琰报告，魏文杞食欲不振的第二日他就安排御医去看了，御医也回复了，并无大碍，可他这会儿见了人还是要问一问。

魏文杞不知是在想什么，愣了愣神才摇头："没有。"

他始终是有问有答，虽然不算多亲热，倒也挑不出过错。

当然，魏琰更没有要挑他的过错的意思，反而继续温和地叮嘱着："你正是长身体的时候，每日的饭还是要认真吃的。"

魏文杞应了一声"是"，魏琰又转而问起他的功课，这么说了好一会儿后，魏琰才终于从面前的一沓奏折中抽出了其中一本。

"今日朝上，御史台参了你几本，说是你怠于孝道，对皇后失礼。"魏琰打开一本，念了几句，"百善孝为先，太子作为储君，更当为天下之表率。"

虽然魏琰是在念参他的奏折，但那温和的语气中，并没有责怪的意思。

魏文杞没有回应，袖子里的手却紧紧地握着。

魏琰只念了两句，便停了下来。他抬眸看了一眼沉默的魏文杞，做了个摆手的手势后，刘福有眼色地将书房里伺候的官人都叫了出去，只留下父子二人。

"文杞，"魏琰起身向他缓缓地走去，没有外人，他的面容愈发柔和与放松，"我不是说非要让你亲近皇后，只是天下悠悠诸口，你不能全然不顾。身为帝王，喜欢与厌恶，都不是非要表现出来的。"走近了，魏琰拍了拍儿子的肩，"有些时候，可以多思考一些其他的方……"

他的话还没说完，魏文杞突然起身。

魏琰方才已经走到了他的侧方，如今二人并排站着，相似的衣裳，相似的眉眼，可又有着某种不一样。

魏琰侧目看向这个还不到自己肩高的少年。

"那是父皇你的想法。"魏文杞看着前方，"我是太子，是未来的皇帝。"

历朝历代，应该不会有第二个储君敢说出这样的话了，还是对着自己的皇帝父亲说"我是未来的皇帝"，可他就是如此无所顾忌。

魏琰也没有生气，反而目光中的欣赏愈盛，听他继续说下去："我与父皇你不一样，我恨她，为什么要去装作喜欢她？"他说得理所当然。

年少轻狂，却爱憎分明。

魏琰收回目光，却又听见魏文杞用低落下去的语气又说了一句："我不可能喜欢她，哪怕是假装的，母亲也会伤心。"

听到魏文杞尚且带着几分稚气的声音说出"母亲"二字时，魏琰似乎有片刻恍惚般的愣怔。

"父皇，我今日的功课都已经做完了，想去看看母亲。"魏文杞又道。

安静了好一会儿后，他才听到自己的父皇很轻地说了一声"好"。

刘福发现了今日的魏琰有些不对劲。按理说，每次与魏文杞见面之后，魏琰的心情都应该是很愉悦的。可是今日，他却难得看上去像有心事一般地沉默不语。

魏琰的面前还摆着御史台参魏文杞的折子，一本又一本，刘福看着他都收起来，然后放到了最下面。

这就是不予追究的意思了。

折子收好之时，不承想魏琰突然来了一句："他长得像我。"

刘福自然是忙不迭地在一边附和着道："太子殿下与皇上您，那就像是一个模子刻出来的。"

可魏琰像是没听见他说什么，只是抚摸着椅子的把手，目光不知在看向哪里。

"秉性却更像她。"

这个她是谁，听懂了的刘福，却不敢再回应了。

周淮林这天早起的时候，梁璎也跟着起来了。今日她约了周清芷过来，需要提前做一些准备。

"太子殿下还没有说什么时候能过来吗？"

周淮林的声音在头顶响起，梁璎正在给他系腰带，闻言摇摇头。

"我应该还会多停留些日子。"他像是在安慰她。

但梁璎却猛然抬头，比画着问他：**公务不顺利吗？**

周淮林摇头安抚她："没事。"

他依照惯例与梁璎辞别后，拿过一边的官帽离开。

梁璎在他出去后没多久便发现周淮林的腰牌居然忘了带，赶紧拿着追了出去。

周淮林还没有走远，正好听见梁璎身边的侍女叫他："大人！"

他一听见叫他的声音，马上就停下来转身，梁璎靠近时，还能看到他一边往回迎过来，一边出声："慢点儿。"

一走近，梁璎便被他握住了手臂。

"怎么了？"

看见她亮出手里的腰牌，他才反应过来："是我疏忽了。"

周淮林接过腰牌往腰间系着，梁璎静静地看着他。周淮林很少这般粗心大意的，再联想到他晨起时的神色，她猜测着他应该是有什么心事。

梁璎的目光又扫过另一边，周淮林准备带出门的下人还站在不远处等着他，手上却托着不知装着什么的盒子。

待周淮林系好腰牌抬头看过来时，就注意到了梁璎的视线。

梁璎在他的眼里罕见地看到了一闪而过的窘迫，或者说是类似于羞愧般的情绪。

她伸手，在周淮林的侧臂上轻轻地拍了三下，拍完第一下后有短短的停顿，后边两下是连在一起拍的。

——独属于他们之间的暗号，这是她在叫他的名字。

周淮林很快就应了："我在。"

她又摇了摇手，周淮林了然，弯下腰。

梁璎替他整理了一下其实并没有歪斜的官帽，才跟他比画：**路上小心**。

周淮林弯下的腰并没有直起，他继续平视着梁璎的眼睛，仅仅对视了一会儿，他就败下阵来，一伸手将梁璎搂在怀里。

"对不起，"周淮林叹息了一声，"前些日子峻州的事务一直被拖着，有人提点我，应该孝敬丞相大人一二。"

他原本不耻于此的，可……

"梁璎，我想快点儿带你回家。"

梁璎的心倏然疼了一下，她能感觉到周淮林抱着她时的用力，原来这个人，也会感到不安啊。

傻瓜!

她回抱住男人,在他的身后拍了拍。

她不需要再多说什么,她知道,周淮林会做出正确的选择的。


周府的位置有些偏,魏文杞到的时候,门口只有一个正在扫雪的老仆人。

下人过去递牌子报上主子的身份,对方看过后急着就要进去通报,但被魏文杞拦住了。

他没有提前派人过来告知,就是怕母亲会来门外迎接。

魏文杞在下人的带领下往里面走去,府上很是安静,但又是跟皇宫里不一样的安静。

这里只让人觉得岁月静好。

魏文杞的记性很好,好到能记住母亲与他在一起的点点滴滴。

五年前父皇外出狩猎,遇刺身亡的消息在泄露之前,就传到了母亲这里。他记得那平日里总是温温柔柔、笑意吟吟的母亲,没有露出半分慌张之色,而是冷静地指挥着父皇留下来保护他们的暗卫们,让暗卫们带着他与杜府的人会合,保护他们离开。

彼时消息还没有扩散开来,各方也未来得及动作,保全他们只有这么一个最好的时间点。

而母亲自己则选择留下来混淆视听,拖延时间。

她露出慌张的神情,是在看到他偷偷地藏在长宁宫的时候,母亲终于失去了冷静的面容,抓着他的手问他:"文杞!你怎么回事?你不是走了吗?"

"我想跟母妃在一起。"六岁的魏文杞不知道母亲为什么这么大的反应,他想的只是不离开母亲。

"不行!"母亲死死地捏着他的手腕,把他都掐疼了,魏文杞也不敢出声,因为母亲的表情很严肃,"你得赶紧走!"

可是已经来不及了,皇帝身亡的消息传来,宫中已经乱成一片,他们母子二人是最先被当作靶子的。

听着外面的喧嚣声,母亲一把拉住他,将他塞进了殿中鲜少有人知晓的暗格里。

关上暗格的门之前，母亲的表情重新变得温柔起来："文杞，你是最听话的，你要答应母妃，不管发生了什么，一定不要出来，一定要活下去，母妃也是，母妃也会活下去的。等熬过了这一关，我们一家人就能永远幸福快乐地生活在一起了。不管发生什么，母妃最爱的人就是你。"

暗格的门被关上没一会儿，叛党便破门而入。叛党的主要目的是找他，可萧贵妃最恨的人却是母亲。

魏文杞透过暗格的空隙，在看到木棍打在母亲的腿上时，他几乎控制不住地就要冲出去。

可他听到了母亲的哀求："求你。"

悲伤绝望的声音，让魏文杞动弹不得。

他看着萧贵妃踩着母亲得意地笑着："现在才知道求饶？晚了！你倒是聪明，送你那个孽种和杜家人一起跑了。你放心，我不会杀你，等把你的那个孽种追回来，我要在你面前，亲自剥了他的皮。"

她恨这母子俩，恨到了极点。

可是魏文杞知道，母亲求的不是她，是自己。如果自己现在出去了，才是真的在诛母亲的心。

他死死地咬着牙，直到嘴里弥漫着血腥的味道，混杂着眼泪的苦涩。

那是魏文杞此生都不会忘记的画面，母亲柔弱的身体在血泊中奄奄一息，恶人们嚣张的脸上却没有丝毫的怜悯。

没能保护母亲的痛苦，从那时起就始终萦绕在小小的孩子的心中。

甚至在夜里从噩梦中惊醒时，魏文杞总会问自己，那时候的母亲该有多疼？

知道父皇要立其他人为后时，她该有多绝望？

他们明明都做到了，做到了活下去的约定。被酷刑折磨的母亲、在暗格里不吃不喝的自己，都等到了归来的父皇。

可是为什么，一家人永远幸福快乐的结局，却没有来临？

父皇会做噩梦吗？应该不会吧？因为目睹了一切的人，只有自己；记住了仇恨的人，也只有自己。

"太子殿下，到了。"

下人的声音将魏文杞的思绪拉了回来，他止住了对方要高声通报的动作，自己走了进去。

屋里的炉子上正烧着茶，桌上摆着精致的点心，靠窗而坐的两个女人脸上都是笑意吟吟的。

"嫂子，我跟你说，就我哥那……"周清芷的话还没有说完，就突然停住了，因为她看到了门边的魏文杞，愣了一下后才赶紧起身："参见太子殿下。"

魏文杞知道她是谁，所以马上说了免礼，视线却更多地落在母亲身上。

他已经很久很久没有看到母亲这样真心的笑容了，但真正让他感到意外的，是母亲的目光看过来时，并没有掩藏笑意，也没有像以往那样带上疏离。

她依旧笑着，像小时候那样，用温柔的目光看着自己。

魏文杞忍着鼻子里涌上来的猝不及防的酸涩感。

梁璎这几日一直想见魏文杞，可真的见到了，却发现其实也做不出什么特别的事情。

她只是邀请魏文杞一起坐下，怕喝了茶水夜里睡不好，便给他倒了杯白水。

梁璎用手语问他：*怎么过来也不提前说一声？*

魏文杞笑了笑："只是刚巧路过。"

这倒是引起了周清芷的惊叹："太子殿下居然也懂手语呢！"

梁璎也往他那里看了一眼，她是去年才同意见魏文杞的，时隔三年第一次见面，当时却因为梁璎不能说话、魏文杞不敢多言，两个人枯坐了许久。

魏文杞离开时，看到梁璎对下人们用的都是手语，露出若有所思的神情。

今年再见面，他就已经能够看懂手语了。不过短短一年的时间，梁璎知道他必定是下了不少功夫的。

孩子对母亲的爱毫无保留，没有因为长时间的分离而疏远，没有因为她的冷漠而泄气。

明明那时候，他还只是一个不懂事的孩子而已。

梁璎突然觉得自己之前顾虑那么多，确实是多余的。

她将桌上的点心往魏文杞那边推了推：*我亲手做的，你尝一尝。可*

能比不得之前买回来的糕点。

魏文杞却眼睛一亮，已经上手去拿了，咬了一口才回："哪里会比不上？我觉着比那些买回来的好吃多了。"

周清芷在一边直笑："我一个人这么说她还不信哩，现在好了，你看，太子殿下也这么说。"

梁璎笑了笑。明明是飘雪的冬季，她却感觉到了阳光洒在身上的温暖。

她好像在这一刻，才真正地与自己的孩子和解。

这次魏文杞离开之时，梁璎坚持要出门送他。

他们在出府的路上正好碰到了回府的周淮林。

周淮林之前都有意避开魏文杞，但这次因为没有提前得到消息，两个人才会这么猝不及防地相遇。

但周淮林的面色不变，他弯腰行了简单的礼："参见太子殿下。"

魏文杞点点头，早在知道母亲嫁给周淮林以后，他就偷偷地看过这个男人了，一开始还因为对方的面相凶恶而为母亲感到担心。可结果是连父皇都灰溜溜地把派过去的人撤回来了。

他于是知道了那凶相或许只是表象，就像父皇，总是那般温柔，却反而伤害母亲最深。

"太子殿下这是要离开了吗？"

"嗯，"魏文杞应了，"周刺史就不必相送了。"

周淮林没有坚持，站到一边让开道路。

梁璎路过他时以眼神示意让他先进屋，自己送魏文杞离开。周淮林看懂了，微微点头。

二人简单却默契的交流很快就进行完毕，将他们的动作尽收眼底的魏文杞默默地收回了视线。

他不知道自己现在是什么样的心情，但他知道，他对周淮林是感激的。五年前不管自己怎么哀求，母亲直到离开之前，都没有再见自己一面。

比起拥有太子之位，他其实更希望待在母亲的身边。

如今母亲对他的态度能有这样的改变，他知道有周淮林的功劳在里面。

无论是让母亲有了如今的幸福生活，还是让他们的母子关系缓和，他都应该感谢周淮林。没有什么，比母亲如今能得到幸福更重要了。

魏文杞离开了，跟着一起出来的周清芷也辞行："堂哥都回来了，我就不打扰你们了。"

梁璎挽留：说什么打扰呢？留下来一起用膳吧。

"得了，你俩只要在一起，谁能插得进去啊？"

最后周清芷还是笑着告辞了。

梁璎见她的马车没了踪影才转身，一进去，却看见周淮林等在门口：不是让你先进去吗？

"等你。"周淮林一如既往地话少。

梁璎故意打趣：你的礼呢？送了吗？

这话一下精准地戳到了周淮林窘迫的点上，他严肃的脸上难得有几分尴尬之色："算了。"

梁璎被逗笑了，又拉了拉他，男人怕错过她的手语，虽然窘迫，还是重新看过来了。

她比画着：送我，送我不尴尬，那根人参我能吃很久呢。

周淮林牵住了她的手，因为梁璎的手需要用来比画手语，平日里他很少这样的，现在这是不想听的意思了。

梁璎笑得更欢了，真不禁逗。

薛敏又去了薛凝的宫里。

"姐，你知道太子去了哪里吗？"

薛凝这会儿一听到薛敏咋咋呼呼的声音就开始心烦："太子去哪里，跟你有什么关系？"

"怎么没关系？"薛敏急死了，"他可是去见了他的那个亲生母亲。"

听到这里的薛凝手指动了动。

薛敏没有察觉，还在继续滔滔不绝地说："你是没看见他对他生母那股亲热劲儿。一对着你，就是横眉冷对的脸。姐，你真该听听我的，为自己打算。"

薛敏也是后来才知道那天的那个哑巴竟然是太子的生母，难怪她当时觉得有几分熟悉，不就是给她的姐姐挡灾的那个人嘛。

她也没有觉得对方有什么特殊的，那天姐夫不也是站在自己这边的吗？就说明跟她的姐姐比起来，那个女人什么都不是。

但现在的问题是太子。不管怎么想，太子之位落在魏文杞身上，对他们家都是不利的。

薛凝冷冷地扫了她一眼："你一个姑娘家，这些不是你该操心的事情。"

薛敏可不听她的："姐，你现在不听我的，以后可是要后悔的。"

薛凝突然烦躁起来，三言两语把她打发走了，但心里却怎么也静不下来。映雪给她倒了一杯茶。

"皇后娘娘，"映雪在旁边小心翼翼地开口，"其实六小姐说得……也不无道理，太子与您不亲，您是得多打算打算。"有个皇子傍身，哪怕是不去争那个位置，届时有个封地、封号，皇后的晚年都要好过许多。

这些道理，薛凝何尝不明白？她低垂着眼眸沉默着，那些无人能说的苦楚，将她的心放在火上煎烤着。

她其实只是想知道，魏琰，你到底是怎么想的？


梁璎今日与周淮林约定一同逛京城的夜市，她计划买些礼物带给家里的孩子们。

周家的小辈多，跟她也亲近，她带礼物回去，那些孩子们会很高兴。

京城的夜市平日便十分热闹繁华，更何况是如今年关将至的时候。他们牵手走在灯下，灯火将长街照得亮如白昼，街边摊位小贩的叫卖声不绝于耳。

从各地赶来的商人们都想趁机捞上一笔，梁璎在各种稀奇古怪的东西中挑花了眼。

她这一晚上可谓是收获颇丰，最后又和街上的大部分人一样，买了一个面具戴上，不光自己戴上了，还要给周淮林挑一个面具。

她用眼神问周淮林：这个怎么样？

夫妻二人出行并没有带下人，梁璎买的东西这会儿都是周淮林抱着的，他从那小山般的盒子后面歪着脑袋，露出脸："你挑。"

明明是魁梧的汉子，这会儿却莫名地像小媳妇似的。

梁璎笑着转身给他继续挑面具了，只留对方的目光继续落在她的身上。

周淮林想起了他第一次见梁璎时，也是在这样的集市中、拥挤的人潮里，他的手突然被人握住。

他没有与女子有过亲密的接触，不知道其他女子是什么样的，但是那只握着自己的手，柔软得不可思议。

"快点儿，快点儿，听说那边有表演，还是蚂蚁的表演，蚂蚁表演你见过吗？"清灵又娇俏的声音从前方传来。

周淮林知道对方是认错了人，他应该在这时候告诉她的，可是他鬼使神差地没有开口，等回过神时，他才发现自己已经被拉着走了很远。

还是女子自己发觉不对劲的，回头看了一眼后，吓得马上丢开他的手退开一段距离。

手被丢开的那一瞬间，他心中的怅然若失是为什么呢？失望？不舍？周淮林并不清楚。

"对……对不起，对不起，"女子连连跟他道歉，"我没注意看，牵错了人。可是……你怎么也不说一声呢？"

大概是意识到用自己的过错责怪别人不太好，她又赶紧解释："我不是怪你的意思，只是你跟我的夫君身形差不多，还戴着同样的面具，而且……因为你太高了，我方才抬头没抬够，没有看清脸，真是对不住。"

她在说到"抬头没抬够"时还示范了一下，表示那样的角度确实无法看清他的整张脸，每个小表情与动作都让人蓦然心软。

可周淮林在她说出"夫君"二字时就已经猛然惊醒，意识到自己方才起了怎样的龌龊的心思后，自责感席卷而来，他一敛眸，迅速将思绪全部压下去了。

"无事。"

周淮林想，自己的声音听起来应该是很严肃，甚至是冰冷的吧，可对面的女子完全没有放在心上，她得了这句"无事"后，就马上去找那位"夫君"了。

说不清是有意还是无意，周淮林也看见了那个跟自己戴着同样的面具、身形相似的男子，只是那个男子摘下面具后，却没有自己的凶相，哪怕脸上带着掩饰不住的担心、着急，语气依旧是温和的："不是说了要跟紧我吗？来，牵着手，别再走丢了。"

"好！"她笑起来的时候，好像连这条长街的万千灯火都被吸引着，争先恐后地将光映入她的眼中，是那般璀璨夺目。

她显而易见地十分幸福。

周淮林握紧了手，手上仿佛还残留着她的手握上来的柔软的触感，他转身离去。

他也是后来才知道那个男子是他们大魏年轻的帝王，女子则是被百官参了无数奏本的妖妃。

妖妃吗？

在周淮林看来，那只是一对般配的才子佳人，是在至暗时刻中相守的有情人。至于心里旁的波澜，恪守的君子之道让他没有去在意。

后来一直是如此，周淮林没有刻意去想那天遇到过的女子，他继续着自己的为官之路，直到他与她命运的再次交汇。

那是萧党倒台后的封后大典上。登上后位的，并非当初那个被众人议论的妖妃，善于忘记的人们好像都不记得这个人了，他们歌颂着夺回政权的帝王，赞叹着帝后之间的感情，传颂着皇帝对新皇后的宠爱。

那么她呢？

周淮林在人群中一眼就看到了自从封后的消息传出来之后，他就一直挂念着的人。

她呆呆地看着城墙上接受万民祝福的帝后，黯淡的目光，黯淡的表情。明明没有刻意去记忆，周淮林却还是轻而易举地想起曾经那个绽放着幸福的笑容的女人。

她们明明都是在看着同一个人的，此刻的她和当年的她，却仿佛是两个故事中的人一般。

她在想什么？周淮林不知道。他只是觉得女人此刻就仿若天地间的游魂，下一刻就要消失了一般。

心疼、担忧，还有愤怒，一同向他涌来。

怎么舍得呢？怎么舍得让她露出这样的神情呢？想再次看到她能幸福地笑——这样的念头，充斥在他的脑海中。

周淮林提了亲。

梁璎已经不能说话了，与他交流只能将想说的话用笔写在纸上。

她写字时，周淮林想到的却是她叽叽喳喳地向自己解释时，那一连串蹦出来的如玉珠般圆润的声音。

疼痛让他的心脏好像都蜷缩到了一起，那种心疼的感觉，从这次的重逢后，就时时刻刻地围绕着他，让他不知应该如何是好。

她看起来很累，周淮林只是想让她能休息休息。至于那下坠的灵魂，他会抓住她，不顾一切地抓住她。


衣袖被拉了拉，周淮林回了神。

梁璎拿着狐狸面具冲他摆摆手，这是在问他这个面具怎么样。

她曾经的伤痕累累，他无法完全抹平，但至少……笑容又回到了她的脸上。

"不够独特。"周淮林开口，"我怕你会认错人。"

梁璎瞪大了眼睛，看不起谁呢？

她手速飞快地比画着反驳：你化成灰我都认识。

她完全忘了。周淮林看着她的眼里带着些许笑意，他突然弯下腰："帮我戴上。"

他的两只手都没有空闲，梁璎于是大度地不计较他先前的话了，正要帮他戴上面具时，突然听闻不远处有人喊："落水了！救命啊！有人落水了！"

二人的动作俱是一顿，梁璎收回手，同周淮林一起看过去。

正值隆冬，那边的河面早就结上了厚厚的冰，不乏有在上面打闹嬉戏之人。

两个人走近了才发现，现在的冰面上不知怎的破了一块，掉落下去的男子正在水里扑腾着、挣扎着，用惊恐的语气大喊："救命！救命啊！"可他越是挣扎，身体下沉得就越快。

岸上的人们虽然都面露担心、着急之色，但并没有人有什么行动。

周淮林见状没有任何迟疑地将手中抱着的东西都扔到了地上，同时也没忘记嘱咐一句："梁璎，你在这里等着我。"

梁璎点点头。

她除了点头，来不及再做任何反应，甚至连一句"小心"也无法说出口，就见周淮林走过去，头也不回地跳了下去。

见义勇为的行为引得众人都惊呼了一声。只有梁璎，她的心好像也跟着周淮林一起沉了下去，她紧张得无法呼吸，双眼更是死死地盯着水面。

周淮林的水性不错，她是知道的，可这并不能让她的担心有所减少。

时间在一点点过去，水面原本还时不时地泛起一点儿波澜，不知道过了多久，水面突然变得安静起来，很长时间都没有动静。

梁璎忍不住往河边又走了两步，周淮林下水的时间太久了，连旁人都在议论了——

"不会两个人都死了吧？"

"唉！这落水的人可不能随便救，根本不听话，非想着把你一起往下拉。"

"真是可惜了……"

她听不下去了，周淮林怎么会死？他是绝对不会有事的。梁璎也是会水的，她等不下去了，要往冰面走去，脚步刚要挪动，手腕突然被一只大掌扣住，制止住了她的动作。

"影七。"

男人熟悉的声音在耳边响起，随着他的声音落下，梁璎看到一道身影快速地向那边飞去。

梁璎没有工夫去想魏琰为什么在这里，对周淮林的担心也让她没有耐心在这个时候讲什么君臣之道，她挣扎着想要抽出自己的手，却被握得更紧了。

"梁璎。"戴着白色鬼面面具的男人紧紧地扣着她的手，用温柔的声音安抚她，"不要冲动。"

梁璎没理他，也没有去辨认魏琰声音与目光中的情绪暗涌。

她心急地转头看向河那边，好在她已经看到了周淮林的身影，周淮林与方才过去的暗卫，一同将落水的男子架了出来。

落水之人因着求生的本能拼命挣扎，反而将周淮林拉了下去，再加上河面大多又都是冰面，让他一时没能浮上来，但好在周淮林的体力不错，才坚持到了有人来帮忙。

梁璎一看到周淮林，眼圈便马上红了。明明方才所有的事情发生也就那么一会儿工夫罢了，她却像是已经经历了一场分别。

她看着从冰面上在慢慢往这边靠近的周淮林，对方也在往这边看，哪怕隔着一段距离，她也能感觉到他在安慰她，让她不必担心。

有什么情绪在心底发酵、膨胀，让她的胸口变得格外炽热。不能言语的这些年，梁璎原本已经习惯了不再开口，可此刻，她的心中却涌出渴望。

想要叫他……想要唤出他的名字。

梁璎张开了嘴，嗓子在察觉到她的意图后就开始火辣辣地疼，可她忽略了那些痛苦，依旧试图开口，终于在周淮林踏上岸边的那一刻发出了声音——

"淮林！"

嘶哑难听的声音，让握着她手腕的男人的身形狠狠一颤，而后像是被定住了一般，浑身动弹不得。他戴着面具的脸上只露出了眼睛，里面的痛苦是那么深刻。

他手上的力度不自觉地就减轻了。

梁璎方才任由他握着没有挣扎，不是不想，而是忘了。忘了身边还有这么一个人，她满心满眼就只有周淮林。

魏琰的手一松，梁璎下一刻就脱离了他的禁锢，向周淮林跑过去。

落水的人已经被放到旁边去了，自有旁人帮着救治、取暖，周淮林则无视其他人的称赞径直朝梁璎走来。

他听到了梁璎在叫自己，自己的名字被她唤着，周淮林却顾不得欣喜。他更担心梁璎的嗓子，她现在还不能多说话。可当看着那个红着眼睛可怜兮兮的女子时，他又一句责怪的话也说不出来了。

"让你担心了。"他摸了摸梁璎的头，"没事了。"

梁璎握住了周淮林的手，他的手掌很大，她要两只手一起才能全部握住。

不安的心终于慢慢地安定下来，她意识到自己好像表现得太小题大做了，于是就抓着周淮林的手低着头不作声了。

周淮林安慰好了她，才看向不远处的男人。即使对方戴着面具，他也不难认出那是谁。

说不清有意还是无意，魏琰避开了所有跟他见面的场合，以至两个人这般面对面地站着，还是第一次。

哪怕对方只是静静地站在那里，出于直觉，周淮林还是轻而易举地在魏琰的身上感觉到了……嫉妒，那是出于一个男人的嫉妒，带着不甘，甚至是憎恨，向他汹涌而来。

这位以仁慈宽厚为名的皇帝虽然救了自己，但是周淮林毫不怀疑，如果可以，他宁愿自己刚刚死在河里。

梁瓔突然感到周淮林反手将自己的手握住了，她疑惑地抬头，顺着周淮林的视线，这才想起来魏琰还在这里。

周淮林的手又松开了："我去道个谢。"

毕竟刚才魏琰若是不出手，周淮林不一定能成功地把人救上来。

梁瓔也跟着过去了。她落后周淮林半步，半个身子藏在他的后面。

"方才多谢公子了。"魏琰没有要表明身份的意思，周淮林也就顺势没有拆穿。

"无事。"

梁瓔始终低着头，没有去听两个男人你来我往地客套。她盯着周淮林还在滴水的衣摆，他是才从水里出来的，这会儿浑身都湿漉漉的。

天气这般冷，染上风寒了可怎么办？

她不着痕迹地伸出手搭在周淮林湿漉漉的衣裳上，偷偷地用着力气，尽量将衣服拧干。

"那我先告辞了。"魏琰的这句话终于传来。

"公子请慢走。"

梁瓔听到这里，才终于看过去，却正好对上了魏琰的目光。说了告辞的他还没动，视线正落在她这边。

——好像就在等着她看过去似的。

二人相对，魏琰的喉结微微滚动，眼里复杂的情绪最终都转化成了笑意，他轻声嘱咐："你的嗓子尚未完全恢复，还是尽量不要说话，明日我让徐大夫再去给你看看。"

梁瓔的视线已经转移开了，是周淮林代替她回答的："多谢公子关心，在下代内人谢过了。"

魏琰的身上已经不见了刚才的那些负面情绪，他只是亲切地对周淮林点了点头，便带着人离开了。

魏琰一走，梁瓔就赶紧去看周淮林，总算能好好地将他身上的衣服再拧干一点儿，衣服的有些地方甚至开始结冰了。

她问：冷不冷？

周淮林摇摇头："不冷。"

他就算冷也不会说的，梁璎还是把自己的披风脱下来，要给他披着。周淮林罕见地居然没有拒绝，他只是打量了一下梁璎身上穿着的衣服，大概是觉得没有披风也不会冻着她，便弯下身子任由她系上披风的带子。

等他再站直身体，梁璎看着面前的人，嘴角抽了抽。

脸色严肃得宛若罗刹的男人，那一身肃穆的黑衣外，却披着一件粉色的披风，再加上小巧的披风只到他膝盖的上方一点点，整个人看上去显得异常滑稽。

梁璎原本是满腔担心的，这会儿忍了又忍，还是没忍住，笑了出来。这一笑，她便觉得方才所有的着急、担心等负面情绪，也跟着一扫而空，心情都舒畅了不少。

"笑了。"

听着周淮林的声音，梁璎不解地看过去。

"你这样对着我笑，"周淮林知道，在某个角落，那个男人应该在看着，就像是当初的自己一样，"会让我觉得，我让你幸福了。"

他看到后，也是这样想的吧？

梁璎微微一愣，她抬起手回应：本就是如此，你让我很幸福。

比画完，她又莫名地有些不好意思了，连忙过去从地上捡起他们刚刚买的东西，周淮林站了一会儿，仿佛是把那句话又在心中过了一遍，眼里的笑意驱散了身上的不少寒意。

他其实不冷，但此刻被梁璎的气息包裹着，鼻间萦绕着她的香气，让他因为看到那牵手的二人而感到不安的心，慢慢安定下来。


并排离去的两个人的身影慢慢消失不见了，影七看了一眼还在原地站着的自家主子。

"主子，"他从怀里取出一块玉佩，"您要的东西。"

这好像跟那位女子腰间的玉佩是一对吧？虽然让他一个暗卫做这种顺手牵羊的事情多少有些掉价，但主子的命令就是一切。

魏琰接了过去。他没有去看，只是把玉佩握在了手里，泛白的关节让人觉得他几乎是要把它捏碎一般。

男人戴着面具的脸看不出表情，却莫名让周围人都忍不住胆寒，直到他说了一句："回宫。"
　　"是。"几道人影这才一同消失在了原地。

第三章

# 不离

没过几日，京城就出了大事，蕲州出现叛乱。原本也不是什么大事，朝廷的军队几日便平定了叛乱，偏偏在对叛党后续的审问中牵扯出了一堆与之相关联的人。

京城中的这场斗争，照理说与梁璎他们扯不上关系，可问题是这次被牵扯其中的就有周清芷的夫君——林书扬。

林书扬现在虽然只是翰林学士，但父亲是工部尚书，祖父更是颇有威望的三朝元老，他的前途自是不可限量。哪知会被卷入这种事情里，如今他被暂时革职，听旨候押。

梁璎去见了周清芷，但除了安慰，也没什么旁的事情能做了。

回来后依旧担心的她去问了周淮林：林大人那边，你有眉目吗？

周淮林沉思片刻，才说："此事……没那么简单。这次案件兹事体大，是由丞相大人负责的。那叛党的头领，先前与林大人有几分交情。这事说大不大，说小不小，丞相大人故意往大了办，只怕是有他自己的想法。"

梁璎所了解的朝堂局势，都是萧党倒台前的了。如今朝堂势力几经更迭，她并不关注，自然所知甚少，可这会儿还是听出了几分异样：丞相这是……在排除异己吗？

连周淮林都诧异于她的敏锐，他点点头。

梁璎感到有些意外，薛家居然做到了如此地步，岂不是……在步萧家的后尘？

"这也许就是皇上想要的结果。"

梁璎一愣，猛然抬头。

不知道是不是因为提到了那个人，周淮林一直看着她。

"皇上素来仁厚，薛家在当初的皇权争夺中，立了大功。若只是因为行事张狂而处理了薛家，怕落人话柄、为人诟病。倒是放任到了现在，朝中对薛家不满的声音已经越来越大了。他再想要处置薛家，便是顺理成章。"

魏琰既要权力，也要名声。

认真来想，这样也没错。

可梁璎没有办法认同。她想起自己最初得到立后的消息，是无意中听到的。彼时的她长时间在宫殿里养病觉得太闷了，才偷偷地走了出来，听到了宫人们的讨论。

"听说这次的封后大典，是举国之力，百年一遇啊。"

"你是没看到皇上亲自下令赶制的凤袍、凤冠，真的！我看了一眼就移不开目光。"

"皇上对未来的皇后娘娘也太宠爱了。"

梁璎理所当然地将她们谈论的对象代入自己，心间漾起一丝丝甜蜜。魏琰从未与她说过封后大典，是为了给自己一个惊喜吗？

"可是……宸妃娘娘怎么办呢？"

又传来的一句话，让梁璎的笑容僵了僵，有些不能理解这句话的意思。

"唉，还能怎么办？可怜人呗，这皇后谁当，还不是皇上说了算。"

"可怜她现在还成了个哑巴。"

"也不能这么说，往好了想，她一个孤女，如今至少有个皇子，以后也不会过得太差。"

梁璎一直静静地听着，并试图理解她们的话。

倒是讨论完的两个宫女，回头看到她时吓得仿佛魂都要飞了，脸色大变地慌忙跪下："娘娘饶命！"

饶命？梁璎要她们的命做什么？她其实是想问，问她们刚才说的那些话是什么意思？可她现在是个哑巴了，哪怕是忍着疼痛，口中也只能发出"啊……啊"的声音。

面对宫女们茫然的神色时，一直安慰自己声音没那么重要的梁璎，第一次承认了，那其实很重要。

她放弃了询问，她要自己去看，可是才走了两步，就被跪在地上的宫女拉住了衣摆。

"娘娘，"她们悲戚的脸上全是恳求之色，"皇上吩咐过不能让您知道了这个消息，求求您了，不要说是我们告诉您的。"

梁璎愣了愣，居然还真的点了点头，那两个宫女才松开了手。

她去了御书房，因为魏琰给了她能自由出入御书房的权力，所以底下的人没敢拦，她进去后，魏琰不在，但梁璎在他的桌上发现了请立皇后的奏折。

她打开奏折来看，上面请立的皇后是"薛凝"。

梁璎甚至在脑海中回忆了一下这个人，才越过奏折上那一堆赞美之词，看向最后的署名——很多眼熟的名字，也包括……魏琰敬重的太傅、她的义父、被她当作家人的杜太傅。

魏琰批阅的，是"准奏"。

梁璎对着上面的字看了许久，然后轻轻地合上奏折放下。可能是由于不撞南墙不回头的心态吧，她倒是没有做出什么失态的举动，出了御书房就去了第二个地方——凤仪宫。

那里张灯结彩，被布置得十分喜庆。

梁璎竟然畅通无阻地进去了，刚到殿门口，她就听到了里面的讨论声。

"钦天监算出来了两个合适的日子，皇上，您觉得哪个合适？"

因为平日里后宫众人都是以妃位相称，导致方才梁璎第一时间对"薛凝"这个名字感到陌生，但这个声音，她并不陌生。

"你来决定吧。"这个声音，梁璎更不陌生了，大概让她陌生的，是那语气里曾经独属于她的纵容。

"这么重要的事情，怎么能让我决定呢？"

方才的消息得到了验证，梁璎有些听不清他们在说什么了，她的耳边嗡嗡作响，有些站不稳的身子摇摇欲坠，直到她又听到一个人的名字——

"这几日不知怎么的，总觉得有些紧张。林芝，你在宫里陪我两天好不好？"

"这……"回答薛凝的人，语气有些迟疑，"于礼不合吧？"

那个熟悉的女声，让最后一根支撑她的支柱也轰然倒塌，梁璎想起方才在书房里看到的奏折上面被自己刻意忽略的署名。

后来想想，其实最可悲的，并不是当时众叛亲离的自己有多可怜，而是当一切事实摆在面前时，她还是自取其辱一般，用颤抖的手推开了那扇门，仿佛是想求证一个不一样的结果。

屋里的几个人一同看了过来，然后又都愣在了那里。

梁璎也看到了凤袍，那件宫女们所说的看一眼就移不开目光的凤袍。

真漂亮啊……

"梁璎。"魏琰是最先反应过来的，"你怎么出来了？怎么穿得这么少？那群下人怎么伺候你的？"

他一边说，一边向梁璎走过来。

即使到了这个时候，他依旧体贴、温柔，满眼都是对梁璎的担心。

梁璎避开了魏琰伸过来的手，她看向那件凤袍，无声而固执地等着魏琰的解释。

她与魏琰的感情，并不是一朝一夕的，也远远超过了男女之间的爱情，所以不听他亲口说，梁璎不信。

这一路上，她替魏琰想了许多借口，她相信魏琰是有什么迫不得已的苦衷，宁愿他告诉自己，他迫于局势，只能先委屈自己。

可她等来的，是男人的情真意切——对另一个女人的。

"我与阿凝，自小就认识了，也早就私定过终身。薛家与她，一直都是支持我的。"魏琰抿了抿唇，像是在找合适的话语来解释，"我答应过她，皇后的位置，是她的。"

冷酷无情的声音，戳破了她最后一丝幻想。

梁璎忘了自己是怎么离开那里的，只记得魏琰看向自己时那愧疚不忍的神情。

她听到薛凝说了一句："她现在应该想静一静。"

所以在她离开后，追出来的只有杜林芝。

"梁璎……"她跟在梁璎后面，声音听起来满是心虚和内疚，又不知如何解释，"我……"

梁璎突然站住，她好像快疯了，如果不做些什么，好像要疯掉了。

她猛然转身，死死地抓住了杜林芝的胳膊，忍不住愤怒地质问对方，像是要把胸中的愤怒都宣泄出来。

你一直都知道是不是？为什么要瞒着我？为什么要骗我？

我把你当作家人的，我愿意用生命守护的家人，你们怎么能这么对我？

我对你们来说，算什么？

梁璎声声泣血，喉咙间弥漫着的都是血腥的味道，可空荡荡的四周回响起来的，就只有那不成语调的"啊……啊……"声。

她已经是个哑巴了，一个连委屈与愤怒，都无法表达出来的哑巴。

杜林芝应该是听不懂的，但她好像又听懂了，她看起来手足无措，脸上是痛苦的挣扎，嗫嚅着嘴唇，说了一声"对不起"。

梁璎终究是放开了自己的手。

那天回宫殿的路，大概是她此生走过最长的路。

她一路上好像想了许多，又好像什么也没想，眼睛湿润后被擦干，又再次湿润，遇到的每个人，都仿佛在看她的笑话。

她确实……是一个笑话。

但薛凝不是。薛凝是魏琰的青梅竹马，是他的初恋，也是此生的挚爱，是要与自己做戏表演恩爱也要保护的人，是他唯一认准的皇后。

虽然被踩着的是自己的骨血，但自己也算是成全了一对有情人。

周淮林没见过，所以大概是不懂的。

梁璎的头上忽地一沉，她抬眸，周淮林摸了摸她的头，像是对小孩子似的。

"不用多想，林书扬那边，自有他的父亲与祖父想办法。丞相应该也只是想试探探罢了，否则就不是拿他开刀了。不会有事的。"

梁璎看看他，点点头。

那些她痛极、恨极的日子，都过去了。如今的她已经新生了，依着梁璎对魏琰的了解，林书扬确实不会有事。

"我有事要出去一趟，有什么要让我带回来的吗？"周淮林问她。

梁璎的眼睛睁大了一些：又出去？

这个人最近好奇怪啊，也不是为了公事，就是日日往外跑。

"跟人约了喝酒。"

他每次都是这么说的，但回来后身上连半分酒气也没有。

梁璎虽然这么想，还是点了点头，用手语比画了自己想吃的点心，看着周淮林出了门。

然后她也跟着出去了。

梁璎小心翼翼地跟了一路，最后看见周淮林停在那日他下水救人的河边。

她就站在不远处的桥上，撑着下巴看着他。平日里那么敏锐的男人竟然没有发现她，他专注地在河边到处寻找着什么，眉头紧锁，每处石缝、草丛都不放过。

他这么找了好半天，显然是没有找到任何东西，最后将目光落在了河面上。

梁璎见他一脸严肃地盯着河面，实在是忍俊不禁，捡起一块石子，往那边一扔，石子落在了周淮林面前。

他抬头看过来。

梁璎笑着比画着问他：你这么盯着河面，是准备问河神买金糕点还是银糕点？

可是周淮林没有笑，他看着梁璎，那模样更像是因为做错了事情而耷拉着耳朵的狗："梁璎。"

梁璎感到有些疑惑。

"我把你送给我的玉佩弄丢了。"他的声音带着内疚与懊恼，目光低垂下去，整个人在努力思考，"应该是救人的时候掉到了水里。"

梁璎恍然大悟，原来他每日找理由出来，就是为了找玉佩啊。这个傻子刚刚那么严肃地盯着河面，该不会是想下水去找吧？

看着难得这般垂头丧气的男人，她再次失笑，想了想，将腰间的玉佩摘了下来。

咚的一声，周淮林微微愣了一下，转头看向水面，被玉佩砸过的水面泛起的波纹慢慢平息下去，但又似乎没有平息，而是始终荡漾在他的心里。

他再次抬头看向桥上的女人。

对方冲着他笑得眉眼弯弯，指了指自己已经空了的腰间，又指了指水面，而后向他比画：这样它们就在一起了。像我们一样。

她的笑容，在历经了苦难后依旧明媚、纯粹，在这冬日里就像是暖阳一般，照得周淮林浑身发烫。炽热的感情随着血液在身体里的每一处流淌。

这样的人，他如何能不去爱？如何能不去珍惜？

——是的，像他们一样，永世不分离。


林家的事情，最烦恼的自然就是周清芷了。

虽然家里的人都安慰她，让她不需要担心，他们自会从中活动，但现在林书扬候押听审，她哪里真的能不担心？

平日里总是喜欢与小姐妹们游玩、喝茶的人最近几日都没有出去了，今日还是实在招架不住小姐妹的热情，又怕她们为自己担心才勉强赴约，但也很快就告辞归家了。

乘坐马车回去，路过集市时，她突然听见外面有人询问："是林家四郎的娘子吗？"

周清芷掀开马车的帘子想看看是谁。

对面的马车上，也有一名女子正掀着帘子往这边看，见了她，脸上的笑意更盛："我看着就像，果真是林夫人。"

那个女子看起来比周清芷年长几岁，长得甚是娇俏可人。

周清芷来京城的时间短，认识的人还不算太多，面前的人让她感到陌生。

大概是看出了她的疑惑，对方连忙自报家门："家父是户部侍郎。"

她这样说周清芷就有些印象了，原来是杜家人。这个杜侍郎，与杜太傅是兄弟关系，那么这位姑娘，就是杜林芝的堂妹了。

周清芷理清了关系，自然是给面子地回了礼："杜姑娘。"

她们刚刚寒暄了两句，杜茹窈就赶紧开口邀请："你看，你我这马车挡住了道路也不好，要不我们去旁边的茶楼坐坐怎么样？"

周清芷其实没什么心情去喝茶，但不好直接拒绝她，又想着之前还承了杜林芝的情，便也同意了。

二人进了离得不远的一处茶楼。

周清芷心里清楚，对方特意在大街上叫住她，怕是无事不登三宝殿。

果然，茶刚刚上来，杜茹窈就笑着开口了："林夫人，我知道你近日因为林大人的事情心急，想来也没什么品茶的心思，那有什么话我就直说了。"

周清芷没作声，她也有些好奇这个素未谋面的女子要跟自己说什么。

却见杜茹窈将所有人都遣退后，才开口："想必林夫人也知道，林大人的案子，是由丞相大人负责的。"

这件事周清芷确实知道，她对朝局的了解不多，只是隐隐知道薛家近些年愈发嚣张跋扈，与他们家很不对付。

对面的人已经继续说下去了："说来也巧，杜家与薛家，是有几分交情的，家父在丞相大人面前，也说得上几句话……"

她意味深长地说到这里就停下了，端起桌上的茶杯，打开杯盖，氤氲的热气中，后边的意思已经是不言而喻。

——就是愿意为林书扬美言几句。

可周清芷却并没有露出几分喜悦的模样，她十分清楚，这天下可没有免费的午餐："不知杜姑娘想要什么呢？"

周清芷这冷静的模样让杜茹窈一愣，但她很快就又是一笑，将装模作样地端起的茶杯放下，看起来胸有成竹，仿若笃定了周清芷不会拒绝："我想让林夫人做的事情很简单。梁璎是你的堂嫂吧？"

听到梁璎的名字时，周清芷的目光瞬间就冷了几分，只可惜对方没有察觉。

"过几日，杜家在城东的船舫上设宴款待宾客，能不能请林夫人想办法将她也带过来赴宴呢？"

"哦？"

对方没有听出来周清芷声音里的危险意味，又继续提了要求："但是最好不要告诉她，主人家是杜家人。"杜茹窈相信这对周清芷来说应该不是什么难事。

"既然是邀请赴宴，为何不能告诉客人，主人家是谁呢？"

到了这会儿，杜茹窈总算是能看出来周清芷的不对劲了，看着对方冷下去的面色，杜茹窈有一瞬间的心虚，但好在这个问题她也早就设想过，所以停顿了一瞬间也就回答了。

"林夫人有所不知，之前梁璎与杜家有些误会，所以我才……"

周清芷也不知怎的，从听到梁璎的名字开始，莫名就有一股火气涌上心头，原本一直忍耐着，到了现在已是忍无可忍，那股火气让她根本无法继续听下去这个女人还要说什么，她噌地一下就从座椅上站了起来，连桌子都被她带得动了动。

突如其来的动静，把杜茹窈吓了一跳，身体下意识地向后靠了一下。

"既然有误会，就该堂堂正正地登门拜访，光明正大地下请帖，将误会好好地说清楚。"

杜茹窈看着面前这个比自己还要小两岁的女子，她正居高临下地冷冷地睥睨着自己，眼中的寒意让人不寒而栗。

"但是，"愤怒让周清芷声音中的冷意又重了几分，"如果是做错了什么事情，那就应该负荆请罪，当面磕头道歉都不够，怎么能想着把人莫名其妙地骗过去呢？"

杜茹窈被周清芷说得越发底气不足，她原本想着那日大伯父也会去船舫的宴会，若是梁璎出现了，应该能讨得大伯父的欢心。

她也没想到，又不是亲嫂子，周清芷居然这般护短。

心虚是心虚，但听到周清芷说什么"磕头道歉"，杜茹窈也有了几分脾气。

磕头？这人知道她的大伯父是谁吗？是先帝特意给皇上留下的帝师，是他将皇上辅佐起来的，连皇上见了他都是客客气气的。

谁能承得住他磕头？

"都说了，是误会，林夫人是不是过于咄咄逼人了？"她将身体正了正，"我这不就是想寻个契机，让大家把误会说清楚。"

"误会？"周清芷冷笑起来。

她有什么资格在这里说误会？她有没有见过五年前的梁璎？

在梁璎没有正式见周家人之前，周清芷其实就偷偷地去看过她。

那时的梁璎像是一只被人虐待得伤痕累累的幼猫，不会接近任何人，也不相信任何人，她的周身弥漫着悲伤。

但比起虚无缥缈的悲伤，让人能更直观地看到的，是她身上那数不清的伤痕。周清芷不知道是怎样恶毒的人才会对这样的弱女子使用那些残酷的刑罚。

梁璎不光是不能说话，腿疾严重的时候，她甚至走不了路，疼得彻夜难眠。

周清芷听大夫说的时候都会忍不住地想要落泪。她觉得没有一个人能对这样悲惨的女子无动于衷。

这只受伤的小猫是周淮林带回来的，但却是被他们全家一起呵护着，慢慢地恢复到了现在完好的模样。

即使这完好的模样下依旧是百孔千疮。

现在杜茹窈说什么？误会？

一句轻飘飘的误会，就能抹平所有的创伤吗？

周清芷气得身体都在颤抖，她想到了梁璎之前对杜林芝冷淡的态度，果然，能被堂嫂讨厌的人，会是什么好人？

"林夫人……"杜茹窈还想极力证明那确实是误会，可是周清芷已经不打算听了。

"我家夫君的事情，我相信不管是皇上，还是丞相大人，都会秉公处理。我自行等待结果就是了，不劳杜姑娘费心了。"

杜茹窈什么都来不及说，只能看着周清芷带着怒气的背影离开。

她气得直咬牙，周清芷不过出身于小地方的不知名家族，有什么可嚣张的？

只是梁璎那边，她还得想想办法，了却大伯父的这桩心事才行。


周府的前厅今日异常安静，徐大夫照例在给梁璎治疗。

这会儿已经到拔针的时候了，原本是最简单不过的事情，他却显得异常紧张，动作更是小心谨慎。

而导致他如此小心的罪魁祸首就坐在不远处，目光虽然没有落在这边，但足以让徐大夫紧张了，因为梁璎已经感受到，有几针拔针前的捻针带来牵扯般的疼痛，对方应该也意识到自己手法的失误了，梁璎可以看出他的惶恐。

她的脸色都没有变一下，当作无事发生。可她突然听到了魏琰起身的动静，他走到了她的旁边，居高临下地看着二人。

"徐大夫，手轻一些。"

他的语气很温和，但帝王的权威不容置疑，徐大夫慌张地答了一声"是"。

徐大夫是在梁璎的两个部位扎针的，腿上的施针早在魏琰来之前就已经结束了，这会儿扎的是手臂上的穴位。

梁璎的皮肤很白，但这会儿露出来的手臂上，却没有那般洁白无瑕。梁璎的手臂上面遍布着大大小小许多受过伤的痕迹，有些伤痕已经不明显了，可有些还十分惹眼。

梁璎能感觉到魏琰的视线落在这些深深浅浅的伤痕上，他恍惚地将手突然往她这边动了动。梁璎在他的手碰到自己前立刻向后躲，却牵扯到徐大夫的动作，带来轻微的刺痛感。

魏琰如同突然惊醒一般，马上将手缩了回去，人也坐回了原位，没有再动一下。

手臂上的最后一根针也拔完了，梁璎整理衣袖时，听到魏琰又开口问了一句："这手臂上的疤痕，有办法去掉吗？"这话问的是徐大夫。

梁璎已经将伤疤用衣服挡得严严实实的，徐大夫这会儿看不见了，但他这几日日日为梁璎施针，对那些伤疤有印象。

"回皇上，这些伤疤留下的时间太久，又是烫伤后遗留下来的，想要去除……几乎已经不可能了。"

梁璎在魏琰的沉默中神色淡然，那确实是烫伤，说起来当日他若是再晚来一刻，可能被烫伤的就不仅仅是手臂了。

终于，魏琰再次出声了："你先退下吧。"

"是。"

徐大夫快速收拾好了东西，对二人行礼后退下了，留下的两个人分别坐在小桌的两边。

梁璎静静地看着前方，可小桌对面的人似乎也没有要开口的意思。自从这次来了京城，他们见面过于频繁了。

烦！

梁璎抚摸着手腕上周淮林送给她的玉串，无法平息心中翻涌着的无法言说的烦躁。

还像之前那样多好，他们最适合永生永世两不相见的。

"梁璎。"

听到自己的名字时，梁璎下意识地看了过去，对视的瞬间，魏琰脸上的笑容好像僵了僵。

梁璎想起自己眼里的厌烦之色应该还没有完全隐去，虽然不知是不是因为这个原因，她还是转开了目光。

过了一会儿，魏琰才重新开口，语气已经听不出异常了："一直以来，是我欠了你一声对不起。"

梁璎的手动了动，但她终究懒得去拿一边的笔、纸回应。

他应该也不需要她的回应吧？他看起来无非是想要找个排解自己内疚感的宣泄口。

梁璎又开始觉得烦躁了，既然他都做了，就应该更绝情一些，为什么还要留着这无用的愧疚？

"若是……能回到从前，回到第一次见你的时候。"魏琰的声音低了下去，若是不知道的人听了，应该以为那带着怀念的声音是在讲述什么动人的故事，"我一定不会再让你受到任何伤害了。"

梁璎的手已经握成了拳。

如果能回到过去？

她突然想起出宫之前，自己问魏琰唯一的问题是：为什么是我？

魏琰是怎么回答的呢？哦，他说："因为刚好是你。"

对的，其实算起来，当初确实是梁璎自己撞上去的。

彼时梁璎是作为宫女进宫的，被分在了当时的淑妃宫里。与魏琰相识的那天，她正在为自己打碎了淑妃的玉镯而焦虑、恐惧。

梁璎知道淑妃的脾气不好，要是让她知道玉镯被打碎了，自己怎么也得被扒下一层皮，所以害怕得不敢回宫。

她就是在这样精神恍惚的时候，与魏琰撞上了。

一切都是一刹那间发生的事情，包括当时梁璎看到黄色衣角时活络起来的心思。再回过神的时候，手上原本握紧着的玉镯已经被她故意撒开手滚落到地上，清脆的声响，也敲进了梁璎的心里。

"参……参见皇上。"她慌乱地跪在了地上。

"起来吧。"头顶上传来听起来十分温柔又带着笑意的声音。

梁璎紧张地站了起来，她先前也见过这位皇帝的，虽然皇帝没有实权的事情她也有所耳闻，但对于她们这些宫人来说，那都是很遥远的事情。

比起那些对宫人动辄打骂的主子，他在梁璎的心里，是一个对宫人很宽容、很善良的人。

这会儿皇上的身边没有带宫人，梁璎看到他走了两步捡起地上碎掉的手镯，一时间心再次提了起来。

"碎了。"男人的声音有些惋惜。

如果按照梁璎方才一瞬间想到的方法，就应该说玉镯是刚刚摔碎的，可她到底是说不出口："皇上，那玉镯是之前就……"

梁璎坦白的话还没有说出口，就被男人的声音打断了："走吧。"

梁璎一愣，抬头看过去。

年轻又好看的皇帝正在笑着看向她："既然是朕将淑妃的东西弄坏了，自然是要亲自去赔礼道歉的。"

从他的眼里，梁璎看出来了，他其实已经知道了玉镯是怎么碎的，却还是愿意揽下这个责任。

梁璎低下头，那一刻她有些想哭，说不清是劫后余生的庆幸还是被他体贴的行为感动。

在去淑妃宫殿的路上，魏琰也没有丝毫的皇帝架子，他闲聊一般地问了一句："你经常来这里吗？"

梁璎连忙一五一十地回答了，那个地方偏僻，她偶尔会去那里散心。其实她就是受了委屈找个地方偷偷地哭，怕皇上觉得自己偷懒，她还强调了"偶尔"。

魏琰笑了笑。

也是后来的后来，梁璎才知道了当时不知道的很多事情——

比如那个地方其实也是魏琰私下与薛凝幽会的地方，所以她才会撞到孤身一人的魏琰；比如当时萧贵妃已经发现了蛛丝马迹，发疯似的要把那个勾引皇帝的狐狸精揪出来，所以魏琰才会想出找个挡箭牌的主意。

当时的梁璎只知道魏琰用这个理由去淑妃的宫里坐了坐，又赏了淑妃新的玉镯，哪怕是没有留宿，也让淑妃高兴了很久。淑妃不仅没有责怪梁璎，还重重地赏赐了她。

再回忆起这些事情的时候，梁璎分辨不清，魏琰彼时是出于好意，还是从一开始就存了利用的心思。

事实上，他也没有因为将梁璎当作挡箭牌就无所顾忌，他确实是在努力地护着梁璎的。所以，那时的梁璎才会沦陷，才会为了这个人义无反顾。

魏琰也意识到提起往事并不是很好的话题，所以很快就转移了话题。

"林书扬的事情你已经知道了吧？"

梁璎点点头。

"我记得他的夫人与你相识，你不用担心，他不会有事的。"

不知是不是错觉，梁璎甚至从这话里听出了几分邀功的意味，这种感觉放在魏琰的身上显出了几分滑稽。

要说不担心是不可能的，但梁璎没有想问他的打算。

见她没有反应，魏琰又从怀里掏出一个盒子，放到桌上后往梁璎这边推了推。

梁璎瞥了一眼，盒子里是一对看起来就很名贵的耳坠。金色的耳坠镶嵌着不知名的宝石，即使没有阳光的照射也熠熠生辉。

"只是想到了是你喜欢的样式，就顺带拿来了。"

魏琰语气中的忐忑与小心翼翼，没有被梁璎注意到。她只是想起了周淮林说过的那些话。

魏琰这是在做什么呢？他现在跟他的心爱之人在一起了，也已经是拥有了实权的皇帝。

到底是对她有着什么样的愧疚能让他做到这样的地步？不管是什么样的愧疚，能不能停下来？

梁璎起身，在魏琰略显慌张的目光中跪到了地上。

"梁璎……"魏琰的脸上已经不见方才的笑容了，他伸手想要去扶她，手却又僵在了那里。

梁璎没理会他，而是将方才拿在手中的笔、纸放在了地上，一如五年前与他最后一次交流的那般姿态，伏在地上一笔一画地写着：前尘往事，我都已经忘了，你不用再内疚了。现在的我很快乐，也希望你能把握好你自己的缘分。我们都向前看吧。

梁璎虽然不可能原谅他，但比起这个，她更不想继续和他纠缠。

她跪在这里，以臣子的姿态，写这些字时，却是以恍若两个人还是以往亲密关系时的相熟口吻。

梁璎写完后，就将纸从边角处一点点捏皱，最终揉成一团全部收入手心中。她知道魏琰已经看到了。

"缘分？"魏琰近乎自嘲似的呢喃，"梁璎……"

他叫着梁璎的名字时，就像是在叹息，可后面的话还没有说完，就见一个身影出现了。

周淮林本来不该在这个时辰回来的，但在魏琰上次造访之后，他就留了下人专门给自己报信，这回知道魏琰来了便赶紧回来。

"臣参见皇上。"周淮林一进来，就径直跪在了梁璎旁边行礼。

上次他们见面时魏琰还戴了面具，这次两个人倒是真的面对面了。

梁璎往周淮林那边看了一眼，便看到他也在看着她。对视后，他给了她一个抚慰的眼神。

魏琰好一会儿没有说话。

并排而跪的夫妻二人，对视时就像是在眉目传情一般。不带私心地认真来讲，他们很登对，确实很登对。

魏琰终究是将方才伸出的手，又收了回来。

"好，"他眼眸微合，"我知道了。"

魏琰的背影一消失，周淮林立刻将梁璎扶起来，待她站直了，他弯腰拍了拍梁璎裙摆上的灰尘。

梁璎问他：你怎么回来了？

她的手在比画之时，方才捏在手中的纸团显出一角，让她的动作有些许的不便。

周淮林的目光往那个纸团上扫了扫才回答："结束得早。"

梁璎没有相信，她知道周淮林是担心自己才回来的。私心里，她不愿意这两个人碰面，但有周淮林在身旁，她又确实会安心许多。

她只能希望……魏琰方才说的"知道了"，是真的知道了。


夜里，一直等旁边的人呼吸逐渐均匀绵长，周淮林才睁开了眼睛。确定梁璎已经陷入熟睡，他动作小心地下了床，没有惊动床上的人。

周淮林去了前厅，在他的示意下，还没有下人打扫这里，他很容易就找到了自己想要的东西——白日里被梁璎扔了的那张皱成一团的纸。

上面的字已经有些不清晰了，但辨认起来却并不难。他一字一句地看完，视线在"快乐"这两个字上，多停留了一会儿。

周淮林的嘴角慢慢地漾出浅浅的笑意。

人有时候就是这么奇怪，他明明知道他们之间并不会说什么，明明也无比确定梁璎的心意，可还是会感到不安，还是会在亲眼看到她的肯定时，感受到了心底那丝丝缕缕的甜蜜。

周淮林将纸张重新折叠好。他回到房间重新上床，刚躺好，却见原本应该已经睡着了的女子，正睁大眼睛定定地看着自己，他不由得微微一愣。

梁璎用手指点了点他的胸口——鬼鬼祟祟，干什么呢？

她知道不用打手势周淮林也能明白她的意思。

周淮林确实看懂了，目光微微闪躲："有些睡不着，出去走走。"中气很足的声音，就是底气不足。

梁璎趴到了他的肩上，继续看着他。

"好吧。"被她盯着的周淮林眼睛一闭，隐隐有些自暴自弃的感觉，"我是去看你今天给他写了什么。"

周淮林用的是"他"，这会儿他们的关系不是什么君臣了，而是情敌。

梁璎感到有些意外，毕竟周淮林这人总是不动声色、面对她亦是无底线的宽容姿态。他有时候表现得更像是一个成熟的长者，吃醋、嫉妒、恼怒之类的年轻人的情绪，仿佛都不会在他的身上出现。

难得看到他这样陌生的一面，梁璎倒是挺稀奇的。她摇着他的身子，让他睁开眼睛后才比画着问：你在意？

周淮林大约是不太习惯回答这种问题的，嘴唇动了动，才发出声音："多多少少会有一些吧。"

梁璎笑得更明显了：多多少少，那到底是多还是少？

这次他抿着嘴唇不说话了。

看来是到达他所能表达的极限了，梁璎原本还想继续逗他，冷不防男人突然一个翻身，将她压在了身下。

梁璎猝不及防地闭上眼睛，手紧紧地抓住了他胸前的衣服。

"梁璎。"周淮林在叫她，梁璎睁开眼睛时，正对上他炙热的眼神，他的眼睛里面燃烧着的一簇簇火焰，似乎要将她熔化掉了，"很多。"

梁璎还是愣了一下才反应过来他这是在回答她之前的问题。

他的声音还没有停下来："我很在意，很在意他的存在——现在的存在、曾经的存在。看到他握着你的手的时候、知道他单独见你的时候，

080

我都嫉妒得要死。想到他曾经被你那般地爱着，我就会特别不甘心。我多么希望，你从一开始遇见的就是我、爱上的就是我，生命里都是我，希望你的眼里只有我，一眼也不要看他。"

周淮林心疼梁璎的过去，爱她的所有，却也依然会因为曾经有那么一个人，在她的心里留下了如此深刻的印记而嫉妒不已。

无论读多少圣贤书，人面对情爱之时，好像还是会回归本能。

梁璎的脸一直都是红着的，男人那低沉的声音在耳边每响起一句，她的耳朵就会烫上一分。

他从来没有说过这些话，那不加掩饰的浓烈爱意让梁璎的心也跟着变得滚烫，与他的皮肤触碰在一起的地方更是灼热得可怕。

但她还是举起手比画着回应：虽然以前不能改变，但以后的时间，都是属于我们的。

周淮林认真地看了她一会儿，突然一低头，含住了梁璎正在胸前比画的手指，禁锢在她腰间的手，更是微微用力。

梁璎的身子，蓦然一酥。

这会儿的周淮林，带着跟他长相很相符的野性与霸道，老实说，很迷人。

她抬头，亲了亲男人的唇，在想要离开之时已经来不及了，男人的唇追了过来，反客为主地撬开她的贝齿。

不复以往的体贴温柔，带着迫切与狂野的动作，却不难让梁璎感受到他对自己的渴望。

她不能言语，却也想让对方感受到自己的爱意，唯一能做的就是毫无保留地接纳他。

两个人一番云雨，直到后半夜才停歇下来，守夜的下人们正面红耳赤着，就听见房门吱呀一声被打开了。

"打热水来。"

"哎！"他们忙不迭地应下后就开始忙活了。

周淮林重新走进房间，床上的女人明明累极了，可疲惫中又透着慵懒的媚态，抬眸看过来时，那带着委屈的眼神，看得男人身下蓦然又是一紧，连忙将旖念从心底拂开。

他走过去后，梁璎就拉住他的手，有一下没一下地磨蹭着，他知道那是在抱怨好累。

"累了？你先睡，我来收拾。"

梁璎听他这么说，眼睛便安心地闭上了。

后面的事情也确实都是周淮林来做的，他将她身上清洗了一遍，把她放进干净的被窝里。唯一让人不满的大概就是新换的被褥带着几分凉意，梁璎又醒了，拉过他的手，在手心上写字。

平日里，两个人也时不时地这样交流。

梁璎缓缓地在他的手心上写着：*你今天比之前让我满意多了。*

她写完便眼睛一闭继续睡了，坏人，让他瞎琢磨去吧。

周淮林果然在接下来的时间里沉着脸思索，这个"满意多了"，重点是这次的满意，还是之前的不满意。他想让梁璎给个解释，可"小没良心的"早就睡得沉了。

没办法了，只能日后再"努力"验证了。


皇宫里，暗卫们照例在向魏琰汇报周府的情况。

说实话，就皇上对周府那严密监视的劲儿，不知情的，还以为人家是预谋谋反。结果就暗卫们轮番观察，人家周大人每日就是工作、陪夫人，闲暇时间大多是小夫妻俩腻在一起。

不过皇上真正监视的可能是那位小娘子，毕竟以往他只听那个小娘子的动向，也就是最近，才允许他们加上周大人。

今日暗卫们的汇报内容有些少，毕竟监视日常举动就算了，人家夫妻行周公之礼他们又没必要听墙脚，隐晦地提一句就算了。

他们的皇上听完后沉默了许久。

暗卫们都习惯了，没人的时候，皇上就喜欢这样待在黑暗中沉默着，更何况今日他的心情好像尤其差。

不知道过了多久，黑暗中才终于响起魏琰沙哑的声音："命令丞相及六部，尽快结束进京官员的考察，让他们各自返回。"

"是。"暗卫领了命令就退下了，只是临转身之际，凭借出色的听力似乎听到了皇上的喃喃自语——

"走了就好了，等她走了，就好了。"虚无缥缈的声音很快就消失在了黑暗之中。

后面几日的事情好像尤其顺利，周淮林的公务处理得很快，梁璎已经开始准备返回的事宜了。在回去之前，梁璎唯一的事情就是跟周清芷又见了一面。

林书扬已经被判无罪了，说是皇帝亲自下的手谕。梁璎看着周清芷舒展的眉眼，也替她感到高兴。

"你是不知发生了多少事情，这京城里的人啊，有的就像是人精似的，一有点儿风吹草动，就离你远远的，生怕连累到了自己。"

两个人坐在茶楼里，梁璎静静地听着周清芷坐在对面抱怨最近的人情冷暖。

"还有一件事！"周清芷像是突然想起了什么一般。

梁璎闻言以疑惑的眼神询问是什么事。

"堂嫂，你认识……"周清芷的话还没说完，目光看向一处时突然变了脸色。

梁璎自然注意到了，也跟着往后看，等周清芷想要拦她的时候已经来不及了。她看到了那边刚好从楼梯口过来的两个女人。

杜林芝是被杜茹窈拉着来的。她这个堂妹说清月茶楼出了新茶，非得让她来品一品。

杜林芝原本是没什么兴致的，却听堂妹劝道："你总是待在家里有什么意思吗？多出去走走，说不定还能见到想要见到的人。"

她确实被这句话劝动了，毕竟梁璎这段时间在京城，万一……万一就碰到了呢？

没想到真的碰到了。

杜林芝的脚步在看到熟悉的身影时，一下子就停了下来。与梁璎的视线相对，她仿佛连心跳都放缓了，不敢用力。

"哎呀，"还是杜茹窈笑着上前，"这不是林夫人吗？好巧。"

周清芷气急，巧什么巧？这个女人多半是故意的，利用自己接近堂嫂，真是无耻！

果然，杜茹窈这么招呼了她一声，视线马上就转到了梁璎这边："这位是周夫人吧？我们以前还见过，不知你记不记得？"

梁璎看了一眼那边的杜林芝，又扫了一眼面前的女人，轻轻地点头。

其实杜林芝如今这样的姿态，她大概是知道为什么。

当年梁璎也是在得救后才知道杜家并不知道护送他们离开的暗卫是自己派过去的。因为暗卫沉默寡言的办事风格，杜家以为是魏琰的安排。

在知道这一点时，梁璎还松了一口气，央求魏琰不要告诉他们。她想得很简单，若是他们知道了，定会将她受伤的事归咎到自己身上，梁璎不想他们自责。

魏琰当时的表情很复杂，或许是不能理解："傻瓜，任何人的付出，都是想要回报的，你为他们做的事情，也应该让他们知道。"

梁璎轻笑着点点头，她那时候就已经不能说话了，只能在纸上写着回答——

付出确实是想要回报的，但这个回报，并非必须投之以桃，报之以李。

如果在感情上是对等的，确定对方是值得的。谁付出得多一些并不需要斤斤计较。

我与义父和林芝他们，并不会因为这一次的事情有什么改变。

那时候，梁璎确实是如此自信地笃定着。哪怕是没有这救命之恩，也并不会改变他们之间的感情。那何必要因为这件事，让他们对自己感到愧疚呢？

可结果却讽刺得好笑。

不知道真相的时候，他们可以毫不犹豫地背叛自己；知道真相以后，又对自己表现出一副愧疚的模样。好像他们之间，就仅仅是这种救命之恩的关系。

"杜姑娘，"周清芷有些忍不住了，"我上次就与你说过了，想要道歉就应该摆出道歉的姿态，而不是这般投机取巧。"

这话传到杜林芝的耳朵里，使得她的脚步又是一顿。她大概知道了今日的相遇是杜茹窈的有意为之。

被戳穿的杜茹窈有些尴尬，她还想反驳两句，却被杜林芝按住了手。

"她说得没错，是我的不对，梁璎。"杜林芝的声音十分诚恳，"上次见面匆忙，没来得及跟你好好地说几句话。"

其实是两个人相遇得太过突然，让杜林芝感到手足无措。事后，她后悔了无数次，当时怎么能什么都不说。

此刻她看着坐在那里神色淡然的女子，仿佛还能看到，她们那些同床共枕夜话到很晚、一起看书习字的日子。

她曾经确实看不起梁璎，但这个人从一个只认识几个字的程度慢慢地学习，去接触那些以往没看过的书籍。

　　梁璎的身上有一股韧性，那种不服输的精神，会让她去努力接触和学习一切自己不擅长的东西。

　　她就是用这样的努力让杜林芝一点点地对她改观。若是当初，自己能放弃那些顾虑，放弃所谓的大局，坚定地站在她那一边，他们之间会不会跟现在不一样？

　　杜林芝在这样的痛苦、懊悔中，说出了迟来了几年的道歉："梁璎，对不起。"

　　梁璎的手抚摸着杯沿。她其实已经没了怨恨，也没了愤怒，心情比想象中的要平静。对了，就像是她说过的那样，付出原本就不是非要什么等价的回报，只是因为值得而已。

　　如今不再值得了，那就远离好了，也不是只有怨恨这一条路。

　　她抬眸，在杜林芝哀伤的目光中，轻轻地点头。

　　对面的周清芷马上代替她说了："我堂嫂说了，没关系，以前的事情她不介意了。要是没什么事情，我们就先走了。"

　　梁璎仅仅一个点头的动作而已，周清芷倒是将她的意思理解得非常到位。梁璎忍不住看了她一眼，对看过来的眼神颇为得意，惹得梁璎的眼中也忍不住带上了笑意。

　　梁璎没有像五年前那样质问、指责自己了，但杜林芝不知道为什么，心中却像是更加失落了。

　　见她不言语，杜茹窈有些急了："周夫人，大伯父近来的身体……"

　　杜茹窈的话还没说完，就被杜林芝打断了："不用了，你们继续，我们就不打扰了。"

　　失落又怎么样呢？梁璎都说了没关系，她还能怎么样？她还能期望梁璎怎么样？期望梁璎像以前那样把自己当作亲密的朋友吗？

　　那样的念头……未免也太过无耻了。

　　至于父亲的身体，梁璎也没有责任要去顾忌。

　　杜茹窈在一边干着急，想说什么，又顾忌着杜林芝不敢说。

　　梁璎再次点点头，显然是跟她们没有任何交流的想法。

　　于是杜家那一群人这么浩浩荡荡地来了，又浩浩荡荡地离去。

周清芷的心中忍不住疑惑，其实在杜林芝她们没出现之前，她想说的就是这件事："堂嫂，你跟她们认识吗？"

梁璎点点头。

"你们是什么关系啊？"

梁璎想了想，才比画着说：*我的书法是她教的，经书也都是跟她一起看的……*

她们之间还有很多事情，但是梁璎没有继续说下去，她看向窗外，还能看到人群里杜林芝的背影。

对于从小无依无靠、更没有什么机会识字看书的梁璎来说，那样潇洒又博学多识的杜林芝，曾经是她无比钦慕的人。

"后来呢？"周清芷还在问。

梁璎又想了想才回答：*后来，就两不相欠了。*


杜茹窈被杜林芝带回了家还在愤愤不平。

"堂姐，当年的事情原本就有误会嘛！你们又不知晓真相，解释清楚了不就好了吗？"

"这件事你别管了。"杜林芝冷冷地开口道，那其中的事情，哪里是一句误会能解释得清楚的？她随即又质问杜茹窈，"你之前是不是去找过她？"

杜茹窈倒是不敢瞒着杜林芝，将自己去找了周清芷的事情一五一十地说了，也包括那个臭丫头都说了什么没礼貌的话。

"我这不是想着大伯父的病一直不见好，大夫又说是郁结于心，才这样做的吗？不然谁愿意去求那种……"杜茹窈的声音突然停下来，因为她看到了在不远处站着的老人："伯……伯父。"

杜太傅虽有太傅之名，在朝中却并无实权，但这并不影响他在朝中的德高望重。杜家今日在朝中的地位多是仰仗他，家中的小辈们对他自然是尊重、敬畏的。

杜茹窈几乎在看到他的一瞬间就变得乖巧、端庄了："伯父，您怎么出来了？天寒地冻的，您的身子骨不好，可别冻着了。"

杜太傅没有说话。他立在回廊中，身旁就是皑皑白雪，病弱的身子骨在寒风中总让人觉得他下一刻就会倒下。

他看看自己默不作声的小女儿，又看看对自己一脸关切的侄女。

杜家百年家风，世代清正。可他在这一刻，却感到了羞愧。

世家又如何？他活了几十年，也不如一个小女娃看得透彻。周清芷说得没错，道谢就该真诚地送上感激之心，道歉就该堂堂正正地表达歉意。

他如今……这是在做什么呢？

杜太傅转身，在几个人的目送中，撑着拐杖缓慢地离开了。

只怕，无论是道歉还是道谢，对那个女子来说，都不过是负累罢了。


梁璎与周淮林终于定下了归期，就在三日后，算算时间，还能赶上回家过年。

得了具体的时间后，她赶紧给家里写信。这一写信就想起来了好像还有一件事没完成，她转头看向不远处的周淮林。

这屋里有一大一小的两张桌子，小一点儿的靠窗的桌子是梁璎在用，大一点儿的就是周淮林办公用。

他们时常一起待在书房里互不打扰地干各自的事情，但是只要梁璎看过去，周淮林就马上心有所感般地看过来。

梁璎问他：咱们清单上的东西都买完了吗？

"还差几样。"周淮林记得很清楚。

梁璎一听就走过去了，清单上都是峻州的亲朋好友们托他们在京城带的东西，两个人凑在一块儿将清单清点了一遍，再对视时，周淮林看出了她眼里的兴奋，不由得笑着问："想出去？"

梁璎点点头。

两个人一拍即合地出了门，但不巧的是，周淮林半路就因为公事被叫走了。

现在周淮林的公事关系到二人能不能按时回去，自然是大事。梁璎当时二话不说就让他赶紧去了。

她一个人逛就有些兴致缺缺，原本这种事有趣就有趣在两个人在一起，要真的是为了购齐物品，交给下人去就好了。

梁璎一边随意逛着，一边等周淮林回来。正当她拿起路边摊位上的砚台观看时，心口忽地感到一阵疼痛。那疼痛太过尖锐，让她眼前一黑，身体就要瘫软下去，手上的砚台也随之失手滑落到了地上。

变故来得太过突然，随行的下人都没有反应过来，还是另一道身影先一步接住了差点儿倒地的人。

"梁璎！"来人将她整个人拥入了怀里，慌张地叫她的名字。

梁璎听出了是谁，她很想推开来人，可心口的疼痛让她说不出话来，也使不出力气。

"哎呀！我的砚台啊！"摊位小贩更在意砸到了地上的砚台，捡起来后看到上面被砸得缺了一个口子，更是满脸心疼，"造孽啊！这砚台你们今天……"

话还没说完，他正对上突然冒出来的男人的眼神，那其中的凶狠吓得他说不出话来。

还是周府的下人赶紧拿出银两赔偿了小贩的损失，等付完钱再想去看夫人时，却见自家夫人被那个男人紧紧地拥着，仿若护食的狼崽子，谁敢上来他就要咬谁。

对这位的身份隐隐有所认知的下人还真的不敢贸然前去夺人。

此刻，魏琰平日里脸上温和的笑意全被着急的神情所替代，他得不到梁璎的回应，不敢耽误，干脆将人横抱起来。

"快去找大夫。"这话他是对暗卫说的，也立刻就有人去办了。

心口太过疼痛了，仿若有一把刀在里面搅动着，疼得梁璎冷汗直冒，做不了任何动作，也只能忍耐着那个抱着自己的男人的气息，太近了，又靠得太久了，以至让她想起来，她早就已经开始对这个气息感到作呕了。

她正在慢慢地等着心口的那阵疼痛过去，却突然感觉到魏琰的脚步停了下来，抱着自己的手更是用力了几分。

梁璎勉强看过去，看到那个向着自己跑过来的身影时，她便觉得心口的疼痛感好像已经减轻了。

周淮林是大步跑过来的，停下时还在喘着气："梁璎，怎么样了？哪里不舒服？"

魏琰并没有因为周淮林的到来就将梁璎交给她的夫君。相反，梁璎甚至能感觉到他的手更用力了。

"梁璎刚刚像是心口疼痛。"魏琰开口解释，"我刚刚已经叫了大夫。"

周淮林匆匆地瞥了他一眼，并非不知道对方的心思，可他现在一副不肯松手的姿态，自己纠结这个只会耽误梁璎的病情，周淮林也只能暂时不计较，而是立刻提供自己所知道的情况。

"她先前并没有相关的心疾。"梁璎身体的毛病多，倒是没有犯过心疾。

梁璎听不清他们在说什么，被一个自己讨厌的人抱着，却看着爱人在旁边，她只觉得难过极了，努力将手伸向了自己的夫君，捏住就在她手边的周淮林的衣袖，用尽力气扯了扯。

魏琰和周淮林两个人都愣了愣。

周淮林先反应过来，马上握住了梁璎的手。他其实从刚刚看到梁璎晕倒时跑过来开始，就已经慌张得方寸大乱了，却还是得勉强装着冷静的模样。

在看到梁璎依赖地将手伸向自己时，无法言喻的苦涩在周淮林的心中蔓延着，是自己太过没用了，所以这种时候，连抱住她都做不到。

周淮林看向另一个男人。

魏琰对着梁璎伸出去的手微微发愣，他抱着梁璎的手还是没有松开，仿佛是在握着自己的救命稻草，松开一点儿就会死掉，所以紧紧地抱着怀中的女子。

可怀里人明明白白的抗拒的举动，让他的呼吸变得急促起来，整个人像一条因为干涸而濒死的鱼，快要抑制不住某种呼之欲出的感情。

魏琰终究还是开口了："周刺史，你来抱吧。"每一个字，他都说得异常艰涩。

周淮林自然是马上就将梁璎接了过来，虽然能感受到对面男人不想放手，好在他到底是将人递了过来。

抱着自己的人一换，梁璎马上整个人就埋进了周淮林的怀里，脑袋更是紧紧地贴着他的胸口。

她这会儿已经好了许多，刚刚正疼的时候，她真的觉得自己像是要死了一般。

周淮林也感觉到她恢复了几分精神，一边抱着她赶路，一边问她："好点儿了没？现在还疼吗？"

梁璎依着他问话的顺序，先点头，再摇头，然后又乖乖地靠进了他的怀里。

周淮林微微地松了口气，让她好生休息着，也不再问她话了。

几个人就停留在了不远处的一间客栈里。

等大夫到的时候，休息了一会儿的梁璎的脸色已经缓和了许多，没有一开始那么苍白。

大夫把脉过后，又认真地询问了梁璎当时的感受、以往有没有类似的经历……最后他得出了心悸的结论，拿出药丸让梁璎先服用了两粒。

"怎么会突然之间发这么个病？"与床边的众人隔着一段距离，站在窗边的魏琰突然开口问。

这个问题倒是把大夫难住了："这病的诱因就比较难说了，天气、情志、饮食等，都是有可能与之有关联的。"

梁璎想了想，倒是没觉得与这其中的什么有关，真要说起来，可能就是她的身体已经适应了江南的温暖，一时间承受不住京城的寒冷。

大夫开了药，又将方才给梁璎服用过的那种药丸剩下的都留了下来，嘱咐梁璎随身带着，若是以后再有这种情况，便含服两粒。

他离开后，狭小的房间里就只剩下了三个人。

周淮林起身，对仍旧在窗边站着的男人拱手："多谢皇上出手相救。"他没提魏琰为什么会出现在这里，魏琰救了梁璎是事实。

魏琰的目光终于从已经看不出什么异常的梁璎身上转移开："我也只是正好碰巧路过。"他顿了顿，"既然已经没事，那我就先走了。"

自然是没人挽留他的，甚至床上的人连一眼都没有看他。

魏琰走出房间后，脚步放得很慢，他好像听到了屋里的男人在说话。

"我们多休息两日再出发如何？若是路上再犯了病就难办了。"

魏琰的脚步更缓了，他有一会儿没听到屋里的动静，应该是梁璎在回复。然后他又听到周淮林用低沉的声音哄她："乖，就算是不适应京城的天气，也不在乎这两天了，还是多休养两天稳妥一些，以后我们就不冬天来了，好不好？"

屋里再没有传出动静，但是周淮林没有再劝，那就是梁璎同意了。

魏琰重新抬起脚步离开。


此刻宫里也是乱作一团。

暗卫将魏文杞生病的消息传给魏琰后，就见他们一向沉稳从容的皇帝，乱了方寸一般地奔向太子的宫中。

太医院的所有太医都在太子的宫中了。

平日里生龙活虎的孩子这会儿正躺在床上，双眼紧闭，脸色通红，眉头痛苦地皱在一起。

魏琰就坐在床边握着他的手，目光一下也没有从魏文杞的脸上移开过。

他的孩子，他们的孩子……他怎么能……连一个孩子都护不住？

魏琰的手越握越紧，不能有事，他的文杞绝对不能有事。

在那边商议了好久的太医们，终于派出一个人来向魏琰禀告。

老太医的心里直打鼓，却不得不硬着头皮上前："皇上。"

他刚开口，在床边坐着的人就看了过来。

魏琰泛着红色血丝的眼睛看过来时，老太医的心被震得一惊。大魏这位皇帝向来以宽厚仁慈为名，让人几乎都忘了，这也是斗倒了萧党的狠厉之人。

他当即跪倒在地："恕臣等无能，未能找到太子殿下昏迷的原因。"

他说这话的时候，落在自己身上的目光，让他觉得自己仿佛已经被凌迟。

可是老太医等了一会儿，听到的却是魏琰姑且算是平和的声音："诸位都是大魏在医术方面的佼佼者，太子的身体乃国之根基，朕只能交给你们了。"

比起帝王的愤怒，那话里更多的是一位父亲的无奈、心焦和恳切。

不光是老太医，他身后的太医们亦十分动容，纷纷跪倒在地："臣等定当竭尽全力。"


东宫这几日一直笼罩在一层忧愁与药味中，来往的宫人们无一不是愁眉苦脸的。

宫内外进出的人都要被严格排查。

第三天的时候，薛凝来了。

"皇后娘娘。"见了她，众人纷纷行礼。

薛凝的脸色不太好，她点头后冷冷地问道："皇上在里面吗？"

魏琰自然是在的，他这几日就没有从这里离开过，一向勤政的他已经好几日没去早朝了，这在以往是从未有过的。

薛凝得到了肯定的回答后又开口说道："还烦请公公帮我通报一声。"

通报的小太监进去了，她在原地站了一会儿，也做好了魏琰不会见她的准备，却不想没一会儿小太监就过来回话，说是皇上让她进去。

屋里药的味道比前几日更浓了。

薛凝站在大殿之中，没一会儿，就见魏琰从里间走出。他一身宽大的衣袍，未系腰带，头发虽然束起却显得有几分凌乱。

"皇后来了？"疲惫与温和也没有让男人的威严减弱半分。

薛凝敛了敛心神："臣妾参见皇上。太子现在情况如何了？"

"太子有太医院照料着，皇后不必费心。"魏琰一边说着，一边就着手上刚刚给魏文杞擦过额头的毛巾擦着手，"这些日子，后宫的事情就麻烦皇后打理了。"

薛凝握紧了袖中的手。

世人都道皇上对她极尽宠爱。他也确实给了自己皇后的位置、体面和尊重，可除此之外呢？

那个说喜欢她、说爱她、说此生不会负她的男人呢？

她的心中涌上不甘，这么多年来，他们之间似乎只剩下现在的相敬如宾了。

"皇上昨日派人来搜查了凤仪宫。"

魏琰听出了她话里的控诉之意，却神色未变地将手中的毛巾放进了一旁宫人端着的盆里："并非只有凤仪宫。太医说太子有中毒的可能，他是在宫里中毒的，朕将整个皇宫都搜过了，皇后不必多想。"

"臣妾的妹妹，昨日被宫里的人带走了。"

男人继续耐心地解释着："暗卫跟朕说，你妹妹先前派人跟踪过太子，所以朕找她问一问情况。若是与她无关，朕自然会送她回去。"

"那请问皇上现在问清楚了吗？"

"还有些疑问。"

两个人明明一个温和耐心地有问必答，一个卑微有礼，空气中却能让人嗅出紧张的气息。

薛凝静静地看着上方的男人好一会儿，她突然不想再演这么一出相敬如宾的恩爱的帝后戏码了，直接问了出来："皇上，你是在怀疑是我动的手是不是？你觉得我作为太子的嫡母，会去害他是不是？"

魏琰的目光闪了闪："你多虑了。"

"多虑了？"薛凝重复着他的话，只觉得好笑，魏琰连薛敏都动的事实，让她一直忍耐着的情绪，在这一刻终于无法再抑制，她上前两步，目光流露出丝丝缕缕的怨恨，"对，我一直都知道，在你的心里，你，太子，梁璎，你们才是真正的一家人。我算什么呢？我算什么呢？魏琰。"

这个她都忘了有多久没叫出口的称呼从嘴里说出来时，薛凝瞬间就红了眼眶。

"皇后……"听到梁璎的名字，魏琰皱着眉想要阻止她，却被薛凝尖锐的声音打断。

"够了！你以为我什么都不知道吗？你为了她遍寻名医，有什么宝贝，你从来第一个想到的只有她。你为什么不敢见那个周淮林？你敢说不是因为嫉妒吗？"

多年的委屈在这一刻爆发出来，薛凝现在只想把自己的心里话都说出来："你不碰我，说什么身体不行，到底是真的不行，还是说魏琰你在为梁璎守身如玉？"

魏琰的脸色变得难看起来，可薛凝还在继续说着："所有人都说是她为我挡了灾，我应该感激她，应该对她感到愧疚。可我多希望……"女人眼中的泪潸然落下，"我多希望，当年陪着你的人，是我。"

她多希望，是她陪着他相依为命，陪着他走过那些困难的时刻，为他生儿育女。而不是像现在这样，空守着一个躯壳。

可即使她这样控诉，眼里带着泪，那边的男人却不见任何怜惜之色，连那微微的发愣与茫然，都是因为另一个女人。

薛凝的心中止不住地感到悲哀。

二人正僵持着时，突然听到里间传来动静："皇上，太子像是在说什么。"

薛凝看着魏琰眼里骤然燃起的光亮和焦急，那才是真正属于他的情绪。彼时，她也曾经这样羡慕地看着那一家三口。可是为什么？现在魏琰回到了自己身边，她还是只能这样羡慕地看着。

梁璎正在等着下人们将马车装好。

上次她突然犯了心悸后，他们又等了几日，未再出现当日的情况，周淮林才终于同意上路。

等最后的东西收拾好，他们就会出发离开京城，梁璎原本应高兴的，却不知怎么的，心中一阵阵不安袭来。

"怎么了？"正在装车的周淮林注意到了她的不对劲，走过来问道，生怕她是哪里不舒服。

梁璎赶紧摇摇头，她不想耽误启程。

等好不容易一切终于收拾妥当了，梁璎在周淮林的搀扶下打算进入马车时，突然听到一阵马蹄声。

众人一同看过去，正看见一匹黑色的马踏着雪往这边奔来。

离得近了，看清了马上的人，梁璎正要随着周淮林一同行礼，却被翻身而下的魏琰抓住了手。

"梁璎。"魏琰的眼圈还红着，声音里带着哀求，甚至还有丝丝绝望在里面，"文杞病了，他在唤你。"

# 第四章

# 悔恨

为什么是我？

梁璎这么问的时候，魏琰有片刻的恍惚。

为什么？为什么是她？

那一刻，他的脑海中闪过了许多画面——初遇之时少女撞过来慌张的模样、左右闪躲的眼神，都重新变得清晰起来。

他也连带着想起了那已经模糊了的最初的目的。

为什么是她呢？

一开始确实是对她的遭遇感到心软，毕竟淑妃的脾气，魏琰也是知道的。举手之劳而已，他倒不介意帮这个小姑娘躲过一劫。

但到后面，他就有了别的心思。

因为她太合适了，撞到他的那一瞬间就想到了这么个"栽赃"的方法，胆大、聪慧，临到场却又犹豫了，能看出她的善良、心软。

更何况那时候魏琰与薛凝平日里约会的地方，刚被萧璃月发现。她发了疯似的在宫中大肆排查。

魏琰不能让薛凝暴露，不仅仅是因为薛凝是他喜欢的人，更是因为一旦暴露，薛家也势必会被萧党警惕。

离开淑妃的宫里时，魏琰又看了一眼站在角落里的女子，恰好她正大着胆在往这边看，二人的视线对上，她眼里的感激还未完全散去。

带着光的眼睛，实在是纯净又明亮。

她是一个简单的人，那也意味着，不麻烦。

于是，就像魏琰回答梁璎的那样——是她自己，就这么撞了上来。

只是起初，魏琰以为她是撞入了这场前朝后宫的斗争中。很久的后来，他才明白，那一撞，让她撞进自己的生命里，再也走不出去了。

薛凝知道他的决定时，沉默了很久，才问他："对她来说，会不会太残忍了？以萧璃月对你的感情和手段，不知道要怎么发疯。"

魏琰知道，薛凝这是不忍心。他又何尝不知这对于梁璎来说有多残忍，所以只能许诺："我会尽力护着她的。"

对面的女子闻言气呼呼地瞪了他一眼："虽然我确实是这个意思，但这话从你的嘴里说出来，怎么这么让人不高兴啊？"

魏琰失笑。

"你放心，"他知道薛凝在担心什么，许下了诺言，"我喜欢的人，永远都只有你一个人。"

薛凝这才露出满意的神色。

"萧贵妃那边，我也会盯着些的，等把她糊弄过去了，再想办法让梁璎全身而退。"

那就是他们一开始的想法。

所以那时魏琰确实只是把梁璎当作一个工具，她只需要发挥一下充当自己"心爱之人"的作用，让人不会怀疑到薛凝身上，就可以了。

可梁璎比他想象中的还要勤奋好学、聪慧。她就像是一棵野草，好像谁都能踩上两脚，谁都能拔去，却依旧顽强地在复杂的后宫中，在萧璃月的各种刁难中一次次地活下来。

为了不给魏琰拖后腿，为了更"配得上"他，她很努力地在识字、看书，学习各种东西。

魏琰的观念发生转变是在什么时候呢？大概是有一年登山祈福时，他遇到刺客的那一次。那支险些要了他的命的箭射过来时，替他挡住那支箭的是梁璎。明明她不是离自己最近的，明明当时很多人都在旁边，包括那个"爱他如命"的每日都为了他发疯的萧璃月。

可是只有她义无反顾地扑了过来。

混乱的场面中，魏琰怀里流着血的女子却是笑着的，她的眼睛，一如他第一次看到的那般纯净、明亮。

"我想帮你,"她大概以为自己快死了,所以努力地用虚弱的声音说了许多话,"皇上,我不仅仅是喜欢你,更倾慕你。我想帮你做你想做的事情,达到你想要的高度。"

她对魏琰献上的,不仅仅是一个女人的喜欢,还有追随者的衷心与赤诚。

魏琰红了眼眶,他第一次感受到了那被托付一切,压在自己身上的肩负着他人期待的重量。

最终,这棵野草再次挺过这个难关,变得活蹦乱跳之时,魏琰故意提起她受伤时说的话。

"不仅仅是喜欢我?还倾慕我?想让我……"

"哎呀,哎呀,"被打趣的女子羞得满面通红,"皇上可别说了……"

她急得去捂魏琰的嘴,苦于身高不够,魏琰又故意躲着,她踮着脚也够不着,便干脆捂住了自己的耳朵。

"啊——"梁璎背过身去,拖长了声音,"听不到哦,我听不到——啊——"

魏琰忍俊不禁,笑够了,才将手放在她的肩上,一用力,就将她的身子转了过来。

"梁璎。"

梁璎的声音停了下来,手虽然还捂着耳朵,但是魏琰知道,她听得到。

"以后,不要做这种傻事了,知道吗?你的生命也同样重要。"

梁璎就这么直直地看着他,突然问道:"跟你的一样重要吗?"

多么大逆不道的话啊。

可魏琰笑着回答了:"是的,一样重要。"

那一刻,他不是为了哄她,不是为了做戏,没有任何难度地就这么说了出来。

梁璎也笑了:"我就是一个孤儿,可是皇上你不一样,你是很多人的希望。"

希望吗?

魏琰以吻代替了所有的回答。

所有的改变都是有迹可循的，感情萌芽的成长都是清晰可见的，可是被蒙蔽了眼睛的男人，却看不见任何东西。

　　或许是心疼梁璎说起"孤儿"时的落寞，他将梁璎介绍给了自己的老师。

　　杜太傅对于魏琰来说，亦师亦父亦友。让杜太傅接纳一个学识有限的人，似乎有些难度，可梁璎做到了。

　　魏琰看得出杜太傅眼里日益增长的欣赏，看得出杜林芝对梁璎日益的在乎。

　　他也会忍不住地感到骄傲，这个身上带着一股莫名的顽强气息的女人，是他挑选的，是他看中的。

　　薛凝问他："你对她的特别，是不是因为当时替你挡箭的人是她？"

　　魏琰竟然有一瞬间不知道要怎么回答这个问题，他的心里下意识地闪过了"不是这么简单"的想法，但又很快回过神，安抚面前的女子——

　　"并不是那样，你别多想，只是她救了我的命，我自然是要对她上心几分。她没什么坏心思，也很聪慧。"

　　薛凝当时说了什么，魏琰有些忘了，但她到底没有再追究下去。

　　他和薛凝后面再一次发生矛盾，是在梁璎有了身孕后。

　　薛凝有些无法接受："不是说好了吗？说好了糊弄过萧璃月后就想办法让她全身而退。现在让她有了身孕又是什么意思？"

　　魏琰只是冷静地解释着："阿凝，我需要一个孩子，但是这个孩子，不能是萧璃月的，也……暂时不能是你的。"

　　"那就再找一个人啊！随便谁都好，为什么非要是梁璎？"这会儿的薛凝，对梁璎已经有了抵触之感。

　　魏琰只能安抚她："因为她是最合适的。"

　　她是最合适的，魏琰用这样的理由跟薛凝解释，但其实根本没有办法解释他自己初为人父的期待与欣喜。

　　这个孩子来得很不容易，被千万双眼睛盯着，想要让这个孩子死的人太多太多了。

　　梁璎后来敏感到夜里哪怕是响起再小的动静都会被惊醒，她不敢吃任何来历不明的东西，对宫殿的每个角落都了如指掌。

　　她当真是紧张到草木皆兵的地步了。

魏文杞出生的时候，他的母亲已经瘦到了像是一阵风就能吹走的程度。可在魏琰抱着孩子来到她的身边时，她还是笑了。

原本单纯、明媚的女人身上多了一种母性的光辉。

"魏琰，"这会儿的他们，私下里都已经是对彼此直呼其名了，"你知道吗？我特别感谢你。原本，我就像是这世间漂浮无依的浮萍，命运将我带向哪里，我就去往哪里，不知道自己能做什么，不知道自己存在的意义是什么，活着好像也只是活着。"

她的目光，从孩子转向了魏琰："可是因为你，一切都变了。你让我见识到了更广阔的世界，成了更好的自己，做了更多的有意义的事情。还有……有了一个家，让我的生命，变得有了重量。"

她的感谢，如此情真意切。

魏琰抱着孩子，紧紧地握着她的手。

那一刻，他胸中的激动迟迟无法平复，蔓延到身体每一处的悸动，是什么呢？那眼中的酸涩，又是为了什么呢？魏琰分不清，就像是他分不清自己对她的感情，到底哪一部分是真的？哪一部分是演出来的？哪一部分是爱情？哪一部分只是怜惜？

"傻瓜。"梁璎确实傻到让他心疼，"这种时候感动的话，应该由我来说的。"

他低头虔诚地亲了亲女人的额头："我们孩子的母亲辛苦了。是我应该谢谢你，谢谢你受了这么多的苦，将他带到这个世上。"

妻儿——那是魏琰第一次如此直观地感受到这个词的美好。

魏文杞出生后，为了守护他，梁璎更加融入朝堂之中了。很多事情，魏琰不会瞒着她，也会听她的意见，甚至无数次危机发生的时刻，他还得需要这个女人来救。

而他与薛凝相处时，好像逐渐就只剩下了僵持、争吵与抱怨。

"你知道我们上次见面是什么时候吗？"

薛凝这样说的时候，魏琰才意识到，他们好像真的很久没有见面了。

"你知道的，"他只能解释，"文杞现在还小，处境又危险，我不得不对他多花一些心思。"

他从来没觉得自己不爱薛凝了，但魏文杞是他的孩子，梁璎是他的责任，他不能不顾。

薛凝的嘴巴动了动，她似乎是还想质问什么，可到底又吞了回去，只是拿手去擦拭着眼泪。

"魏琰，我真的好怕，怕你离我越来越远了。"

"怎么会呢？"魏琰安抚着她，向她承诺，"你放心，这都只是权宜之计，等一切结束就好了。"

可不知怎么的，安慰的话都说了，理应在这个时候拥抱薛凝的他，身体却怎么也动不了。

后来一切真的结束了。

按照先前的约定，魏琰拟立薛凝为后。这是最好的选择，可以安抚刚刚经历了动荡的朝局，给他的追随者们一个交代，还有……履行对薛凝的承诺，成全与她年少的情谊。

那梁璎呢？魏琰问自己，然后又自我安慰般地想着，没关系的，他会给她其他的补偿。

他绝不会亏待她的，会保护她，不再让她受任何的委屈。他会给她皇贵妃的位置，也会让文杞一直养在她的膝下，将来哪怕是其他皇子登基，也会给文杞足够的保障。

魏琰想了许多，都是如何补偿。

梁璎会是什么反应？这个问题，他莫名地不敢去想。

"封后之事，是不是也应该跟宸妃说一说？"薛凝状似无意地向他问起。

魏琰难得皱了皱眉："她受了那么重的伤，非要这么急着刺激她吗？"

当那带着不悦的话语说出口，在看到薛凝愣住的表情时，魏琰就知道自己说错了话。那话就好像是在责怪她，梁璎都是因为她受伤似的。

"抱歉，"魏琰的心里也不好受，"我只是想让她好生休养休养，这些事情，等她的身体稳定了一些再说。"

"是臣妾欠缺考虑了。"薛凝退后了两步，"皇上不需要道歉的。"

魏琰看了一眼他们之间的距离，有些事情确实是变了。像他们之间，如今成了夫妻，却也成了真正的君臣。

两个人不光有了身份上的鸿沟，还有了横在中间的，家族与皇权之间的微妙关系。他们已经不可能再回到亲密无拘束的时候了。

可她还是他喜欢的人，是他年少时真心想娶的人。

梁璎还是知道了，在看到她的那一刻，慌乱只是在魏琰的心中一闪而过。他早就知道不可能一直瞒下去的，终究会让她知道的。

可在看到她摇摇欲坠的身形时，魏琰还是会心疼得胸口都拧在了一起。

他与薛凝，谁都没有说话。他没有问薛凝，是怎么把梁璎引到这里来的，就像是薛凝也没有问他，跟梁璎解释了那么多，为什么就是不能简单地说一声"我爱的人是她"。

魏琰对着梁璎的脸，实在是无法说出那句伤人的话。

梁璎的封号、礼服、册封圣旨以及赏赐，都是魏琰亲自准备的。

他在等着梁璎想通，然后他会给她除了皇后位置以外任何的补偿。是他对不起梁璎，那些补偿自然都是应该的。

梁璎终于来找他了。

两个人一个人坐在高位，一个人匍匐在地，可是没人知道的是，那一刻，魏琰更像是等待审判结果的囚徒。

他想过很多结果，唯独没有想过，梁璎会选择离开。

魏琰甚至迫不及待地说了会给她皇贵妃的位置，可梁璎依旧没有动摇。

薛凝也在一边，所有人都在等着他的决定。

魏琰的手紧紧地捏着椅把，才没有让情绪泄露出来，即使他那一刻慌张得要疯了。

那是什么样的感觉呢？像是即将要失去什么重要的东西一般的恐慌，是对她要逃离自己身边的愤怒，还有……不舍，那将心包裹得严严实实的不舍。

他是在看到薛凝的那一刻，突然惊醒的。

他在想什么呢？他已经要迎娶喜欢的人了。明明是他对不起梁璎的，不是吗？他回应不了她那炙热的感情，害得她遍体鳞伤。

现在又有什么资格反对呢？

魏琰沉默了许久许久，久到他觉得那声"好"，似乎是从其他人的嘴里说出来的。

梁璎虽然出了宫，但不得不什么都要依靠魏琰。她一个女子，拖着那样的病弱之躯，如何能自己生存？

魏琰觉得那是自己的责任，所以他为梁璎包办了一切。他为她安排住宅、下人，每日梁璎吃了什么、做了什么，都会有专门的人向他汇报。

魏琰还会在夜深人静的时候，偷偷地守在她的房门前。他与梁璎同床共枕那么多年，比任何人都清楚，梁璎现在没有看起来的那么坚强。

他甚至能在夜深人静之时听到女人小声的呜咽。

可他什么也做不了，梁璎如今连文杞也不见，更别说自己了。

魏文杞也问过他，为什么那些欺负母妃的人，他都处置了，却要留下那个薛凝。

魏琰同他解释，薛凝与自己处置的那些人并不一样，她只是自己放在坏人身边的内应，并没有真正地欺负梁璎，还在暗地里保护梁璎。

魏文杞当时只是说了一句："父皇，你根本什么都不知道。"

他那时候就成熟得不像是一个孩子，就像他一开始还会问，为什么母妃不愿意见自己？后来就不再问了，只是每日风雨无阻地等在梁璎的屋门前。

魏琰只能寄希望于时间会作为良药，抚平梁璎身上的伤痕，消减她身上的怨气。或者是，看在孩子的分上。

可是梁璎要走。

魏琰明明对梁璎的一切都了如指掌，却完全想不明白这个叫作周淮林的男人，是从哪里凭空冒出来的。

薛凝说："那位周公子看着是良人，梁璎也许需要换个环境。"

魏琰甚至找不到理由来阻止，但他就是觉得不舒服，虽然没有到影响他生活的地步，可不管做什么，心底就像是有一根刺，时不时地就会扎他一下，扰得他不得安宁。

他带着魏文杞去找了梁璎，这次，母子二人终于见了面，可梁璎的表现很冷淡。

"母妃……"魏文杞紧紧地抓着她的衣角，女人既没有挣脱，却也没有迎合。

魏琰知道魏文杞想说什么，他听到过孩子的梦呓，无非是"父皇坏""替你报仇""别不要我"这些话。

可那天魏琰隐隐希望他将那些话说出口时，小孩子却只是长久地盯着母亲的脸。

"我多看看你，"他用带着哭腔的声音哽咽着道，"就不会把母妃忘记了。"

梁璎的脸上有一瞬间的动容，魏琰甚至看到了她眼中闪烁着的泪花。

可她还是头也不回地走了。


梁璎走了，魏琰的心却未曾放下过。

他始终觉得那是因为愧疚，所以时刻派人盯着梁璎那边，唯恐旁人给她受了一点儿委屈。

魏文杞大概是真的害怕忘记了自己的母亲，他的寝宫里挂了很多梁璎的画像。

魏琰每次经过的时候，也会驻足看一会儿。他的记性很好，梁璎的一切都被他刻在了脑子里，并不需要这些画像。

平日他倒也不会特意想起梁璎，他很忙，忙大大小小的朝政，忙到没有一丝闲暇的时间。

同时，他把魏文杞当作储君来培养着。

魏琰明明一开始想的是，无论魏文杞将来是做个闲王留在京城，或是给他赏赐封地都挺不错的，但某一刻，魏琰突然觉得不甘心。

这是他的儿子，他最喜欢的儿子，为什么不能给文杞这全部的江山？

魏琰与薛凝的关系，在薛家日益增长的权势中变得冷淡，但不是全然因为这个，魏琰发现自己无法触碰她，也不仅仅是她，还有其他的任何女人。

那种类似于背叛的心情，让他无法跟任何人做这种事情。魏琰只能跟薛凝坦白他的身体不行，太医也来看了，只说他是因为压力过大。

薛凝表示了理解。

出于愧疚，魏琰力所能及地对她好。但他更多的心思，还是扑在了政事上。他想要做一个世代传颂的明君，他已经辜负了梁璎的感情，不想再辜负她的忠诚。

次年，梁璎与周淮林成了亲。

得到了消息的魏琰什么反应也没有，或者说他觉得自己什么反应也没有，除了一不小心喝多了酒。

对于他喝醉后的反应，宫人们都没有多说什么。

魏琰也没有问。

他将自己所有感情的异样，再次归咎于愧疚。

他赏赐给了梁璎一堆又一堆的金银珠宝，派去了自己信任的嬷嬷。梁璎是个孤女，身体又有问题，他怕她会在周家受委屈，怕周家的人不接纳她，怕周淮林会辜负她。

他留在那里的人将关于她的消息用信一封封地传了回来——

他们成亲了，他们同房了，周淮林很好，周家的人也都很好，她没有受任何的委屈。

她慢慢地好起来了。

魏琰将那些信反复地看着，他甚至因为怕信是伪造的，又派了另外的人去，但最终得到了同样的结果。

他到底是希望梁璎过得好，还是希望梁璎过得不好，自己就能立刻把她接回来？

这样的念头让魏琰惊得出了一身冷汗。他怎么能……有这么恶毒的心思？

他继续将一切对梁璎的感情都当作内疚，继续为梁璎寻找名医，时不时地送去赏赐，了解她的一切，却唯独不再听与周淮林有关的任何消息，甚至是连这个名字都不愿意看到。

虽然是这个男人带梁璎走出阴霾的，但魏琰对他喜欢不起来，甚至下意识地厌恶他。

魏琰的日子一直这么过着，好像也能过下去，如果不是再次与梁璎见面的话。

五年没见，可魏琰一眼就能认出那个身影。她走得很慢，腿微微地跛着，那风雪中的背影，让魏琰的鼻腔开始酸涩。

梁璎——这个名字就哽在他的心口，停留在他的嘴间，他却怎么也发不出声音来。

魏琰知道她的旧疾犯了，他大步向那边走过去，脚步快得几乎要飞起来一般。

驱使他的是对她的担心，还有……还有那种说不清道不明，让每一根汗毛都在欢欣鼓舞的雀跃——对重逢的雀跃。

魏琰在梁璎摔倒的前一刻扶住了她。手碰到女人的那一刻，他的身体与灵魂仿佛都在战栗着。

他明明早就得到了想要的位置，娶到了喜欢的人，实现了曾经的许多梦想。可是为什么，只有在碰到这个人的时候，他才感觉到心口真正地被填满？

那一瞬间的满足，让他欣喜到想要落泪。

汹涌的感情来得过于猝不及防，甚至是莫名其妙，魏琰要用尽毕生的力气，才能将那些压抑住。

他们若故友一般地寒暄着，魏琰从信上得到的一切消息，都在这一刻变得具体起来，她好像确实过得不错。

魏琰甚至不知道自己在说什么，满脑子被纷乱的念头充斥着。

他想靠近她，想抱住她，想帮她整理头发，无论做什么都好，怎样做都好，只要能让他们尽可能地亲近一些。

可最终他只是整个人僵硬地立在那里动弹不得。

他试图说了一些话，如果可以，他还想尽可能地多说一些，跟她多待一会儿。

可仅有的理智，在催促着他离开。

梁璎不喜欢他，梁璎在排斥他。

魏琰整个人开始变得失魂落魄。

这只是两个人的一次见面而已，却仿佛打开了什么神奇的盒子。

他夜不能寐。重逢的画面一遍又一遍地在他的脑海中放慢地回放着，就仿佛是他在细细地回味，就连偶尔进入梦乡，梦里都是她的面容——她的眼睛、鼻子、嘴巴，每一处都是那么清晰真实，都可以任由他轻轻地抚摸。

可当他醒来后，总会更加失落，失落得难以承受。

魏琰在这样一夜又一夜的辗转反侧中，好像终于明白了，这些年来，那缠绕着自己的感情，名为思念——对她刻骨铭心的思念。

以往他不明白的时候，情感尚且还能压抑，可欲望的猛兽一旦出笼，就再也收不回来了。

魏琰像疯了一般，渴求着与她再次见面。他亲自找了过去，在那之前，他特意精心却又不显得刻意地打扮了一番，像是求偶的雄性似的。

在周府的前厅等待她的过程中，每一刻都是甜蜜又煎熬，直到他看到了墙上的画。

那幅画上面盖着周淮林的印章，是他画的；上面的题字，却是梁璎写的。魏琰对她的字体太熟悉了，那是他看着梁璎一点点练成的。

他仅仅是看着这幅画，仿佛都能想象到那两个人琴瑟和鸣的画面。

魏琰的胸口蓦然一疼。他终于承认了，那是嫉妒，使他想要发狂的嫉妒。

他想治好梁璎的伤病，他甚至想着，是不是治好了她，他们就能回到从前？

梁璎用笔在纸上回答他的问题时，魏琰就看着她低头写字的模样，他看见了沾在女人鼻尖上的面粉。

很痒，手痒，心也痒，他好想帮她拂去，好害怕他走后，做这个动作的是另一个男人。

魏琰很想问她幸福吗？但他问不出口，他希望梁璎幸福，又因为那幸福不是自己给的而抑制不住地嫉恨。

他与梁璎的见面，就像是饮鸩止渴，渴望和她见面的想法是止不住的，有了第一次，就想有第二次、第三次。除此以外，他无论做什么，都没了心思。


魏琰偷偷地跟着逛街的那两个人，他很想当周淮林不存在，可那人就是那样存在着，就像是他心里的一根刺一样。

他以为不去触碰那根刺，就可以当作不存在。可现在那块肉已经烂掉了，让他无法忽视刺的存在，让他每时每刻都在疼，看到梁璎想要下水时，那疼痛达到了顶峰。

梁璎还是那个梁璎，她依旧会为了爱人奋不顾身，依旧怀着满腔热忱。只是对象已经不是魏琰自己。

如果可以的话，周淮林死了多好。魏琰是真的想让周淮林死去，让他不再占据着梁璎的视线。

可梁璎一开口，魏琰所有丑陋的念头就都停下了。

他下意识地松开了手。

梁璎那嘶哑的声音在提醒着他曾经对她的伤害，他看着她跑向那个男人，只能一遍遍地在心里恳求着"回头看一看我"。

然而那个曾经满心满眼都是他的女孩儿，如今一点儿目光都不再施舍给他了。

魏琰也想劝自己算了，都到了这个地步，还能怎么样呢？

可他再也无法做到像以前那样控制自己的感情了。不甘心！被嫉妒纠缠着的他，真的好不甘心！如果再给他一次机会，他一定会做得比周淮林更好。

他像是躲在黑暗里的偷窥者，随时等待着取而代之的机会。

在知道林家的事情的时候，他几乎是迫不及待地去找梁璎邀功，可她跪在地上，对自己写着那些字。

那是她最后一次，以梁璎的口吻，而不是以周夫人的口吻同他交流，却是为了和他划清界限。

梁璎是那么仁慈，魏琰却只觉得残忍。她所谓的不计前嫌，是将他还拥有的她的恨意都剥夺了。幸福？他怎么可能还能幸福？

可魏琰能做的，只有妥协。

让她走吧，他想着，无非是再回到从前的日子而已，无非是再继续这五年的生活而已。

**我们向前看吧**——魏琰突然意识到，原来他的时间早就静止了，他只是没有察觉，所以浑浑噩噩地过着日子。在重新看到她的那一刻，在时间重新流动起来的那一刻，他就回不去了。

他依旧像一个疯子一般，想要靠近、想要看到她。

在街上抱着她看到周淮林的那一刻，魏琰第一次那么清晰地认识到，怀里的女人不属于自己，有另一个人，能更加名正言顺地去抱她。

魏琰是那么卑微地祈求着，祈求周淮林不要来抢，他的心中只有一个念头，不想松手，不想把她交给别人。

可梁璎自己伸出了手，她选择了另一个男人。

魏琰无法违抗她，他始终记得，是自己欠了她。

魏文杞生病是压垮魏琰的最后一根稻草，他突然觉得，江山、皇位什么的，都不重要了。梁璎不要他了，他只剩文杞了，如果连文杞也出了事，这人生还有什么意义？

薛凝歇斯底里的质问，魏琰并没有放在心上。他只是在想，原来是这样啊。原来他过去五年从不见周淮林，不敢听对方的名字，是因为对周淮林的嫉妒，从那时候就开始了；原来他不碰任何女人，是在为她守着她早就不屑一顾的身体；原来他这样固执地守着魏文杞，是因为这是他和她的孩子，是他们最后的联系。

连旁人，都看得比他清楚。

魏琰到东宫宫殿的里间时，魏文杞正在叫着母亲。他在昏迷中无意识地发出的声音，让魏琰心疼得想要落泪。

他的母亲？他的母亲已经被自己弄丢了。

魏琰眼前出现的是曾经他们一家三口在一起的画面，那时三个人睡在一张床上想象着未来该是什么模样。

绝对不该是现在这样的。

魏琰发疯似的突然转身向着宫外策马奔去。

他有了最后一个留住她的理由。哪怕是一次也好，再给他一次机会好不好？让他证明，证明自己这次一定能做得更好。

他抓住了想要再次从自己的世界消失的女人。

"文杞病了，他在唤你。"所以，不要走好不好？


梁璎从不觉得自己是一位好母亲。

魏琰是将他们几个人弄到如此地步的罪魁祸首，这一点，梁璎没有动摇过，他的过错，梁璎从来不会去包揽。

但对魏文杞，梁璎知道，是她亏欠了这个孩子。

她离开京城的时候，魏文杞只有六岁。在此之前，孩子根本不知道发生了什么，不知道为什么前一天还能在母亲的怀里撒娇，第二天就被拒之门外了。

对他，梁璎任性又自私。

有时候，梁璎甚至希望这个孩子多随一随他父亲的凉薄、虚伪，或者多一些皇家子弟的嚣张跋扈，她也许就能把坏人当到底。

可魏文杞比任何人都懂事。梁璎至今仍旧记得，他拉着自己的衣角，明明眼里都是不舍，却一句挽留的话都没说的模样。

梁璎那时，确实有一瞬间的心疼，难受得想要落泪。可她在那一瞬间的动摇后，还是逃跑了。连活下去的勇气都没有的人，如何有自信能做一个好母亲？就算是死得远远的，也比死在他面前好。

后来她终于慢慢地走出了阴霾。

周淮林每年会因为各种原因去京城，临行之前，都会问她："有没有要捎给谁的东西？"

梁璎从来都是摇头，可她却会在周淮林走后一个人发呆很久。

可能人都是如此纠结与复杂，她做不了为了孩子忍气吞声的伟大母亲，亦做不了完全不去想他的狠心人。

周淮林唯一会劝她的事情，大概就是关于魏文杞的事情了。

"梁璎，我怕你会后悔。"他总是这么说。

终于有一次，在周淮林再次要乘上去京城的马车时，梁璎拉住了他的衣袖。

那是阳春三月中天气很好的一天，被她拉住的男人回头，脸上并没有意外的表情，只是问她："要一起吗？"

梁璎点头。

"那走吧。"周淮林只回答了这么一句，梁璎上了马车才发现自己的东西已经被准备好了。他好像早就猜到了她终究会踏上这条路。

梁璎的眼睛微微湿润。

她重新回到京城，也见到了魏文杞。也是在这个时候，梁璎才意识到，她把这么小的一个孩子丢在了群狼环伺的皇宫里，没有母亲庇护，没有母族的势力，他就这么一个人孤零零地长大了。

可这个孩子，没有半分对她的责怪。作为被亏欠的那方，他反而局促不安、束手束脚，仿佛唯恐自己哪里会惹得她不高兴。梁璎不能说话，就只能是他说，孩子的目光时不时地瞥向她，似乎在通过观察她的表情，看自己是不是说错了话。

那日梁璎在他走了以后，一个人默默地流泪了很久。

她放不下魏文杞，也不能为他做什么事情，但至少，这样的见面，是她可以做到的。

梁璎依旧憎恨着京城，憎恨这京城里的皇宫、京城里的人、京城里的记忆。

可在这里，也有她牵挂的孩子。她可以在他荣华富贵时远远地观看并不打扰，却无法做到看他深陷困境而置之不理。

梁璎一路上的担心，在看到床上双眼紧闭的魏文杞时到达了顶峰，她什么也顾不得地快步往床边走去。

在看到她的动作时，记得她腿不好的魏琰下意识地就伸出了手，可指尖却堪堪拂过她的衣角。

早已大权在握的男人，虽然还是一副温和的面容，但更多的是说一不二的威严。唯有在面对梁璎时，他会变得尤其胆怯、懦弱，无法摆出任何姿态来。

魏琰收回手，也跟着走了过去。

床边的太医正在把脉，梁璎只能站在一边。

少年那紧皱的眉头、毫无血色的嘴唇，无一不在牵扯着梁璎的心。

为什么她的孩子会中毒？为什么到了现在，魏琰还是连他都保护不好？

可她自己又是什么合格的母亲呢？她甚至还曾因为魏文杞与薛凝的不和而暗暗窃喜。

梁璎每想一分，心就因为自责疼痛一分，直到太医终于放下了魏文杞的手，她立刻又上前走了两步。

"怎么样了？"这话是魏琰问的。

太医没敢多看梁璎，马上回答："太子殿下的体温比先前下降了一些，也能喂进去水了，只要天明时体温到了正常温度，就不会有性命之忧了。"

梁璎直到现在才知道，她的孩子正处在鬼门关口。

"母亲……"魏文杞虚弱又含糊不清的声音从床上传来，梁璎跪到了床边去。

她的眼睛已经被泪水模糊得要看不清床上的人了。为什么命运总是如此不公呢？她这么懂事的孩子，为什么要遭遇这种事？如果真的有错，也是他们这些大人的错，为什么受苦的却是孩子呢？

她想回一声"文杞，母亲在"，因为无法做到，就只能握住了她的孩子的手，无声地告诉他母亲在这里。

魏文杞没有醒，叫母亲只是他的梦呓。可他明明昏迷着，梁璎只是握住他的手，他似乎就已经感受到了母亲的气息，慢慢平静下来，甚至连皱紧的眉头都松开了一些。

魏琰就站在梁璎的后边。她颤抖的身影显示着她正在落泪，魏琰的手就在身侧，明明他一伸手就能搭上她的肩膀，就能安慰她"别哭了，文杞一定会没事的"。

这些曾经对于他来说，如此稀松平常的事情，如今却难以企及。

魏琰想起自己抱着尚在襁褓中的魏文杞时，梁璎在一边拿着玩具逗他，小家伙被逗得咯咯直笑，女人亦是眉眼弯弯。

曾经一家三口温馨的场景还历历在目，当时的自己是什么心情？当时的自己有没有想过，幸福其实就是如此简单的事情。

好想回去，回到那个时候。

看看如今他都做了什么？是他让他们一家人的再次相聚，是在这样的绝望中。

魏琰藏在心里五年的悔意，再也没有了任何遮拦，曾经只是若隐若现的钝痛，如今变得格外尖锐。

他跪到了梁璎的旁边伸出手，那双不敢直接触碰妻儿的手，只能停留在不远处。

"梁璎，"他抿了抿唇，因为不知道能说什么，就只能无意识般地重复着，"文杞不会有事的，我向你保证。"

话音刚落，却见梁璎的目光朝他看过来。那眼里的憎恨与指责，让魏琰再也说不出半句话来。

保证？连太医都不能保证的事情，他拿什么保证？他若是真的想要保证，就不该让文杞此刻躺在这里。

梁璎的心中有太多的怨恨，可她现在没有精力同他纠缠。她此刻只想要文杞平安，哪怕是用自己的一切来交换。

这一晚注定是一个不眠之夜。梁璎几乎每隔一会儿就要去给魏文杞擦汗，试探他的体温，等手上已经感受不到温度了，她就用自己的额头贴着孩子的额头。

自从发现她握着魏文杞的手能让他安心，梁璎的手就没有松开过。

一夜无眠，梁璎却没有丝毫困意。

天刚亮时，太医又为魏文杞检查，所有人都在紧张地等着他的结果，太医也是慎重地查了好几遍，才终于微不可察地松了口气："启禀皇上，殿下这会儿已经不烧了，脉象也平稳了许多，暂时不会有危险了。"

"那太子怎么还不醒？"

"这个……大概还需要一点儿时间。"

听到还需要时间，梁璎一点儿也放心不下来。

太医退到了宫殿的外间，他还不能离开，这段时间太医院的太医们几乎都是在这里候着，唯恐太子出了什么差池。

魏琰则看向那边的女子，半晌后才开口："我先去一趟早朝。"

梁璎没有理会，只是继续为魏文杞擦拭着额头。这姿态，让宫人们都忍不住多往这边看了两眼。

宫人们就算猜到了这个女子的身份，可看见她这般对待皇上，也觉得着实大胆了一些。

没有得到回应的魏琰，看了看她，又看了看躺在床上的人，似乎想要说什么，但喉结微微滚动，却终究没有发出声音。

他走了，梁璎依旧没有反应，就像是那个人原本就不存在一般，走与不走没什么区别。

在宫外的时候，她尚且遵循几分君臣之道，但是如今魏文杞都躺在这里了，她做那些戏还有什么意思？

魏文杞现在能被喂进去一些东西了，梁璎便给他喂点儿粥。端起碗时，她先舀了一勺，吹了吹，放入自己的嘴中。这是下意识的动作，从以前开始，给魏文杞喂的东西，她都要先尝一尝，因为不这样做就无法安心。

魏文杞到了稍稍懂事的年纪时，就总会来跟她抢，梁璎一开始还以为他只是嘴馋，后来才知道他是理解了自己那是在"试毒"。

心疼母亲的孩子并不忍心让梁璎做这么危险的事情。

梁璎又有些想落泪，她努力睁大眼睛驱散了眼中的酸涩，才将剩下的粥一点点地喂给魏文杞。

天色稍晚一些的时候，宫人向她提议："偏殿收拾出来了，太子殿下的病情这会儿也稳定了，夫人要不还是先休息吧。"这是魏琰留给他们的任务。

对于梁璎来说，看不到魏文杞醒来，就不算他的病情稳定了。不过她确实有事情想要做，想了想，她伸出手向她们索要笔、纸。梁璎一开始是打的手语，想到他们应该看不懂，正想要换别的方式来表达，就听到宫女马上回话了："夫人想要笔、纸是吧？"

梁璎愣了愣。

宫人向她笑了笑："殿下每日都要在宫里学习手语，我们也跟着了解一二了。"

梁璎于是点了点头。

"夫人这边请。"

梁璎又看了看床上的魏文杞，才起身跟着她往另一边走去。

宫人带着梁璎去的地方是魏文杞的书房。他启蒙得早，原先梁璎在的时候，他就有专门的书房，与现在这个书房的布局差不多。只是那时候的他以识字为主，并不像现在这样，桌上被书堆得满满当当的。

梁璎的目光在那一摞摞书上掠过，她仿佛能看见那个明明小时候不喜欢看书的少年，是怎么在这里枯坐着阅读，日日复日日，年年复年年。

他应该也不会再向人抱怨、撒娇了。

梁璎暂时停止了那让她心疼的思绪，抽出一张白纸，拿笔时，她在笔架上看到了一支熟悉的笔，那是自己以往用的。她顺手就要拿过，一旁的宫人却忙不迭地阻止她。

"夫人，太子很宝贵这支笔，不许任何人碰的。他自己都舍不得用，要不……您换一支吧？"

梁璎的手顿了顿，她拿了旁边的一支笔。

另一个宫女碰了碰刚才说话的人的手，以口型问她：你拦她干什么？你不知道她是谁吗？

说话的那个人当然知道，整个东宫谁不知道那幅被太子挂起来的日日都要看的画像，就是太子的生母啊？

她同样用口型回复道：可是万一笔用坏了，太子殿下怪罪怎么办？

梁璎没有去在意那两个人无声的交流，她是要给周淮林写信。昨日她走得急，周淮林知道她心焦，什么话都没说就看着她离开了。

但梁璎知晓他心中定然是担忧的。

魏文杞的状况是宫中机密，梁璎无法与他说，只在信中写了自己无事，让他不必忧心。

宫人接过她的信时，倒是好心地提醒了一句："如今东宫戒严，送出去的信件都是需要皇上过目的。"

虽然听到魏琰让梁璎下意识厌恶地皱了下眉，但她还是点了点头，表示没有意见。

凤仪宫中，薛凝已经维持坐着不动的姿势一整夜了，宫人们几次劝说都未果。

不知道过了多久，突然听到一阵瘆人的笑声，众人看过去，就见皇后娘娘仿佛疯了一般，在那里癫狂地笑着。

笑声回荡在空荡荡的宫殿里，让人莫名地感到不寒而栗。

薛凝笑得眼泪都要出来了。

是不是人都是这样啊？不到最后一刻，就忍不住存着不切实际的幻想？

她已经知道了，在自己那般歇斯底里地质问后，魏琰将梁璎接进了宫里。他们一家三口，终于团聚了吧？自己这般大费周章，到底是为了什么呢？就是为了向自己证明，那个男人的心，果然早就不在这里了，五年前，或者是更早的时候，就已经交给那个女人了。

"映雪。"

映雪应了一声。

"你说那时候，她是不是死了比较好？"

听薛凝这么说，映雪吓得不轻，赶紧左右看看，挥手让其他人都退下了。

可薛凝还在说着："你也知道吧？我当时明明可以救她的，可我没有那么做，那时候，我是真的想让她死在萧璃月的手里。"

映雪没有接话，当时宫里十分混乱，魏琰与薛家都给薛凝留了人，想要救梁璎，确实并不难。

但当时的薛凝，并没有那么做。

此刻映雪看着薛凝捂住了自己的脸，无法再看清她的表情，只有痛苦的声音传来——

"都是报应，报应我因为嫉妒变成了自己都讨厌的人。"

魏琰上朝并没有提前通知，以至"皇上驾到"的声音响起时，原本还在议论纷纷的众人，瞬间安静下来。

"皇上万岁万岁万万岁。"大臣们行礼的声音响彻金銮殿内。

魏琰坐下，看着跪成一片的群臣说了声"平身"，平静的声音听着与平日里别无二致，以至没有人能看出来他此刻内心的波澜。

离开东宫前，他对着那座宫殿看了许久。他的心仿佛被一条无形的线牵绊着，悸动、酸涩、疼痛，还有说不出的躁动，各种情绪一阵阵地翻涌着，搅得他此刻坐立难安。

他的妻子和儿子，就在这个皇宫的某一个地方，这个念头不断地在魏琰的脑海中闪过，震得他胸口发麻。

明明梁璎连他的妃子都不是了，可魏琰还是擅自这么想着，以此来感受那一点点偷来的甜蜜。那是一种类似于"日子有了盼头""家有了确切含义"的幸福与满足。

大臣们已经开始议事了，魏琰终于回了神。他强行压抑住起伏的思绪，处理这几日堆积起来的政务。

魏琰打开一本本奏折，听着下边大臣此起彼伏的汇报。

他忽然听到有人开口："启禀皇上，臣有本要奏。"说话的是薛丞相。

"爱卿请讲。"魏琰的声音听起来总是很温和，即使此刻他的脸上没有一丝笑意，头也不抬地依旧看着手中的奏折，也让人莫名地觉得他充满了耐心。

"臣所奏为皇嗣一事。"

魏琰的动作顿了顿。

"皇上登基多年，但后宫除了太子外再无所出。皇室凋零，国基不稳。臣恳请皇上举行选秀，充盈后宫。"他大概是知道了魏文杞生病的消息，起了心思，但又不好直接替自家女儿催，才用了这样的说辞。

魏琰抬头看了他一眼，没有直接回应，而是开口问："诸位爱卿意下如何呢？"

薛丞相的眼里充满自信，这些大臣们平日里哪个见了他不是极尽巴结，他自然觉得其他人都会附和。

哪知道朝堂上安静了一会儿后才陆续有人发声——

"国之根基乃是天下百姓，如今皇上励精图治，百姓安居乐业，何来根基不稳？皇嗣虽然只有太子一人，但太子聪慧好学，日后必将担得起大任。"最先站出来反驳的是杜太傅。

薛丞相的面色一僵，他其实想问如果太子出了意外怎么办？但这话又不能问，只能吃了个哑巴亏。

杜太傅代表的是杜家的意思，随后其他人纷纷站出来附和，甚至有早就看不惯薛家的人，说话也没有那么客气："皇后娘娘身居正宫，又深得皇上宠爱，至今未孕，才是丞相大人该引咎自责的吧？"

魏琰的视线往下边扫了一圈。

魏文杞虽然才十一岁，但深得朝臣的喜爱与支持。魏琰的目光在杜太傅的身上多停留了一会儿，这是他为魏文杞铺的路，也是孩子的母亲留下的善的业报。

"朕前几日身体不适，疏于朝政，"魏琰终于在众人争论——准确地说是讨伐薛丞相激烈之时开口了，"今日就以要事为紧，旁的日后再议。"

众人这才纷纷停下应"是"。

下朝后，魏琰就直接往东宫那边去了。他的步伐不自觉地迈得很快，除了对魏文杞的担心，他知道，还是因为迫不及待地想要见到梁璎。

刚到东宫，宫人将梁璎今日要寄出去的信拿给魏琰看。

魏琰将信拿在手中好一会儿，他知道自己看了以后心情定然不会太好，但就是忍不住地想要打开。

男人自嘲，自己这样，就像是一个躲在暗处见不得光的人，想要偷窥属于那二人之间的事情，即使偷窥的结果会让他忍不住产生恶毒的嫉妒。

魏琰还是打开了信，信上的内容倒是没有什么特别的，梁璎只是让周淮林不要担心。

但魏琰的目光，死死地盯着信纸落款的位置上——**妻：梁璎**。

妻——这个字打破了魏琰一个早上的虚假幻想，如此明白地提醒着他，那个女人现在是别人的妻子。他们才是夫妻。

魏琰在这一刻终于承认了，薛凝是对的，为什么过去的五年，他明明有无数次机会，却一次也不敢同周淮林见面。身体的本能在帮他规避危险，陷入这般嫉妒到想要发狂的危险。

魏琰一把将信纸合上了："送走吧。"

"是。"

"以后，这种信就不用拿给我看了。"

"是。"

走了两步，魏琰却又停下来，转头把他叫住："等等。"

官人赶紧转身。

"以后，还是记得拿给我过目。"

虽然不知道皇上为何这样反复无常，官人还是马上再次应下。


梁璎守在魏文杞的床前时，想了许多事情。

小时候的魏文杞其实是喜欢撒娇的，总是依偎着她商量——

"母妃，我今日不想读书，好不好？"

"母妃，我想多睡一会儿，好不好？"

就算梁璎说"好"，他还是会乖乖地起床、读书，仿佛只是想借着理由向她撒娇罢了。可就是这样的孩子，现在会藏起心中的希冀，面对她时总是小心翼翼的。

她想起魏文杞桌上的那支笔，应该是自己遗留在宫里的。她的孩子像对待宝贝似的，摆在日日能看到的地方，却又不舍得用。

梁璎长长地呼出胸口的那口郁气，心中的疼痛感才能稍稍减轻一些。哪怕她可以原谅魏琰对自己的那些欺骗，可是孩子呢？孩子如今不得不承受的这些，又该怎么算？

"梁璎。"

听到魏琰的声音时，梁璎的胃里仿佛在翻江倒海地翻涌着。对他平复下来的恨意，又被受伤的魏文杞重新勾起，她好像又回到了最恨魏琰的时候。

床边的女人哪怕没有回头，魏琰也能轻而易举地感受到她的愤怒与憎恨，就像是当年一样。

他知道，如果文杞真的出什么事情，他们之间就彻底完了。

虽然现在两个人也僵持在冰点。

"下人说你一直没有进餐和休息，你这样会把自己的身体拖垮的。"

无论他说什么，那边的人都没有理会。她的冷漠宛若一把利剑，刺在魏琰的身上。很疼，可他还是近乎贪婪地看着梁璎的背影。粉饰太平的自我麻痹破碎后，他就再也控制不住自己想要靠近她的渴望。

文杞，他只能祈求着，他们的孩子，一定不能有事。

薛凝见到了自己的母亲。

薛夫人是来传达薛丞相的意思的，大概因为早朝时被人提起的"皇后无子"让他觉得丢人，他特意让薛夫人来提点薛凝。

"皇上都能有太子，怎么你们就迟迟生不出孩子呢？"

薛凝没有言语，她近来精神都不怎么好。若说她对魏琰还是爱得很深吗？那可能也不至于。

昔日的爱意，早在这些年的磋磨中消耗得所剩无几了。但她那不甘心的心情怎么也无法平息。

梁璎就住在东宫里，这个念头一直折磨着她。

她好像又回到了那个时候，看着魏琰对梁璎百般维护，看着他们三个人其乐融融，看着梁璎的脸上带着幸福的笑，看着他们一次次生死与共。

可她却什么也做不了。

明明那是她的爱人，明明那个男人口口声声说喜欢的是她。

她在这样的煎熬中日复一日，如何能不嫉妒呢？

"太子如今病了，哪个男人能忍受自己有绝后的风险？更何况是皇帝，这可正是你的好机会。"

薛夫人的声音还在响着，薛凝突然打断她："既然父亲知道太子病了，这个时候提什么选秀，是笃定了太子不会好吗？父亲就不怕皇上心有芥蒂吗？"

薛夫人被她说得愣了愣，但并没有太在意："皇上器重薛家，怎么会这么容易心生芥蒂？倒是朝中人，都是一群见风使舵的，现在都攀着太子这根高枝。你赶紧生下皇子，剩下的事情，就交给你爹。"

"阿敏还没回家吗？"薛凝不与薛夫人争辩，转而问起薛敏。

说到这个，薛夫人有些头疼："没。她闲着没事，非要去跟踪太子做什么？偏偏太子又出了这种事情。不过皇上对她向来纵容，估计也就是吓唬吓唬她。"

薛凝未再多言了。她在母亲走了以后，也离开了凤仪宫。

她知道薛敏被关在地牢里了，现在那个男人估计根本分不出心思来管薛敏。她上下打点了一番，很轻松地进入了地牢里。

当看到妹妹的那一刻，薛凝愣在了原地。她就像是被泼了一盆冰水，从头冷到脚。那边地上蓬头垢面的女子，要不是正拼命地朝着自己爬过来，嘴里叫着"姐姐，救我"，薛凝几乎认不出来那是自己的妹妹。

那个女子身上不知道是哪里受了伤，全身血迹斑斑，脸已经脏得看不清模样，靠近时，更是一股恶臭袭来。

可那确实是薛敏的声音。

"姐！姐！"薛敏看到她，就像是看到了救星，"姐，你快救救我！快带我离开这个鬼地方！"她的声音到了后面的时候，已经尖锐得隐隐有崩溃之意。

薛凝想到那个男人一边擦手，一边说"只是问她几句话"的温和模样，只觉得遍体生寒。

她上前两步，第一句话问的就是："太子的事情，跟你有关系吗？"

薛敏像是已经神志不清了，一开始还继续重复着带她离开这种话，见薛凝毫无反应，才终于回答薛凝的话。

"姐，我是为了你！我是为了你啊！只有太子出事了，你才能有机会！"

薛凝抓着牢房栏杆的手一点点收紧。

"皇上器重薛家。"

"皇上对她向来纵容。"

"朝中人都是一群见风使舵的。"

母亲的话不断地回响在薛凝的耳边，某一刻，薛凝好像终于想明白了什么。

完了！一切都完了！她的心中慢慢地浮现出这个认知。

处理有着从龙之功的薛家，会让魏琰的名声受损，但处理的若是一个恶贯满盈、毒害皇嗣的薛家呢？只会像萧家倒台时那样，人人拍手叫好。

薛凝的腿软得有些站立不住。所以魏琰从一开始就是这样想的吗？只是为了这一天吗？她再也顾不上还在叫着她的薛敏，转身跌跌撞撞地离开。

梁瓔收到了周淮林的信，内容很少，只有几个字——**好好吃饭，按**

119

时睡觉。

他好像猜到了梁璎现在的情况。

看到他的字时，在魏文杞床前守了几日的梁璎才觉得疲惫袭来，她终于愿意去偏殿休息了。

魏琰也知道梁璎为什么愿意去休息。他看到了周淮林的信，明明就是生硬得仿佛毫无感情的话语，却让梁璎乖乖地听了话。

可他连嫉妒的资格都没有，让梁璎这么劳累的罪魁祸首是自己，让她愿意休息的却是另一个人。

魏琰甚至只能感谢，他也怕梁璎真的累垮了。

薛凝去了地牢的事情，他已经知道了，也在当天就将薛凝软禁在了宫里。如今已经是时候该铲除这最后的钉子了。


东宫又翻了天，因为太子失踪了。

梁璎这一觉睡得并不踏实，也就一炷香的工夫，莫名惊醒的她下床往魏文杞的寝宫去了，在得到太子失踪的消息时，她差点儿没有站稳。

魏琰也已经到了，向来很少对宫人发火的他第一次动了怒："你们都是废物吗？怎么看的人？"

梁璎没理会他的怒斥，她此刻的心里充满了自责。

魏文杞还昏迷着，失踪了，只会是被人带走了，带走他的人想做什么？

她怎么能离开呢？明明有过那么多年守护经验的她怎么还能犯这种错误？她就应该一步不离的，一步也不能离。

"梁璎，"魏琰叫住了她，"别想了，那不是你的错。"

他看出了梁璎的自责，心中的焦急、愤怒与对她的心疼交织在一起，魏琰转身对着众人下令："给我找！"

不光是东宫，整个皇宫都乱了套，可直到夜幕降临，烛火点燃，火把升起，众人也没能在宫里找到太子。

跪在地上伺候的宫人们抹着眼泪，他们心知找不到太子自己也要没命了，可又实在是委屈。

"我们一直守在屋外，确实没有看到屋里有人出来过。"

这话让梁璎突然一愣，她想起魏文杞那间和过去一模一样的书房布局，想起他放在桌上的笔，突然起身就往宫殿里面走去。

魏琰虽然不解其意，却也跟着进去了。

东宫近年翻修过，很多地方都是按照太子的要求，仿照先前宸妃的长宁宫建造的。

梁璎没有费什么功夫就找到了大殿内的暗格，与当年长宁宫内一模一样的位置和设计。

暗格的门被打开时，缩在里面的小小身影，让在场的不少宫人都难以置信地捂住了嘴，以免惊呼出声。

梁璎更是一瞬间便红了眼眶，她慌乱地蹲下身子去看魏文杞，手刚碰上去，他的眼睛动了动。

少年睁开眼睛时，正对上母亲的目光。他还以为自己在做梦，就像是迷迷糊糊醒来不见身边有人时，以为母亲守着自己的感觉也是梦境。

他在梦境里又回到了那天，回到了看着母亲受伤而无能为力的那天。

"母妃，"尚且不太清醒的少年缓慢地抬手抚上母亲的脸，"疼不疼？"

定然是疼的，他们伤了母亲的身体，让母亲说不得话，父皇伤了母亲的心，让母亲不得不远走他乡。

看到魏文杞醒来的喜悦还未升起，梁璎就已经在听到他问话时的一瞬间泪如雨下。

她抱住了他，浑身都在颤抖，想要说话，可不能开口的嗓子却只能发出哽咽的声音。并不好听，却满是悲伤的呜咽声，在殿中回响。

"我怕你会后悔。"周淮林总是这么对她说，可梁璎直到此刻才真正明白了这句话的含义，她从来没有像现在这般后悔这些年对魏文杞的不闻不问。

梁璎也从来没有这样清晰地认识到——在她凭借着周淮林的爱走出伤痛之时，她的孩子却始终没能走出目睹母亲受伤的那一天。

法源寺是京城附近香火最为旺盛的寺庙，平日里便香客不绝，临近年关，人更多了，前来的人多是求来年的平安顺遂。

周淮林来京城几次了，却是第一次上这座庙里来。

他随着熙熙攘攘的人群，往功德箱里投了几张银票，拿过一边的香点燃。

皇宫里的事情，他纵使有些门路，也不能轻易打听。梁璎既然给他写信说了没事，应该就不会有事吧？周淮林只能寄希望于此，即使他也想到了梁璎为了不让自己担心，可能只是报喜不报忧。

　　男人对着佛像拜了几拜。

　　希望太子平安，这是他此刻最虔诚的心愿了。

　　一定要平安啊！那个孩子。

　　若是让梁璎再经受这样的打击，未免真的太过残忍不公了。他实在是不愿，再有伤心难过的表情出现在那个人的脸上。

　　周淮林上完香后走出大殿时，正好听见远山上传来的钟声。悠扬的钟声混着檀香的味道，让他浮躁的心得到了些许的安宁。

　　"周刺史。"

　　忽然听闻一个女声，周淮林侧头，顺着声音看过去，站在那里的人他认识，是杜太傅的女儿。

　　对方又朝他走了几步："周刺史，好巧。"

　　周淮林面无表情地点头回应："杜姑娘。"他原本就严肃的脸在冷淡的语气下更显得生人勿近了。

　　"周刺史也是来上香的？"

　　周淮林没有去在意对方打量自己的视线，只是又回应了一声："嗯。"

　　"那打算什么时候回峻州？"

　　什么时候回峻州？自然是等梁璎什么时候从宫里出来，但周淮林只是冷淡地说了句"没定"。

　　三言两语间，场面就冷了下来。

　　哪怕是听说过周淮林的个性，这会儿杜林芝也有了几分尴尬之色。她想了想，还是稍微靠近一些，用只有两个人能听到的声音说了句："他没事。"说完她就快速地退开了。

　　这个"他"指的自然是太子。

　　周淮林的眼里终于有了波澜，整个人像是如释重负一般。

　　杜太傅不仅之前是魏琰的老师，现在也在教导魏文杞，所以宫里的事情，杜林芝也可以得知一二。

　　魏文杞的安危，是压在他们每个人心口的巨石。杜林芝在看到周淮林时，就想着要不要告诉他，让他不必再担心。

可这会儿看着这个人，杜林芝忍不住又问出了其他的疑惑："她在那里，你不担心吗？"

虽然魏琰表现得很正常，对梁璎的种种行为，好像只是补偿而已。但杜林芝并不觉得他仅仅是补偿。

如今那曾经最为恩爱的两个人在一同守护着他们的孩子，这个男人当真是一点儿也不担心、完全心无芥蒂吗？

然而她不知道的是，比起她忧心的那些，周淮林想的只是：那对母子，这次是真正地和解了吧？

梁璎应该走出曾经的挣扎、困顿，彻底可以放下对太子的心结了。

但她应该……很心疼吧？

周淮林没有回答杜林芝的问题，而是说："若是没有其他事情，我就先走了。"

杜林芝微微一愣，但还是点点头，看着周淮林走下台阶，挺直的背影消失在人群之中。

这性子……若不是早就知道了他们夫妻二人的感情很好，还真是让人担心他能不能与梁璎和睦相处。

不过如果是梁璎的话，杜林芝想起自己一开始对她的冷淡态度和她锲而不舍地靠近，心口又是一阵刺痛。

如果是梁璎的话，任何冰山都能融化的吧？

东宫连日来紧张的气氛，在今日缓解了许多。

昏迷了多日的太子殿下总算醒了，只是谁都想不明白，明明病了几日，按理说应该一点儿力气也没有的太子，是怎么在意识都不清醒的情况下，藏到暗格里去的。

看到那位第一次露面的太子生母抱着太子痛哭之时，不知怎的，不少人都红了眼眶，偷偷地移开了视线。

宫人们或许是感动于那无处隐藏的母爱，或许是见证了太子日日夜夜的思念终于得到了回应，那哭声与相拥着的二人都尤为让人心酸。

他们也第一次见到了站在母子二人身后的皇上，红了眼眶。

魏琰原以为，当年的魏文杞还小，或许早就已经忘了，但他在看到暗格里的少年那一瞬间，情绪濒临失控。

魏琰想起五年前自己在暗格里找到这个孩子时，他明明连说话的力气都没有了，却还是抓着自己的衣角口中念着母妃。

怀里奄奄一息的孩子让魏琰心疼得仿佛在抽搐，他告诉魏文杞，他的母妃已经安全了，从此以后，谁都无法再伤害他们了，这孩子才终于整个人都放松下来，安心地闭上了眼睛。

魏琰也记得魏文杞醒来之后说"你怎么才来"时，明明是责怪的话语，但也挡不住语气里的信任，记得他在看到梁璎的伤情时偷偷地抹眼泪。

可即使如此，那时候的魏文杞，也还是个正常的孩子，仿佛无论经历了什么苦难，只要他们一家人能够在一起，所有的伤口都能被治愈。

迟来的悔恨在一点点地凌迟着魏琰的心，是他辜负了这两个人的信任，是他毁了这个家。或许在逃避的这五年时间里，他潜意识里是知道的，知道自己迟早会因为亲手推远妻儿而悔恨，因为失去的幸福而悔恨。

如今他就站在几步之外，却又像是隔着万里，即使心疼得好像已经不会跳了，他却连上前的勇气都没有。

魏琰仿佛看到了另一个自己，还是他们信赖的丈夫、父亲的那个自己，上前将那对母子拥在了怀里。

他早就已经失去了的东西，却在这一刻才真正地感受到了远离，体会到了被自己埋藏起来的怀念。

在皇宫中追求小家的皇帝，未免太奇怪了，是不是？

可那是他曾经拥有过的啊，因为拥有过，才能知道，那是多么幸福的事情。

他的余生，再也不会拥有了。

好痛苦！真的好痛苦！好想让时间倒流回那一刻，让他能用尽一切，挽救这个错误。


梁璎很快就止住了哭泣。虽然心疼，但她也知道魏文杞才刚醒。她无法想象她的孩子是怎么走过来的，因为他看起来连站起来的力气都没有了。

梁璎将他抱在怀里站了起来。距离她上一次抱他，已经隔了五年了，他长成了自己几乎抱不动的模样了。

魏琰一边看着她的腿，一边伸出手，仿佛时刻准备着扶上一把。

可梁璎没给他这个机会，稳稳当当地抱着魏文杞，将他放回了寝宫的床上。

魏文杞的手一直在抓着她的衣角。

短短几步路的工夫，梁璎想了许多，曾经的她对孩子是有迁怒，但是魏文杞又有什么错呢？

他在努力当一个好孩子，他有怎样的父亲是他不能控制的。

他也是她的孩子。

魏文杞直到躺到了床上，才终于意识到这并不是在梦里。

"母亲？"他叫了一声，趁着此刻的虚弱才敢放纵自己叫出这个称呼。

他不再称呼梁璎为"母妃"了，因为她不是父皇的妃子了，但永远是自己的母亲。

梁璎对他笑着点头，表示自己听到了。太医就在旁边候着，她起身想要让开位置，让他们为魏文杞看诊，手猝不及防地被拉住。

梁璎回头看向拉住自己的人，少年仿佛反应过来自己做错了事情，马上又松开了手。

她对少年以手语说着：乖，让太医看一看。母亲就在这里陪着你。

魏文杞乖乖地点头。

梁璎往旁边退了两步，与站在那里的魏琰并排而立，不等她做什么，男人主动地往边上让了让。

他们中间隔着虽然让她不悦，却也没有到无法忍受的距离。

梁璎没有去理会他，而是看着床上的魏文杞。

太医把脉过后说魏文杞身体里的毒素已经清除得差不多了，但后续还需要调养。梁璎又给他喂了些吃的，筋疲力尽的少年这才沉沉地睡去。

第五章

# 禁锢

　　太子殿下中毒一事，终于传到了朝堂之上，与之对应的，还有薛家作为涉案主谋被抄家候审。

　　案子是大理寺、御史台与刑部一同审理，毫无悬念的案子，审理得自然非常快。没有用太长时间，刑部大臣就在朝堂上向魏琰禀告了审理的结果。

　　"罪臣薛绍海，胆大妄为，纵容其女谋害太子，此为罪一……"

　　薛丞相的罪名，被一条一条地陈列出来回响在金銮殿上，众大臣都低着头，默默地听着。

　　云端与地狱之间，也就短短几天而已，这几年风光无限的薛家，转眼就沦为阶下之囚，其党羽更是树倒猢狲散。

　　大概因为薛家的飞扬跋扈是有目共睹的，奏折里陈列的罪证更是确凿无疑，光是毒害储君，便已经死不足惜了。所以朝臣们也并没有太大的反应，反而有早就对薛家不满的人恨不得拍手称快。

　　那高声宣读的声音终于停下之后，安静了许久，金銮殿上方的那位才终于出声。

　　"当年萧党祸乱朝纲，是薛绍海忍辱负重，为平叛创下了不可磨灭的功劳。朕因感念其功绩，这才委以重任。初上任之时，朕观他亦能勤勤恳恳，只是这高位坐久了，就不知不觉间忘记初心。"那声音顿了顿，方才继续响起，"与位置对应的不仅仅是权力，还有责任。越是身居高位，就越该时刻警醒、约束自己。"

朝臣们立刻跪倒一片："臣等必将引以为戒，日日自勉。"

散朝后，魏琰难得地并没有立刻去往东宫。

他想了许久。他在初掌握大权时确实念及与薛凝、薛家的情意，可是文杞与薛家不和，两边只能选一，他并没有经过太多的犹豫就做出了选择。

即使那时候的自己下意识地回避了梁璎的因素，只当是为了文杞与大魏的未来。

打压薛家的方法有很多，文杞还小，他有的是时间，于是选择了这种并不有损他贤名的方式。

如今魏琰也确实顺理成章地除掉了薛家，这原本就是他想看到的结果，唯一出了差错的地方，是文杞的中毒。其实到了这一刻他才发现，非议算什么？名声算什么？若是早料到了如此，他早就……

发现自己不知不觉中已经来到东宫时，魏琰终于收起了思绪。他看着这座宫殿，心里闪过庆幸，还好，至少现在，他的文杞还是好好的。

宫人看到他正欲行礼，被他一个手势止住了。

殿里很安静，他进去的时候，梁璎正躺在躺椅上休息。受了上次事情的影响，她如今大部分时间都守在魏文杞的床前，偶尔休息，也只是在躺椅上睡一会儿。

梁璎怕冷，毛毯扯到了脖子以上，将整个人都包裹得严严实实的，毛茸茸的毯子边缘遮住了下巴，只留下巴掌大的小脸露在外边，白皙的皮肤在不远处炭火的映照下泛着微微的红色。

屋里偶尔响起噼里啪啦的炭火燃烧的声音，恍惚间，魏琰像是回到了从前，她也是这样，在炉旁煮着茶等自己的归来。

他的脚步不受控制地走向女人，每一步，都走得迫切却缓慢，直到梁璎终于在他触手可及的地方。

放她走的时候，他是怎么想的来着？他想着原本就是自己亏欠她，这点儿要求好像也无可厚非；他想着自己所爱另有其人，留她在这里确实太过残忍了。

所以，他伪造了梁璎的假死，将她送出了宫。

后悔吗？后悔的。但如果回到她请求出宫的那一刻呢？魏琰好像依旧没有别的选择。

对她，彼时的他是出于愧疚也好、感激也好、同情也好，还是那未曾察觉的爱意，他都做不到泯灭良知、不管不顾她的意愿。

他只知道梁璎多么爱自己，却没有想到自己……亦是如此。

此刻睡着了的女人没了对他的冷漠和尖锐，或者是疏离、客套，这样安静得像是不会拒绝的她，让魏琰心中的渴望在不断攀升，他不自觉地就伸出了手。

然而就在那手快要触碰到他心心念念的人时，身后突然传来动静。

魏琰一回头，就看到了站在那里的少年。

魏文杞虽然大病初愈，一眼就能看出身体的虚弱，但那双眼睛这会儿在看过来时，却透着凌厉的光，警告的意味不言而喻。

停顿了片刻，魏琰终究还是收回了手。

父子二人很默契地来到了外面，魏琰还没有说话，就听到魏文杞恶狠狠地先开口了："你别靠近她。"声音里尚存的稚嫩让他的凶狠多少打了折扣，像是守护着母亲的小狮子。

魏琰一时间不知该作何感想。

"你不想我与你的母妃重新在一起吗？"

他刚问完，就得到了魏文杞没有一丝犹豫的回答："不想。"

"那你不想以后都跟你的母妃在一起吗？"

这次魏文杞哽了一下，但随即又有些恼怒："那不是一回事，你不要相提并论。"

魏琰笑了笑，带着些许自嘲，却终究没有再继续下去这个话题，只是转而问道："今日身体怎么样了？"

话题突然的转移，让魏文杞愣了愣，他一开始还没有回应，大约是还气着，可到底在父亲的等待中败下阵来："好多了。"

其实不用他回答，魏琰能看出来确实是好多了。

他不光是身体好多了，精神也好了许多，或许是有梁璎的陪伴，他多了许多孩子气。

也正是因为这样的对比，魏琰越发觉得这个孩子先前太可怜了。

魏琰的心口愈发觉得憋闷，他终于开口："那你先进去。"

魏文杞的眼里有对他刚来就要走的疑惑，可直到魏琰完全离开，魏文杞也没有开口挽留。

凤仪宫中。

自从被软禁在宫中后，薛凝就一直等待着自己的结局。她并非不谙世事的小孩子了，自然能想到接下来等着自己与薛家的，会是什么样的结局。

她只是没想到，比起废后的圣旨，会是魏琰先来见自己。

穿戴整齐地坐在那里的薛凝，在看到魏琰走进来面色平和地坐到一边时，突然猜到了他的想法，在断绝这帝后的夫妻关系之前，他此刻是作为魏琰本人坐在这里的。

"你既然已经去过地牢了，应该也知道了你妹妹做的那些事情，"魏琰也不与她比耐性，开门见山地说了，"她做了这种事情，你应该知道是什么样的后果。"

薛凝当然知道，但她还是忍不住嘲讽地笑出声。为什么？为什么这个人总是这么一副道貌岸然的样子，就好像他是被逼如此的。

薛凝站起了身，看着不管自己如何失态都无动于衷的男人："魏琰，你敢说，如果没有薛敏做的这些蠢事，你就不会对薛家下手吗？"

"会，"魏琰没有回避她的目光，回答得很干脆，"但不会是现在这样的场面。"

虚伪！薛凝的心就像是被猫的爪子一下又一下地抓着，她迫不及待地想要揭开这个男人的真面目。

"你以为只有梁璎会为你挡箭吗？她做的那些事情算什么？你能坐上这个皇位，靠的是谁？你现在为了她来过河拆桥，不过是因为她走了，跟日日在你面前的我不同，她走了，找了别人，所以你就在意了，你就嫉妒了，是不是？"

看着似乎陷入疯狂中的女人，魏琰几乎要想不起，她最初是什么样子了。

她变成这样，归根到底，他是罪魁祸首，魏琰有这样的认知。

他并非是毫无触动的，但是很奇怪，他的心中却没有面对梁璎时那样的愧疚，以及想要用任何东西来补偿的急切。对薛凝，他更多的还是利益的算计。

原来对梁璎的愧疚、补偿，所有的在意、不敢靠近的小心翼翼，都是缘于他爱她。

魏琰已经不打算继续交谈下去了，他起身，只在最后说了一句："念在我们过往的情分上，我不会取你性命的。"

可是对于在高位上待了一辈子的人来说，以后一无所有地在冷宫中过活，跟死了有什么区别？

魏琰走了两步，突然被薛凝抓住了手，她那看着瘦弱的手，这会儿大概是用尽了所有力气，指甲都要陷进他的肉里。

他回头时，对上的是女人饱含怨恨的目光，朱钗与眼中的泪光似乎在一同轻颤着，她的脸上写满了绝望。

"魏琰，这么多年来，我为你治理后宫，为你掩盖你不愿行房事之事，为你承担无子的罪名，你就要这般对待我吗？你对她感到愧疚，那么你对我呢？就没有一丝愧疚吗？"她凄厉的指责声中，又带着不易察觉的期待，就像是在期待着能唤起魏琰的心软。

但这番话也只是在男人眼中掀起稍纵即逝的波澜罢了。

魏琰走到今天，已经十分清楚，不管他怎么贤名在外，良知与心软其实都已经在尔虞我诈中湮灭了。

那无处安放的愧疚、进退两难的为难，想要补偿、不忍伤害的心情，都是只有面对梁璎时才会有的。不管是现在，还是不知道从什么时候开始的过去。

至于薛凝说的那些，不是她，也会是另一个人。

但是有一点，他是真的觉得心怀歉意："薛凝，我对你最后悔的事情，"薛凝在听到这话时眼睛稍稍亮起了几分，却又在下一刻他的声音响起时熄灭了，"是五年前没有认清自己的心时，骗了自己，也骗了你。"薛凝抓着魏琰的手又加大了几分力道，他已经能感觉到疼了，但并没有阻止，而是继续说着，"若是当时我们都能诚实一点儿，或许我们今日就能以更体面的方式结束。"

薛凝的手仿佛是失去了力气一般，一点点地松开了魏琰。

对魏琰说的"我们"，她竟然没有一丝反驳的余地。就像是他说的那样，早在一切都还没有结束的时候，她就已经意识到了，男人的心在慢

130

慢偏离，到最后已经完完全全地偏向另一个人了。

所以她才会不安地一次次与魏琰争吵；所以她才在那个时候不想救梁璎，希望梁璎死掉；所以才会故意让梁璎知晓真相。

她不甘心将唾手可得的权势、地位，与魏琰共度一生的位置，都交给另一个人，不信邪地以为时间能让一切回到正轨。所以当时她没有让。

薛凝连连后退了几步，仿佛失神一般，呆呆地问道："若是当时，我把你让给了她。若是退出的人是我，你会不会……"会不会也对自己充满悔意与愧疚，会不会也关心着自己的一举一动，在每个重要的节日里，亲自挑选礼物？

可薛凝没有继续问了，她自嘲地笑出了声音，问这些话不过是自取其辱罢了，他会吗？他不会，他只会安安心心地与梁璎相亲相爱，他只会觉得终于少了自己这么个累赘。

因为他爱梁璎。

苦苦纠缠、困扰了薛凝五年的问题，终于在这一刻，避无可避。

她跌坐到了地上，华丽的衣衫与这座宫殿融为一体，就像是被埋葬其中一般。

魏琰已经走出去了，随后进来的太监开始宣读圣旨，薛凝却一句也听不进去。那时候，她就应该承认，承认自己的失败，承认自己输给了梁璎，自愿退出这场斗争，至少那样的话，魏琰念着几分情，薛家也不会以今日这么惨烈的方式退场。

可是现在，一切都无法回头了。


梁璎在东宫陪了魏文杞好几日。

他的身体在慢慢地恢复健康，到了这日能外出的时候，他说要带她去一个地方。

梁璎自然是跟着去了。

他们去的是一间花房，走进去的时候，梁璎微微有些意外，不知是用了什么方法，外面寒冬腊月，这里却温暖如春。各种花朵盛开在花房的每一处角落，甚至有蝴蝶在翩翩起舞。本就美得不可思议的场景，因为出现在冬天，就显得更加如梦似幻了。

"母亲最喜欢看花了吧？"魏文杞的声音从旁边传来，"这里美吗？"

梁璎想了想，脸上浮现出几分笑意，点了点头。

　　自然是美的，但她的心中却并没有太多的波动，不知怎的，反而在这一刻突然特别想念周淮林。

　　她所见过最美的景色，都与他有关。

　　在周家的第一个春天，梁璎一直是足不出户的状态。她喜欢靠在固定的一扇窗前对着外面看，其实也不知在看什么，可能更多的时候只是在发呆罢了。

　　但窗外的景色每日都会或多或少地有些不同。梁璎知道那些都是周淮林做的，她见过那个人曾经连夜将院子里的一棵海棠树，特意移到了自己平日待着的窗前。

　　梁璎有时候不明白他为什么能做到这种地步，如此费时费力，也不过是在她的视线里，多增添一抹色彩罢了。

　　直到有一日她在窗前，正好看到一只断了线的风筝直直地越过墙头，坠落到墙里边来。

　　没一会儿，墙那边就响起一个娇俏的女声。

　　"哎呀，掉进去了，这可怎么办？"那个女子刚说完，就不假思索地直接叫了，"堂哥，堂哥，你在里面吗？"

　　梁璎往身后瞥了一眼，原本正在桌前看书的男人已经起身了，跟她解释："抱歉，是我叔父的女儿，平日里闹腾了些。"

　　梁璎摇头表示自己并不介意，他说了一声"我出去看看"就出去了。

　　她从窗户处看着男人捡起地上的风筝出了门，应该是去与他的堂妹交谈。墙外女子的声音清透得很，隔着院墙，梁璎也能听到几句话。

　　"好了，好了，我知道错了还不行吗？春天来了，外面的花开得可好看了，你要不要也带那位姑娘去看看啊？"

　　梁璎觉得这个"姑娘"应该说的是自己。

　　声音消失后，周淮林走了进来。他没有跟梁璎说小姑娘的提议，大概是知道她不会同意出去的。但他也没有坐回去，反而思索了一会儿才跟梁璎说："我有些事情，要出去一会儿。"

　　也不是人人都跟她一样喜欢待在屋里，如同那个小姑娘所说的，正是大好春光，梁璎觉得周淮林应该出去走走。他留在这里，显然是在照顾她的情绪。

于是梁璎点点头，表示自己并不需要人陪。

周淮林走了，屋子里一时间变得寂静无声。

他在的时候，其实也不怎么说话，但不知怎么的，他一离开，这个屋子就显得静得可怕。

梁璎看了一眼桌子上周淮林翻开的书，风从窗外吹进来往那边拂去，吹得书页要翻不翻，沙沙作响。

良久，她才重新看向了外边。

那日一直到夜幕降临，周淮林才从外边回来。他的模样比起平日里的一丝不苟，稍显狼狈，梁璎甚至能看到他衣角处的灰尘。

"要不要出去走走？"

梁璎微微一愣。

"春天来了，去看看郊外的花，如何？"

梁璎看看漆黑一片的外面。

周淮林不明显地笑了笑："我知晓你白日怕人多，但是晚上没什么人的。"

晚上是没什么人，但要如何赏花呢？可即使心存疑惑，梁璎也没有问。

可能是因为经过这些日子的相处，她对周淮林莫名地有些信服。

马车一路驶到了目的地，周淮林要扶她出去时，梁璎甚至能感觉到他带着一丝期待，就好像等着迎接惊喜的是他一般。

车厢的帘子掀起来的那一刻，梁璎就察觉到了不对劲。

太亮了！对于黑夜来说，眼前太亮了。

她停下动作抬头看过去。

眼前的景象，恍惚间让人觉得这里是什么灯会。花田里摆满了各式各样的花灯，亮得梁璎能看清每一朵花的模样。甚至连一边的花树上，亦是挂满了灯笼，灯光将整棵花树映照得更像是灯树。

烛火中的花，美得如梦似幻。

梁璎再也没有见过比那晚更美的花海，她呆愣了许久，比起欣赏与惊喜，那一刻涌在心间的，更像是……感动。

——想要落泪的感动。

周淮林就站在不远处，她回头时，灯火中的他，亦是好看得不像话。

梁璎说不了话，彼时也尚且不会手语，一时间不知要如何表达。

可男人就像是知道她要说什么一般："不会打扰旁人的，等会儿我就会将这里恢复成原来的样子，也不算浪费，撤下的花灯都会分给城外的农户。

"你好好地赏花就可以了。"

梁璎的目光还是没有移开，周淮林抿抿唇，眼里似乎有笑意："好，我知道了，不用谢。"

梁璎这才重新看向那片花海。


"母亲。"魏文杞的声音将梁璎的思绪拉了回来，她看过去时，少年笑着问她，"母亲是在想周刺史吗？"

梁璎微微一愣，犹豫了片刻后，大方地承认了：这么明显吗？

以往他们不会过多地谈起周淮林，毕竟他与魏文杞的关系，似乎有几分尴尬。周淮林也会在母子见面时刻意避开。

但此刻的梁璎不这么想了，因为知道了自己的孩子也盼着自己能够快乐，所以不想再去避讳自己的幸福。

魏文杞确实不介意梁璎提起周淮林，母亲在想那个人时眼里带着的光亮，让他觉得安心，他们毕竟相隔千里，他不能时时刻刻地守护在她的身边。

母亲的笑容是她过得很好的证明。

他们正在交谈的时候，花树后走出的身影，让两个人的神情同时一僵。

因为有花丛的掩映，二人一开始并没有发现站在那里的魏琰。

直到这时，魏文杞才想起来，来这里是父皇提醒他的，原来父皇竟然存着这样的心思，觉得自己被利用了的他一时间表情变得有些难看。

其实若是不加以伪装，魏琰此刻的表情应该更加难看，他以为梁璎记得的。

曾经尚且年轻单纯的女子兴致勃勃地拿着书给自己看："皇上，你看，这书里说，可以建造出四季如春的房间，还能在冬天孵化出蝴蝶呢。"

她有一种对什么新奇事物都愿意相信的天真，看向魏琰的眼里也满是期待与向往。

"书上写的也不全是真的。"那时候的魏琰，虽然被她这样的眼神看得心软，但还是实事求是地说了一句。

他是这么说，也是这么想的。于是这样的"天方夜谭"，自然就被他们抛到了脑后。

后来在梁璎离开的无数个夜里，魏琰总是会想起那双暗淡下来的眼眸，那眼里的失落之情，让他的心在疼痛中备受煎熬。

他忍不住地想，自己把它实现不就好了？这个世界上有什么是他做不到的？怎么就不能满足她呢？那个时候要是答应她，她会有多高兴？

魏琰抱着这样的想法，在全国搜寻能人异士，打造了这样的花房。他以为，在看到这里的一瞬间，也许会勾起梁璎的回忆，哪怕是一丝也好，可以触动她的心。

"母亲是在想周刺史吗？"魏文杞这样的问话，打破了魏琰的幻想。

他透过花树的缝隙，看见了梁璎的回应。

他是懂手语的，在知道梁璎会手语以后，他的书房就放着一本有关手语的书。只是不知是为了避开旁人还是欺骗自己，他总是在夜深人静的时候才一个人把书拿出来看，从未在旁人面前展露自己会手语的事情，包括面对梁璎时。

所以，他读懂了梁璎的回应。

其实哪怕魏琰读不懂，在看到梁璎含笑带光的眼睛时，就已经明白答案了，她如今是不会因为自己露出这样的神情了。

他无法控制自己不去嫉妒，甚至这一次的嫉妒要比以往任何时候都来得猛烈，魏琰的心像是被一条毒蛇纠缠住了，疼得他不得不咬紧牙关让自己的表情看上去不至于太过失态。

当所有的感情避无可避，那想要靠近的本能，也变得无法抵抗与掩藏。


梁璎的好心情在见到魏琰时减去了不少，但她还是无声地行了个礼。

"不必多礼。"魏琰一边用温和的声音说着，一边靠近。

梁璎刚站直身体，就听到魏琰问魏文杞："身子已经好多了？"

"嗯。"

"那没事便多出来走走。"

他听起来倒是很关心魏文杞，然而梁璎抬头时，却见他的目光正落在自己的身上。

见与梁璎对上了目光，魏琰顺势就与她说起话来："之前你说有冬日也能开花的花房，我说不能。结果倒是让你说对了。"那个男人不仅仅是在现在取代着自己的存在，他还在覆盖自己与梁璎的过去，心底那疯狂涌动的不甘心甚至是愤恨，让魏琰故意提起，"你知道这是怎么做成的吗？"

梁璎不知道，也不想知道。说实话，要不是魏琰提起，那些事情，她都已经不怎么会主动想起了。

"你看这个……"魏琰上前一步，用手指向一边，似乎是想跟她解释。随着他的靠近，浓郁的龙涎香混着满屋的花香一同袭来，梁璎下意识地就后退了两步。

"父皇！"关键时刻，还是魏文杞一把拉住了梁璎的手，止住魏琰的话，"我突然觉得有些难受，能不能让周夫人陪我回宫？"

他倒是懂得怎么戳魏琰的痛处的，"周夫人"几个字说出来的时候，魏琰的表情有一瞬间像是要绷不住一般地难看，但又很快恢复正常，他笑着答应了："好，既然不舒服就回去休息，我让太医去给你看看。"

魏文杞也没有拒绝，拉着梁璎就转身离开了，只留魏琰一个人看他们离开的背影。

他对梁璎的背影并不陌生了，可唯独这一刻，女人一步步远离他的背影，像是把他的心也带走了。

魏琰很想开口叫住她，很想问她"你喜欢这里吗"。

这是他特意为她建造的地方。

他甚至开始升起奢望，他想留下她。

直到回到东宫，魏文杞还有些愧疚："母亲，对不起，我并不知道他会在那里。"

梁璎摸了摸他沮丧的小脑袋，在他抬头之际又笑着摇头，表示不要紧。

只是梁璎心中也有顾虑：你的父皇是你在宫中唯一的倚靠，你不要太得罪……

魏文杞拉住了她的手，没让她继续说下去："我最大的倚靠是母亲你。"他心里其实清楚的，父皇也好，杜太傅也好，他们对自己的好，都有母亲的因素在里面。

但让他感到痛苦的是，偏偏那是因为母亲承受过的苦难。

魏文杞看着母亲疑惑的神情也不欲多说："母亲，你不要总是替别人想，你多考虑自己就好了，等我……"等我有能力保护你的那一天，就不会再让你受任何委屈了。

这话，他没有说出来。

少年的话虽然说得没头没尾的，但梁璎感受到了她的孩子想要守护她的那颗心。

她感到既心疼又欣慰，虽然想再多补偿他一点儿，与他多待些时日，可想着魏琰让人不悦的靠近，以及还在等着她的周淮林，她还是在心里决定了早些离开，以免滋生事端。


晚上，梁璎正要休息，突然听见敲门声。

"夫人，睡下了吗？"

梁璎愣了愣，倒是想说睡下了，可她说不出话来。屋外的人也没有要走的意思，僵持了一会儿，她只得过去开门。

她一打开门，就看见门外站着的一个黄衣宫女先是弯腰道歉："夫人，打扰了，奴婢是奉命前来的。"

说完，也不等梁璎反应，她微微一抬手，一队手里捧着不同物品的宫女有序地进入房间。

梁璎的心中不知怎么的，立刻就浮现出不安的感觉，她看着这群不速之客，疑惑的心情没有持续太久，就听见黄衣宫女跟她解释："夫人，皇上是怕您在这里住着会缺什么东西，所以吩咐奴婢都备齐了。"

梁璎闻言瞥了一眼，这群人带进来的东西可谓是五花八门，从胭脂水粉到不同样式的衣裳，准备得很是齐全。

但她的心里涌上来的只有不安与厌恶。

她先前觉得魏琰这个名字时不时地在她的生活中出现，就已经够让人烦躁了；如今觉得还不如回到那时候，至少是两不相见。

梁璎的手握在了一起，其实她现在住在东宫的偏殿，就算当时来得匆忙，东宫的人也为她将必要的东西一应准备了，她并不缺什么。

可是那个宫女就像是知道她在想什么："东宫未曾住过女子，难免有准备得不周到之处。皇上也只是想让夫人您住得安心，还请夫人不必多虑。"

安心？她现在才是不安心了。

梁璎没有动作，但拒绝的意思很明显。对方也没有要退让的意思，两个人竟然就这么僵持了下来。

还是见势不对的官人将此事报给了魏文杞，可即使是他亲自出面了，手握圣谕的女子也没有退让的意思，依旧用恭敬却坚定的语气说道："奴婢只是遵圣命行事，若是太子殿下觉得有何不妥，可以去请皇上收回成命。"

魏文杞还想说什么，梁璎对着他摇了摇头。

罢了，放这里就放这里吧，用不用还是在她自己。她尽早离宫就是了。

一边的魏文杞脸色不太好，他隐约觉得父皇并不只是送东西这么简单，再想到今日花房之中，父皇虽然与自己说话，却停留在母亲身上的目光。

魏文杞再小也是懂得的，那目光中不再是之前的克制，而是不加掩饰的渴望。

而父皇今日做的这些，就像是要留母亲在这里一般。

想到母亲谈起周淮林时的神色，他知道，母亲不能留在宫里。


魏琰反常的行为，让心中不安的梁璎一整晚睡得都不怎么安稳。

翌日醒来的时候，梁璎觉得嗓子、鼻子里都干痒得紧，呼吸进鼻腔的空气都带着冰冷的凉意。

她起了床，没有惊动任何人，先给自己倒了一杯水。水是温热的，应该是官人不久前才换的。

梁璎喝过水后，嗓子似乎好了那么一点儿，但是她的身子弱，经常会生病，所以对这种染上风寒的预兆也十分熟悉。

为了不滋生事端，她决定先不声张，等出了宫再找大夫看看好了。

旁边的桌子上放着她昨日给周淮林写的信。原本她在信中说，打算明日与文杞告别后出宫，可这会儿她又改了主意，想要今日就走，思考之时，那信封被捏在手中揉成了纸团。

梁璎想着，既然决定今日离开，倒是不必写信了，不然反倒会让淮林担心。

收拾好东西，她打算离开。门一打开，迎面而来的冷风，让梁璎一瞬间觉得咽喉发痒，想要咳嗽，却又在看到不远处的人时，硬生生地忍住了。

魏琰披着白色的斗篷，正立在不远处的回廊之中，也不知是刚来还是准备离开，就这么跟梁璎的目光撞上了。

两个人的视线对上，男人原本因为在思索着什么而没有表情的脸不自觉地就露出了笑意，他往梁璎这边走了两步，走下台阶站进了风雪里，就站在那里与她说话："醒了？睡得还好吗？"

魏琰其实一直在观察着梁璎的神色，在她开始皱眉露出那么一丝烦躁不安的情绪时，就及时停住了脚步。

一个早上的等待只为了现在的见面，他想尽可能地与她多待一会儿。

梁璎微微福身行礼后，就点头当是回答他先前的问题了。这会儿冷风吹得她控制咳嗽都很辛苦，好在她不需要说话。

但魏琰还是注意到了她有些泛白的脸色，忍不住心疼："这些日子你照顾文杞辛苦了。今日太医给文杞请脉后，让他们也给你看看。"

梁璎摇摇头，随即又想起这正是个跟他说自己要离开的好机会，于是抬起一直低着的头。

皇上，臣妇打算今日离……

她看着魏琰疑惑的神情，反应过来对方是不懂手语的，正要转身去屋里拿笔、纸，却听到他开口："若是有什么话要说，就让官人传给我。我这会儿要去早朝了。"

梁璎止住了动作，他这么说了，自己自然不能耽误他去早朝，况且……自己是文杞的客人，想要出宫，应该与文杞说说便可以了。

看她点头后，魏琰转身离开了。

他其实看懂了梁璎的手语，她在说要离开。

他的心开始揪着似的疼，好像又回到了女人伏在地上一字一字地写下"恳请皇上准许臣妾出宫"时的心情。

彼时他没能理解的想要挽留的不舍之情，在这一刻清晰地撕扯着他的心。

不想放，他不想放手，不想放她离开，不想把她交给别人。可他又无比清楚自己没有任何立场。

魏琰只能没出息地逃了。

直到走远，他才又停下来回头看了一眼。

梁璎还站在原地，仿若是隔着风雪在目送他离开。

那身影让魏琰绝望到底的心，又升起了零星的希望。

既然不想放，那他就牢牢地抓住。只要梁璎再给他一次机会，再把手递给他一次，只一次就好，他一定会给她这世间没人比得过的宠爱，一定让她的余生都不会因为这个决定有片刻的后悔。

魏琰低头看着自己的手，他仿佛已经看到那柔若无骨的纤细手指，放在了自己的掌心。

仅仅是想象，他的心就已经开始颤抖起来。

梁璎，再给我一次机会好不好？我们再试一次，好不好？


梁璎想着要怎么与魏文杞说离开的事情，让她意外的是，当真的说出口时，他并不意外，更没有想要拦她。

魏文杞知道母亲此刻原本应该已经离开了京城，是自己耽误了她的行程。

"母亲是该早些走的，"无论魏文杞如何懂事，如何理解母亲，分离都是一件无法开心得起来的事情，可他将那些不开心都死死地藏了起来，"天寒地冻，路上不安全，不要为了赶路走得太急。"

梁璎点点头，又想起了什么，跟他承诺：明年我会在秋天来京城。

魏文杞的目光瞬间明亮了许多，或许是与母亲的关系确实缓和了不少，他高兴之余也忍不住说出自己的愿望："母亲可以给我写信吗？"怕被拒绝，他又赶紧补充，"就是到了以后写信给我报个平安，平日里就不需要了。"

他嘴里说着不需要，眼里却全是需要的意思。

梁璎失笑，但其实心口是在泛疼的。她收到过魏文杞的信，只是从未回信。

这次，她点点头应允下来。

梁璎出宫的马车还未驶出内宫门，就被拦住了。

"李公公，"那个侍卫显然认识东宫里送梁璎出宫的人，说话也客气，"皇上有令，最近皇宫戒严，需持皇上的手谕方可进出。"

小李子看看马车，压低了声音："刘侍卫，这可是太子殿下的客人。"说着，他还掏出了太子的令牌。

可对方根本不看，直接就将令牌推了回去，摆摆手："有李公公你在这里，我还用看什么令牌？但是接到的命令就是这样的，您也别为难我们。"

"就今日……"

"就今日也不行。"

梁璎在马车里将二人的对话都听见了，她又想咳嗽了，但也只能用手帕捂着嘴，尽量不发出声音。

她不知道这是魏琰故意的还是无意的，只觉得心中的不安感愈发浓重。待身体这阵不适过去了，她才缓缓地放下手帕。

最终，他们又回到了东宫。

魏文杞听说后很是气愤："母亲，你不用担心，我去找他就是了。"

结果他怎么去的，就怎么回来的。魏琰以公事繁忙为借口拒绝了他的见面。

梁璎隐约间明白了，魏琰这是故意留下自己。她不明白的是，为什么？

她又在东宫住了几日，身体的不适感已经愈发明显了，她一直强忍着，只在一个人的时候抱着温热的水多喝几杯作罢。

魏文杞这几日又找了魏琰几次，都被拦在了门外，梁璎知道，他是在等自己。

如今她并非后妃的身份，不能直接去见魏琰，只能让宫人给他转递了消息。

消息递上去的第二日，梁璎见到了魏琰派过来的人。

"夫人，皇上召见您。"刘福一脸笑意地说着，"您有什么话，就当面跟皇上说吧。"

梁璎没有立刻动，魏文杞今日不在宫中，种种巧合得像是魏琰故意安排的。

"夫人，尽快吧，不要让皇上久等了。"那边等待的人又催了几声，容不得梁璎多思考，她就被催着坐上了准备好的轿子里。

轿子被人抬起后，梁璎掀起轿帘的一角往外看去。她对京城不熟悉，但对皇宫再熟悉不过了，所以很快就发现这并不是通往御书房的路。

在一边跟着的刘福似乎是察觉到了她的疑惑，在一边解释："夫人，您的身份特殊，要是被有些人见着了也不好，所以皇上只能委屈您一下了。"

他们的目的地是长宁宫，那是梁璎出宫前住的宫殿，还没有到的时候，她就已经发觉了。

当日为了让梁璎假死顺利出宫，长宁宫曾走水过。可现在映入她眼中的，并非断壁残垣的景象。

"夫人还记得这里吗？您走后，皇上就将这里翻修得与以往一模一样了。"刘福在一边解释。

他的语气里颇有一种对往事的怀念，可故地重游的梁璎，就只有厌恶与不耐烦的感觉。

她看向刘福，无声地询问魏琛在哪里。

刘福倒是看懂了："夫人先进去稍等片刻，皇上大概要忙完了才能过来。"

在这一群虎视眈眈的人面前，梁璎没有旁的选择。

她走了进去，宫殿里很安静，脚踩在厚厚的地毯上没有任何声音，以至身后大门关上的声音异常刺耳。

梁璎回过头，看见殿门正被紧紧地闭上，咚的一声，重重地落在她的心上。

梁璎被软禁在了长宁宫里。

她对宫殿里的布局并不陌生，最惹眼的是摆在那里的那件凤袍，在殿中熠熠生辉，与当初她看过的那件，好像有几分相似。但她当时也只是匆匆一瞥，时间又过去这么久了，早就记得不清了。

梁璎只看了凤袍一眼就收回了目光。她随意找了个位置坐下来，或许是因为有了这一路纷乱猜测的铺垫，此刻的她，倒是没有太过惊慌失措。

她只是在思索，魏琛这是要做什么？想不明白，她就等，等着魏琛来给她个明白。

可是……她能等，淮林也能等吗？什么都不知道只能猜测的他，会等得多着急？

魏琰一直没有出现，中间有人送来了茶水，饭点时亦有人送来吃食。梁璎俱是岿然不动，既不多问，也并不动她们送来的东西。

负责送东西的宫女们是一句也不敢多言的，甚至连多看她一眼也不敢。

还是刘福来劝她的："娘娘，您还是用一些吧。这身子骨是您自己的，可别拖坏了。"

这声改变了称呼的"娘娘"，让梁璎的睫毛一颤，她干脆闭上了眼睛，抚摸着手上的玉珠不言语。

刘福看看她，再看看满桌纹丝不动的饭菜，那捏着拂尘的手无所适从，大冬天的直冒冷汗。

别说宸妃娘娘了，就连他这个皇帝身边的人，都被皇上这突如其来的转变吓了一跳。以往看皇上那么在意宸妃娘娘时，刘福也想过他是否余情未了，可每每都因为"那他怎么能容忍周大人的存在呢"这样的想法而否定了。

如今周大人还在京城，这若是传了出去，像什么话？

"那……娘娘，您先歇着，老奴就退下了。"

梁璎摆明了一副不配合的态度，他也不能拿这尊佛怎么样，只能先行退下去禀告魏琰了。

梁璎看着他离去，殿门在他出去以后就又被人关上了，虽然不至于有落锁之类的声音，但那攒动的人影，明显是守在外面的侍卫。

梁璎观察过后就收回了目光，屋里没人，她稍稍放松了一些紧绷的神经，比起想咳嗽、咽喉干痒，如今又多了一个头疼，让她不得不用手撑着脑袋缓一缓。

随着身体越来越不舒服，她的心里也觉得无法忍受了，梁璎的眼眶有些发热，她现在很想见到周淮林。

其实梁璎原先也不是这么娇气的人的，可是因为身边有了那么一个人，总是比她更关注她的身体，比她更怕她难受，娇气的性子就不自觉地被养了起来。

她都忘了自己有多久没有像现在这样需要忍着身体的不适了。

梁璎没有等太久。桌上冷掉的饭菜被撤掉，换上新的一桌时，魏琰的身影就随着门的再一次打开而出现。

跟以往的规矩行礼不同，这次梁璎没动，她看着一步步走进来的魏琰。男人的脸上这次没有笑容，但殿中的烛火倒映在他的眼中跳动着，那灼热的目光让他好像比以往任何时候都激动。

"梁璎。"这声名字叫得跟以往任何时候都不同，仿佛裹挟着情义，很轻的语调，轻得像是叹息。

"这个场面，我在脑海中想过无数次。我们的家，我们的孩子，等我的你。"

魏琰已经走到了梁璎的面前，短短十几步路，他看起来像是走得云淡风轻，可是只有他自己知道，每一步都仿佛踩在云端上——既有不安的虚幻感，也愉悦得飘飘然。

他垂头，俯视着坐在那里的女人，她扑闪着的睫毛、小巧的鼻子、白皙的皮肤，无一不是镌刻在记忆深处的。

魏琰的手不自觉地慢慢举起。一指之隔而已，他再往前一点点，就能触碰到自己魂牵梦萦的那张脸，可他却始终不敢再前进半分。

"一开始，我以为对你的所有牵肠挂肚，都是因为愧疚。所以我努力地想让你过得好，我以为只要你快乐了，好好生活了，我就能放下了。所以周淮林要带你走的时候，我没有拦，你们成亲的时候，我没有拦。即使……"如今魏琰每说一个字，都像是在用那以嫉妒铸成的剑剜着自己的心，"即使我其实快要疯了。"

在他未弄清楚那种感情名为嫉妒之时，就被折磨得快疯了。可他还是装作若无其事的样子，为她挑选着嫁妆，挑选着新婚礼物，挑选着伺候的下人。

他看上去像是真的不在意，却只有他自己知道，他其实怀着最卑劣的心思。他想要渗透进她生活的每一处，想要让她时时刻刻记着自己的存在，怕她……忘了自己。

"可是，梁璎，当再次看到你的时候，我就知道了，"魏琰单膝跪在了她的身前，这下他变成了仰视梁璎，可以清晰地看见她冷漠的神情、冰冷的目光，可即使如此，也未能浇灭他此刻心头燃烧着的火焰，"梁

144

璎，只有你，我只想要你，除了你，谁都不可以。"

他用了五年的时间，去逃避，去挣扎，去想要尝试用别人来替代她。

但梁璎只需要在他面前出现一个瞬间，那所有的努力都像是个笑话。

魏琰抓住了她的一个衣角，他连女人放在腿上的手都不敢碰，可心中空缺的那一块，还是在这一瞬间被填满。

如今什么都唾手可得的他，唯有在面对这个人时，会如此小心翼翼。他明明可以强硬地不管不顾地占有她，明明可以用周家来威胁她。

可是……

魏琰的心已经开始觉得疼了，她是梁璎，她是陪着自己一路走来又被自己辜负了梁璎，她是为了自己留下满身伤痕的梁璎。

他要怎么……

梁璎突然站了起来，同时往后退了几步，紫檀木的椅子被推着也后退了些距离后，仰倒在地。

她一直退到自己的衣角从魏琰的手中抽出来，才不去看地上的人，往一边走了几步，跪倒在地。

梁璎听了这么久，她好像听懂了。

她用手比画着：皇上若是介意臣妇另嫁他人……

从魏琰愣了一下的表情里，梁璎看出了对方能看懂手语，于是继续认真地比画着：臣妇愿与周淮林和离，从此青灯古佛常伴一生。只恳请皇上不要为难周家。

这就是她忍着厌恶，听了这么久魏琰这惺惺作态的话，所得出的结论。

男人或许就是如此，哪怕是自己放手了、不要了，在他的想法里，那还是他的东西。也许就是因为她有了其他人，才让他产生了"自己的东西"被他人染指的不甘心。

他愿意放自己出宫，却不愿意自己另嫁他人。

梁璎对他这样的想法嗤之以鼻，可她不得不为周家考虑，她绝不能让魏琰迁怒周家。

魏琰因为她的话久久回不过神来，他突然意识到，梁璎在听到他的这些话时，甚至没有生出"他爱我"这样的想法。

她并不相信，不相信他心悦于她。

"梁璎。"

梁璎听到了他在叫自己，却没有动，依旧将头伏在地上。

"梁璎！"魏琰跪到了她的面前，声音里像是在压抑着下一刻就会崩溃的情绪，"梁璎，你看看我。"

良久，梁璎才终于抬起头，她的视线刚刚往上移，就对上了一双泛红的眼睛。

这是第一次，魏琰在她的面前，毫不掩饰地泄露出所有的感情。可她就像是对他封闭了内心，接收不到他的任何暗示，他那不敢靠近的小心翼翼、想要珍惜她的心和放下的所有姿态与自尊，她都看不到。

梁璎确实不信，曾经的魏琰，也是如此惯会骗人的。她不就……已经被骗过一次了吗？她曾经相信过这个男人对自己有爱。

"我们真的不能重新开始吗？我会给你这世间最好的爱。他能做到的，我都能，我会做得比他更好，"魏琰说起自己那些被思念折磨得一次次彻夜难眠时，脑海中闪现过无数次的念头，"梁璎，选我好不好？"

梁璎别开了目光。

再也不会有人，比周淮林更好了，再也不会有人的爱，比他的爱更好了。


这话梁璎知道自己不能说，她面对的是九五至尊，她不能在魏琰面前提周淮林，不能刺激他，让他针对周家，所以梁璎只是重新低下头，什么也没有再说。

可魏琰却读懂了这样的沉默，读懂了她的拒绝、她对那个男人的维护。

魏琰的脊背垮了下来，他是真的妒极、恨极，可就像是过往那般，他无数次地恨不得那个男人消失，又不得不无数次地选择忍耐。

他的嘴唇动了动，那一瞬间无数话在舌尖滚过。

他想说"你想想我们的孩子，你就不想陪着孩子一起长大吗"，可是这母子二人的关系也不过刚刚修复。

他想说"你想想我们在一起的那么多年，你真的完全割舍了吗"，可是在梁璎看来，那只是他的做戏。

他甚至想用周家作为威胁，可那种卑鄙无耻的话，怎么也无法说出口。

魏琰的眼眶酸胀到想要落泪。

"梁璎，之前的事情，都是我的错，对不起！你给我一次机会补偿，这次给你的位置不是皇贵妃，也不会有什么皇贵妃。"

梁璎愣了愣，抬头看过去，那目光就像是给了魏琰鼓励，他几乎用迫不及待的语气说道："皇后的位置，以后只会是你的，梁璎，不要拒绝我，你先不要拒绝我，你再想一想好不好？"

皇后？梁璎一直在东宫，并不知道薛凝的事情。可她到底是在后宫浸淫那么多年的，朝堂之事也是懂得一些的，这会儿并不难猜到发生了什么事情。

当初周淮林说起薛家的时候，梁璎以为是他不懂，不懂魏琰对那个人的真情。可是直到现在，她才知道不懂的从来都是自己——不懂帝王的无情、多变。

他为什么会觉得她还在意那个后位呢？

梁璎甚至开始觉得庆幸了，庆幸自己那么早地知道真相，离开了这里。若是当初魏琰真的为了哄她将后位给了她，她的这一生大概真的要耗在这宫里了。

能够那么早地离开，那么早清醒过来，能够遇到周淮林，真的是……她此生的幸运。

大概是梁璎的排斥与厌恶太过明显，魏琰终究是没有做其他的事情，先离开了。

梁璎在他离开后，终于看向桌上还热着的饭菜。其实此刻还在病中的她是一点儿胃口也没有的，可她还是拿起了桌上的筷子，夹起米饭，放进嘴里慢慢地咀嚼着。

"记得好好吃饭，按时休息。"

淮林让她记着的事情，她也确实记住了，在事情还没有走到绝路之前，她不能让自己的身体先垮掉了。


周淮林已经在院中站了好一会儿了，直到回廊里响起脚步声，他沉寂的眼里才一瞬间有了明显的波澜，回头的动作都带上了几分急切。

来人是府里的下人，他看出了主子的急切，可也只能面色为难又凝重地对周淮林摇了摇头——今日，还是没有夫人的来信。

梁璎已经好几日没有派人给周淮林送信了。近日随着薛丞相倒台，皇后被废黜，前朝、后宫都动荡不安。皇上此刻要稳坐朝堂，按理说处理这些事应该就已经够让他焦头烂额了……

"给杜府递的拜帖有回信了吗？"

"是的，"说到这个，下人放松了不少，赶紧回答，"杜太傅回复的消息，说您可以随时登门。"

周淮林不再耽搁了，一边快速地向外走去，一边沉着地吩咐下人："备马。"

他掩下了心急如焚的心情，如今梁璎在宫中的情况尚不可知，他不能在这个时候乱了阵脚。

他们一起来，就要一起离开。


几个人坐在杜府的前厅。

杜太傅知道的也没有比周淮林多太多。

"丞相的位置空了下来，皇上一直没有表态，朝中猜测纷纭。宫里也被封锁得很严实，没有任何消息传出来。"

"我要去宫里！"一边的杜林芝先忍耐不住地站了起来。

杜太傅扫了她一眼："你去做什么？"

"我要去问他这是什么意思，是不是真的把梁璎软禁起来了？当初没有好好珍惜的是他，现在又要强迫人家，这哪里是君子之道？"

杜太傅还未出言平息她的怒火，就见一个下人急匆匆地过来报信。

"老爷，宫里来了消息，宣您进宫。"

杜太傅的脸上没有太多的意外之色，他挥挥手让下人下去了，看向一边的周淮林。

这不是他第一次见周淮林，男人以往沉着的脸上，这会儿隐约可以窥见心焦。

"老夫进宫后，自会向皇上进谏。"身为帝师，他的话自然要比旁人更有分量。

周淮林起身对他拱手道谢："那就有劳太傅了，淮林定会牢记太傅的恩情。"

"说什么恩情……"杜太傅苦笑了一声,"若说恩情,是我杜家还不完她。"

他起身,慢慢地往外走着,不自觉地想起了曾经的那个小姑娘——

"太傅,你让我读的书我都读完了。"

"太傅,你看我写的心得。"

"太傅,我的书法是不是长进了?"

他没有见过那么上进的人,没有见过那么诚挚的心。当初她的心全在这里的时候,是所有人合力推了出去。

如今她有了新的人生、新的家,就不该被留在这里。

杜太傅想,皇上应该也懂,他应该比自己更懂梁璎,应该知道,把她留下来,就只能是看着她走向灭亡。


杜太傅到的时候,魏文杞刚要离开御书房。

他今日来见父皇又无功而返,知道母亲就被关在长宁宫里,他虽然满怀一腔怒火,但又无可奈何,这会儿脸色自然是不好的。

二人相遇,魏文杞缓了缓神色,主动招呼杜太傅:"太傅。"

杜太傅行礼:"太子殿下。"

他看看魏文杞,再看看后面紧闭着的大门,还想说什么,就听见不远处的刘福催促道:"杜太傅,皇上在里面等着您呢,您还是快些进去吧。"

一听到"皇上"二字,魏文杞的脸色又黑了下去。

他朝着杜太傅点点头:"太傅先进去吧。"说完一个转身头也不回地离开了。

魏琰正在御书房里等着杜太傅。

杜太傅一进来,就有官人给他看座端茶,又在旁边放了一盆炭火。

"太傅近来身体好些了吗?"魏琰从书桌后抬头看过来,他虽然笑着,眉宇间却难掩疲惫之色。

"谢皇上挂念,老臣已无大碍。"

魏琰问候了他几句,又问了问他对现在的朝局的看法,杜太傅一一回答了。

末了,魏琰轻轻叹息一声:"太傅果然看得透彻。如今丞相这个位置，不少人虎视眈眈，想要选出一个让众人都信服的，朕思来想去……"魏琰起了身，"还得是太傅您才行。"

杜太傅没有立刻答应："臣年岁已高，怕是也活不过几年了，非丞相之位的最佳人选。"

"您是我的老师，也是太子的老师，才情与见识俱是无人能比，品德更是为百官钦佩。您不是最佳人选，还有谁是？"

"可是……"

杜太傅拒绝的话还没说完，就被魏琰止住了："太傅，五年前丞相之位您便已是拒不受之，可是今日，这个位置只有老师您来才得以服众。您难道不想亲眼看着那个孩子，长成什么模样吗？"

魏琰用了老师这样又尊敬又亲近的称呼。

杜太傅抬头，看向这个自己引以为傲的学生。他确实做到了自己曾期许的勤政爱民，将大魏从一片腐朽之中带到了光明之处。

此刻，这位皇帝的眼里满是诚恳，为了江山，也是为了那个孩子。

"既是如此，臣也有话要说。"他顿了顿，"方才臣来的时候，遇见了太子殿下。"

魏琰的笑容淡了一些，他知道杜太傅要说什么。这京城里的事情，多是逃不过他的耳目的，他自然也知道了周淮林去过杜府。

"嗯。"方才所有的情绪都被收回了，这会儿的魏琰负手而立，眼里再也没了笑意，他听见杜太傅提起与梁璎有关的事情时，就像是被侵犯了领域的猛兽，浑身都竖起了防备。

可杜太傅面色不改："皇上今日拒绝了太子的见面，以后也打算如此吗？"

魏琰没有开口，他就继续说了下去："老臣知晓，皇上您如果想让梁璎回来，就一定会给她皇后的位置。可是……您要怎么给？她只是一介无依无靠的孤女，是个不能说话的哑巴，是个发病的时候连路也走不平稳的跛子。"

这说出口的一字一句，都在刺着杜太傅的心，提醒着他那个女子承受过的苦难，但他知道，对于皇上来说，亦是如此。

魏琰的脸色已经在一点点地沉下去了。

可是杜太傅的话还没说完："对于她来说，唯一有利的条件，大概就是她是太子的生母。但是……容老臣提醒，或许皇上忘了，有着那个身份的梁璎，早就已经死了。还是说，皇上打算昭告天下，说宸妃娘娘并没有死，而是去往民间，另嫁他人，如今又重新回来坐这皇后的位置？"

御书房内陷入了长久的寂静，直到魏琰往自己的座椅上走去。

"你说的那些，都不是问题。"对于杜太傅，魏琰没有什么可隐瞒的，所以正面回答了那些问题，"朕想要做的事情，没有什么人、什么理由，是可以阻拦的。"

魏琰坐回了座椅上，杜太傅从他的眼里看出了势在必得，显然，杜太傅方才说的种种，他考虑过了，但都没能动摇他的决心。

杜太傅起身往中间走了两步，将朝服的前摆微微一撩，直直地跪下。

身为帝师，魏琰早就免过了他的跪拜之礼，可这会儿却并没有阻拦。

"皇上，若是您执意如此，丞相之位，还请您另择贤明。"

魏琰淡漠地看着下边跪着的人，连杜太傅亦是如此，他以为至少杜太傅应该是支持自己的。哪知杜太傅接下来的话，让他刹那间脸色大变。

"因为臣只能以死进谏，避免皇上铸成大错。"

魏琰的手紧紧地抓着龙椅的把手："太傅这是在威胁朕吗？"

"臣不敢。如皇上您所说，您现在想做的事情，无论什么理由、什么人，都无法阻拦。唯一能约束皇上您的，只有良心二字。臣亦是如此，明知不可为而为之，这是身为臣子的职责。"

魏琰紧紧地咬着牙，杜太傅仿佛是在说，自己若是执意如此，面临的就是君臣离心，父子反目，还有毁掉自己的明君之名。

可其实这些他都可以不在乎，若是……

"若是梁璎愿意，臣亦愿意举家之力保之。但她不愿，臣不能看着杜家的救命恩人，沉寂在这宫中。"

是了，这才是魏琰真正害怕的事情，知她不愿，怕她选择玉石俱焚。

"皇上，"那道沧桑的声音轻轻叹息了一声，"她不愿啊！"

夜里，多年不沾酒的魏琰难得破了例。他已经不知道这是自己喝下去的第几杯酒了，好像只有这样，那锥心的痛苦才能减去一二。

明知求不得，还是想要强求。

他若真的能狠下心也就罢了，可光是梁璎这个名字，就足以让他畏手畏脚。

没人敢在皇帝心情不好的时候去打扰，所以魏琰喝醉了，也只是自己靠在那里闭上了眼睛。

他做了一个梦，梦中他和梁璎相互扶持着，一起熬过那些苦难，终于迎来了后面的相守。

"来，我给你看个东西。"男人拉着女人的手，他们奔跑在红色木柱搭建的回廊之中，午后的阳光透过回廊外的树枝，照在这一对美满的人身上。

男人的脸上充满着要给心上人惊喜的迫不及待；而女人则满面笑容地看着男人的侧颜，一步一步的跟随中，没有任何迟疑。

"什么啊？你给我个提示嘛。"

"到了你就知道了。"

梦里的梁璎没有受那么严重的伤，虽然历经磨难，却还是会说、会笑、会跑。他也没有薛凝，皇后的位置一直是留给她的。

他们停在了凤仪宫外，停在了他曾经许诺过要给她的地方。

大殿的门被缓缓地打开，他从她的身后弯下腰，贴在她的脸边，语气郑重地开口："以后，这就是你的宫殿了。"顿了顿，他又补充，"我们的家，我们三个人的家。"

梁璎在听到后面一句话后，脸上呆愣的表情慢慢地转为了耀眼的笑容，那双眼睛更是熠熠生辉。

"魏琰，"她说，"我好喜欢啊！"

他看到她欢快地跑进去，跑进那座属于她的宫殿中，欣赏着每一件他为她精心准备的东西。

而他自己，就背着手慢慢地走在她的身后。

满足——他听到她说"喜欢"的时候，那填满满胸口的悸动，就是满足。

最后，她停在了那件凤袍面前，转头看向他："这也是我的吗？"

她早已经是他的妃子了，可此刻的他们，就像是才准备成亲的未婚男女。

当然啊，当然是她的，除了她，还能是谁的？

这句话几乎要脱口而出的时候，魏琰醒了。

152

梦里的一切都是假的，只有她看到凤袍时那惊艳的眼神是真的。当初她看向凤袍时，那带着悲凉的眼睛仿佛就是在说"真漂亮啊"。后来这一幕也无数次地出现在他的梦里，梦里的他，没有别的选择，只会迫不及待地想要给她——

给她所有她曾经想要的一切，她后来弃之如敝屣的一切。

梁璎睡得不太安稳。她这几日一直没有请太医，今日好像病得更重了，头昏昏沉沉的，全身疼痛得厉害，鼻子也总被堵着，让她觉得呼吸不畅。如果继续这样，她就只能去找太医了。

可是梁璎还在犹豫，如果叫了太医，她就真的暂时离不开皇宫了。

因为这样的顾虑，她连咳嗽都怕被人看见，只能拿被子盖住自己偷偷地咳嗽。

正当这般难受得头脑都不清醒的时候，她似乎听见了敲门的声音，这个声音让她一瞬间清醒过来。

梁璎从床上坐起来，掀开了被子。她身上的衣物都是完整的，因为睡在这里没有安全感，她每天都恨不得裹上几层衣物再睡。

这会儿听到了动静，她更是马上离开了床这种让人觉得不安全的地方。

她往门边走去，方才的敲门声已经停了。

梁璎这几日为了不暴露自己的病情，一直没有留人伺候。这会儿空荡荡的屋里只有她一个人，寂静得有些可怕。

她在门边凝神听了一会儿，除了风声，什么也没有听到。

难道是自己病糊涂听岔了？梁璎松了口气，她决定明日还是得找个太医来看看，否则等出宫后，总不能拖着这样的病躯去见周淮林。

她转过身，刚走了两步，大门被推开的声音猛地从身后传来，只一瞬间，凛冽的寒风就已经刮进来了，屋内两边的烛火，甚至有几盏被吹灭了，剩下的几盏烛火的火焰也在风中跳动着，使得屋里一时间暗下去了不少。

梁璎的身体不知道是因为寒冷还是恐惧，狠狠地抖了抖。她不敢回头，身体僵硬着一动也不敢动。

不行！敏锐地察觉到危险在靠近的梁璎，脑海里闪过了这样的想法，她得快跑。

梁璎向前两步的逃离动作，仿佛刺激到了身后的人。

不是这样的，她的脚步，明明只会迈向他的，为什么现在要逃离？

魏琰两步就追了过去，在酒的驱使下，他抛开了所有的小心翼翼，只顺从着内心的渴望，将魂牵梦萦的女人抱进了怀里。

"梁璎，我后悔了，真的后悔了。"

所有人都在劝他放手，都在说她已经不是他的人了。

为什么不是呢？凭什么不是呢？怀里实实在在的人，仿佛天生就是来填补他的空缺的。他丝毫没觉得冷，反而觉得身体里有一团火焰在熊熊燃烧着。他好像只有此刻才是圆满的。

身后抱住自己的人不知道在外面站了多久，身体凉得仿若冰块似的，让梁璎的身子止不住地抖，既是因为冷，也是因为恐惧。

她闻到了魏琰身上的酒气，这些日子他看向自己的目光虽然灼热得可怕，但他到底还披着一层斯文的皮，不曾有过过分的举动。醉酒仿佛让他将那层皮撕了下来，让梁璎感受到了从未有过的恐惧。

禁锢着她的那双手明明用力得让她无法撼动半分，可身后的人又像是没有力气一般，将整个身体靠在了她的身上。原本就在病中的梁璎自然没有撑住他的力气，被他压得腿一弯就向地上倒去。

咚的一声，梁璎却没有感到疼痛传来，是魏琰在两个人一同倒下去之时及时护在了她身下。

梁璎匆忙地想要爬起来，才刚动了动，就被魏琰再次一把拽入了怀里。

大开的门还在不停地往屋里灌着风，他也许是察觉到了怀里人的颤抖，于是用宽大的衣袍将她挡得严严实实。

"梁璎……梁璎。"他一遍遍地叫着女人的名字。他们是如此地契合，鼻间萦绕着的熟悉的清香，混着心头的火，烧得他理智全无。他的身体甚至比他更熟悉这样目眩神迷的沉溺。

梁璎突然被他抓住了手，宽厚的大掌强硬地拉着她的手，以不容拒绝的力度抚摸上男人的身体。

他紧紧地盯着梁璎，声音颤抖得都有些变调："你还记得吗？梁璎，你说过的，我是你的，这些都是你的，谁都不可以碰。"

那是曾经的她用葱白的指尖在他的皮肤上触碰时留下的话，指尖每到一处，她便以唇吻之标记一处："这是我的，这也是我的。魏琰，你不要让别人再碰了，好不好？"

因为知道这些话的离经叛道，她看过来的眼睛里，带着几分心虚，但更多的是占有欲作祟的霸道。

魏琰记得，他都记得的，与梁璎过往的每一刻都成了困住他的枷锁。明明当初看起来陷得更深的是她，投入得最多的是她，为什么走不出来的反而是自己呢？

此刻抛开所有尊严的他，像是想要向主人展示忠心的狗，兴奋而又迫不及待地说道："你看，都是你的，我没有让任何人碰过。"

可是梁璎哪里记得那些事情呢？她的脑子是晕的，因为发热而烧晕的，她原本就时时刻刻提心吊胆地提防着，这会儿被魏琰拉着手抚摸他带来的恶心与恐惧，让她的情绪在崩溃的边缘游走着。

她明明都已经逃出去了，脱离了深渊，可是现在，她好像又被拉着，一只脚踏了进去。

她很想周淮林。

这个名字在脑海一出现，梁璎的眼泪就忍不住开始滴落，也不是痛哭，她低着头连声音都没有发出，就只是一滴一滴地无声地落泪。

魏琰终于发现了不对劲，只能看到梁璎头顶的他没有发觉她在哭，却意识到了自己握着的手有着不太正常的温度——过分灼热了。

他一瞬间什么酒都醒了。

梁璎不能说话、又好逞强，所以她的情绪、她的不舒服，都要靠他去观察。

魏琰之所以知道，是因为梁璎去了周家后，周淮林都是这么做的。

他赶紧伸手去摸梁璎的脸，这次没带任何旖旎的心思，女人灼热的皮肤和冰凉的泪水，一起通过他的手传递过来。

魏琰慌了神，原本还滚烫的身体一下子冷却下来。

"梁璎，你哪里不舒服？"他问完才想起梁璎不能说话，慌忙起身，将她抱在怀里。

梁璎别开头不去看他，他也不在意，一边用身体将门外的风挡得严实，一边叫外面的人："传太医！"

虽然梁璎之前一直不想叫太医，可此刻魏琰叫太医，她知道对自己来说，意味着暂时安全了，紧绷的情绪这才一点点地放松下来。

　　后面几天，梁璎大部分时间都陷入昏睡，偶尔迷迷糊糊地醒来之时，能听到床边有人的说话声。

　　"皇上，夫人不配合，这药我们喂不进去。"然后她感觉到有人坐到了床边，随之而来的还有苦涩的药味。

　　"梁璎，乖，把药喝了好不好？"他哄着她的声音很是温柔。

　　恶心！梁璎只觉得恶心，不知道是因为药的味道还是他的声音，她也不知道哪里来的力气，凭着感觉狠狠地一挥手。

　　她碰掉了什么东西，地上响起瓷器破碎的声音，除此之外，还有宫人们的惊呼声："皇上！"

　　热腾腾的汤药洒在魏琰的衣裳和手上，他手上的皮肤已经发红了，可他像是没有感觉，只是抓住梁璎的手检查了一番，还好，没有烫到的痕迹。

　　魏琰的目光又转移到梁璎戴在手腕的串珠上。那珠子呈晶莹剔透的碧色，她一直戴着，他知道，这是周淮林送的，里侧还刻了两个人的名字。

　　而他和她之间却什么也没有了，连他偷来当宝贝的玉佩，转眼梁璎就把自己的那块扔了。

　　她残忍到不给人留半点儿念想。

　　魏琰把那串珠从她的手上往外脱，取到一半时，女人动了动，像是不安极了。

　　他沉默了好一会儿后，又将串珠推了回去。

　　宫殿里很安静，宫人们站在一边低着头，连大气不敢喘一下。

　　魏琰就这么坐了许久，也想了许久，直到他不得不承认——

　　她不愿意留在这里，她不喜欢他了。

　　他也留不住她了，强行留下来的结果，大概就是玉石俱焚。

　　魏琰承受不来那样的结果。他用眷恋不舍的目光又看了一眼床上的女人，纵使不舍又能如何？她都这样了，他还能怎么办？

　　如果……我主动放你走，梁璎，你能不能记着一点儿我的好？

梁璎醒过来时，不知道时间过去了多久，身上的热度像是退却了一些，但依旧浑身酸痛。她迷迷糊糊地睁开眼睛，近在咫尺的脸让她愣了愣。

梁璎眨了眨眼睛，应该是没睡醒吧？可能是因为她太过思念了，才会在梦里梦到周淮林。

周淮林原本只是用额头试一试梁璎还烧不烧的，他没想到梁璎会醒来，在那双刚睁开的眼睛里，看到不可置信、欣喜、思念，还有浓得化不开的委屈时，他的心口一酸。

还是让她受委屈了，她一个人在这里的时候，不知道该有多害怕。

周淮林想起来一些，刚一动，梁璎就像是被惊到了一般，立刻伸出了手，两只手一左一右，牢牢地捧住他的脸。

其实以为还在梦境中的梁璎只是希望梦里的这一刻能够久一点儿，再久一点儿。

她抱着企图从自己的梦里离开的那个脑袋，往自己这边靠了靠，然后头往上，用自己的唇轻轻地点了点男人的唇。

她在周淮林的眼里看到了惊讶，还有淡淡的类似于害羞一样的情绪。可即使如此他也丝毫不动地任由自己亲。

真乖。

梁璎想着，连梦里的他也是如此，明明看着一副严肃得说一不二的模样，却什么都顺着自己。她有些口渴，又看了看男人被自己亲过的唇，觉着不够本似的，又抬头将唇印了上去。

周淮林这次连耳尖都是淡淡的红色了，但他依旧张开唇迎合着梁璎没什么章法、更像是寻求安全感的动作，手托着她微微抬起的上半身不让她费力，身子则是不着痕迹地侧了侧，隔绝了外人的视线。

等二人终于分开时，梁璎可算是清醒过来了，她揪了揪周淮林的手，男人配合着假装疼了一般地皱皱眉："不是做梦。"

她又拍了拍周淮林的手臂，那是在叫他的名字。

周淮林的脸上露出了些许笑意："我在。"

他的笑容并不明显，甚至还没有完全冲淡脸上的严肃。可梁璎却从来没有像此刻这般安心过，与此同时，这些日子以来所有的不安、恐惧、担忧，此刻在看到熟悉的人时，一同涌了上来，最后都化作了眼泪。她原来，明明不是爱哭的人的。

梁璎用手去擦，可那眼泪怎么也擦不完，小小的抽噎声，让周淮林的眼睛也酸涩了。

他一把将梁璎揽在了怀里，手在她的后背处轻轻地抚摸着为她顺气。

他与梁璎刚认识的时候，别说是哭，她就算是累了、哪里疼了，都不会吭一声。第一次梅雨季节里她的腿疼得彻夜难眠时，周淮林也是第二天看到她被汗打湿的衣衫才知道的。

现在的她，因为对自己完全卸下了心防，所以会这样像受伤的幼兽般委屈地哭泣，向自己宣泄情绪。

可周淮林依旧难受，因为她的委屈而难受，他若是……不那么无能就好了，就不会让她一个人在这里孤立无依了。

"好了，我在这里，我在这里，梁璎。"他一遍遍地重复着，耐心地等着梁璎平复情绪。

魏琰此刻呆呆地坐在外间。

他是迫于梁璎拒绝喝药的无奈才让周淮林进宫的，刚刚看到了那抱在一起的二人，看到梁璎忘情地亲吻周淮林。

他还把自己当作是属于梁璎的，可那个人，从身到心的每一处，是真的早就不属于自己了。

那亲吻着的两个人就宛若被棒打的一对鸳鸯，没有任何人可以插足的余地。

只一眼，魏琰便不敢再看下去了，他怕自己控制不住嫉妒，更怕自己连最后一丝念想也留不下来。

说什么他能比对方做得更好，他哪里能比得过周淮林呢？

周淮林正在给梁璎试药的温度，她也算是常年喝药的人了，虽然不是那么怕苦，也禁不住被人一勺勺地喂，所以她习惯等药不烫了一口气喝完。

梁璎方才见到周淮林的时候，被喜悦包裹着什么也顾不得了，这会儿情绪慢慢地稳定下来，才开始冷静地思索，周淮林怎么会在这里呢？

这里确实是长宁宫没错，梁璎往那边瞄了一眼，魏琰并不在这里，只有几个伺候的宫女，在不远处低着头并不看向这边。

"好了，不烫了。"周淮林的话将她的思绪拉了回来。

梁璎暂时不再去想那些乱七八糟的事情了，接过他递过来的药一饮而尽。有些苦，她刚皱眉，一块蜜饯已经到了嘴边，她习惯性地咬了一口，甜味冲淡了嘴里的苦味。

可是当周淮林拿着手帕要给她擦嘴时，梁璎连忙转过头，他的指尖拂过了她的脸，拿着手帕的手半天没动，显然是因为她的躲闪而猝不及防。

梁璎伸手去拿周淮林手里的手帕，想要自己来擦嘴。这是在宫里，还有一个随时可能会发疯的魏琰，她担心会刺激到他，不敢再与周淮林太过亲近。

可梁璎没扯动手帕，不仅没有扯动，她的手还顺势被周淮林按住了，握着她的那只手少见地用力。

淮林……

梁璎还没有来得及抬头去看，眼前忽地一暗，下一刻唇已经被噙住。

周淮林的吻不同于梁璎方才毫无章法地乱啃，他有技巧得多，属于她的无论是苦涩还是甜蜜，他都拼命汲取着，没有放过一处。

他并非无所求的。他在求，或许从那年第一次见面，女人牵错手的那一刻，欲望的种子就已经在他的心里种下了，他在祈求、奢望命运眷顾自己的那一天。

在他终于等到了梁璎的全心全意后，他才发现自己一刻也无法忍受她的疏离。他在这些日子里焦急的等待中明白了，他们当中离不开的人，是自己。

不知道是不是因为激烈的亲吻让人无法呼吸，梁璎的脑子已经开始越来越不能思考了，恍惚间她忘了这是在哪里，忘了魏琰，忘了还在不远处的宫人们，只剩下面前的人。

思绪完全放空后，男人终于停下来，梁璎靠在他的身上还微微喘着，就听见周淮林在她的耳边说着。

"梁璎，"他摸了摸她的头，"别想太多，有我。"

晚点儿的时候，魏文杞来了。看到他时，梁璎才算是松了口气。

先前魏文杞也来过，闹出的动静太大，她在屋里都能听到，可他到底是没进得来长宁宫。

如今周淮林出现在这里，魏文杞也来了。那就是说不管出于什么原因，魏琰终究是放弃了先前的想法。

"太子殿下。"周淮林向他行礼。

"周刺史。"

两个人相互寒暄过后，周淮林出去了，体贴地将时间留给母子二人。

周淮林在殿外看到了魏琰。

魏琰不知道在那里站了多久了，靠近回廊外侧的肩上，甚至有了堆积的雪花。

他就那么站在那儿，不复以往作为皇帝的不动声色，此刻的他就只是感情失意的男人，满眼血丝，一脸憔悴。

即使如此，魏琰身上那滔天的嫉恨，周淮林想要忽略都难。

"参见皇上。"周淮林对他行礼。

皇权之下，他们都不过是蝼蚁罢了。如今也只是对梁璎的爱让这个男人甘愿忍耐下所有的情绪。

就像是周淮林想的那样，魏琰现在饱受煎熬。他亲眼见证着他们的亲昵，见证着梁璎对周淮林的依赖，他想象着那二人翻云覆雨的情景。

魏琰嫉妒得心都在发疼，想要杀周淮林和不想伤害梁璎的两种想法不停地在心中拉锯。他曾经种下的恶果，如今只能自己咽下去。

"周刺史，"魏琰开口，"时间能冲淡一切，不管是爱，还是恨。"

周淮林听出了他话里的伺机而动，他凭什么觉得自己的爱会变，他的却不会？

周淮林在心中冷笑，毫不畏惧地应下了："臣谨记在心。"

屋里，梁璎在周淮林出去后，原本是想与魏文杞说，这些日子让他担心了，却见站在床边的少年，突然就红了眼睛，眼泪不受控制地滑落。

梁璎愣了愣。

魏文杞用手擦着眼泪，眼泪却没有止住，他开口的声音更是带着哽咽："对不起！对不起！母亲，我当日不应该走的。"他在道歉。

魏文杞这些日子想的都是，若不是自己生了病，母亲也不会来宫里；若不是他当日不在宫里，母亲就不会被带走；若不是他无能，就不至于让母亲被关在这里。

他的内心满是自责，他知道都是因为自己，母亲来京城也好，进宫也好，都是放心不下自己。

六岁的时候，他就懂得这个道理了。他想要成为母亲的盔甲而不是软肋。

可现在，他还是什么也做不了。明明前些日子还是好好的，这会儿躺在床上的母亲又是脸色苍白得没有血色。

他想要长大的心，从未如此迫切。

梁璎叹息一声，抱住了她的孩子，跟他有什么关系呢？听着魏文杞在她的怀里小声地哭，知道这些日子他定然也是同样担惊受怕的，梁璎的心里揪着疼。

她静静地陪着魏文杞，听着他像个真正的孩子一般，在她的怀里哭了好久。

哭过后，梁璎为他擦干了眼泪。她没有想过，如今见了她总是小心翼翼的文杞，她还有机会为他擦泪。

就像那年她将他送进暗格时说的那句话一般，梁璎如今终于用同样的心情，又表达了一次：*文杞，不管发生什么，母亲最爱的人，永远是你。*

魏文杞的眼睛再次被眼泪模糊住。他也是，他最爱的人也永远都是母亲。

他在心里偷偷地发誓，这是最后一次了，最后一次面对母亲的痛苦而无能为力。他会长大的，长成接替父皇的帝王，护母亲一生平安。

第六章

# 归 途

　　梁璎的身子还没有好利索，但她已经迫不及待地想要出宫了。

　　这次，她没再受到阻拦，只是出宫前，几天没露面的魏琰突然出现在了长宁宫中。

　　"参见皇上。"殿里的人纷纷行礼。

　　"免礼。"

　　梁璎一听到他的声音，心里就是一跳。那晚的恐惧还是留在了心里，已经要出宫了，她唯恐再起什么乱子。但最让她害怕的，是周淮林在这里。她不能让周淮林被牵扯进来，受到任何伤害。

　　于是她在魏琰看过来的前一刻迅速抽回了周淮林握住的她的手。

　　魏琰只是淡淡一瞥就收回了视线："周刺史。"他这会儿的语气十分平和，已经听不出上次的敌意了，"因为周夫人的病情，耽误了你上路的时间，朕也觉得过意不去，特意准备了好马护送你们离开。"

　　魏琰先是表达了愿意放人离开的立场，接着又话题一转："只是临走之前，我与周夫人有几句话想说，不知方便不方便。"他一副彬彬有礼、光明磊落的模样。

　　"皇上有……"

　　梁璎在后面拉了拉周淮林的衣袖，止住了他后面拒绝的话。

　　周淮林沉默了好一会儿后，才终于应下了。

　　不一会儿，屋里只剩下了两个人。梁璎离魏琰的距离有些远，他能看出她的害怕，又想起了自己那天做的事情，就在这个地方。

"梁璎，"他艰难地开口，"对不起。那天我喝醉了，我也不知道你生病了。对不起。"

喝醉了只是借口，没想伤害她，但是也已经伤害了。

魏琰看着梁璎低头冷漠不语的样子，知晓自己在她的心里，定然已经被完完全全地判了死刑。

可是怎么办……哪怕是有一丝希望也好，他还是想争取一下。

魏琰向梁璎走过去，他察觉到了她迅速变得僵硬的身体。在梁璎带着排斥想要后退的目光中，他缓缓地跪了下来。

"梁璎，我并不要求你与周淮林分开。你还是他的妻子，你也可以跟他走，但是……能不能……"魏琰咽了咽口水，喉结微微上下滚动，每一个字都说得艰难，"能不能给我留一个位置？"

他在说什么啊？

魏琰其实也不知道自己在说什么，此刻，不仅仅是帝王的尊严，男人的尊严也被他彻彻底底地丢到了一边。

他这不是在自求一个情夫的身份吗？他要堕落至此吗？真是下贱得可以，连他自己都这么觉着了。可是如果……如果梁璎同意了呢？

他悲哀地发现，如果梁璎真的同意，他甚至会欢天喜地地接受。见不得光的情夫也可以，什么都好，只要在她的身边，他能有一个位置。

"我们一年只需要见几次面……不，一次也行，或者……你给我写写信也行。梁璎，我可以给周家一切，保周家所有人的荣华富贵。"魏琰提出了自己能想到的所有条件，而把要求一再降低。

他想问，好不好？

可他觉得自己已经不需要问了，女人眼里的震惊、厌恶，甚至是愤怒，已经给出了答案。

梁璎确实没想到魏琰会说这种话。他把她当作什么人了？他难道觉得她会同意这么荒谬的事情吗？他以为，谁都可以如他一般吗？

梁璎忍着怒气后退几步后才以手语回他：*皇上，请慎言。我此生与夫君二人，一生一世一双人，容不下他人。*

她说完后好一会儿，魏琰依旧跪在那里没有反应。

她干脆丢下这个人向外走去，临出去之时，魏琰的最后一句话远远地飘来："对不起啊，梁璎，让你这么辛苦。"

梁璎的脚步微微一顿。她恍惚间想起那个午后，自己跟在年轻的帝王身后，忐忑地看着他手里捏着的碎掉的玉镯。

她跟在后面走了一会儿后，他突然向后侧转身，温和地同自己交谈。

"你入宫多久了？"

"回皇上，三年了。"

"父母是做什么的呢？"

"奴婢的爹娘，在奴婢很小的时候就去世了。"

"那你一个人是怎么长大的？"

"我是被好心的陈员外收做了家仆，后来因为刺绣手艺尚可，被选入宫里来做了宫女。"过程的艰辛，她只字不提。

魏琰却像是明白了，对她温和地笑笑："你一个人长这么大真的是辛苦了。"

彼时的梁璎微微失神，因为从来没有人对她说过这种话。她看着阳光中男人干净又温柔的笑意，第一次在宫中感受到了温暖。

后来的魏琰也曾经在她被百般刁难之时心疼地说："跟着我让你辛苦了。"

辛苦吗？她那时候一点儿也不觉得苦，现在想想，真是苦极了。

可当她看向不远处等在那里的周淮林时，脸上又露出笑意。都过去了，这个人就是她的苦尽甘来。


回峻州的路上，二人的马车被特意设计成了能让人凑合躺着的模样，这会儿梁璎打了个盹儿，正悠悠转醒，迷迷糊糊中时，她习惯性地抱住了旁边人的腰。

这马车能躺是能躺，但躺得不舒服，她的身子伸展不开不说，走山路时更是一路颠簸。

周淮林手中的书垂到了一边："醒了？饿不饿？"他的另一只手有一下没一下地摸着她的头发。

梁璎的视线正对着他的书，嗯……她睡之前就记得他看的是这一页，睡醒了还是这一页。

她起身坐起来。

梁璎将手抽出来的那一刻，周淮林顿时觉得腰间一空，他的心中闪过莫名的失落。但他还是扶着梁璎坐了起来，给她理了理稍稍凌乱的头发。

梁璎伸手问他要书，他也递过去了。

**有心事吗？**

看她这么问，周淮林才反应过来，是自己无心看书的事情被发现了。他抿了抿唇，才答出了原因："因为你睡着的样子比书好看。"

不擅长说这种话的人，眼睛微微别开了没有看她，惹得梁璎失笑。

她靠在他的怀里翻着那本书看，是鬼神异志类的，还挺有意思的。

"梁璎。"她正看得入神，听到了周淮林在叫她。

梁璎点点头表示听到了，直到又翻了一页书才想起来周淮林刚刚叫了一声她后还没有下文呢，抬头时，正看到男人一副欲言又止，像是在纠结怎么开口的模样。

她比画着问：**怎么了？**

看来他刚刚的回答是真的，有心事也是真的。

周淮林揽着她胳膊的手紧了紧，理智在告诉他不该问，可情感上却又实在控制不住："那天，你们说了什么？"

他其实没打算问的，可梁璎踏出官殿时，那一瞬间的恍惚被他捕捉到了。

她是想到了什么吧？周淮林甚至在那时生出了以往不曾有过的恐慌，生怕梁璎会被魏琰打动，因为那一刻，确实像是他们自成了一个自己无法踏足的世界。

周淮林与魏琰相比，唯一的优势只是梁璎选择了他罢了。嫉妒这种与爱相伴相生的东西，不光魏琰会有，他也同样有。

梁璎倒是没想到他这么在意。她没有主动说也只是因为魏琰说的那些混账话太过于惊世骇俗了。这会儿感觉到了周淮林的不安，她想了想，端正地坐好，一五一十地把魏琰说的话跟他用手比画着说了——

**他想当我的情夫。**

周淮林的眼睛在一瞬间睁大，盛着怒意，甚至是杀气，让他原本就严肃的脸，显得更加阴森可怕了。他紧紧地抿着嘴唇，脸也被气得隐隐涨红。

过了半晌，梁璎听见他气愤地骂了一句："不要脸。"

魏琰可不是不要脸吗？抢不成，争不过，居然还能想出这种方式。

只是梁璎从未听过周淮林骂人，更何况还是用这么简单粗俗的句子，一时间有些想笑，但还是忍住了。

她赶紧开始安抚夫君的心情：*我当然拒绝了！我说我的夫君是个顶天立地的君子，一表人才、玉树临风、风度翩翩、芝兰玉树……*

她说的这些词，当然没在魏琰面前说，她哪里敢这样刺激那个疯子。只是她这会儿想夸周淮林，就把自己脑袋里能想到的赞美的词都说了，最后总结：*所以……我得和你一生一世一双人，容不下别人。*

这话她确实是跟魏琰说了的。

周淮林没有太大的反应，只是盯着她看了一会儿，突然开口："记得这么清？那你再重复一遍。"

啊？梁璎傻眼了，手停顿在空中，刚刚她是脑子里想到什么就说什么了，现在哪里还能记得住？于是伸手胡乱地比画了一下。

"什么意思？"周淮林自然是看不懂的。

她用手语表示：*喜欢你的意思。*

周淮林的嘴角显然已经在努力地往下压了，但还是止不住地上扬，最后他只能将梁璎一把拉入怀里，不让她看自己的表情。

他知道，至少"一生一世一双人"那句话，是她说过的。

正好，那也是他所愿。


因为一再耽搁，梁璎夫妻二人出京的时间要比预计的晚了很多，自然，原本刚好能在除夕前两天到家的计划也无法实现了。所以周淮林特意选了二人过除夕的地方，是途经的他的一位友人的家里，那位友人是时任骊襄县县令的李书达。

周淮林提前寄的信，他们刚到骊襄县的驿站，就见已经有人等在那里了。

"下官见过周刺史。"那边站着的一个男子迎了上来。

"你什么时候这么客气了？"周淮林的声音听起来和来人很是熟稔。梁璎倒也听周淮林提起过李书达这个人，知晓这两个人是同榜进士，因为比较聊得来，才成为好友。

当然，周淮林原话说的不是"聊得来"，而是"他比较能闹腾"。

果然，听了这话，原本一本正经的男子抬头笑了出来："这不是在刺史大人面前不敢造次嘛，怕您治我个不敬之罪。"话中打趣的意味已经很明显了。

"怕的话你不跪下磕个头？"

"哎，我说……"

梁璎憋着笑，她与周淮林在一起久了，自然早就知道男人其实并不是看上去的那般无趣，但是见他跟朋友这般相处还是头一遭。她正听着呢，突然被周淮林往前拉了一步，他打断了对面男子的话："这是我的娘子，梁璎。"

李书达先是瞪了他一眼，才笑着看向梁璎："我就等着他什么时候憋不住跟我炫耀呢！你瞧，三句话都不等我说完。"

说完，他有模有样地行了个礼："夫人有礼，小生李书达。"

梁璎刚回完礼，周淮林就牵着她往前走了，只留下淡淡的一句："一把年纪了还小生。"说完他还同梁璎说了句："他就比我小一岁。"

这话引得李书达又是回怼了好半天。

一路上，梁璎算是见识到了周淮林说过的"他比较能闹腾"是什么意思了，在他们夫妻二人一人不能说话、一人不爱说话的情况下，他确实显得话尤其多了。

梁璎能想到的唯一一个跟他有的一拼的，就只有周清芷了。

李书达还在控诉周淮林："他可是十年也不主动给我写一封信的，就你们成亲那次特意给我写信了，在信里把他的夫人夸得天花乱坠，也没人问他啊，是不是？我之后再写信，他又不理人了。我只有问候他夫人的时候，他才回复我。哎，你说这人奇不奇怪？我想让他回信，还得问一声'你的夫人安好吗'。"

梁璎看向周淮林，周淮林显然被说得有些微微窘迫，却又没有制止他，反而在偷瞄梁璎，在与她对上目光后迅速地移开视线。

梁璎好笑，握紧了一些两个人牵在一起的手。

旁边人的喋喋不休不知道在什么时候停下了，李书达看看两个人"眉目传情"的样子，再看看他们牵着的手。

得，他不说了，再说下去他就要成为让这两个人粘在一起的糨糊了。

虽然提起李书达，周淮林用了"闹腾"二字，不过同时也没有吝啬夸赞之词，说他博览群书、文采斐然，治理一乡亦是政通人和，为人更是两袖清风。

梁璎到了李书达的住宅便看出来周淮林所言不虚——李府只有一个不大的院子，除了几盆花亦无过多装饰。在李书达家中，梁璎看到的只有两三个下人，但收拾得干干净净。

倒是院子中堆着的一堆杂乱的东西看起来显得格格不入，引人注目。

"老爷回来了？"一位妇人从屋里走出来了，见到梁璎和周淮林，脸上的笑意愈盛，"这是周大人和周夫人吧？"

周淮林行礼："此番叨扰弟妹了。"说完这句话，正好随行的下人从车里提了一些东西进来，引得她连连摆手。

"说什么叨扰？大过年的，人多才热闹呢！还拿什么东西啊？"

"都不是什么值钱的。听说弟妹有孕了，只是一些补品，还请不要嫌弃。"

梁璎早前就听周淮林说过了，补品也是二人一起挑的，她多看了两眼李夫人的肚子，还未显怀，应该是月份不大。

那边的李书达在问院子里堆着的那堆东西是怎么回事，李夫人过去回答他道："都是乡亲们送的。"

"我不是说了，不能收他们的礼吗？"

"我也说了不收嘛，那他们放下了就跑，我能怎么办？我想退回去，都分不清是谁送的了。"

从这番对话中，既能看出来李书达是个被百姓爱戴的好官，也能看出来他们夫妻二人的感情很好。

梁璎心生暖意，看了一眼周淮林，对方似有所感地看过来，梁璎对他用唇语说了句：真好。

什么真好？她其实也不懂，只是觉得看见好人的幸福，是一件令人感动的事情。

李夫人对他们很热情，又是准备吃的又是给他们准备房间。

梁璎想着她有身孕，怕她累着了。她却说不要紧，适当动一动反而对胎儿好。

晚饭后，两个男人不知道聊什么去了，李夫人就拉着梁璎说话。

"其实，我一直都很想见见你们。"梁璎只当她是想见见李书达的好友，却听她继续说道，"是你们挽救了我。"

嗯？这话梁璎就听不懂了。

"我与书达成亲多年未孕，他原本已经决定听他母亲的意见，纳一房小妾。不承想周大人知道后，写了信要与他绝交。"

梁璎更惊讶了。

"周大人说他不想让夫人知晓他与这种人为友，怕夫人误会他也认同此举。"李夫人笑了笑，"在那之后，书达就打消了这样的念头。原本，连我都觉得，我生不出孩子，他纳妾也是应该的。现在我的想法已经转变了许多，但我一直特别想见见你们，看看该是怎样的神仙眷侣。"

李夫人的话，让梁璎在夜里很久都没有睡着。她静静地看着周淮林，他大概是真的一路颠簸累了，方才又给她按摩了好一阵子，所以这会儿睡得很沉。

梁璎的手，轻轻地抚上了他的脸。

这个人，她越是了解，就越是会被他打动。

突然，周淮林动了一下，梁璎还以为是自己把他弄醒了，结果他只是把她搂得更紧了一些，就又睡去了。

他的嘴里像还在说着梦话，梁璎凝神细听，听他说的是："不要脸。"

她实在觉得好笑，还真是……惦记上了。


因为是住在别人家，梁璎翌日起得很早。

对于从小就做丫鬟的梁璎来说，早起倒不是什么难事。反而是周淮林，一直在劝她："天冷，又还早，再睡一会儿。"

结果被她摇头拒绝了。

还有两日就是除夕，家家户户都热闹得紧，李府伺候的婆子和小厮加起来也不过三个人，所以梁璎自觉地去厨房帮忙。

李夫人原本还想拦着，可实在劝不住梁璎也就作罢了，她有身孕，闻不得厨房里的油烟味。

周淮林也要跟着梁璎一起去厨房帮忙。

李书达赶紧把他拦住了："周兄，厨房的事你也能帮忙吗？君子远庖厨。"

周淮林把他的手挡开了："君子该遵循自己的为人之道。"

李书达哑口无言，隐约觉得有一道视线落在自己身上，往那边一看，就见到不远处自己的娘子正在盯着这边。他的心头一跳，也赶紧跟了进去："你这一来，我成为好夫君的标准，得上升不知道多少个台阶。"

"感情之事，无须比较。"他那尚且存着一点儿良心的好友居然安慰了他一句。

李书达从来没有进过厨房，这头一遭进来，在忙碌的众人面前，自然是显得碍手碍脚的。倒是梁璎与周淮林，因为不是第一遭了，配合得很是默契。梁璎的袖摆长了些，周淮林就用绳子给她绑了绑。

他们一人低头认真地绑袖摆，另一人认真地看着。明明不是在什么风花雪月的地方，而是在略显拥挤而凌乱的厨房中，可那郎才女貌、情意相投的二人，看着却像一幅画，一幅让人移不开眼睛的画。

被爱笼罩着的人真的尤其特别，是旁人学也学不来的。

"紧不紧？"

梁璎摇头，在看到周淮林最后系的还是蝴蝶结的样式时，她笑着抬头，拍拍他的手以示自己很喜欢。

她忙起来的时候才发现在一边手足无措的李书达，原本想着他帮不上忙，出去算了，但立誓不能被周淮林比下去的李书达就是不走。

梁璎想了想，干脆让这两个男人包饺子。李书达便是不会，周淮林也可以教一教。

李书达来了兴致："周兄，有劳了。我没做过这个，你多担待。"

梁璎只看了他们一眼，见他们真的开始包饺子了，就放心地做自己的事情去了。

其实厨房里有婆子做饭，她也只是搭把手。那婆子还觉得惊讶，她一个官家太太，做起这些事情居然这般麻利。

等梁璎无意中路过他们，发现说"没做过这个"的李书达，竟然意外地将饺子包得又快又好。

她甚至拿起一个饺子检查了一番，发现既没有奇形怪状，接口的地方也很牢固。包得很漂亮！

梁璎忍不住夸赞了两句，李书达看不懂手语，但隐约明白这是在夸自己，连忙高兴地去碰周淮林的胳膊。

"嫂子这是在说什么？"

周淮林垂眸："说让你快点儿。"

被曲解意思的梁璎瞪大了眼睛，周淮林却是不语，只是加快了手上的动作。

李书达好像明白了，待梁璎走后忍不住嘲笑："哎？是谁说的感情之事，无须比较？比不过你就耍赖？周兄，你这君子之道，我可要怀疑了。"

周淮林抿唇不语。


夜里，周淮林刚坐到床边，已经躺在床上的梁璎就一个翻身将他压在了床上。

其实按理说她是拉不动周淮林这样的块头的，因为知道是她，男人才配合地躺下。

胸前的小脑袋在撒娇似的滚动，周淮林伸手摸摸她的头："先别闹，我给你的腿按按，今天是不是累着了？"

梁璎从他的怀里抬起头。

她的眼睛很亮，哪怕烛光不甚明亮，帐帷内有些昏暗，也不影响周淮林看清她眼里的光亮，不影响他的心为此悸动不已。

梁璎的手开始动了——

**夫君你今日真好看。**

**包的饺子也好吃。**

**还勤快地做了好多好多事情。**

**…………**

周淮林看着她的夸奖一句接一句，应该是她提前想好的，那细长的手指快速地比画着手语。

他觉得心头发软："怎么突然想到夸我了？"

梁璎眨眨眼睛：夸了别人一句，当然要夸你十句补回来。

她还记着自己夸了李大人后，周淮林失落得像只等待夸奖的小狗狗似的。

梁璎做了当时就想做的事情，摸摸他的头。

她又比画着：你的好不用跟任何人比较，这世上不管有多少好人、能人，你在我这里也是唯一。

周淮林是谁也比不上的。

盯着她的那双眼睛里有墨色在汇聚，梁璎看到了男人眼里翻涌着的情绪，似乎有万种柔情在其中，掐着她腰的那只手，也用了力气。

"梁璎。"

梁璎以眼神回应他：嗯？

下一刻，周淮林伸手抱着她，将她的身子往上提了提，一眨眼的工夫，梁璎就与他的视线齐平相对了。

两个人不同节奏的呼吸交织在一起，让空气都变得灼热、黏稠。

成亲这么久了，梁璎还是会在和周淮林这样近距离的对视时察觉到自己怦怦直跳的心。离得这么近，他也听到了吧？可仔细听的话，又好像不只是她一个人的。

"梁璎，"他又叫了她的名字一遍，像是在满足地喟叹，依旧是连名带姓，却有说不出的亲昵，"此生能遇到你，是我之幸。"

这明明应该是自己要说的话的，可梁璎觉得自己已经不需要说了。

两个人的唇不自觉地就贴到了一起，柔软的触碰，唇齿间都是彼此的气息。

梁璎闭上眼，她的心中，是如此欢喜。


除夕这日，李府更为繁忙了。

李书达晌午时因为公事被叫去府衙了，等他回来的时候，家里的年夜饭都已经准备好了。一群人就等他回来一起过年。

"怎么除夕还把人叫过去？是有什么要紧的事情吗？"李夫人问他。

李书达的脸上都是喜色："好事啊！快，把我的好酒拿出来，今日我要和周兄喝上两杯。"

李夫人见他高兴，也不问是什么好事就笑着先去拿酒了。

"什么喜事？"周淮林问道。

李夫人已经把酒拿来了，李书达一边给周淮林的杯子倒满酒，一边说着："朝廷刚刚下发的诏令，今年农户税收要减了。想来商户的也要不了几年了。"

周淮林将盛满酒的杯子拿回来，点点头："确实。"

这确实是喜事，先前萧党当政，大魏百姓苦苛捐杂税已久，当今皇上亲政后就在着手慢慢地削减税收，今年更是减了不少。

李书达径直与他碰了碰杯，将杯中的酒一饮而尽后，便继续倒第二杯。

"自从萧党倒了以后，皇上真的是为我们老百姓做了不少事情——查贪官、免杂税、养民生。"

就着此事，兴致正高的李书达与周淮林在桌上谈起了政事，他自然不知梁璎先前的身份与这背后的弯弯绕绕，言语之中都是对魏琰不加掩饰的称赞与尊敬。

梁璎看了看周淮林，他没有扫李书达的兴，也接着对方的话题聊下去，对魏琰，他同样没有表现出任何的偏见。

她低着头，有些食不知味。

最后还是李夫人打断了他们的谈话："哎呀，你们单独待着的时候再说，大过年的聚在一起，就先不说政事了。"

大家这才慢慢地转移了话题。

饭后，李书达要拉着周淮林去看看自己管理的县城，又被李夫人拦住了："你也有眼色些，就不能让他们夫妻单独逛逛？"

李书达这才发现自己考虑不周，笑呵呵地送夫妻二人出门让他们去逛。

"要是迷路了就随意找个人问县令家在哪儿，九成人都能给你们指路，还有一成人会直接带你们回来。"

"哎哟！"李夫人掐了掐他的手臂，"看把你显摆的。"

梁璎失笑。

冬季牵手会觉得手冷，梁璎就挽着周淮林的胳膊，他今日穿得毛茸茸的，梁璎的手放在他的胳膊下也不会觉得冷。

也不怪李书达一心想显摆，他将骊襄县确实治理得很好，不管是人声鼎沸的街道，还是大家脸上的笑容，都是很好的证明。

"李大人真是个好官。"梁璎对周淮林赞叹道。

这次男人没有再因为她夸奖别人而吃醋了，而是突然开口："他以前，并不是这样的。"

梁璎的眼里满是好奇。

"我们是正兴二年的同榜进士。"周淮林看着前方，继续说着，"那时候想做一个好官，并不容易，上要打理朝中的各种关系，下要面对一些只想着捞钱，而不是为百姓做事的阳奉阴违的官员。要么，同流合污；要么，就是被打压排挤。"

梁璎抬头看着周淮林的脸，那时候她在官中，对朝中的事情知道一些，但在官中感觉到的，和听到外面的人说的，似乎又有不同的感觉。

原来大势之下，每个人都会被切身影响到。

"书达自然是不愿同流合污的，因此在仕途上一直郁郁不得志。"说到这里，周淮林停了下来，低头看向梁璎的眼睛，"所以今日他才会那么高兴。侍奉明君，是古来所有有志之士心中共同的愿望。"

"梁璎，大魏如今的明君，百姓的安居乐业，我们如今的心有所成……都有你的一份功劳。"

周淮林说得很认真，那万千灯火倒映在他的眼中，为漆黑的眼眸增加了许多温度。

不知怎的，梁璎莫名地眼睛酸涩。她在想要落泪的前一秒低下头，任由泪水滴落到了脚下。

她一直觉得不值得，觉得那个被人骗得团团转的自己傻得可以，觉得曾经那些付出、经历都毫无意义。

可是周淮林此刻却告诉她，那段失败的过往以及被辜负的真心，也是有意义的。至少，彼时她选择的君主，确实做到了对国家、百姓尽责。

至少，这盛世曾经有她的参与。

耳边的喧闹似乎都在慢慢远去，梁璎感受到了自己的释怀、原谅，不是原谅魏琰，是原谅那个被记恨的曾经的自己。

"那边有放孔明灯的，要不要去看看？"

梁璎微微地吐了口气，她好像从来没有像现在这般轻松过，从来没有像现在这般，觉得周围的热闹也是自己能融入进去的。

她重新抬起头，眼圈还泛着淡淡的红色，就这样笑着对周淮林点头。

两个人买了两盏孔明灯。两盏灯上面的名字都是梁璎提笔写的，周淮林低头看着她认真书写时的样子。她的字风格飘逸洒脱，是先前跟着杜林芝学的，那是她曾经因为喜欢而特意去学的。

虽然知道那些经历于梁璎来说其实是很重要的，过往的种种成就了现在的她，甚至成就了现在的帝王、储君，但他还是私心希望着，若

174

她先遇见的是自己就好了。他定会护着她免去这一路的风霜。

人的成长也并非一定要受苦，他会不舍与心疼。

两盏灯一同飞上空中，又被风吹着往不同的方向飘，混入漫天的灯火中。

真美啊！梁璎仰望天空，心想着，美的不仅仅是灯，还有这灯象征着的希望与期待。

五年前的自己，应该想不到会有如今这一幕吧？

她往周淮林那边看过去的时候，正好看见男人闭着眼睛，像是在许愿的模样。

梁璎觉得稀奇，将头探过去，正好与睁开眼睛的周淮林对上视线。她比画着手势问：许的什么愿啊？

周淮林移开目光没有回答，而是说道："该回去了。"

他还害羞呢，梁璎想笑，挣脱了被他刚刚过来时拉着的手，不走：这样许愿可是不灵的。

这次轮到周淮林疑惑了。

梁璎在胸前双手合十，给他示范"正确"的许愿姿势，然后又用手比画着道：这样才能灵验。

其实她并不觉得这是真的，甚至她自己都没有许愿，只是想看这个一脸严肃的人做这么可爱的动作会是什么样子。

周淮林果然没有立刻动，像是在犹豫。

梁璎碰了碰他的胳膊：真的，快点儿，快点儿，要不就不灵了。

看着她迫不及待的样子，男人的眼里升起不明显的笑意，他终究是学着她的模样，双手放在胸前合十，在繁灯下虔诚地许愿——

愿太子殿下平安长大，成为一代明君。

愿梁璎的身体恢复健康，所愿皆可成。

愿淮林，此生常伴她身侧。


皇宫里除夕的宫宴直到很晚都没有结束。魏琰提前离场了，他今日多饮了两杯酒，又不肯坐步辇。刘福跟在他的后边，两只手时刻预备着去扶他，生怕他摔着了，一直提心吊胆的。

刘福眼看着魏琰走的方向既不是往寝宫去的，也不是往后宫去的，赶紧上前提醒："皇上，寝宫的方向在那边呢。"

魏琰没有理会，他也不敢再多言了，只好继续跟着。很快他就发现了，皇上去往的方向是宫门的城墙。

巡逻的侍卫过来行礼，都被刘福挥手暗示离开了。

上城墙的台阶时，地上的积雪让魏琰一个趔趄差点儿滑倒，刘福及时在身后搀扶了一把："哎哟，皇上，您没事吧？"

魏琰推开了他，那原本不甚清明的眼睛，像是清醒了一些。

城墙上的寒风更是刺骨，刘福十分担忧，前面那人却仿若感知不到这刺骨的寒风一般，久久地在墙头处站立，看着的是出宫的方向。

刘福知晓了，皇上这是在想宸妃娘娘。

雪无声地落在两个人的身上，刘福想起前几天宸妃娘娘住回长宁宫的那几日，皇上每日下了朝就待在那里，与她说话、哄她吃药，即使昏睡中的人并没有半点儿反应。

可对于皇上来说，像是每时每刻都那么珍贵。

刘福还以为皇上会一直如此的，没有人在看过一个男人那般模样后，还觉得他能放手。更何况他是皇帝，是说一不二、可以随心所欲的帝王。

但仅仅过了三天，刘福看见皇上握着宸妃娘娘的手，坐了一整夜。天刚刚亮时，皇上突然唤他过去了。

"传周刺史进宫。"一夜未睡的人用嘶哑的声音说出这几个字时，刘福半天反应不过来。

传周刺史？皇上连太子都不让进来，传周刺史做什么？他甚至不敢往皇上要放手的方向想。

也就是他这么一愣神的工夫，皇上看了过来。

"还愣在这里做什么？没有听清吗？"

刘福跟皇上有片刻的对视，皇上那发红的眼眶让他迅速低下头："老奴领命。"

皇上这是……哭了吗？刘福退下去之前，又心有余悸地看了一眼，皇上垂着头，床上女人的手被他握着贴在自己的额头上，他就维持着这样的姿势，久久未动。

这个世界上，除了面对死亡外，大概也只有处于爱情里的人，是绝对平等的。

皇上以往伪装得太好了，骗过了刘福，骗过了其他人，应该也骗过了自己。所以如今这后知后觉的钝痛，才会如此绵长又折磨人。

尽管如此，刘福还是尽心尽力地提醒："皇上，天寒，这里风又大，还是不要待得太久了。"

魏琰依旧未动，只是突然开口问道："她到哪里了？"

刘福也不需要问这个"她"是谁："回皇上，到了涂州的骊襄县，是在骊襄县县令家里过的年。"

骊襄县啊……

"太远了……"魏琰盯着面前这条路，低声说道。

骊襄县离峻州已经不远了，就算是按他们如今走雪路的速度，也只需要十天左右就可以到达峻州了；可是骊襄县离京城太远了，远到他连看她一眼，都成了奢望。

他在这里送走了她两次，第一次，他尚且能骗过自己的心，把那种憋闷、担忧都压了下去。

这一次，锥心的痛苦无所遁形。魏琰甚至能清晰地感觉到自己的心的一部分随着她的离开，也被掏空了。

空中不断盛放着的城里百姓燃放的烟花，将半个天空照亮，璀璨夺目。

魏琰的手往旁边伸了伸，就好像那个人还在旁边，抱着他的手笑靥如花。

"你看啊！是不是好漂亮？我从小到大，最喜欢看烟花了。

"爹娘走了以后，我们在员外家过年时，都是等着主子们吃过年夜饭了，收拾完了，就在厨房里随意吃一些。

"好吧，其实也不是我们，单单是我罢了，因为其他的下人都是有家人的。"

"但是……"梁璎看着天空露出笑容，"只有它们是不会变的，一年又一年，是我能够一直拥有的东西。"

魏琰每每想到那个在除夕夜一个人窝在厨房吃饭的小姑娘，都会心疼不已。彼时他紧紧握着梁璎的手郑重地向她承诺："以后不会让你一个人了。"

他明明这般说过的，她当时定然也是深信不疑的。可最后他却没有做到。

如今是另一个人在做了，那个人，不会再让她一个人了吧？

魏琰的胸口，疼痛好像就没有停止过，始终学不会让自己变得麻木。

除夕过后，梁璎与周淮林就辞别李书达夫妇继续上路了。

临走前，她将自己绣的一个荷包送给了李夫人，因为前些日子两个人一块儿刺绣的时候，李夫人像是对她的绣艺很感兴趣。

梁璎打着手语：我也没有旁的拿得出手的东西，只有这个荷包是我自己绣的，李夫人不要嫌弃。

周淮林在一边翻译："我夫人说这是她亲自绣的，请弟妹不要嫌弃。"

"哪里会？"李夫人拿着荷包左看右看，爱不释手，"哎哟，这绣得可真精致，我还真没见过比这个更好看的了。先前你绣到一半时，我就特别想要你给我个绣品用来作纪念，又怕把你给累着了。"

梁璎见她是真的非常喜欢，心下也觉得欢喜。

等上了马车后，她才揪了揪男人的胳膊：你传我的话，怎么还偷工减料的？

正用手比画着的女人气呼呼的，像只生气的小仓鼠。

周淮林一本正经地戳了戳她那鼓起来的脸颊："什么叫没有旁的拿得出手的东西？你哪里都是拿得出手的。"

梁璎质问的话就这么被堵在嘴边，心里一下子泄了气，只觉得甜蜜，嘴角止不住地上扬。这人，怎么说情话都是这般严肃、正经的。

约莫从骊襄县出发十天后，这日梁璎正在马车里昏昏欲睡，难得被周淮林摇醒。

"梁璎。"

梁璎睁开迷蒙的双眼问他怎么了。

"到了。"

不知道是不是错觉，她在男人的脸上好像捕捉到了不明显的笑意。

梁璎掀开马车的帘子，果真，眼前已经是她熟悉的峻州了。一股喜悦之情在心中流淌，她也顾不得冷了，就这么一直往外面看着。突然，身体一重，是周淮林从身后抱住了她。

"梁璎，"他的声音轻得像叹息，如释重负一般，"我们回家了。"

梁璎甚至察觉到了环住自己的手在微微发抖。

她好像明白了，淮林也是在害怕着的吧？害怕带不回她。带她去京城，对他来说，亦是一场沉重的赌博。

还好，他们都赢了。

梁璎的头一歪，她安心地窝在周淮林的怀中，与他一同看着外面的景色。

是的，他们回家了。


梁璎回来后，周家热闹了好一阵子。

她一回家先去拜见了老太太。

周淮林原本是想跟她一起去的，到了门口却又停了下来："你先进去吧，我还有些事没办。"

梁璎有些疑惑，都走到这里来了还有什么事：你不进去看看祖母吗？

"我改日再来。"

周淮林这么说，梁璎也就没再问了。

等她进去了，她才知晓周淮林为何临到这里离开了。

周家在当地是人丁兴旺的大家族，这会儿又还在正月里，大家都聚在老太太的屋里，左右各坐了一排，甚至边上还有站着的人。

她们大约是方才听到了梁璎二人在外面的动静，都特意保持着安静，这会儿见她进来了，才一齐笑了起来。

"璎璎回来了？"

"淮林呢？那小子怎么没进来？"

梁璎用手语回答说他有事去忙了，惹得她们发笑："忙什么啊？这是逃了吧？"

"亏得咱们这么安静，声都没敢吭一下，他这警惕心是属狗的吧？"

"下次逮住了再说他。"

大家你一言我一语的，热闹得紧。

梁璎第一次在这种大聚会的时候，确实被吓到了，但如今已经习惯了。她先去老太太那边问了安。

"好孩子，"老太太的笑容很是慈祥，尤其是对着梁璎，她打心眼喜欢这孩子，"一路上辛苦了吧？过年是在哪儿过的？"

梁璎一一回答了。

老太太对手语懂得不多，旁边有人跟她传达梁璎的意思。

梁璎没觉得在半路过年有什么，倒是老太太听了觉得她受了很大的苦，拉着梁璎坐在自己旁边，说了一会儿话后，从怀里掏出一个玉镯来。

"过年大家伙儿都有礼物，你回来得晚，祖母这会儿补上了。"

其实梁璎到现在也不太能分辨得出来那些金银首饰或是宝石玉器的质地和价值，但这个玉镯，她一眼就看出来了应该是价值不菲的，正犹豫着要不要推辞，周母的笑声从一边传来。

"老太太给你，你就拿着吧。这些日子她老人家一直记挂着你呢！"

周母都这么说了，梁璎自然不再推辞了，接过后便马上谢了老太太。

这次老太太自己也看懂了她的手语，笑着说了一句"傻孩子"。

周母就在一边笑看着。

周家家风清正，人也大多心思淳朴，但人一多，大的纷争没有，小的摩擦还是不可避免的。也难免会有一些心思龌龊的，掀不起大浪就是了。

她家夫君是老太太最疼爱的儿子，便总有人觉得老太太偏心他们这一房。便是这会儿，对老太太拿了这好东西给梁璎，估摸也有个别人眼红。

但那又如何呢？

这个家知道梁璎真正身份的人很少，大家所知道的，无非就是梁璎在宫中做宫女时，对皇上有救命之恩。后来皇上将她认作义妹，才如此事事关心。

连老太太也是这么以为的。周家的宗族子弟个个被提拔，更是印证了这样的说法。所以对于她来说，梁璎就是周家的福星，可不是会多疼爱几分。

整个周家，对梁璎是真心也好，假意也罢，至少没什么蠢人。大家都知道护着梁璎，不会蠢到去找她的不痛快。

周母端过一边的茶杯，看着那边笑得单纯的人，心里想着，这就够了。

她其实只希望儿子能与梁璎平平安安的，但估计还是要等到日后太子继承大统，那时才当真再无后顾之忧。

等梁璎回到房里的时候，就见她那"有事"的夫君，正在桌前看着什么，听着自己的动静才看过来。

"回来了？"

梁璎先比画着：你就是故意的。

比画完，她又点了点他的眉心。

周淮林确实是故意的，他握住梁璎伸出的手指，将她拉进自己的怀里："应付不来。"他要是一进去了，指定就得被一群人围着盘问，"得亏有你在。"

梁璎靠在他的怀里把手伸出来，白皙又纤细的手腕上，碧绿的手镯显得尤其剔透。

她将手在空中摇了摇，得意地看向周淮林，就好像是在问他"好看吧"。

周淮林当然看懂了她的意思，欣赏了一会儿后点头："好看。"

他伸手，将女人的手牵过来。

其实在那天之后的一段时间里，他都已经忘了，被她认错人牵起手时，那紧握的手，究竟是怎样的触感。

他记得的只有彼时自己心中的涟漪，那雀跃得近乎怒放的心情。

而这样的感觉，他在如今每次牵着这双手时，依旧会一次又一次地感受到，让他心中充满了对命运让自己得偿所愿的感激。

梁璎以为他是在看手镯，却不知他是在看她的手，直到周淮林在她的手上落下轻轻一吻："手好看。"

梁璎觉得好笑，这次从京城回来以后，周淮林好像改变了不少，总是脸不红心不跳地说这种话，逮着机会就要夸夸她。

然而男人的唇并没有离开，突然向上移了移，将握在手中的手指含进了嘴里。指尖传来的温热感迅速传到了全身，梁璎甚至能感觉到男人的舌尖舔舐过自己的皮肤，她的脸腾地一下就红了，往外看了一眼，好在并没有下人在附近。

梁璎心想，说到变化，还有这个，淮林变得……放浪了不少，明明还是白天，就这般不成体统。

她虽然身上时时刻刻带着手帕，不会让手脏着，可还是怕手碰到了哪里变脏，所以想要收回来手。

男人的力度却让她动弹不得。

周淮林最终还是稍稍退开了一些，女人染上红霞的脸、水光潋滟的手指，还有含羞瞪着他的眼睛，都让他莫名地口干舌燥。

他从小就被教育要为人端正，遇事处变不惊，可一碰到这个人，这些仿佛都记不起来了。

周淮林不讨厌，甚至是享受着这样的失控感。

"有一个问题，一直没有问你。"

梁璎疑惑的眼神看过去。

"先前那晚，你说我比以前让你满意，是以前不满意吗？"

梁璎这才想起之前为了"报复"他的折腾不休，随口说的让他自己去琢磨的话，这会儿被男人问出来，再加上他眼里攒动着的火苗，她立刻感觉到了危险就想跑。

梁璎刚起身就被拉了回去，周淮林禁锢在她腰间的手，还故意戳了戳她的腰窝。

梁璎怕痒，此处敏感得很，一被戳，就软在他的怀中直笑。

"嗯？"周淮林又问了一次。

梁璎一边止不住地笑，一边扭动着想要躲开腰间的那只手，直到她敏锐地感觉到自己靠着的这具身体，仿佛在不断升温，耳边的呼吸更是粗重了许多。

已经不是未经人事的她，自然马上就停止了动作。

这倒让抱着她的人难耐得更用力地抱紧她一些："算了，"他蹭了蹭梁璎的脸，"我们还是试一试吧，多试试，指不定还能有让你更满意的。"

梁璎有些不敢相信这是自己那又严肃又正经的夫君说出来的话。可男人的吻已经不给她任何思考的机会。她索性闭上眼睛放空了思绪，承接着爱人对她的渴求、失控，还有爱意。

梁璎是在盛夏时察觉自己可能是有了身孕的。只是这段时间周淮林正忙，他每日早出晚归，大部分日子回来的时候梁璎都已经睡着了，她也就一直没有告诉他。

这日周淮林难得回来得早一些，看到梁璎睁开眼睛时，脸上露出了带着歉意的表情："吵醒你了？"

梁璎摇摇头，从床上坐了起来：**有事想跟你说。**

周淮林坐到了床边，认真地等着她要说什么。

梁璎的手抬了抬。

不知为何，原本她的心情是意外地平静的。夫妻二人并没有刻意地想要孩子，大概是因为周淮林的兄弟多，公婆也没有特别催促，孩子的到来就像是水到渠成一般自然的事情。可此刻，看着等待倾听的男人，她的心中后知后觉地涌上零星的喜悦，然后慢慢汇聚，在心中一点点炸开来。

她比画着：我们有孩子了。

周淮林要比梁璎更早学会手语，可梁璎的这句话，他像是用了很长时间来理解。

孩子……

周淮林其实对拥有子嗣并没有太大渴求，在梁璎之前，他甚至连婚姻之事都不放在心上。此刻让他的心狠狠激荡的根源是，这是他与梁璎的孩子，流淌着他们共同的血液的孩子。

梁璎好笑地看着眼前的大男人一副无所适从的模样，他的表情一度失去了控制，喜悦与担忧交替着在脸上出现。

过了好半天，周淮林拉住了她的手，像是终于找回了声音："确定吗？什么时候的事情？怎么办？你的身体能不能受得了？"他已经完全没有了平日里稳重的模样，说到这里的时候，脸上只剩担心了，甚至也没有意识到自己抓着梁璎的手，使得她回答不了。

"先找大夫，"周淮林总算是抓到了重点，"让大夫来看看。"

眼看着他起身，梁璎赶紧把他抓回来了，拍了拍他的手让他少安毋躁后，才开始打手语：还没有让大夫看，只是我自己的感觉。

她是从月事的时间和自己怀第一个孩子的经历推断的，基本上是错不了的，找个大夫确定一下自然是可以，但以防万一，她还是提醒周淮林：这事先不要张扬，你偷偷叫个大夫来，万一白高兴一场……

她想了想，才继续用手比画：至少不丢人。

周淮林愣了一下后失笑，轻轻地拍了拍她的头才出去了。

没一会儿，大夫找来了，周母也来了。

梁璎原本是半躺在床上，见周母进来赶紧要下床。

"哎！"周母摆摆手，"躺着就行，躺着就行。"于是还没完全起身的梁璎，就这么又被她按了回去。

周母与梁璎说话的时候，脸上的喜悦之情怎么都无法掩藏，再加上这股紧张劲儿，梁璎知道肯定是周淮林跟她说过了，嗔怪地瞪了一眼她身后的男人。

大夫还没看呢，叫母亲过来做什么？

看出了她的紧张，周母马上道："叫我来是对的，这种时候怎么能没个有经验的长辈在身边呢？我是你娘，又不是旁人，便是空欢喜一场也没关系，大家一起空欢喜好了。"

她虽然是这么说的，但显然紧张与欣喜一点儿也不见少，惹得梁璎本来觉得十分确定的事情也突然变得不确定了。

几个人一起等着大夫把脉的结果。半晌，老大夫严肃的脸上露出了笑容："少夫人这确实像是喜脉，不过月份尚浅，老夫不敢完全定夺，再等半个月，老夫再来把一次脉。"

周母一听顿时喜上眉梢，但也还惦记着梁璎的身体："那您看，她这身体能承受得住怀孕吗？"

梁璎听她这么问，也看了过去。

那母子二人都在盯着大夫，显然对这个问题极为在意。

老大夫笑了笑，梁璎的情况周母都已经与他说过了，所以方才他也看了看："少夫人的腿疾与声音虽然暂时无法恢复，不过身子倒是调养得不错，好好养胎，不会有太大的问题。"

一老一少同时松了口气。

周母随即喜上眉梢。这老大夫是她亲自找来的，尤其擅长妇人喜脉的诊断，他说有了，那就肯定是有了。于是她叫人拿了赏钱，跟大夫再三道谢后将他送了出去。

周母其实没想过让他们要孩子，毕竟二人成亲了这么久都没有传出动静，她怕是梁璎之前伤了身子。

她倒也没有介怀，在做接受这个儿媳妇的心理准备时，这些都是一并考虑在内的。她先前甚至已经想过了回头从宗族给他们过继个孩子。但他们能有个自己的孩子，当然是最好的。这真是意外之喜。

如今梁璎与孩子是重中之重，重新坐下来以后，周母就开口了："这事璎璎的考虑是对的，先不要声张。怀胎十月，变数多，尤其是这刚开

184

始的时候，等月份大了，稳定了些，再对外说。"

这点梁璎和周淮林都没有意见。

因为怀第一胎时就是在谨慎甚至是紧绷的状态中度过的，梁璎天然地对孩子会有过度的保护欲。周母的话与她的想法不谋而合。

"还有，"下一刻，周母的话题一转，"你俩明日开始分房睡。"

梁璎愣了愣。

她还没说话，另一个反对的声音先传来，是灵魂终于归位了的周淮林："我不同意。"

周母白了他一眼："你不同意什么？璎璎现在有着身孕，你俩……"

"我有分寸。"周淮林知道她想说什么，径直打断了。

"不是你一晚上叫三次热水的时候了？"周母明显有些信不过。

这话一出，梁璎先红了脸，都怪他，弄得下人都知道了，还传到了周母那边。丢死人了。

可周淮林好像一点儿感觉也没有："那是先前。"

他们争论了一会儿，最后是以周淮林的失败告终的，他选择妥协主要是周母说的一点，他公务繁忙，有时回来得晚，确实会打扰到梁璎休息，只能在母亲面前同意了分房的事。

其实他还提议了睡外间，也被周母驳回了。不过这次周母是出于心疼儿子："你在外间怎么睡得好？白日里还要忙公务呢。明日我安排两个有经验的过来守着，还能没你照顾得好？"

一番话倒是把周淮林说得哑口无言，他看了一眼梁璎，她这会儿像是鹌鹑似的，恨不得把自己缩起来，哪里会替他说话。

其实周母也知道儿子不至于是个没轻没重的，但梁璎怀孕头三个月，怎么稳妥都不为过。万一他睡觉的时候压着了、踢着了梁璎可怎么办？

于是分房的事在周母的强烈要求下就这么定下来了。

他们倒是不知道，这个消息马上传到了魏琛那里。

因为梁璎怀孕的事没有走漏风声，魏琛得到的只有夫妻二人疑似不和、分房而居的消息。消息传来的时候是深夜，魏琛还在看奏折。

他如今除了政事、文牍，生活中就好像没了别的事情，看起来跟以前的日子没什么不同，但又有了一些不一样的地方。

写着梁璎消息的信纸，成了为数不多的能让他快乐的东西。所以哪怕是时间已经很晚了，刘福也将信递给了他。

看完第一遍的时候，魏琰下意识的反应是不信。那两个人，一个投入了感情就不会轻易撤回，一个一副非她不可的模样。

魏琰想不到他们会因为什么事情不和到要分房。

"狗奴才！"他难得骂了人，"没用的废物，打探个消息都写不明白。"

可即使是这样的恼怒，也未能掩盖他心里那一丝不易察觉的窃喜与期待。

他像个卑劣的偷窥者，偷窥着那两个人的快乐，甚至是期盼着那快乐赶快幻灭，时时刻刻准备着伺机上位。

魏琰又将信看了一遍，这次他下意识地忽略了"疑似"二字。他想着夫妻二人若是到了分房的地步，问题应该不小了。会是什么问题呢？总不可能是梁璎出错的。

他迫不及待地拿出了笔、纸，开始给梁璎写信。

魏琰先是快速地写了一封，告诉她世间男子多是薄情寡义又善变，若是受了委屈，不必忍着，一定要告诉他，若是觉得不快乐，也可以回到京城……诸如此类的话他写了一整张纸。

写完后他将那封信看了一遍，这才发觉信中自己想要取而代之的急切太过于明目张胆，梁璎看了必然会不快的。于是他又将信纸狠狠地揉成了一团，又重新斟酌着语气一点点地改。

这会儿的魏琰已经完全忘了先前的犹疑了，他反而想着，按照计划，梁璎应该是秋天进京的。

要等到那个时候吗？

他又觉得自己已经迫不及待了，想要现在就派人把她接回来。

将信送走了，魏琰沉默了好一会儿后，突然又吩咐刘福："把长宁宫收拾干净。"


梁璎收到了魏琰的信，因为是混在魏文杞给她的信中一起送来的，她未察觉就打开了，看了一眼才发现是魏琰写的。

信里莫名其妙、不知所云的内容，梁璎只看了开头的几句，就扔去了一边。

她打了个呵欠，最近总是觉得困倦，像是怎么也睡不够。倒是魏文杞的信让她来了点儿精神，提了笔，她开始给他写回信。

中间梁璎犹豫了一下要不要告诉魏文杞自己有孕了的这个消息。

她的手摸了摸自己的腹部，对这个孩子的到来，她自然是开心的。可是文杞呢？他知道后，会不会……失落呢？

这样的想法让梁璎的心情蓦然变得沉重了几分。

她想着，文杞定然会感到失落的，明明他自己都不在母亲身边……那孩子懂事，想来不会对她有什么怨言，可他毫无怨言，她就能心安理得吗？

正想着的时候，身后传来动静，梁璎一回头，就见到了刚回来的周淮林。

这半个月以来峻州的几个县暴雨不断，周淮林一直在忙着这事，他奔走在各县之中，两个人连见面的机会都少。要不然魏琰的眼线也不至于说二人"疑似不和"这种话。

梁璎这会儿见了他自然是开心的，她打量着男人被晒黑了不少的脸，笑着用手比画着问：今日怎么回来得这么早？

"嗯，那边的事情解决完了。"周淮林在她的旁边坐了下来。

归家于他而言是最期待与快乐的事情，家里有他的妻子和未出世的孩子。他每每这么想着，都希望自己每天都能陪着梁璎才好。

这次两个人又是几日未见，周淮林的目光因为思念变得贪婪而黏糊。

只是他也发现了不妥，虽然梁璎是笑着的，他还是敏锐地看出了其中的阴霾，语气都紧张了几分："今日有什么不舒服吗？"

梁璎摇摇头：没有。

她怀着这个孩子的几个月里，意外地没有什么不好的反应。

周淮林看她的脸色确实没有异样，况且如今梁璎的饮食起居都是周母亲自过问的，若是有什么不妥定然就跟他说了。

他的视线往旁边瞥了瞥，正好看到桌上的信。虽然没有看到内容，但他认识那个信封，自然知道信是魏文杞寄过来的。这么心思流转间，他好像知晓梁璎在忧虑什么了。

"梁璎。"

梁璎看过去。

夏日的天气有些热，她穿着清凉的粉色纱裙，配着白里透红的皮肤，宛若水灵灵的桃子精，让人轻易地忽略掉岁月在她身上留下的痕迹。

周淮林牵起她的手。

"对于爱你的人来说，没有什么比你快乐，更能让他开心的了。"他说着，"太子殿下对你的爱并不比我少，想来应该是同样的心情。"

梁璎微微一愣，惊讶于男人的敏锐。她低头又盯着魏文杞的信看了好一会儿，简简单单的字里行间，都是她的孩子对她的挂念。

他们都是同样的心情。相隔千里，无法照顾到彼此，所以他们唯一能做的，就只能是从心里期盼着对方能过得好一些，能再快乐一些。

梁璎终是点点头。

入秋后，眼看着梁璎的月份大了些，胎儿也稳住了，周家的其他人才知晓了这一喜讯。

一时间旁人的恭喜不断，往梁璎这里送的礼物也不断。尤其是老太太，说是有了长孙的时候都没见她这么高兴过。

梁璎倒是没有受到太大的影响，原本就因为她不能说话，没什么必须她出面的交际，现在就更是被周母都挡下来了。

她唯一的变化就是原本定好的入秋进京，如今只能取消了。

周淮林临走的前一夜，梁璎察觉到了抱着自己的男人一直没睡。她在他的怀里抬头，果然对上一双带着忧思的眼睛。

他的不舍，梁璎不问也知道，因为她也同样如此，还没分别，怎么就已经在想念了？

她低头，脑袋在周淮林的怀里蹭了蹭。

柔软与牵挂，瞬间同时填满男人的心。他叹了口气："对不起。"

梁璎不解，又听他继续说："明明你怀着孕的，我却一直不能陪你。"

周淮林的声音闷闷的，他先前是忙着政务，这次又要进京，一直不能陪着梁璎，对他来说亦是折磨。

梁璎愣了愣，笑着摇摇头。她还以为是什么呢。

其实对比第一次怀孕的时候，现在的她不管是怀孕的反应，还是周围的环境，都好上太多了。

梁璎闭上眼睛，她的心中满是感激，对淮林，对周家，对命运。宫里的那个旋涡，从一开始就是不归路，在既定的结局里，她应该是殒身其中的。

或许是挣扎其中的她过于可怜了，老天爷在仁慈与不忍之下，将她拉出了那个旋涡，兜兜转转地给了她另一种圆满。

魏琰还在算着梁璎入京的时间。

思念这种东西，在外人看来或许觉得矫情而不能理解，但只有深陷其中的人才能知道是何种滋味——就像一根刺，狠狠地扎在肉里，那痛苦绵长不断，唯一的办法就只能是让自己忙起来，忙到忘记这根刺的存在。

魏琰确实是这么做的，可人总会有闲下来的时候。一旦记起，那钝痛感就半点儿不会放过他。

他也会有爆发的时候。

疼痛感在某些夜里变得尖锐之时，魏琰有时候会怨恨到自暴自弃。他明明是皇帝，想要什么人就抢过来好了，一个周淮林而已，杀了就好了。他是真的想让周淮林死的，想到快要发疯。

他那么想得到梁璎，凭什么要让出去？

每每这时，他想到的都是曾经的梁璎。他好像看到那个满眼爱意的女子、那个满身伤痕的女子。她悲伤的目光一看过来，魏琰就什么也做不了了。

辜负她的人是他，背叛她的人也是他。如今的结果都是他自找的。

魏琰泄了气，又重新躺下来，努力地嗅着这个房间里残存着的属于那个人的气息，继续辗转反侧。

后来，他想想，为什么会那么轻易地就相信了他们"夫妻不和"呢？因为溺水的人终于抓到了可以救命的稻草，濒临崩断的弦终于有了放松的契机，他迫不及待地就抓住了。

可是这会儿的他倒是没有想太多，越是快要与梁璎见面，他越是急切、焦灼。不光是最近，他半年来都是靠着对这次见面的期待过活的。

"刘福。"

殿内传来魏琰的声音，刘福赶紧上前两步回应："皇上，奴才在。"

里边沉默了一会儿才再次传出声音："这次找的那个大夫，就让他直接进京，在京城里等着。"反正她总会来的。

"是。"

"周府那边去看了没有？"

"看过了，那边说并不缺什么。"

"也行……也行。"魏琰低声念叨着，梁璎若是不想住在周府呢？可是她应该也不会想住进宫里。那就在京城另外安排住处，让文杞也一起住过去好了，她应该会开心一些。

魏琰这样计划着。他带着那些乱七八糟的想法缓慢入睡。

夜里他梦到了梁璎怀着文杞的时候。女人当时每日神经紧绷、食欲减退，以及遭受那防不胜防的各种陷害，到怀孕后期时，她除了肚子是鼓起来的，整个人都明显瘦了下去。

魏琰那时也慌了神，这个孩子在他的眼里就仿佛一个妖怪一般，吸食着母亲的精气。

可梁璎却十分不认同这样的说法。

"他是礼物，是老天爷赐予我们最好的礼物。正因为珍贵，所以老天爷才要考验我们，看看能不能放心地把这个孩子交给我们。"

她拉着他的手放在自己的腹部，让他感受着这个生命的跳动。

"我是第一次做母亲，"梁璎笑着说，"皇上也是第一次做父亲。我们初次为人父母，还得要这个孩子多担待一些了。"

她有时候就是这样，带着一种有些傻气，却让人无法拒绝的纯粹。

或许真的是这样吧，因为他们的共同努力，才让这个孩子平安地降临到这个世界上。

这也是他如今唯一剩下的东西了。


周淮林还没有入京的时候，暗卫们给魏琰的信就已经到了——是有着梁璎怀孕消息的信。

看完信后，魏琰去了东宫。

"你母亲有了身孕，你知道吗？"

魏文杞原本正在专心看书的，突然莫名其妙闯入的人第一句话说的就是这个，让他皱了皱眉。

这件事他自然是知道的，母亲在给他的信中早已经说了此事。

魏文杞看向父皇。很明显，这个男人应该是才知晓的，他来得很是匆忙，头上的发冠都是歪着的。

不知怎的，魏文杞想起自己幼年之时关于萧贵妃的记忆。虽然此刻的父皇不似那个女人那般歇斯底里，反而是很平静的模样，但那眼里仿佛要吞噬一切的疯癫，却是如出一辙的。

这充满妒忌、尖酸刻薄，随时会失控的模样，真的很像。

魏文杞没有回答，他觉得自己已经不需要回答了。因为父皇这会儿像是什么都明白了，他的脸沉得可怕，淬了毒的眼睛就仿佛是盯着猎物的毒蛇。

"她怀有身孕了，你知道不知道这意味着什么？"魏琰的声音听上去很平稳，可是只有他自己知道，愤怒与嫉恨此刻已经冲得他头脑发涨。

"以后，你不是她唯一的孩子了，会有其他人叫她母亲，她的爱会分给别人。今年是因为怀有身孕不能来看你，明年是因为刚生了孩子，后年就是孩子太小离不开人……她会慢慢忘了还有你这么一个孩子的存在。"

随着他说的话多了，声音也逐渐变得尖锐起来，就像是要把崩溃的情绪传递给魏文杞。

魏文杞放下了手中的书："父皇是怕母亲忘了我？还是怕她忘了你？"

魏琰没有说话。他应该也是对答案心知肚明的，所以这会儿连被拆穿的恼羞成怒都没有。

魏文杞继续面不改色地说："母亲就算是有了孩子，那个孩子也该叫我一声哥哥。"他顿了顿，"但跟父皇，确实就没有什么关系了。"

他看到父皇手中的信已经被揉成一团，平静的脸终于因为痛苦而呈现出扭曲。

可最终，父皇没有再说一句话，转身的时候，魏文杞不确定他泛红的眼角处，那一瞬间的闪烁是不是眼泪。

魏文杞一愣，眼眸里原本的怨恨被复杂的情绪所取代，坐得挺直的身体也一瞬间软了下去。

父皇的背影是从未有过的颓废。

魏文杞对他这样的自作自受生不出同情，可也没有办法让心中只有怨恨。

哪怕他们相爱起于欺骗，可明明父皇也是有那么多机会坦白与补偿的，明明那些生死与共都是真的。

为什么父皇不早些明白他是爱着母亲的呢？为什么要立其他人为后？让她在经历过那些苦痛后，再经历这样的背叛。让一切……无可挽回。

他如何不知？不知母亲怀了身孕，自己就不是她唯一的孩子了；不知他们朝夕相处，日后感情定然深于自己；不知那个孩子是她与所爱之人的血脉，母亲对其定然不会像对待自己这般感情复杂，爱恨交织。

他怎么可能不羡慕呢？

可那又如何呢？

这世上，母亲是唯一不能被责怪与埋怨的人，她值得所有的美满与安乐。

魏文杞打开母亲的信，信上说起这件事时，从母亲的用词间可以窥探出几分小心翼翼的感觉。

良久，少年终究是笑了笑，这次，只有对母亲的祝福。

罢了，他想着，这是对背叛者与身上流淌着背叛者血液的自己的惩罚。

所以，父皇，我们就接受这样的惩罚吧，不要再去为母亲增添烦恼了。她都已经那么苦过了，余生，就让她过得美满一些，尽可能地多快乐一些，好吗？


魏琰其实应该能想到的。他们怎么可能不和呢？分房睡当然是梁璎有孕的可能性更大了。他们是夫妻，日日亲密无间，她有孕是迟早的事情。

他应该能想到的，为什么没有去想过呢？为什么会这么……难以接受呢？

魏琰停了下来，他并不知道自己这是走到了哪里，头涨痛得厉害，他不得不扶住旁边的廊柱。

文杞说得没错，他在害怕。他比文杞更害怕，梁璎在有了新的孩子后，淡化了对文杞的感情。那他还剩什么呢？

在阴暗处仰望那两个人的幸福，已经是他能做到的极限了。可现在，那个男人还要把唯一能照向自己的光也挡住了。

真该死！周淮林真该死！

魏琰的胸口郁结着无法抒发的气，还有丝丝缕缕的委屈，让他的心好像都痉挛到了一起。他满怀欣喜与期待的等待，换来的是她怀孕的消息，甚至不能见她一面。

梁璎……

这个名字好像被揉碎了，缠绵在他的唇齿呼吸之间。

早知如此，当初……

魏琰一时竟然不知道自己该从哪里开始后悔，他错的地方太多了。

可是梁璎，他该怎么办呢？如果继续这样下去，他好像会疯掉。


梁璎是被噩梦惊醒的。

她梦到了雪夜那天喝醉的魏琰，梦里的男人将她紧紧地禁锢在怀里，布满红血丝的眼里，满是阴鸷、执拗的眼神。

"梁璎，你是我的。"

"谁都不能把你抢走！你是我的！"

"谁敢跟我抢，我就杀了他！"

那仿佛是来自地狱的低语，一声声萦绕在梁璎的耳边。

她不断地催促着自己醒来，等从梦中惊醒坐起后，额头上已经覆了一层密密麻麻的细汗。

屋外睡着守夜的婆子，一听到里面的动静，立刻起身进来掌灯。

"少夫人，可是梦魇着了？"

梁璎虽然醒了，却仿若还陷在那梦中回不了神，所以并没有回答。

婆子也发觉到了她额头上的汗，赶紧拿了干净的毛巾过来给她擦拭了一番，又倒了杯水。

"只是做梦呢！"婆子笑着安抚道，"少夫人不用害怕。来，喝杯水缓一缓。"

梁璎无意识地顺从着接过水杯抿了一口，那不安与残留的恐惧感才一点点消减下去，让她慢慢地找到了真实感。

算算时间，淮林已经快到京城了吧。脑海中突然想起了什么，梁璎将杯子递回去后，准备起身。

"少夫人，是有什么需要吗？"婆子赶紧去扶她。

梁璎摇摇头，示意婆子不用多管。

她披了件外衫就来到桌前，将烛火放在一侧，开始翻阅盒子里的一堆信件，终于从里面找到了当初她看了几眼就扔去了一边的魏琰写的信。

这次梁璎忍着不适感，把信看完了。

她越看就越觉得不安。

虽然她依旧觉得信中的内容不知所云，但魏琰那……姑且称之为"恋慕"的感情，确实黏稠到让人无法忽视。

魏琰在信中写道：唯有我是不会变的，梁璎，唯有我对你的感情，是不会变的。无论何时你受了委屈，我都不会弃你不顾。

这用词尚且温和，却仿佛与梦中那令人害怕的低语重合。

梁璎读出了同样的执拗与隐藏的疯狂。

她只能安慰自己，魏琰并不是感情用事之人。

可是……凡事总是会有例外的。更何况，如今的魏琰，她已经完全不了解了。

梁璎想着这会儿入京的周淮林，就像是看见了羊入虎口一般，惶恐不已。她怀孕的消息如今周家上下都知道了，魏琰布下了那么多眼线，这会儿定然也是知晓的。他会不会恼羞成怒？

梁璎略带急切地铺开了纸，开始研墨之时，又逼着自己冷静下来，思索着该怎么办。

写什么？给谁写？她在心里一一计划着，手不自觉地停下，轻轻地搭在了腹部上。

这会儿仇恨什么的，好像也没那么重要了，她只要周淮林能够平平安安的。

她孩子的父亲，一定要回到他们的身边。

第七章

# 岁暖

周淮林才刚到京城，还没进周府，就被人拦住了。

"周刺史，"来人一身宫里太监的打扮，这会儿满面笑容，"您一路辛苦了。太子殿下邀您前往东宫一叙。"是太子那边的人。

周淮林没有立刻动作："本官刚到京城，还未来得及沐浴更衣，如此仪容去见太子殿下，恐有失仪。"

"哎哟，"小太监笑了笑，用略微尖细的声音说道，"什么失仪不失仪的，太子殿下哪里会介意这些？"

这里人来人往的，周遭总有若有似无的视线汇聚在这边。

周淮林又瞥了一眼小太监身后的人，这阵仗有些过于大了，如果仅仅是为了接自己去东宫，并不需要这么大的排场。

他微微思索了片刻，点头应下："有劳公公带路了。"

这个小太监他先前在宫里的时候确实见过两次，是跟在太子身后的。

若说京城里只有一个人想要保他平安，那就只有太子了。跟在后边的周淮林想到这里时，心蓦然一软。

他的妻子，真的是一位很好的母亲，所以才能教出来太子这般的孩子。

宫中的射箭场上，魏文杞正在练习射箭。

他的目光锐利，手臂有力，张弓拉箭的动作一气呵成，嗖的一声，

195

射出去的箭正中靶心。

小小年纪已是皇家姿态尽显。

太子的武艺师父不住地点头，对在一边观看的皇帝连连赞叹："太子天赋高、悟性强，更重要的是，吃得了苦，又极为自律。如此储君，是大魏之福。"

没有父亲不喜欢自己的孩子被夸的，即使是这段时间一反常态总是神情郁郁的魏琰，这会儿脸上也有淡淡的笑意与欣赏。

不多时旁边走过来一个黑衣人，对魏琰低声开口："皇上。"

魏琰的笑意敛起，手微微拂了拂，四周的人都往一边退去。

那黑衣人这才继续禀告："东宫的人将周大人接走了。"

场上，魏文杞射完了最后一箭，依旧是正中靶心，惊人的准度让场上响起一片赞扬声。

但少年要比同龄人沉稳许多，脸上并没有出现太多的喜色，将手中的弓递给一边的宫人后，看了一眼还在那边观看的魏琰，就抬脚往那边走去了。

宫人们都离得尚远，他走近后叫了一声："父皇。"

好半晌，没有得到回应。

魏文杞能感觉到对方落在自己身上的视线，甚至能辨别出其中的失望、难过，想要责怪却欲言又止的挣扎。

最终，不知道魏琰是怎么想的，那紧绷的氛围还是一点点缓和下来了。

"你将周淮林接走了？"他虽然问了，语气却还是柔和的。

魏文杞也并不意外魏琰这么问，他既然接走了周淮林，自然就已经做好了应对魏琰的准备，所以沉着冷静地回答道："今年夏季峻州连续几个月大雨，却未出现一处大坝决堤，也未出现大规模的百姓伤亡，更未形成重大灾情。这些全赖于周刺史的提前准备与连日奔波。此番结果极为少见，儿臣想与他探讨一番。"

魏琰用手指点了点椅子的把手没说话。

魏文杞这时抬头看过来，又道："父皇招周刺史进京，不也是为了询问此事吗？儿臣也觉着，他当为各州表率，值得父皇嘉奖。"

他有意无意地一直在提醒魏琰，周淮林不仅仅是母亲如今的夫君，也是一位为国为民的良臣。

魏琰却没有顺着他的话，而是径直问他："你是怕我会对他不利吗？"

魏文杞低头："儿臣不敢。"

他以为父皇还要继续问，却听男人突然转移了话题："刚刚的箭射得不错。"

猝不及防的赞扬让魏文杞微微一愣，他抬头，只见魏琰的目光缥缈，不知道在想些什么。

"不过在武艺这方面的功课上，你适度即可。"魏琰说着已经起了身，还问道，"用过午膳了吗？"

魏文杞回答："未曾。"

"那就一起去吧。"

魏文杞顿了顿，才终于跟上了魏琰的步伐。

他们是在魏琰的殿里用的膳。

因为魏文杞来得突然，御膳房未能按照他的胃口来备菜，菜里有他不爱吃的胡荽，他吃的时候，会下意识地挑出来。

父皇应该是没什么胃口的，他没怎么动筷子，目光倒是更多地落在自己身上。

魏文杞的口味完全是随了母亲的，他还记着小时候他们连挑菜的动作都是一模一样的。可父皇总是一边将母亲的碗拿过去替她把不爱吃的菜挑出来吃了，一边一本正经地教育他："小孩子可不能挑食。"

母亲心虚，不说话，可带笑的眼里，是怎么也掩饰不住的被偏爱的满足。

这会儿，魏文杞不知道父皇是在看自己，还是也想起了那些往事。

"你虽然是我的儿子，"魏琰终于开口了，"可除了长相，倒是没什么像我的。"

他说着，轻笑了一声："不过……那样也挺好的。因为你与我不一样的部分，都来自你的母亲。"

这个孩子，就是他与梁璎曾经心意相通的证明。

也正是因为魏文杞还在这里，他与梁璎的过往，才不是任何痕迹都没有留下。

魏琰只要想到这里，就无论如何也对魏文杞生不出责怪。仅仅是因为这个，他就可以宽容这个孩子的一切。

而魏文杞只能看到魏琰沉默了好一会儿后，才喃喃般地说了一句："有个能阻止我的人，倒也是好的。"

魏文杞没有回应，大概是明白的，情感与理智这会儿就在父皇的脑海中反复拉锯着，他知道周淮林不能死，却又恨不得让周淮林马上去死。

魏文杞当然是要阻止的。

用过午膳的魏文杞回到东宫时，周淮林已经在宫人的安排下沐浴更衣过了，见到他，男人弯腰行礼："见过太子殿下。"

"周刺史不必多礼。"魏文杞赶紧免了周淮林的礼。

两个人这般私下里的见面倒是头一遭，经历过最开始的问候后，谁也没有先开口说什么，一时间陷入了微微的尴尬之中。

魏文杞于是先开口问了一句："母亲的身体还好吧？"

"是的。"周淮林一开始回答得很简单。

魏文杞正想着接下来问什么的时候，就听见周淮林在短暂地思索后，继续说了下去："她的腿疾好了许多，已经很少会犯了，多走一些路也不受影响。嗓子还是没有起色，只是因为现在怀着身孕，药都停了下来。至于身孕，大夫也看过了，说是好生调理、养胎，不会有什么问题。"

大概是为了让他放心，周淮林难得说了很多话。

其实这些也是母亲在信里跟他说过了的。

魏文杞微微愣了一下后，脸上带了些许笑意："那就好。"

两个人到现在还是站着说话的，于是魏文杞招呼周淮林坐下后，才继续与他说话。

这次他们说的是今年夏季峻州的洪水防治。

说起公事，周淮林就显得更健谈几分了。最后，他将梁璎让自己转交的信，还有亲手绣的香囊都转交给了魏文杞。

"原本她还想给你做鞋子的，只是你现在正长身体，估摸不出你穿多大的鞋，就作罢了。"最后，他又递过去一支做工精致的毛笔，"还有这个，她说笔不需要摆在那里看着，你只管用就是了，不管是用旧了还是用坏了，以后都会再给你重新买的。"

魏文杞抚摸着那光滑的笔杆，眼眶微微发热。

他知道，母亲应该是看到自己书桌上一直摆放着的、她用过的笔了。她是在告诉自己，以后不需要这般小心翼翼地珍藏着过往。

他们都应该向着更好的未来看。

"我知道了。"

等周淮林要告别之时，魏文杞自然是要留他的。

"周刺史不如就住在东宫里。"他觉得只有与周淮林同吃同住才能放得下心。

"下官非东宫之人，住在这里于礼不合。"

"可是……"

周淮林像是知道魏文杞在想什么："太子殿下，皇上并非感情用事、是非不分之人。您应该对他更有信心一些。"

魏文杞倒是没想到周淮林会说这个："你就这么相信他吗？"

"我只是相信自己的夫人。"周淮林回答，"她爱过的人，定然有她爱过的理由。"

好吧……出了东宫后，周淮林还在想着，方才那话，多少有些说漂亮话的嫌疑。

他知道魏文杞在担心什么，也知道魏琰对梁璎的执着。

可是君要臣死，臣不得不死。就连皇上与太子，他们是父子的同时，也是君臣。周淮林无意让太子因为自己与皇上起嫌隙。

大人的事情，就让大人自己解决吧。


魏琰难得地生病了。

早朝时，他的声音已经能听出来不对劲。魏文杞站得离他不远，比旁人更能看清他苍白的脸色。

可魏琰还是坚持上完了早朝。

下朝后，魏文杞没急着去上课，而是去了魏琰那里。他一靠近殿门，就听见里面隐隐传来的咳嗽声。

刘福一边领着他往里走去，一边跟魏文杞说着："皇上最近夜里总是做噩梦，想来这次生病，跟这个也有关系。老奴跟了他这么久，难得见他生病，而且都病成这样了，还撑着看奏折呢！太子殿下等会儿可要好生劝劝他。"

魏文杞的眼里闪过一丝复杂之色。

他进去后，魏琰果然还在书桌前坐着批阅奏折。

"父皇。"

"嗯。"

沉默了一会儿，魏文杞问他："刘公公说您近日经常做噩梦，梦到了什么？"

魏琰手上的动作停了停，他像是想到了什么，猛地抬头看过来。

"在那之前，我也要问你。你那香，有问题？"

魏琰宫里的东西，按理说都是要被再三检查才能用的，只有魏文杞送来的东西，才会直接用上。

比如夜里魏琰用的香。

魏文杞没有回答，默认了。

魏琰没好气，但也没什么力度地骂了他一句："胆大包天。"

魏琰做了好几日的噩梦。

在梦里，他终于杀了周淮林，可是并没有想象中的那么畅快，因为梁璎用怨恨的目光看向他。她用冰冷的表情，不断说出伤人的话——

"你就算杀了他，又能改变什么？

"我是他的妻子，我们永世都是夫妻。

"我们会在另一个世界再次团聚，你拆散不了我们的。"

魏琰升起不祥的预感，直到看到了女人手中的匕首，他才真的慌了，语气都急了起来："梁璎，梁璎对不起！你别做傻事！"

他想要过去阻止她，拼命地向着梁璎奔跑，却无论如何也跨不过二人之间的鸿沟，无论如何也靠近不了她分毫。

"梁璎！我错了，我真的知道错了！"那认错的声音已经带上哭腔了，可是不管他怎么嘶吼，恳求也好，威胁也好，梁璎依旧只是用怨毒的目光看着他。

她的动作没有停下。

鲜红的血液，染红了他的梦境。

魏琰只能眼睁睁地看着，看着她倒在了他面前，心在那一刻疼得他想挖出去了才好，梁璎……梁璎，他哭喊着女人的名字醒来。

就算是醒来，那痛不欲生的感觉，还残留在他的心中。

一次又一次，夜夜如此。

魏琰开始抗拒入睡，他明明并不常做噩梦的，以往梦到梁璎也多是缠绵的记忆。

他以为是自己最近忧思太过，等到魏文杞这么问，才恍然明白过来。

"那香对人并无太大的伤害，"面对如今已经病了几日的魏琰，魏文杞的声音显然带着几分心虚，"但据说是能让人梦到自己最害怕的事情。儿臣也只是……想提醒父皇，不要一错再错，日后再追悔莫及。虽然现在的日子对于父皇来说，可能是不好过的，但若是对比做了错事，日后陷入更深的痛苦中，说不定会觉得现在这般，也是好的。"

魏琰没有接话，他甚至没有办法反驳。可心中的郁火，依旧无法消减。

他的心就像是被架在炉火上煎烤着，每时每刻都在承受着折磨，又不能对自己的孩子说什么。

"下去吧。"魏琰干脆重新低下了头。

"父皇……"

魏文杞还想说什么，却被魏琰打断："下去！"声音中已经带上了几分怒气。

魏文杞沉默了一会儿，终是转身离开了。


没有魏琰的允许，周淮林出不了京城，在京城里的时间比预计中的多了许久。

但除此之外，魏琰并没有再做其他的事情。他知道杜太傅会时常邀请周淮林往杜府去，也知道魏文杞经常去看周淮林。

他们似乎都害怕他对周淮林不利。

魏琰什么都没有做，直到从峻州来的书信放到他的面前时，他好像才终于知道自己在等待什么了。

这信是他的眼线寄来的，看起来与平常无异，但当他拿着那信在手中时，蓦然加快的心跳，让魏琰有一种"终于等到了"的直觉。

他打开了外面的信封，里面果然还有一个信封。

素雅的淡黄色，下方的角落里有一朵兰花，这样的信封，魏琰在魏文杞那边看过，知道来自哪里。

好像他等了这么久，等的就是梁璎的信，等的就是她向自己服软。

信封上是他熟悉的字迹——**圣上亲启**。

短短几个字，魏琰不知怎的，一瞬间便红了眼眶。这是六年来，她给自己写的第一封信。他曾经无数次地抚摸过她给文杞的信，心中绝望又无比渴望着，如今，终于等来了一封属于自己的信。

魏琰用颤抖的手打开了信封。

信的前面她写得很客气，只是赞扬了一番魏琰当政以来的种种政令是如何深得人心，他的英明神武是如何受百姓爱戴。

后面她提到了文杞，提起文杞时，她用词温柔了不少，说他将文杞教得很好，即使政务繁忙也没有放弃对孩子的亲自教导。

不仅是明君，亦是一位很好的父亲。

魏琰读到这里时，眼前模糊得几乎要看不清信上的字。他甚至产生了一种他们只是在讨论孩子教导问题的寻常夫妻。

他捂住了自己差点儿要落下眼泪的眼睛。

喜悦、悔恨、委屈，诸多情绪杂糅着一同往他的心脏里塞，酸胀到发疼。

无论她是真心还是假意，至少他被她认可了。

她都看到了，看到了他在皇帝与父亲位置上的努力，看到了他在认真地做一个好皇帝，在好好地养大他们的孩子。

魏琰缓了好久才继续看下去，文杞过后，她就没写什么了，只是以"望皇上龙体圣安"为结束。

她没有提周淮林。明明他们彼此都心知肚明她写这封信的目的，可她却连一句有关周淮林的事情也没有提。

魏琰其实能想象到梁璎怕惹恼自己从而写废了一张又一张纸的模样。

但那又怎么样呢？她不提，魏琰就当不知道，就当这信是为自己而写的，就当她所有斟酌字句的行为，都是在为自己费心。

至少……至少在写这封信的时候，她都是在想着自己的。

魏琰闻着了淡淡的清香，他将信纸凑到鼻尖，贪婪地嗅着上面与梁璎身上相似的气息。

原本淡淡的味道在思念与记忆的发酵下变得浓郁，将他整个人裹挟其中。

他还能怎么办呢？面对梁璎，他唯一能做的，就是一再地妥协。

周淮林终于得到了魏琰的召见。

魏琰见他的地方不是御书房，而是御花园的一处池塘旁边。

夏季过去了，池塘里只剩下了枯萎的残荷，魏琰就坐在亭子里等着他。

周淮林一踏进亭子里，就感觉到了魏琰的某种变化。那是一种说不清道不明的变化，就像是干涸了很久的枯草突逢雨露，隐隐可以窥见几分生机。

魏琰的嫉妒依旧没有隐藏好，却没有上次见面时的尖锐了。

"臣参见皇上。"

"免礼，"魏琰的语气是一贯地亲近随和，"周刺史来坐吧。"

虽觉异样，周淮林还是没有推辞地坐到了一边的石椅上。

宫人过来上茶，他刚接过，就听到魏琰笑道："要瞒过杜家和太子把你带过来，还真是不容易。"

虽然魏琰嘴上说着不容易，但其实周淮林知道并没有什么不容易的，他更像是在说这朝廷上上下下，还是在他的掌控之中。

"皇上言重了，"周淮林面不改色地回应，"臣一直在等着皇上的召见。"

"确实是朕耽误时间了。"魏琰笑了笑，他问了一些峻州的事情，对周淮林的政绩也做了赞扬。是君臣之间再寻常不过的对话。

谈话到最后时，他突然问起了梁璎："她的身体怎么样？"

"并无大碍。"

"知道孩子是女孩儿还是男孩儿吗？"

他说起这个的时候，语气是诡异的平静，引得周淮林顿了顿才回答："不知。"

"男孩儿、女孩儿都挺好的，"魏琰自顾自地说着，语气熟稔得听不出这两个人情敌的关系，"男孩儿以后步入朝堂，辅佐他的哥哥，日后君臣一场必然能成为美谈；女孩儿……"他还当真思考起来，脸上甚至有些许的笑容，"女孩儿就封为郡主，也是不错的。"

他这个模样，隐隐有些像大户人家后院里想要与小妾和谐相处的正妻模样，让人无端打起寒战。

周淮林皱了皱眉，魏琰的声音停了一下才继续响起："她怀文杞的时候，吃了不少苦。这次，你多看着些。"

"臣的夫人，臣自是会费心的。"

也是，魏琰心想。

二人沉默了一会儿。

"京城的事情结束了，"最后，魏琰是这么说的，"你就尽快回去吧。"

这就是要放他走的意思了，周淮林在心里松了口气，他自然不会推辞，只是临走之前瞥了一眼亭子里的帝王，却见对方目光温柔地盯着某处。

明明是正常的模样，却让人觉得有疯癫之感。

周淮林收回了目光不再去看。


周淮林走后空下来的亭子里，魏琰对着某处自顾自地开口道："梁璎。"

在外人眼里空无一人的某处，魏琰却看到了熟悉的身影，是二十岁的梁璎，一身鹅黄色长裙，正趴在栏杆上喂鱼。

听到他的呼唤，女人回头看过来，脸上是他熟悉的笑容。

魏琰继续对她说："我放他走了。"像是邀功一般。

如他所愿，女人带着笑容起身，轻快地跑过来，撞进他的怀里。魏琰下意识地伸手接住了她，而后看着她从自己的怀里仰头，露出那张小脸。

"做得好！"魏琰听到这虚幻的人影说道。

是的，他知道这是虚幻的，可心底的伤痕，还是因此被慰藉、治愈。

他的脸上慢慢地浮现出笑容来。

是吧？我做得好，对不对？

我会一直好好做的，会尽可能地如你所愿，所以你能不能……也偶尔施舍我一些安慰？至少让我能挺过这些孤独难挨的日子。

好不好？


周淮林还未出宫，就迎面撞上了匆匆赶来的魏文杞。

魏文杞明显是在知道他被魏琰派人带走后就立刻赶过来了，那急促的脚步在看到周淮林的身影时，才一下子缓下来。

等到周淮林走到他的跟前时，他已经平稳住了原本因为过快奔跑而急促的呼吸。

"太子殿下。"周淮林低头行礼。

"周刺史免礼。"

魏文杞将他上上下下地打量了一番，确定他是真的无事才算松了口气。

"周刺史是要出宫吗？"

"正是。"

"那便一起吧。"

周淮林明白魏文杞这是想送自己出宫，他没有拒绝。

在魏文杞的有意之下，两个人是并排而行的。周淮林一反平日里的循规蹈矩，侧头微微多观察了两眼旁边的少年。

周淮林以往都是恪守规矩地把他当作梁璎的孩子、当作太子殿下，哪怕是因为梁璎，对他不自觉地带了几分好感，也从未生出过亲近之意。

或许是因为此刻清晰地感受到他对自己情真意切的担心，周淮林的心境也在悄悄变化着。

太子殿下很好，真的很好，让人想起民间有时候会形容这种孩子是来向父母报恩的。

这不仅仅是梁璎的功劳，也有魏琰的付出。至少为人父母的这两个人，是尽自己所能地在爱这个孩子。

自己将来作为父亲，会做得更好吗？周淮林第一次对此生出一丝忐忑之情来。

不知是不是察觉到了周淮林的目光，魏文杞往这边看了一眼。

两个人的视线对上，周淮林微微回了神，就势开口："这段时间，劳太子殿下费心了。"

"周刺史不必这么客气。"

对于魏文杞来说，这是应该的。周淮林是母亲的夫君，他对周淮林费心，是因为还要指望着对方对母亲费心。

若是这个男人在京城当真有什么三长两短，母亲会怎么样？他又要如何面对母亲？还有父皇……也只会走向更痛苦的深渊罢了。

"毕竟我从未为母亲做过任何事情。"

"殿下，"周淮林停住了脚步，见魏文杞回头了，才继续开口，"父母爱孩子，并不是希望孩子为自己做什么。您来到这个世上能健康地成长，您对她的爱，于她而言就已经是一种快乐了。"

魏文杞愣了愣，眼眸微微向下看："话虽然是这么说……"但是孩子如何又不是有着同样的心情？他的声音很低，并不足以让周淮林听见，最后他只是笑了笑，"没什么，走吧。"

路上，魏文杞还提起了那个未出生的孩子。

周淮林听他的语气里，并没有对这个即将分走自己母爱的孩子有所芥蒂，反而像是很期待这个孩子的到来。

"届时出生了，可要写信跟我说一声。"

"这是自然。"

魏文杞将周淮林送出了宫，又问他："那周刺史打算什么时候离京？"

周淮林抿了抿唇，漆黑的眼眸中一瞬间似乎翻涌起巨浪来，但又很快被他压了下去。

"现在。"


梁璎这些日子以来没怎么睡得好过。

她有了身孕以后，一直都是吃好、喝好、睡好，即便是周淮林每日忙得不归家，她也从未觉得难过。

可自从周淮林去了京城以后，她便时常梦魇，睡不好。

今日醒来的时候也是精神不济，她伸手摇了摇床边的铃，自从跟周淮林分房以后，下人就在她的房里放了这么一个铃，方便她随时叫人。

很快就有人进来了，但让她有些奇怪的是，以往丫鬟们一进来，定要问"少夫人睡得好吗""少夫人今日觉得怎么样"诸如此类的话，今日却过分地安静了，连脚步声都很轻。

梁璎看了过去，迎着蒙蒙亮的天色，她看到了一个与丫鬟的身形全然不同的高大轮廓。

"梁璎，"熟悉的声音从那边传来，"我回来了。"

梁璎一瞬间红了眼眶，她的喉头像是被哽住了，哪怕是能说话，她觉着自己此刻应该也是发不出声音的，即使她特别想叫一声他的名字。

她只能伸出手，看着那边的男人向她快步走过来。

天刚一亮周淮林就到家了。

下人们跟他说梁璎这几日睡得不太好，后半夜才刚刚入睡的，男人怕吵醒了她，于是打消了直接进到屋里的念头，等在外面。

"少爷，要不您还是先去休息一会儿吧，等少夫人醒了我再去叫你。"丫鬟看他一副风尘仆仆的模样便这样提议。

可周淮林摇了摇头。他想让梁璎醒来之后第一眼看到的就是自己。

归心似箭——男人从来没有像这几日一般能理解这个词背后的心情。

在京城的时候他不得不摒弃所有的念想让自己看起来显得从容不迫，可一旦得到了能离开的指令，那迫切的心情便让他一刻也待不下去了。

想见她，想抱她。

可是直到他将自己心心念念的人拥入怀里，那刻骨的牵挂与思念好像也没有缓解。

"梁璎，"周淮林将她抱得很紧，低沉的声音就在她的耳边响着，"我好想你。"

梁璎何尝不是？她刚刚在眼眶中蓄满的泪水这会儿一滴滴地落到了男人的衣裳上。

两个人这样的姿势并没有持续太久，因为看不到梁璎的脸而感到不满足的周淮林很快就放开了她，一低头，就看到她红得像是兔子的眼睛。

"怎么见着我还哭呢？"他的语气轻松了不少，"没事了，我回来了。"

说完，他亲了亲女人湿漉漉的眼睛后，又转向了她的唇。

周淮林这十来天都在路上快马加鞭地奔波，嘴唇因为缺水而微微干裂，可他却能感受到梁璎主动地吻着自己，心霎时间柔软得一塌糊涂。

掺杂着眼泪的苦涩的亲吻，不带任何情欲，就只是无声地向对方传递着自己的牵挂。

直到分开，周淮林还恋恋不舍地蹭了蹭她的鼻尖。

"最近身体有没有不舒服？孩子闹腾你了吗？睡得不好吗？看看，眼圈这里都黑了，是不是吃得不好？怎么瘦了那么多？"周淮林握了握她的手腕，发现她确实是瘦了不少，连原本带着些许肉感的脸，都消瘦了不少，显得下巴变尖了。

梁璎平日里一直觉得周淮林话少，这会儿倒是看他话多了。

她笑了一下，没有立即回答，而是往床的里边让了让，示意周淮林上来。

"我还没有沐浴。"

她还是拍了拍床。

这次周淮林终于没有再说别的了，脱了外衫就躺在了她的旁边。梁璎这才一点点地回答着他的问题，两个人聊了一会儿，她看着男人的眼皮在慢慢地闭上。

周淮林是真的累了，如今躺在梁璎的旁边，没一会儿就摸着她的头睡过去了。

梁璎睁着眼睛细细地打量旁边的人，周淮林问她是不是没吃好、睡好，说她瘦了，但其实那应该是她说的。

男人瘦了不少，下巴处隐隐冒出来了青色的胡楂，像是有几天没打理了，眼眶下的黑色比她的严重多了。

梁璎能想到他是怎么日夜兼程地赶回来的。

她轻轻地握住男人的手，用唇语说了一句：辛苦了。

然后她将头一歪，贴在了他的胸口处，耳边沉稳的心跳声让她感到格外踏实。

还好，你安全地回来了。

周淮林回到峻州没过多久，魏琰的赏赐也紧随其后来了。

虽然魏琰说是为了嘉奖周淮林的治下有功，但随着赏赐而来的还有他特意安排的宫里的嬷嬷、接生的产婆，甚至连孩子出生后的奶娘也有，以及……一封信。

信是嬷嬷亲自交到梁璎手上的，她还应魏琰的要求，特意强调："这是皇上给夫人您的回信。"

他说是回信，那就是在回梁璎之前给他写的那封信。

周淮林在一边也听到了，他想起自己最后一次见魏琰时，对方那隐隐疯癫的模样，心中亦有不安。

"若是不想看……"话没说完，梁璎就把他拦住了。

这话不能随意说，至少不能是周淮林来说，不然让嬷嬷告到了魏琰那里，魏琰说不定会记恨上他。

她回复那个嬷嬷：我知道了，我会看的。

对方果然露出了满意的神色。

可周淮林不希望她勉强自己，待那嬷嬷走了才说："你不必为了我做不喜欢的事情。"

梁璎摇摇头。不过是写两封信而已，日后周淮林进京的机会还很多，她不想每次都这般提心吊胆。

那个男人对自己，无非就是在愧疚与怀念的情绪下产生的执念罢了。

既然是执念，总会随着时间消散的。


在给孩子取名字的问题上，征得周家二老与周淮林的同意后，梁璎在信中交给了魏文杞来取。

魏文杞接到母亲的这个任务，几乎是马上就来了精神。

他第一次有了一种自己也参与了那个孩子的人生的感觉，他跟魏琰说的话其实没错，魏琰与那个孩子毫无关系，他却是不一样的。

他是孩子的哥哥，他们之间，存在着奇妙的血缘纽带。

魏文杞内心有一种说不出的悸动，他开始想着自己若是有一个弟弟或者妹妹，会是什么样子的。

在合上了信后，他就开始翻找各种书籍，企图寻一个合适的名字。他太过投入了，以至于魏琰的声音突然传来时，还把他吓了一跳。

"我的信呢？"

魏文杞定了定神，才看向突然冒出来的父皇。

"什么信？"

"你母亲的信。"魏琰的目光瞥向梁璎给魏文杞的信。

魏文杞一把护住了信："这是我的。"

"只有你的吗？"魏琰像是不能接受，思索着喃喃自语，"不应该啊，我给她写了回信的，她怎么没有回复我，是忘了吗？你再找找。"

魏文杞总觉得他有几分诡异，所以把原本想要说的"母亲怎么可能会给你回信"咽下去了，只是平静地又肯定地说了一遍："没有你的。"

魏琰神色古怪地思索了好一会儿才得出结论："她应该是忘了。她上次就给我写过信的，你知道写的什么吗？"

魏文杞见他从怀里掏出了一封信，是母亲常用的信封。知晓他又要开始念叨母亲那些为了周刺史不得不写下的违心话了，魏文杞干脆继续看自己手里的书。

魏琰把那封信又反反复复地琢磨了一遍，琢磨到没收到回信的失望被抚平得七七八八，才看向自己的儿子。当然，也发现了他根本没在听自己说话的事情。

魏琰也不介意，他看着魏文杞桌上被翻得乱七八糟的书，坐在一边，拿过一本书后翻了两页。

"是在给孩子取名字吗？"

魏文杞马上警惕地看过来，在看到魏琰眼中饶有兴趣的目光时，顿时觉得头疼："跟你没关系。"

"我就是帮你参谋参谋。"魏琰又翻了一页书，"景行如何？高山仰止，景行行止。"

眼看着魏琰没有放弃这个想法的意思，魏文杞凉凉地回他："周景行？"

在名字的前面加了一个周姓果真让魏琰的表情有一瞬间的凝固。

魏琰眉心轻皱，思索了片刻，这个周字让他如鲠在喉，越想越觉得气闷，他站了起来，就着这个问题一边思考，一边来来回回地走着，脚步带着明显的烦躁。

魏文杞没有理会他了，继续看着手中的书。然而没有隔太久，他就又听见魏琰的声音传来："也没道理非要姓周的。"

魏文杞不解地看过去，就见魏琰像是想到了解决方法，眼睛都亮了不少："我可以下旨，让孩子跟着你母亲姓就好了。梁景行……梁景行。"这个名字在他的嘴中被反反复复地念叨了几遍，紧蹙着的眉心逐渐舒展。

显然，用了梁的姓氏后，魏琰的心情明显好了不少。

偏偏旁边有人在继续泼着冷水："就算姓梁也改变不了他的父亲是周刺史的事实。"

魏琰又感到一阵气闷，又不能跟儿子生气，就只能企图说服他："难道你不想让你的弟弟或者妹妹跟你的母亲姓吗？"

"这应该是母亲说了算的事情，但父皇若是如此下圣旨，让周家怎么想？旁人怎么想？"

魏文杞一说完，就看见父皇的眸子重新暗淡了下去。他不相信父皇说出这种馊主意的时候没想过是不可行的，可是此刻父皇明显还是气闷着，又坐下来重新打开了母亲的信纸，就好像这样能让他的心情平复下来一般。

魏文杞又想起刘福曾经跟自己说过，父皇有时候会对着空无一人的地方说话，再看他这般模样，一时间心中涌起复杂之情。

虽然父皇平日里在外人面前看不出什么异样，政事上更是挑不出差错，但魏文杞知道，他的内里在一点点地腐朽着。

父皇这样陷入对母亲的痴恋中无法自拔的模样，魏文杞见了，心中并不是完全没有波动的。

可难道他希望父皇完全忘掉对母亲做过的事情吗？希望他毫无阴霾地继续生活吗？魏文杞知道，自己是不愿意的。

没有这样的道理是不是？

母亲曾经受过的苦可以一笔勾销吗？他与母亲的分离又该怎么算呢？

那就这样吧，大家都有自己的因果报应，无论是好的，还是不好的。

魏文杞重新低头开始给母亲写信——

**若是男孩儿，可叫岁安；若是女孩儿，可叫岁暖。**

愿他们岁岁长安，余生只有温暖。


因为有过一次经验，又做足了准备，梁璎这次的怀孕过程舒适了许多。

倒是周淮林，不知怎么的，每日精神愈发紧绷。还好他那张脸天生看上去不好亲近，所以让人无法轻易察觉。

也有人例外，比如周父。

这日周淮林来跟他问安的时候，他便多说了几句："你今日气色差了许多，是在忧心梁璎吗？"他宽慰道，"那孩子吉人自有天相，自然会平平安安，你无须想那么多。"

周淮林点头，但神情并没有缓和多少，还是肉眼可见的严肃之色。

这模样让周父笑了出来："梁璎倒是让你有了些人气。"毕竟这孩子从小就是小大人的成熟模样，独来独往。

周父又说了几句话，他打算外出，就在背着手往外走之际又嘱咐了一句："总而言之，你就放宽心一些，可别让人家梁璎原本不紧张的，也被你带紧张了。"

在刚刚听到周父说起他小时候的样子时，周淮林的心思就已经动了，他突然开口问："该怎么做一个好父亲呢？"

"嗯？"原本已经打算离开的周父愣了愣，停住脚步回头看过来。他第一次在自己儿子的脸上看到一种类似于苦恼夹杂着忐忑的神情。

"我第一次当父亲，并没有经验。"周淮林继续说。

周父没想到周淮林是在忧心这件事情："每个人都是从第一次过来的，经历过了自然就有经验了。"

"可我想做到最好。"

周淮林并不是什么争强好胜之人，他也相信人外有人、天外有天，所以无论什么事情，都不会说"做到最好"这种话，唯有对待梁璎和他们的孩子，他想给他们最好的爱。

至少不能输给魏琰。

周父看出了儿子的认真，于是问他："你觉得我是一个好父亲吗？"

"自然是的。"

"可是你从小到大，为父都没怎么对你费心过。这世间，人是不同的，父亲与孩子的关系，也是千千万种。但只要你是爱他的，孩子定然能感觉到。以爱之名，也会行不好的事情。"

这也是周淮林肯定周父是一位好父亲的原因之一，他从来不会逼迫自己做不愿意的事情。

周父原本一直觉得自己的儿子早熟、早慧，这一刻，他好像又有了不同的感觉。

即将成为一个父亲的身份转变，似乎给周淮林带来了许多思考，或许现在的他才是真的成熟了。

周父笑了出来："当你会顾忌这一点的时候，就不会做这样的事情了。"

父亲的话，让周淮林不安的心好像得到了丝丝缓解。

他回去的时候，梁璎正在院子里被丫鬟扶着散步。

她自从周淮林从京城回来后，就又胖回来了一些，脸重新变得稍稍圆润了。

无论多少次，当那双盛满笑意的眼睛看过来时，周淮林都能清晰地感觉到自己胸口的悸动。

他向着自己的妻子走去，如今月份大了，梁璎行动已经没有那么方便，丫鬟见周淮林过来，识趣地让出了位置，换周淮林扶住梁璎的手。

两个人沿着回廊继续走着，已经是初春的天气了，花园里隐隐约约可见翠绿的新芽，让梁璎想起她当年来到周府后，第一次出房门，也是这样的季节。

"小家伙今日有没有闹腾你？"周淮林在一边问她。

梁璎笑着摇头，小家伙很乖，除了偶尔动两下证明自己的健康，基本上不会闹腾她。

她不方便打手语，后边都没有说话了，大多是周淮林在一边说，就说州里发生的趣事。

周淮林是一个很好的父母官，那些有关百姓们的细枝末节的事情，他都能娓娓道来。

梁璎认真地听着，眼里的笑意更盛。

周淮林最近有些过分紧张，她也察觉出来了，但是这会儿她觉得男人应该是想通了，他的情绪像是舒展不少。

他们走了好一会儿，直到梁璎拍了拍男人的手。

周淮林马上了然："累了？"

梁璎点头。

"那我们先回房。"

回了房后周淮林也没闲着，他闲不住，因为觉得在怀孕这件事上一直都是梁璎在受苦，他一闲下来，就会感到坐立难安。

所以梁璎也就顺着他的心意，让他忙活去了。

周淮林用温热的毛巾给她擦了手以后，又给她有些肿胀的腿按摩。

梁璎看着他低垂的眉眼，真奇怪，就算是看不清表情，也能想象到他爱怜的目光。

被爱的人，对方哪怕是什么都不说，自己也一定是能感觉到的。

梁璎的脚动了动，周淮林马上看了过来："不舒服吗？"

她摇头，用手比画了一下：你真是个好人。

这没头没脑的一句话，让周淮林愣了愣，随即他的眼里闪过笑意，他一边继续手上的动作，一边回她："怎么突然说这个？"

就是这么想的。

他能这么多年如一日地这般对自己，到现在也没有嫌弃过自己，从没有将自己视为累赘。除了爱，还有也是因为他原本就是这样的人。是一个好人。

梁璎越琢磨越觉得是这个道理：要不然，你当初为什么要带我回来？我们又不认识。你当时是不是觉着我很可怜，所以想要救我？

周淮林的动作顿了顿。

"也不是完全不认识。"他低声说了一句。

他又想起了那年被牵错的手。

梁璎应该不记得了，他也没打算提，因为在他的那段记忆里，只有她。但属于梁璎的那段记忆里，更多的是另外一个人。

梁璎耳尖地正好捕捉到了男人那句"也不是完全不认识"。

她来了兴趣：我们之前见过吗？

周淮林不说话了。

她用脚蹭了蹭男人，催促他说。

周淮林还是沉默不语。

唉！这人，他还不如就说不认识呢！梁璎可好奇了，拉着他的衣角有一下没一下地摇着，俨然一副缠着他非要听的样子。

周淮林无奈，问她："蚂蚁的表演，后来看到了吗？"

梁璎一愣，她的记忆好像倒回了那年上元节那天，当时她与魏琰溜出了宫。蚂蚁的表演？后来因为遇到了朝中的大臣没能看到。

她将那日的事情想了一遍又一遍，企图找到周淮林的影子。

周淮林看着她苦苦思索的模样，正要直接告诉她，就见她突然伸出手。

"手给我。"

周淮林将手递了过去。

梁璎反复地摸了摸，又闭着眼睛感受了一会儿，像是确定了什么一般，恍然大悟。

可是……

梁璎用手比画着：难道你一直在等我吗？

她感到有些不可置信，不太相信有人会为了一面之缘，就等了那么多年，还是看不到尽头的等待。

周淮林笑了："也没有特意去等。"

只是知晓了心动的滋味，知晓了对想要共度一生的人，是什么样的心情。

情爱对他而言并非必要的，但如果有，一定是那一刻的心情。

"只是没有再遇到了。"

梁璎再次相信冥冥之中的缘分，彼时的她，怎么可能会想到那无意中牵起手的人，会陪着她走完后半生？

她抚摸了一下自己的肚子，才对着周淮林比画：会爱的人，对谁都是一样的，不管是爹娘、娘子，还是孩子。

梁璎知晓周淮林在担心什么，但那完全是不用担心的。她笑着继续比画：你以后，定会是很好的父亲。

梁岁暖是在三月里出生的，因为是女孩儿，取名岁暖，用的则是梁璎的姓。

姓梁这件事，即使是在周家，也引起了不小的议论。

周淮林说服自己的父母倒是没有费什么功夫，但是在老太太那里，谁也说服不了谁。末了，等他走了，老太太又把周父和周母夫妻二人叫了过来。

"我知道淮林是心疼梁璎生孩子受苦了，我也并不是那么不通情达理的人，"她企图从这两个人身上着手，"但是孩子姓周，对她自己也是好的。岁暖本就没有兄弟帮衬，淮林夫妻俩也守不了她一辈子是不是？但她要是姓周，以后嫁了人那也是咱们周家的人，有周家作为靠山，没人敢欺负。"

"怎么没有兄弟帮衬啊？"周母笑着道，"这一大家子兄弟姐妹呢，跟岁暖那是实打实的亲的，日后还能不帮衬？况且这是不是周家人，得看她身体里流着谁的血，也不是看姓什么。五妹生的孩子也不姓周，娘，您还能不认吗？"

老太太被说得噎了一下，声音小了一些："那又不是一回事。"

"怎么不是一回事？"周父也在一边帮腔，"从周家嫁出去的姑娘，还能让人给欺负了？"

"再说，这要是没梁璎，淮林都不一定有孩子呢。"

"梁璎的家里只有她一个了，孩子姓梁，也算是给她家一个延续。"

他们你一言我一语的，虽然没能说服老太太，但把她说得没脾气了，老太太把手一挥："得，你们当爹娘的都不说了，我能说什么？"

其实夫妻二人还有没有说出来的。

梁岁暖以后的靠山可不单单是周家。"梁"是太子生母的姓，太子又那般孝顺，以后便是看在梁璎的面上，还能让自己的妹妹受了委屈？

所以他们夫妻俩看得开，很快就接受了这件事，如今老太太也不阻拦，梁岁暖的名字便这么定下了。


不管旁人做得再怎么好，生孩子的这个罪，梁璎还是得自己受。

梁岁暖出生以后，孩子的日常起居都有人负责，每日除了定时让梁璎抱抱，逗弄一番外，便不需要她做别的什么了。

当初魏文杞才出生的时候，梁璎谁也信不过，所以事事都得亲力亲为才行。如今她倒是乐得清闲自在，每日专心调养自己的身体。

孩子刚出生，梁璎的腹部留有一些丑陋的纹路，还有松弛的肉。她也是爱美的，看了肚子心情就会差上许多。

周淮林不知是从哪里听来的偏方，听说用鸡蛋清涂抹腹部可以减轻那些痕迹，就要来鸡蛋清给梁璎涂。

但是他一端着鸡蛋清靠近，梁璎闻着那股腥味就有些受不住地恶心想吐，手帕捂着鼻子挥手。

男人看她难受，转头就要走，梁璎却又扯住他。

算了吧，她想着，闻着腥了点儿，总比每次看到自己身上的丑东西就烦心来得好。

于是她又点点头。

周淮林看着明明难受又不得不勉强自己的梁璎，嘴动了动，想说什么，可心疼又无法替她承受一切的自责让他说不出半句话。

他想说肚子上有纹路没有关系的，可那不是长在他身上，他没有办法代替梁璎说一声没关系。

于是他想了想，突然起身去寻了一个香囊递过去："你拿着这个。"

梁璎的眼睛一亮，哎，这个主意好。

她将香囊放在鼻子旁边确实好受了许多，再也闻不到鸡蛋清的腥味了。

见她的神情舒展了，周淮林才继续用鸡蛋清给她涂抹。

梁璎这会儿觉得舒服了，便有心情去看周淮林，他做得很认真，手法也很轻，面对着此刻自己难看的肚子，梁璎盯着他看了好一会儿，也没见他露出嫌弃或者不悦的神情。

她实在是好奇，碰了碰周淮林。

对方看过来时，她问：你都不觉得这很丑吗？

哪知她刚说完，就看见平日里表情难得变一下的男人蓦地眼眶微微泛红，那表情与她当初生孩子时，他在床边守着的表情如出一辙，像是要落泪了。

吓得梁璎赶紧摆手：我不说了，我不说了就是。

周淮林低头，继续用鸡蛋清给梁璎涂抹，抹完又用温热的盐水将肚子洗了几遍。

"梁璎。"他突然开口，握着香囊的梁璎原本就是在看着他的，这会儿更是专心地听他说话。

"我原本觉得自己爱这个孩子，会像爱你一样。"男人的声音里带着莫名的难过，"可是现在我觉得，"他抬头，对上了梁璎的眼睛，"没有什么能比得过你。我甚至后悔……"

梁璎不等他说完，一伸手把他拉过来用自己的唇堵住了他的唇，拦住了后面的话，作为惩罚，她还用牙齿不重不轻地在男人的唇上咬了一下才放开。

她打着手语：不许说后悔这种话。

看着男人自责的表情，梁璎又笑了笑：孩子会用一生来治愈母亲这一时的伤痛的。以后我也许会对你厌烦，但肯定不会厌烦她的。

完了，梁璎好笑地看着周淮林苦着的脸。他好像更难过了呢。

在梁璎要整理身上的衣物时，男人突然俯身，在她的腹部亲了亲。

柔软的触感传来时，梁璎下意识地瑟缩了一下，只是本来她就是躺在床上的，避无可避。

被亲过的地方传来细微的战栗感，直到心底。

梁璎读懂了他的珍视和愧疚。她摸了摸男人的头，那个问题，自己问得是太多余了。


周淮林说归说，对于孩子，他比任何人都要上心。

许是他面相凶的原因，梁岁暖每次见了他都要哭，哄也哄不住。

周淮林只好在抱她之前，先戴上可爱的面具，小家伙这才愿意让他抱。

梁璎看着实在觉得有趣，故意在周淮林抱梁岁暖的时候去摘男人的面具，面具一被摘下，小家伙就哇哇大哭着向他伸手要她抱，梁璎再把面具给他戴上，凶神恶煞的人变成了每日哄她入睡的拥有安全感的怀抱的人，梁岁暖转哭为笑，眼角还挂着泪珠。

梁璎将面具来来回回地摘下、戴上，她就反反复复地哭、笑，把梁璎逗得乐不可支。

周淮林无奈又好笑地看着她闹。

不过小家伙一直这么怕他也不行，周淮林开始对着镜子练习如何让自己的表情看上去柔和一些。

梁璎一边拿玩具逗弄着摇篮里的女儿，一边看着不远处对着镜子一脸苦大仇深表情的男人。

他憋了半天，最后勉强将嘴角上扬，然后维持着那看起来很奇怪的表情，对着镜子问梁璎："是不是好了一些？"

梁璎没有直接回答，而是把摇篮里的女儿抱起来面对那边。

原本被母亲逗得咯咯直笑的梁岁暖在看到镜子里的父亲后，嘴一撇就开始哇哇大哭，一边哭，一边四肢乱动，扭着头要去找母亲。

那嘹亮的哭声引得外面的丫鬟直叹气，少夫人又在逗小小姐了。

周淮林得到了答案，嘴角垮了下去。

梁璎被逗得笑得直不起腰，她玩够了，终于把孩子抱回了怀里，亲亲女儿的额头，自己弄哭的女儿自己哄。

周淮林已经不再去纠正自己的表情了，而是从镜子里，看着身后的妻女。

只要能一直这样，他付出什么代价都是值得的。

梁璎说孩子会用一生来治愈母亲生育时的痛，那属于他的亏欠呢？他亦会用一生来弥补。

他没有发现，此刻镜子里的男人，已经不自觉地露出了最温柔的笑意。


因为才生了梁岁暖，梁璎这年自然又无法入京。

魏琰也得到了消息。明明是可以预见的，可他还是控制不住地感到焦躁。

"我就知道，我就知道……"他怨毒又恼火地喃喃自语着，"我就知道她不会来的，她以后会有越来越多的理由不来，她会忘了我们的。"

魏文杞没理会父皇怨夫般的念叨，他心里也不是没有失望，但还是高兴居多。他有了妹妹，妹妹用的是他取的名字，姓的是母亲的姓。

魏文杞还知道小娃娃很可爱，其实周家的情况他都知道，父皇在那边有眼线，每次眼线回来汇报，都要被父皇再三盘问，恨不得连母亲一天喝了几口水都问出来。

旁边念念叨叨的人突然半天没了动静，魏文杞还有些不习惯，他抬头看了一眼，就看见魏琰眼眸猩红地盯着空气中的一处。

他顺着父皇的目光看了看，那里确实是空无一人。

魏琰就这么盯了好一会儿，突然又低头，去袖子里掏什么东西。

魏文杞知道他又要用母亲的信来平复自己的情绪了。只是今日有些糟糕，那封信原本就因为被他长期地反复观看而有些磨损了，这会儿可能又因为力度过大，信被展开时，从中间折叠处磨损最厉害的地方撕裂开来。

没有一点点声音，魏文杞却莫名觉得有一道刺耳的声音，身体不自觉地往后倾斜了一下。

果然，下一刻魏琰轰地一下就站起来了，连带着桌子都抖了抖。

魏文杞看到他咬牙切齿地看着那张纸，也不知道是在生谁的气，他的身体在颤抖着，唯有手是稳的，唯恐再弄坏那张纸。

魏琰的眼前好像一片黑暗，他只听到啪的一声，脑海中一直绷着的某根弦，一下子就断了。

他不明白。

他还不够乖吗？他做得还不够好吗？他守着虚假的幻影、守着这薄薄的一张纸，守着看不到的希冀，日复一日地等待。

为什么要这么对他？为什么还要这么对他？

忍耐已经到了极限，他开始冒出了"干脆谁也不要好过了"这样的想法，大家一起痛苦好了，就互相折磨好了，总比现在这样自己一个人痛不欲生要好。

魏文杞察觉到了他的危险，还不等说什么，就看到刘福突然匆匆忙忙地跑了进来，脸上都是喜色："皇上，峻州那边来信了。"

一般的信，刘福是不会笑得这么开心的。刹那间，崩塌的理智好像重新回到了笼子里，魏琰几近失控的情绪，又被拉了回来。他略显呆滞地看过去，就见刘福笑着开口："是宸妃娘娘寄来的信。"

梁璎寄来的信……

魏琰愣了好一会儿，才伸手去接信。他打开了外面的信封，直到露出了梁璎惯用的信封和上面熟悉的"圣上亲启"的字迹后，他似乎才终于敢确定这是梁璎给自己的信。

这是自上一封信过后，梁璎再一次寄信过来。

所有的不满和抱怨在这一瞬间都神奇地被一扫而空，魏琰拿着信看向魏文杞，眼里、眉梢都带着喜悦之色："你看，你母亲给我寄信了。"

魏文杞重新坐正了身体。他心里清楚，母亲会给父皇写信，大约是因为周刺史又快要进京的原因。父皇能不能想到这个原因他不知道，但是父皇明显是不愿意往这上面想的。

魏文杞听着父皇念念叨叨地说着："我就知道，她先前只是忘了，也有可能是怕周淮林生气才故意不写的。"总而言之就是不愿意去想母亲是不愿意给他写。

魏文杞想着他方才就像是陷入了想要所有人陪葬的疯狂中，到底是没有将那些话说出口。

魏琰没有当着魏文杞的面看信，他脸上带着笑，拿着信走了，应该是要自己一个人回寝宫里去看。

魏文杞不知那封信里写了什么，但他知道无论是什么，都足以将盛怒的狮子安抚得服服帖帖。

周淮林确实又要入京了。

他走的时候，梁岁暖已经没有那么害怕他了。虽然她每次看到他的脸还是会撇着嘴欲哭不哭，但被母亲抱在怀里后，也会用好奇的目光短暂地打量他一番。

想到自己这么一走，等回来的时候女儿就该不认识自己了，他当真是不舍极了。

梁璎突然提议：要不要留一下胡子？留了胡子以后看起来就没那么凶了，岁暖应该就没有那么怕你了。

入京的路上，周淮林想起妻子说这话的时候一本正经的模样，嘴角便忍不住地微微上扬。

其实他知道梁璎说这话的原因不仅如此，在有一次自己因为忙于政事连续几日宿在府衙中未来得及净面，被梁璎看到时，女人彼时的眼里确实是有一丝惊艳之色流出来的。

她这么说道：你其实挺适合留胡子的，有一种说不出的好看。

周淮林这会儿想了想，用手摸摸下巴后又放了下来。那便留着胡子吧，正好届时回了家也该留长了，不知道她会是什么样的反应。

一想到女人会露出欣赏的目光，周淮林因思念而苦涩的心里就泛起阵阵甜蜜。

周淮林这次在京城很是顺利，魏琰没有丝毫要为难他的意思，只是在见面之时，对着他打量了好一会儿。但魏琰也只是问了梁璎，甚至是梁岁暖的状况，很快就放了人。

速度快得连接他的魏文杞都觉得蹊跷。

"父皇没有为难你吗？"

"未曾。"

魏文杞琢磨着是不是因为母亲的信见了效。不过不管怎么说，这么顺利也是好事，他暂时抛开了这些想法，与周淮林聊了许多，与先前一样，大多是与母亲有关的，只是这次又多了许多与梁岁暖有关的事情。

听到妹妹害怕周淮林时，魏文杞笑了出来："所以周刺史才留的胡子吗？如此确实多了一些儒雅。"

哪知魏文杞这么说了，却并没有听到周淮林马上承认，他好奇地看过去的时候，只见那个严肃正经的男人，脸上难得划过一丝羞赧的神情。

"是她喜欢。"他说。

周淮林说的"她"，指的自然就是梁璎了。

魏文杞愣过以后有些哭笑不得，忍不住打趣他："周刺史与夫人感情这么好，若是觉着岁暖打扰了你们，可以送给我来抚养。"

"那倒不必。"周淮林拒绝得毫不犹豫。

临走时，他还给魏文杞留下了一封特殊的信，信纸上是梁岁暖小脚丫的印记。

魏文杞看了好一会儿后，珍重地收了起来。这是妹妹送给他的第一封信，真期待日后见面的一天。


魏琰这次学聪明了些，他将梁璎信上的内容誊抄了一遍用来平日里带在身上，这样就不怕日日拿出来看的时候会磨损。

梁璎的信确实在一定程度上缓解了他的焦躁，但那也只是饮鸩止渴罢了。

思念并没有得到满足，他依旧在魂牵梦萦中辗转反侧，然后在这样的煎熬中翻身起床，又看了一遍信。

梁璎的信大多是在说魏文杞，这次称赞魏琰的话变得少了，魏琰将与他自己有关的寥寥几句话反复琢磨，最后定格在体恤民情上。

他看向那个只有自己痛苦到极致时才会出现的幻影。

"我体恤民情吗？"他问。

那个幻影当然不会回答他。

他又继续喃喃自语："体恤民情总不能在宫里体恤，对吧？"

说这话的时候，魏琰握紧了手，心里已经默默地做了决定。


周淮林这次回来是提前报了信的，所以一到府中，就看到了抱着孩子在等他的梁璎。

"岁暖。"他在不远处就出于父亲的本能开始叫女儿的名字了。

然而梁岁暖果真已经不认识他了，再加上平日里她听到大家叫她的

222

声音，都是极尽温柔，没听过这么严肃、正经的语调，于是转头就看向自己的母亲不理人了。

梁璎失笑。

男人已经走过来了，她抬头看过去，四目相对之时，都在彼此眼中看到了分离的思念和重逢的喜悦。

"我回来了。"周淮林低声道，说着弯下腰。

看懂他的意思的梁璎主动亲了亲他的脸颊。

原本只是久别重逢后打个招呼，只是她忽然又想起梁岁暖最近是个"小学人精"，于是看向睁着好奇的大眼睛的女儿，在周淮林的脸上又落下了一吻。

在她的几番示范下，小家伙终于动了，只是不是学梁璎，而是将小巴掌呼到了父亲的脸上，另一只小手还伸着去拽父亲新修剪的胡子。

小孩子的手没轻没重，梁璎怕她把周淮林抓疼了，赶紧抓住了她的手。

然而周淮林却显得无所谓，反而顺势就将小家伙抱了过去。

"几个月不见，胆子倒是见长。"他看着怀里的女儿，语气中带上了几分笑意，"以前见了我就哭，现在倒是敢扯我的胡子了。"

他宽厚的手掌用最轻柔的力道抱着小家伙，那双凌厉的眼眸中这会儿盛满了对女儿的爱。

不知道是因为感知到了男人对自己的善意，还是因为对这个几个月前夜夜哄着自己入睡的人尚有记忆，梁岁暖居然没有哭闹，反而趴在了父亲的肩头看着自己的母亲。

这可真是稀奇，梁璎知道她有多认生，在心里感叹着。

她问：怎么留了胡子？

"不是你说，留了胡子以后岁暖就不会怕我了嘛。"

梁璎没有作声。

两个人走了一段路，周淮林又拿眼神瞥她，像是忍了又忍，还是没忍住地问她："好看吗？"

梁璎原本还想再逗他两句的，可是实在没有办法对他沉不住气的模样忍住不笑，就只能挽住他的胳膊靠上去，那抬头时亮晶晶的双眼已经不需要回答，就足以让周淮林知道答案了。

她果然是喜欢的。

他自己也很喜欢，喜欢妻女在身边时，无法言喻的安定感。

次月，魏文杞听到了魏琰即将南下巡视各州的消息。

他听到的时候只有一种"果然如此"的心情。

难怪他觉得父皇最近过于安静了，每日像是发了疯似的在御书房里不眠不休，加急般地处理各种政务，原来是在为南下做准备。

他马上去找了魏琰。

魏文杞是在寝宫里找到魏琰的，之前魏琰将南巡的消息隐藏得很好，魏文杞知道的时候魏琰已经临近出发，所以他也没有再忙公务了，而是正在一堆金银珠宝中挑选着什么。魏文杞甚至能从他的眼里窥见几分愉悦之色。

"父皇近日真是辛苦了。"

"嗯？"魏琰还以为他是来找碴儿的，结果冷不防地听见他先冒出来这么一句，还愣了愣。

"父皇连日批阅奏折，这是连梳洗都顾不上了吧？"

魏琰摸了摸自己下巴处的胡子，他听出了魏文杞是故意这么说的，可他并没有被戳破的恼怒。

这胡子确实是他故意留的。

周淮林都留了胡子呢，应该是因为梁璎喜欢。

他长得可比周淮林好看多了，留胡子也会比周淮林好看。

"好看吧？"他问。

魏文杞倒是没想到他这般油盐不进，于是不再掰扯这个了，而是直奔正题："父皇要南下？"

魏琰这次头也不抬地回了："嗯。"

"朝廷上的事怎么办？"

"重要的事情我都已经处理过了，其他事情，你也不小了，是时候该接手了。再者，还有丞相他们帮你。"说着，他看过来，"你不会连这点儿信心都没有吧？"

但现在根本就不是有没有信心的问题，魏文杞知道他真正的目的是什么："你是不是要去见母亲？"

两个人对视了好一会儿，魏琰先移开了目光，他若无其事地挑出了一个平安金锁放在手中把玩着："皇帝巡视本就是历来皆有的，怎的，朕巡不得吗？"

魏文杞发现了那个平安锁是为小孩子准备的。

他不想让父皇去见母亲。上一次就是见了一面后，父皇逃避了五年的感情突然迸发而出。那么这一次呢？这一次见面以后，他会不会再也无法忍耐这样的分别而去强迫母亲？

可他是皇帝，是只要愿意，就无人能改变想法和决定的皇帝，包括魏文杞自己也左右不了他的想法。

魏文杞安静了好一会儿，突然说了一声"知道了"，便转身离去。

这个反应终于让魏琰抬头看了一眼。

儿子的背影里都写着恼怒，魏琰知道他在生气，这在平日里当然是要紧的，但是现在……

魏琰重新低下头，继续在那一堆宝物中挑选着合适的物品，眼角眉梢里都是掩藏不住的喜色。至于现在，当然是去见梁璎最重要。

不……也不是去见她，魏琰纠正着自己，他只是去体恤民情而已。


有了孩子以后，时间都像是过得快了许多。梁岁暖过周岁的时候就已经会叫娘、会不太稳地自己走路了。

梁岁暖开口说的第一个字就是"娘"，周淮林带她的时候，总会偷偷地教她喊"娘"，好在这个聪明的小丫头不辜负他的期望，这突如其来的一声"娘"叫出来的时候，众人都笑着打趣："哎呀，小小姐果真是聪明，一眼就看出了这家里谁最大。"

梁璎把女儿抱了起来。

这一声"娘"，不知怎的，让她的心一瞬间被狠狠地触动。仿若是时间的旋转，过去与现在在某一刻重叠，让她想起魏文杞第一次叫自己母妃时的模样。

残缺与圆满，原来当真都像那月亮似的，会不断地循环往复，让她重复经历失去与得到。

肩上突然多了重量，是周淮林拍了拍她的肩。

梁璎曾经也遗憾自己无法叫一声岁暖的名字，无法应一声她叫的

225

"娘"，可是在此刻都释然了。

哪里能有十全十美的人生呢？或许就是有这样的残缺，才让她不至于觉得如今的一切都太过虚幻，才让她清清楚楚地感受到，一切都是真实的——无论是曾经经历过的苦难，还是如今的幸运。

梁岁暖的周岁宴过去不太久，周府就陷入了空前的繁忙之中。原因无他，皇帝正在南下巡视各州，下一个目的地就是峻州。周淮林作为峻州刺史，周家很有可能要接待皇上，是以上上下下都尤其重视。

这几日，周府不是修缮陈旧的墙壁砖瓦，就是移植盆栽点缀花园。

梁璎这日还发现院子里的下人都少了些。

丫鬟跟她解释："说是皇上要亲临，怕我们不懂礼数，最近都轮流去学习哩。"

甚至还有心思活络起来的人来跟梁璎打听皇帝的喜好："弟妹之前不是在宫里待过吗？知晓皇上喜欢什么样的女子吗？"

梁璎的神情微僵，不过幸好还没等她想好怎么回答，周淮林就回来了，三言两语把人打发了出去。

周淮林送人出去，梁璎在里间还能听到他们的声音："哎呀，就是试一试嘛。这家里要是真的能出一个娘娘，也是光宗耀祖之事。"

梁璎没听清周淮林说了什么。她的心情自从知道了魏琰要来就不太好了，这会儿她也是神情恹恹地靠在床边。

过了一会儿，周淮林才进来。他还抱着梁岁暖，小家伙一进来，就含糊不清地叫着"娘亲"。听到她的声音，梁璎的脸上不自觉有了笑意，人也坐正了，对着女儿伸出手。

周淮林将梁岁暖放到了地上，小家伙迈着不甚稳当的步伐一步步走向母亲。

粉雕玉琢的小娃娃将梁璎的不悦一扫而空，她在梁岁暖快要靠近时就一把将人抱了起来。

有些重了，再有两年她该抱不动了。

小家伙的手里还拿着一小块梨在啃，被母亲抱住后，就将那块梨往母亲的嘴边凑："娘……吃……吃。"

梁璎哭笑不得，亲了亲她的脸颊。

也好，她想着，让魏琰亲自看看也好，看看他失信了的曾经许诺她的安乐生活，她如今已经得到了。

魏琰来的那天，周家的所有人都在外迎接。

梁璎随着老太太站在第一排。其实原本以她的辈分站不到这里，只是考虑到皇帝对她的重视，老太太特意把她安排到了自己身边。

没过一会儿，魏琰的轿子就到了。

随着一声"皇上驾到"，梁璎随着众人跪下了，可等了一会儿，都没有听到魏琰从轿子里下来的动静。

她不知道轿子里的男人心怀忐忑地将自己上上下下又整理了一遍，甚至连下巴处刚刚修剪好的胡子也摸了一遍。

明明他今天早晨已经对着镜子看了许多遍，也确定万无一失了，甚至觉得铜镜里留了胡子的自己看起来温文尔雅，挑不出毛病来。

可这会儿不知是不是因为类似近乡情怯的那种心情，他又开始变得不自信起来，觉得衣服穿得不够好看，觉得不该学周淮林留胡子的。

仅仅是想象着梁璎的目光会落在自己身上，他就紧张得无所适从，却又隐秘地期待、兴奋着。

如此停留了好一会儿，他才下了轿子。

看到跪在地上的梁璎时，魏琰又后悔自己耽搁的时间太长了，往那边走的脚步都带上了几分急切，又生生忍住。

他听见自己用着尽量平稳的语气说了"平身"。

梁璎起身时腿看着并无异常，甚至还能扶着旁边的老太太一同起身。

她将头稍稍抬起时，魏琰看清了她的面容——好像与两年前相比并没有什么变化，白皙的皮肤里透着红润，小巧精致的脸上，没有一处是不好看的。

她不是那个总停留在二十岁对着他笑盈盈的幻影，他面前的这个人，虽然难掩眸中的冷漠，却也显得更加鲜活。

魏琰恨不得时间能停留在这一刻，他甚至发不出声音来，觉得自己会在这么多人面前失控。他从来没有觉得维持伪装是一件如此辛苦的事情。

他心心念念的人，此刻就站在自己触手可及的地方。

魏琰想象不到自己是用了怎样的自制力，才将视线移开。

离京之前，魏文杞就再三提醒过他，多想一想母亲以后在周家如何立足。

其实魏琰想的是，有自己在，她需要什么立足？她在哪里不能立足？

可事实上，他却只能为了不让梁璎难做而妥协。

他装作若无其事地与周家家主、周淮林以及其他人都交谈了几句后，才终于将目光顺理成章地又转回到梁璎身上。

"梁璎在这里生活得还习惯吧？"

梁璎点点头。

"你嫁得远，朕不能多照拂。若是有什么需要的，只需写信告诉朕。"

梁璎再次点头。她的目光始终向下，没有往魏琰这边看一眼。

天子威严，不能直视，在外人看来是再守礼不过的举动了。

可魏琰只觉得煎熬。

他在心里拼命地祈祷着梁璎能抬头看看自己，想要再跟她说几句话，可看着一众等着自己的人，还是努力克制了。

他结束了问话，又转身与旁人交谈。

周家人一同将魏琰恭恭敬敬地迎了进去，但进府后，只有有些地位的人才能陪在他身边，其他人在外厅候着。

梁璎的身份特殊，自然是要一同随行的。好在她离得比较远，陪着魏琰的主要还是周家的男人们。

"江南的园林果真是别具一格，京城与之相比，要相差甚远了。"

"皇上过赞了，这小家碧玉般的园林，如何能和皇家园林的威严相比。"

他们一行人一边说着，一边绕着园子缓慢步行，魏琰是第一次来这里，可他好像对这里的一切都了如指掌，一草一木都在眼线们的一次次汇报中烂熟于心。

不同的是，曾经纸上的文字，现在都变成了无须想象的真实画面，他不疾不徐地四处看着，想象着梁璎是怎么在每一个地方留下痕迹的。

他表面上还在与身旁的人交谈着，灵魂却好像已经出窍到了身后不远处的那个女人的身边。

魏琰想象着自己可以肆无忌惮地看她、与她说话，牵她的手，想象着每日与她漫步在这里的，都是自己。

仅仅是这么想着，就让他激动得浑身战栗。

这样就够了，他拼命地从梁璎这里挖来一丝、两丝的甜头，就足以让自己熬过去了。

魏琰是在周府用的午膳。席间歌舞奏乐，他喜欢这样的节目，因为终于可以借着观赏舞蹈的动作，正大光明地去看坐在下边的人。

看见她的筷子落在哪一道菜上，魏琰也装作不经意地夹起同一道菜。满足……但也不满足。

始终得不到她的注视，让魏琰的心里升起无法言说的烦躁，他偶尔会试图说几句话，或者打赏跳舞的人，可无论做了什么，似乎都无法吸引梁璎的注意力，她始终盯着面前的杯盏，不往这边看上一眼。

魏琰越来越烦躁。

"听说周刺史前不久喜得贵子？"他又开口问周淮林，"是男孩儿还是女孩儿？"

明明对一切都了如指掌的人，这会儿却装作记不清楚的样子，但周淮林也只能回答："回皇上，是女孩儿。"

"叫什么名字？"

"梁岁暖。"

"姓梁啊？"魏琰笑了，"随母亲的姓，真是稀奇，周刺史可真是不拘礼法的性情中人。"

周淮林回了一声"皇上谬赞"。

原以为这个话题就这么过去了，哪知没一会儿魏琰又问一句："令千金多大了？"

"回皇上，一年零三个月。"

魏琰问得多了，马上就有人动起脑筋来："算起来这会儿岁暖应该也醒了吧？不若抱过来让皇上看看如何？"

周淮林自然是想拒绝的："孩子顽皮，恐……"

"这有什么？"魏琰径直打断了他的话，"小孩子便是做了什么，也只是孩子心性，何罪之有？"

魏琰这么说就是确实想看孩子的意思，这下还有谁敢拒绝？只好马上派人去抱梁岁暖了。

梁璎的眸色沉了沉。她不知魏琰这是在打什么主意，但如今周家人都在这里，她只能按捺着不动。

梁岁暖刚刚睡醒，被抱过来的时候眼睛还蒙眬着，这里的人她大多是认识的，所以并不怎么害怕，只是下意识地就去寻找父母的身影。

她第一眼就看到了母亲，脸上刚露出笑容，就被人抱着越过梁璎往上边的魏琰那边去了。

小家伙还从奶娘的怀里探着头往母亲那边看，疑惑怎么今天母亲不看自己也不对着自己笑呢？

"皇上。"第一次见皇帝的下人的声音微微发抖。

不过魏琰没怎么在意，他的心神都在这个小家伙身上，她长得真好看，跟梁璎很像，又姓梁，所以魏琰几乎下意识地忘掉孩子的父亲是周淮林，只第一眼就对这个孩子生出无限的怜爱。

"这就是岁暖吗？"

"正是。"

魏琰笑着说："让我抱抱。"

他从下人的手里将梁岁暖接过去，有些怕生的梁岁暖自然是不愿意的，微微挣扎着往奶娘的方向躲，母亲离得太远了，就哭丧着脸喊不远处的父亲："爹……爹爹。"

软软糯糯的声音，像是能把人的心给融化。

周淮林心疼地想要过去把孩子抱回来，只是被旁边的人拦住了。

这又不是随意的什么人，皇上没说不愿意抱了，谁敢从他的手里抢人？

"岁暖，"魏琰当然没有不愿意，他耐心得很，在吸引了小家伙看过来后，从怀里拿出提前准备好的平安锁，"看这是什么？"

金灿灿的又镶嵌着宝石的平安锁果然引起了梁岁暖的兴趣，她伸出小手就去抓，却被魏琰躲了一下。

"叫一声皇伯伯，就给你，好不好？"

府里经常会有人这么逗她，所以梁岁暖妥协得没有一点儿压力："皇伯伯。"

她虽然口齿不清，但声音又软糯又甜，让魏琰脸上的笑意更甚。他摸摸她的脑袋，眼里都是慈爱之色："来，皇伯伯给你戴上。"说着就帮着把平安锁挂在了梁岁暖的脖子上。

小家伙低头摆弄着自己得到的新玩具，魏琰则目光复杂地看着她。

这若是自己的女儿就好了，他定然要封她为最尊贵的公主，给她这世间所有最好的东西。

不对，哪怕不是自己的女儿也不要紧，只要是梁璎的女儿，只要梁璎愿意，他依旧可以给她最尊贵的地位。

是的，只要梁璎愿意。

可惜，魏琰知道，她不愿。

"小孩子不懂事，"旁边有人打圆场，"臣替岁暖多谢皇上赏赐。"

魏琰只是笑笑："不要紧，朕也一直想有一个这么可爱的女儿。"

"能得到皇上的喜爱，是岁暖的福气。"

魏琰已经能感觉到梁璎看过来的视线了，哪怕知道她看的只是梁岁暖，男人的心跳也在这一刻蓦然加速。

他松开了梁岁暖："去找你的母亲吧。"

小家伙毫不犹豫地就往母亲那边跑了，魏琰与梁璎远远地对上了目光。

女人的那双眸子里带着柔情与担忧，不是对着他的，是对着连路都走不稳的小家伙。

魏琰看着梁岁暖终于走到了梁璎跟前，将自己得到的礼物献宝似的给她，把她也逗笑了。

他在此刻感觉到了圆满，不属于自己也没有关系，至少能看到也是好的。


魏琰此次南下巡视后就像是找到了什么新的纾解方式。他开始时不时地就南下，这可苦了一众官员，日日担心他的突然驾临，连连叫苦。

魏琰也不是专门奔着梁璎去的，他每次都是先解决地方上存在的一系列问题，临回京之前，像是探亲似的去周府一趟，也不多待。

正兴二十八年，帝南下时突染恶疾，回京后缠绵病榻，久治难愈，太子日夜侍奉床前。

魏琰起初身体不适之时，大家只以为是感染了普通的风寒。等到他回京后不管吃什么药都高烧不退时，众人才意识到问题的严重。

魏琰比他们更能感知到自己生命的流逝，越是到这一刻，梁璎的身影就在脑海里愈发地清晰。

魏琰其实也没有什么遗憾了，魏文杞如今已经能够独当一面，大魏交给他，魏琰很放心。

至于与梁璎，今生已经再无可能，就这么生一天死一天地吊着，他竟然觉得与死了也没什么区别。

魏琰唯一遗憾的是自己这回南下不应该回来的，若是早知道如此，他一定会留在峻州，留在梁璎的身边。

"文杞。"

"父皇。"已经长成了大人的魏文杞在他的床前候着，一听见他的声音马上就回应了。

"信给你母亲寄去了吗？"

魏文杞的神色里有一丝哀伤。父皇已经病得大部分时候都是神志不清的，太医们都说无药可医了，而他只要一醒来，就会问这个。

父皇给母亲写了信，信中说自己快死了，哀求母亲来见他一面。

"寄了。"魏文杞回道，"父皇，先把药吃了好不好？"

魏琰不愿，生了病的他跟小孩子更像了，尤其不愿意喝药。他只是抓着梁璎的信不放："那你母亲回信没有？她怎么说的？"

疾病折磨得他衰老了许多，躺在床上瘦骨嶙峋的男人，再也没有了以往帝王的威严。

魏文杞想着母亲的回信，上面说的是她近日身体不适，赶不了远路，就不能来了。但是他知道，那多半是母亲的借口。母亲并不愿意见父皇，即使是最后一面。

魏文杞知道，母亲跟自己不一样，自己受困于与父皇的血脉亲情，受困于父皇的多年养育之恩，所以看到他这般模样，会心软，会同情。

可母亲的恨太过深刻，哪怕是有了新生活，有其他的人抚平了先前的伤痛，但依旧做不到原谅。

他无法勉强。

"母亲说了，"他只能先安慰一下这个男人，"她已经出发，在前往京城的路上了，很快就来了。"

魏琰死寂的眼睛蓦然有了些许光芒。

"所以我们喝药好不好？"魏文杞只能用善意的谎言哄着男人，"母

232

亲说了，让你好好喝药，一定要坚持到她过来。"

这次魏琰果然没有再拒绝了，反而很是配合地将递到了嘴边的药都喝进了嘴里。

后面他每日清醒过来，都要反复地问魏文杞这个问题。有时候他也会担心地问："文杞，我现在的样子是不是很丑？要是她来了嫌弃我怎么办？"

"不会的。"

"肯定会的，你扶我起来，我要去换一件新衣服。"

魏文杞按住了他："不急，父皇，等母亲来了我们再换新衣服好不好？现在换了会弄脏的。"

这句话似乎把魏琰说服了，他点点头，重新躺了下去，说了声"好"，又让魏文杞别忘了到时候提醒他。

魏文杞看着再次昏昏睡去的父皇，日夜守在这里，就怕某天自己一不留神，他就不在了。

直至这一刻，他发现自己并不希望父皇出什么事，他希望父皇能平平安安地度过余生。

心脏处传来的一阵阵疼痛让他长久地沉默着。

魏琰直到死前，视线都是盯着门口的，似乎相信下一刻，梁璎的身影就会在那里出现。

他到底是没有等到，不对，也许是等到了，闭眼的前一刻，魏文杞看见他笑着往那个方向叫了一声"梁璎"。

像是真的看到了自己期待的人。

丧钟的声音传遍了整个皇宫，魏文杞挥退了所有人后，一个人沉默地在父皇的床前守了一夜。

所有的恩恩怨怨，到底是都随着他的死停下了。

魏文杞怨他，可这么多年来，这个人将所有的父爱与期待都倾注在自己身上，无论自己做什么，他都不会生气，不会黑脸，不会失望。

他只会用充满欣赏与溺爱的目光看着自己。

魏文杞知道那是因为母亲，可自己确确实实地得到了他所有的爱，皇室中最珍贵的爱。

他低头，泣不成声。

正兴二十九年，帝崩，太子即位，改年号永安。

对先帝病逝的惋惜在新帝的励精图治下，逐渐被百姓所淡忘。

永安二年，梁岁暖的父亲调任京城，她随父母一同上京。这是她第一次来京城，趁着家里的人都在忙碌着收拾，她想偷偷地溜出去看看这京城是什么模样。

还没出门，她就被眼尖的嬷嬷发现了："小姐！你这是要去哪里？"

梁岁暖心道一声不好，再不跑今日就别想出去了，于是提着裙子就往外跑，一边跑，一边又担心追她的嬷嬷，回头吆喝着："嬷嬷，你别追了，等会儿又要喘气……哎哟……"

没有看路，以至结结实实地撞到一堵"墙"的梁岁暖痛呼一声看过去，面前站着一个男子，不知道是她撞迷糊了，还是阳光太过刺眼，梁岁暖看得有些呆，她从没有见过这么好看的人。不仅好看，还让人莫名地觉得亲切。

她呆呆地开口问："你是谁呀？"

听了这话，那男子的嘴角弯起："我是谁？你的名字还是我取的呢。"他笑着，从风中传来的声音分外温柔又好听，"岁暖，叫哥哥。"

# 平行线：长相伴

梁璎六岁的时候，家乡出现了前所未有的大旱。那年地里颗粒无收，人人食不果腹，又因为旱情，连水都变得缺乏。

面对如此灾情，朝廷却不作为，只是将难民们拒之城外，致使数万灾民流离失所。

梁璎的父母就是在这场灾情中离世的。

彼时年幼的她并不知晓每日母亲给自己准备的吃食，都是家里仅剩的口粮。

"爹娘都已经吃过了，这是璎璎的。"总是这么笑着跟她说的父母，在某一日闭上了眼睛，任凭她如何呼唤，都没有得到回应。

梁璎在家里守着尸体的第三日，正好碰见了来做善事的陈员外。

陈员外的视线在那只剩皮包骨头、明显是饿死的两具尸体上流连片刻，再看看已经哭得奄奄一息、却没有长期挨饿模样的梁璎，叹了一口气："可怜天下父母心啊。"

在陈员外的恻隐之心下，梁璎就这么被他带回了家。

陈员外心善，但也是大忙人，将梁璎带回去交给管家安排后就几乎忘了此事。

孤身一人在陈府的梁璎日子过得算不上多好，她过早地承担起生活的重任，也没少见识人心的险恶。

从六岁开始，早起打水、洗衣、帮厨房做饭、打扫房间、伺候主子就成了梁璎的日常，被其他下人排挤，被安排脏活、累活的情况，也不是没有。

但梁璎依旧觉得庆幸。她知道，若不是被带回了陈家，她一个这么小的孤女，几乎是没有活下去的可能的。

能好好活下去，她就已经满怀感激。

梁璎十岁那年，某一日家里的管家突然把她领到了陈员外面前。

"梁璎，"陈员外胖乎乎的脸上笑得很是和蔼可亲，"你可有福气了，有贵人把你买走了，从今天开始，你就不再是陈家的下人了。"

他说着，还将卖身契也递了过去，上面有彼时只有六岁的梁璎按的小手印。

梁璎甚至没有去想，既然是把自己买走了，为什么陈员外把卖身契给了自己，而不是给那位贵人。她已经被吓得不能思考了。

她想不明白为什么会有贵人买自己，也不觉得这是什么福气，心里只有对未知的恐惧。

"你就是梁璎吗？"说话的是一个少年，大约也就比她大上一两岁的模样，身上的衣裳看起来就是用很贵的布料裁制的。他见梁璎看过来，一笑，露出小虎牙，倒是显得很亲切。

这就是买自己的人了，梁璎哆哆嗦嗦地叫他："少……少爷。"

少年一愣，然后笑得更厉害了："我可不是少爷，我叫徐虎，是少爷的贴身小厮，少爷他在门口等着我们呢。"

陈员外也笑着说："是啊，梁璎，你就跟着他走吧！"

梁璎低头，忍住了心中的难过，她知道自己并没有选择的余地，于是点点头，拜别陈员外后跟着徐虎出来了。

她跟徐虎商量："我可不可以去收拾一下自己的东西？"

"当然可以了。"她这个合理的请求，徐虎想都没想就同意了，"我也跟你一起去吧，还能帮你拿。"

徐虎是个话多的，一路上嘴就没有停下来过："我们家少爷让我跟你说，你别看他长得凶，其实他人可好了，脾气也特别好的。"

这话让梁璎觉得疑惑："这是你们家少爷让你说的吗？"哪有人会这么说自己的？

徐虎认真地回想，少爷当时说的是："你先与她说道说道，让她不要被我吓着了，就说我人很好，脾气也好，从不责怪下人，还很大方。"

他似乎是怕徐虎不知道怎么夸自己，绞尽脑汁地想了一些词。

徐虎还是第一次见少爷这么自夸呢。

不过被梁璎提醒后，他这么一回想少爷的原话，就觉得自己是不是不能这么说，于是改口："不是少爷说的，是我说的，我说的。"

梁璎听明白了，有些想笑，虽然没有笑出声，微微弯起的嘴角还是代表着不好的心情被驱散了些。

很快他们就来到了下人住的院子里，因为是几个人一起住一间房的，梁璎自己进去，徐虎在外边等她。

她其实也没有什么东西可以收拾的，无非就是一些旧衣物。

府里的消息传得很快，大家都已经知道梁璎运气好，被贵人买走了。

"我就说吧，别看她年纪小，已经是一副狐媚样了。也不知道是勾搭上了哪个？"

"不会是外边那个吧？模样倒是长得挺俊的。"也有人酸溜溜地说道。

"怎么可能嘛，我看多半是哪个糟老头子，不方便自己出面。"

"那倒是，听说有些达官贵人，就喜欢小姑娘。"

她们你一言我一语的，语气里的嫉妒与希望梁璎过得不好的心情，几乎是溢于言表。

梁璎都听在耳朵里，却没什么反应。左右她都要离开了，也没什么好计较的了。

她将自己的寥寥几件衣裳都塞进了包裹里，走出了这个生活了几年的地方。

"我已经收拾好了。"她对正在等着自己的徐虎说道。

徐虎正欲回答她，视线却突然看向她的身后："少爷！"

梁璎的心一紧，她几乎下意识地就转身看过去了，正好看到不远处向这边走来的少年，大约十几岁的模样，看不出具体的年纪，因为他长得特别高，眉眼深邃，看过来的时候，目光带着几分凶意。

这份令人害怕的严肃甚至会让人忽略了他其实长得是很好看的。

梁璎赶紧低头避开了他的目光，出于本能，往自己才认识的徐虎身后躲了躲。

徐虎并未察觉，还在傻呵呵地对着自家少爷笑："您不是在马车里等着的吗？怎么亲自过来了？"

周淮林没有回答他，只是紧紧地盯着那个躲在徐虎身后的身影。

这是十岁的梁璎，虽然看起来十分瘦弱，虽然不认识他，但现在的她，还是健康的，没有经受过背叛，没有经受过身体的摧残，没有失去声音，没有落下一身伤痛。

她的人生才刚刚开始。

跟梦里完全不同，真的是太好了。

"梁璎，你看，这就是我们少爷。"

梁璎哪里敢看，但也知道不能当哑巴："少……"

她称呼的话还没有说出口，下一刻，肩上蓦然一重。她愣了愣，是少年将原本穿在他身上的大氅披到了自己身上。

从未有过的温暖瞬间席卷了全身，梁璎抬起头，正对上少爷的眼睛。

或许是离得近了，这一次，她并不单纯地觉得那眼神可怕了，反而觉得那漆黑的眼眸，变得与这身上的大氅一样温暖。

他的视线好像扫过了自己身上的衣物，梁璎莫名地觉得自己衣裳上的补丁和因为长了个子而短了一截衣袖的衣裳有些丢人。她不自觉地拢了拢厚实的大氅。

但奇怪的是，少年的眼里并没有嘲笑与嫌弃，反而翻涌着复杂的情绪，是什么呢？梁璎好像也看不明白。

"这么冷的天，怎么穿得这么少？"明明是第一次见面，可少年的语气，熟稔得好像他们已经相识多年。

"不……不冷的。"梁璎只能这般回答，长期处于这种温度中，让她很是抗冻。

可听了这句话的少年，眼神似乎有一瞬间变得很是哀伤。

半晌，他才开口："对不起，是我来晚了。"声音里带着不易察觉的颤抖，他想起自己在做了与这个女子共度一生的奇怪的梦后，不知所措，恍惚了两日，最后才决定无论如何也要按照梦境里的记忆来这里看看。

直到看到这个人的第一眼，梦里的情绪翻涌而至，所有迟疑都变成了确定。无论此刻那跳动的心脏属于梦里的自己还是现在的自己，想要守护她的心是如此迫切而真实。他甚至恨起了自己为什么要耽搁那两日，怎么没有早些过来。

"梁璎，我们回家。"

回家，多么陌生的词，自从父母去世以后，就再也没有人对她说过了。

可此刻，少年却耐心地等着，等她点过头后，牵起了她的手，在众人各色的目光中，一同离开了这里。

直到走出了陈府的大门，梁璎后知后觉地想起，自己的卖身契，是在自己手里的。

旁边的这个人，仿佛并不是来买自己的，就像是真的来带自己回家的。

当时太过惊讶的梁璎尚且没弄清楚状况，等反应过来后马上意识到了二人牵手的行为于礼不合，自己只是一个下人，怎么能跟主子这么亲近呢？

她赶紧松开少年的手，隔开了距离，还跟着徐虎一起叫他"少爷"。

周淮林看了看自己空着的手，他安慰自己，也没什么，梁璎又没有做那个梦，会对自己生疏也是正常的。

他这样想着心中才没有那么失落了，可是听着她叫自己"少爷"，还是无法忍受。

"你不用叫我少爷的，"他开口，"叫我淮林就可以了。"

"那怎么能行？"梁璎瞪大了眼睛，主仆有别，哪里能直呼主子的名字呢？

"大家都是这样叫我的，我们家没有这么多规矩。"说着，他看向徐虎："是吧？"

徐虎听得一愣一愣的，但还是接收到了少爷眼中的暗示，马上顺着接话了："是的，少爷。"

梁璎被逗得又有些想笑，紧张感被驱散了不少，继续跟着也叫了一声："少爷。"

周淮林第一次有一种咬牙切齿的心情。他带徐虎过来，就是最错误的决定。可是看着女孩子眼中隐隐带着的笑意，他又一瞬间变得格外心软。

罢了，他想着，梁璎现在还小，自己不能吓着她了，叫什么就先随便她，等以后熟悉了，再慢慢纠正就是。

他看着那边裹着自己的大氅，一副稚嫩的孩子样的梁璎，所有的情绪都变成了满足。

他们有足够多的时间一起慢慢长大，再像梦里那般，重新一起变老。

梁璎知道了买下她的这位少年姓周，只比自己大了三岁。

徐虎跟她说，周府距离此地甚远。可那位周少爷却并没有马上带她离开，而是在这里逗留了两日。

这两日几个人就住在客栈里，梁璎还是有些害怕那位少爷，连同桌吃饭都是特意坐到徐虎这边。

不知道是不是错觉，徐虎总觉得少爷看着梁璎的眼神里，带着"你跟他玩不跟我玩"的委屈。

但是才十岁的小女孩儿可感受不到这些，她专心致志地吃着眼前的饭，吃得很快，却是小口小口地抿着的，显然是很喜欢吃，又怕吃相不端惹主子嫌弃。

有这么好吃吗？徐虎尝了一口，然后皱了皱眉，味道倒也不差，但是跟府里的厨子比起来还是差太远了。

而周淮林的目光却又再度温柔起来，方才心里的失落被梁璎这会儿的可爱模样弥补了。

梦里他与梁璎成婚后，也带着她故地重游了。

梁璎与他说，这里有一家酒楼，做菜尤其美味。

彼时这家酒楼已经关门了，为了不让她失望，周淮林还是想办法找到了酒楼以前的厨子，让她吃到了记忆中的菜。

好奇怪啊！梁璎说，像是没有她记忆中的那么好吃了。

周淮林也尝了，确实说不上多美味。可能对于小梁璎来说，那就是最美味的食物了吧？哪怕是后来时间已经将真正的味道淡化了，但彼时的喜悦与当时的心情，却还是残留着。

这会儿周淮林看着吃得腮帮鼓鼓的女孩儿，明白了她后来念念不忘的心情。

梁璎小时候是真的很喜欢呢。

梁璎觉得，周少爷应该真的很有钱。他甚至给自己一个新买回来的婢女，也单独定了一间客房，每日吃的也都是自己喜欢的那家酒楼的饭菜。

他还并不需要她伺候，徐虎说了，少爷什么事情都喜欢自己来，不用旁人插手。

梁璎忽然觉得，好像离开陈府，也不是那么糟糕的事情。

周少爷这两日每日都会出去，也不知是去做什么，直到第三日，他带上了自己，也只带上了自己。

他带着自己买了许多好吃的，这倒没什么奇怪的，奇怪的是，还买了烧给死人的纸钱。

梁璎心里觉得疑惑，但也不敢问。

少爷除了让她拿着最轻的一包吃食，其他东西都是他自己提着的。

最后，他带着她来到了一片坟地，那里立着两座新坟。

"我们就要离开了，"梁璎呆愣之际，旁边少年硬朗的声音传来，"所以在那之前，我给你的爹娘移了坟墓，也托了人照看。"

梁璎的父母死的时候，她没有多余的钱来为父母买好的墓地，就只能选个空地匆匆下葬。

在周淮林做的那个梦中，她去了宫里，一走数年，等再回来，先前的埋葬之地早就作为他用，父母的骨灰也不知所终。那是她的遗憾，也是他的。

所以，这几日，周淮林特意为他们迁了墓。

梁璎看着墓碑上的字，她识字不多，但家人的名字父亲曾经手把手地教过她。

所以她认出了父母的名字，也认出了立碑人都是——女：梁璎。

梁璎的眼前开始模糊起来。六岁时的她对生离死别尚且没有太过深刻的理解，对父母拼尽全力将生的希望留给她的感情亦是懵懵懂懂的。

所以天人永隔的痛苦和思念，对他们有多爱自己的理解，都是在往后的岁月中，在逐渐懂事中，一点点后知后觉地深刻体会到的。

她唯一能做的，就是努力攒钱给父母买一块新的墓地。只是她年纪小，地位也低，在府中的月钱很少，哪怕是平日里舍不得花，在吃、穿方面都极尽节俭了，也还是没能攒到买墓地的钱。

她没有想到，少爷会连这个都替自己做好了。

梁璎用衣袖去擦拭眼泪，可那泪水却是越擦越多，她不想在少爷面前哭的，却忍不住地呜咽出声，最后变成号啕大哭。

那一声声的痛哭，宛若幼兽的悲鸣，是周淮林在梦里的梁璎身上没看到过的，扯得他的心也生疼。

此刻的她，还是个孩子啊……

梁璎也知道了为什么少爷买了这么多好吃的，因为知道了她的父母是饿死的。

她哭完了，就将那些东西一一放在了墓前，又给父母烧了纸钱磕了头。一切都做完以后，她才看向一直默不作声地等在那边的少爷。

少爷见她看过来了，开口道："以后只要你想，我们每年都能来祭拜他们。"

对比自己总是被叫作"豆芽菜"的瘦弱身躯，只比自己大了三岁的少爷显得高大威猛得多，虽然那眉眼看着依旧冷冽，可梁璎已经没有那么害怕了。

她对着少年直直地跪了下去："多谢少爷，以后奴婢一定给您当牛作马，报答您的恩情。"

周淮林两步就走过去，将地上的梁璎扶了起来："你不用对我这么客气，我也不需要你当牛作马。你只需要……"

需要什么？女孩子的目光懵懂却充满了感激，像是下一刻就要为他去赴汤蹈火，看得周淮林将视线微微移开。

"没什么，"他低声道，"梁璎，我什么都不需要你做。"

听他这么说，害怕自己没什么用的梁璎还有些失望。可她又见少爷从怀里掏出手帕来，替她擦拭着方才流出的眼泪和脏兮兮的手。

明明他没有笑，看着很凶，可梁璎莫名就想起记忆里总是笑得温柔的母亲。

她呆呆地盯着周淮林看，甚至都没去想自己是不应该被少爷伺候的。这会儿她迷迷糊糊的脑子里只有一个念头——就像徐虎说的，少爷人真的很好。


梁璎跟着那两个人回到了峻州周府。

她越发地肯定了，少爷真的是个好人。他不仅给了她一间单独的屋子住，还给她买了许多好看的衣裳和首饰。

梁璎不想要的，可她一拒绝，少爷就板起了脸，虽然他的脸本来就一直板着的。

她怕少爷生气，就收下了。

为了报答少爷，梁璎决定自己一定要勤快一些，多干些活。所以她早上像在陈府时那样，早早地就起了床，将自己的床铺收拾干净了，就去院子里找活干。

她初来乍到，什么也不懂，只看到徐虎在扫雪，就赶紧拿着扫帚跟他一起扫。

"梁璎，你怎么起这么早？要不再去睡一会儿吧，冬天这么冷呢。"

"我睡好啦。"

"这里不用你的，我来就行。"

"没事的。"

"那你穿厚些。"

两个人正这么说着，房门突然被打开了。他们一同看过去，就见少爷只披着件外衫站在那里。

"少爷。"他们齐声叫道。

不同于梁璎明亮的眼神、洪亮的声音，徐虎显得有些中气不足，他觉得少爷看着自己的目光好像格外危险。

梁璎就没想那么多了，她觉得自己要在少爷面前好好表现。

"梁璎，"周淮林叫她，"来我这里。"

听他叫自己，梁璎抱着扫帚就往他那边去了。

她这样欢快又急切的模样，让少年的目光柔和了许多。

周淮林其实已经后悔了，先前因为怕自己的凶样吓到梁璎，就让徐虎出面。结果梁璎现在对徐虎有明显的雏鸟心态，没事就跟在人家后边。

他心里酸得很。

"少爷！"梁璎已经到他跟前了，她是跑过来的，这会儿抱着扫帚眼巴巴地看着他。

周淮林打量了两眼，她已经换上了自己准备的红色小棉袄，头上戴着的毛茸茸的小夹子，大概是自己给她的东西里最朴素的了。

但显得她很可爱。

周淮林被她带着笑意与崇拜的目光，看得心软。

还好，他想着，至少她这会儿不怕他了。

"你跟我进来。"他说完这句话就先进了屋，梁璎不明所以，但也马上跟进去了。进去之前，她没忘记将扫帚放到一边去。

少爷的房间很是干净整洁，有一股很好闻的清香。

"要我伺候你穿衣吗，少爷？"

这一声声"少爷"，叫得周淮林头疼，可又无法纠正，只得说："你先坐着。"

"奴婢……"少年的眼睛一横过来，她就赶紧改口，"我站着……"最后在周淮林的目光下，她干脆顺从地坐下了。

"以后院子里的杂事，都不需要你做。"

梁璎局促得手都搅在一起了，想着是不是自己做得不好："那我做什么呢？"

"你……"周淮林的心思转了转，"你陪我读书。"

梁璎更傻眼了，让她干活她还能有几分信心，让她读书……那她能读得好吗？于是说道："少爷，可是我不识字。"

她看见少爷像是笑了笑："没关系，我教你。"

梁璎紧张得一整天都心神不宁。

原来少爷买她回来是陪着读书的，这可如何是好？

她跑去问了徐虎，徐虎也想不明白，两个人凑在一起琢磨了半晌，徐虎一拍手："其实也不是不能理解。你想想啊……"

梁璎点头，继续听他说下去。

"这要是少爷找个读书顶厉害的，把他比下去了怎么办？还是你这种不识字的好，读不过他！"

梁璎恍然大悟，原来如此。她可算是放心了，她当然读不过少爷了。

放心过后，她又充满期待。爹，娘，我真是遇到了好人，还能让我读书呢。


梁璎跟着少爷读书，少爷最先教她的几个字，就是少爷的名字。

他把那三个字写在纸上，一个字一个字地教。

梁璎以往在陈府里，就非常羡慕那些能读诗书的小姐们，所以如今有了机会，她自然学得认真。

她尚且稚嫩的声音，重复着周淮林教的字——

"周——"

"周。"

"淮——"

"淮。"

"林——"

梁璎这次迟疑了一下，才将"林"字读出来，结果就听见少爷要求："你连起来读一遍。"

这不是少爷的名字吗？

梁璎纠结得脚趾都蜷缩起来，她偷偷瞥了一眼少爷，少爷没有看她，只是神色严肃地盯着纸上的字，宛若严厉的夫子。

她怕被他发现自己的不专心，赶紧又看向纸上的字。

少爷只是在教自己念字呢，作为家仆，知道主人家的名字怎么写好像也没什么问题。

"周——淮——林。"由于犹豫，她念得吞吞吐吐的。

"不够熟练。"少爷的声音听上去十分严肃，梁璎马上正襟危坐："周淮林。"这次，她顺顺畅畅地念了出来。

她的眼睛都不敢斜一下，自然没有发现旁边的少年眼里带上了点点笑意。

梁璎只是想着，少爷的名字不仅好听，还好看，为什么好看她也说不清楚，反正就觉得那几个字看着格外漂亮，所以她写的时候也格外认真。

这一学，就是一年。

一年的时间，梁璎变了许多，不再像刚来的时候那般拘束和无所适从，她变得更加大胆和爱笑了些，也有了新的朋友。

"梁璎！"

外面有人在叫她，周淮林看向原本坐在桌边写字的人，她一听到这声呼唤，头上就像是有长长的耳朵竖起来了一般，圆溜溜的眼睛马上看向他。

周淮林知道，这会儿那双漆黑的眼眸里闪烁着的光是在向自己征求意见。

他对她点点头："去吧。"

一得到应允，梁璎的脸上马上露出笑容，她将手中的书往桌上一放，就跳下了椅子："少爷，那我先出去了。"

周淮林点点头，看她小跑着出去，与外面那些周家的孩子们会合，玩笑打闹的声音渐行渐远。

现在正是春季，她们应该是约着一块儿去放风筝了。

周淮林从来不会限制梁璎出去玩，这个年纪的孩子，本就该如此。他见过小姑娘们凑在一起玩游戏、放风筝时，梁璎脸上开心的笑容。

梦里的她不是在陈府当差，就是在宫里小心度日，应该没有过这般无忧无虑的时刻。

现在能补偿也是好的。

他往梁璎刚才写字的桌子旁走去。桌子上的一侧堆满了她练字的纸，周淮林抽出最底下的那张，上面是她写的自己的名字。

"周淮林"三个字，工工整整地写满了一张纸，字迹比起一开始的歪歪扭扭，已经工整了许多。

周淮林的嘴角轻轻上扬，她还以为自己不知道呢，每次跟做贼似的偷偷写完了就把纸压在最下面。

他知道，梁璎对自己，是感激、尊敬与爱护，于她而言，无论什么样的感情，她都是抱着一腔热忱去对待的，炽热、明媚而纯粹。

梦里，她对那个人、那些人，应该也是如此。

真好，周淮林将纸又放了回去，这一次，这些真挚的感情，不会再经历背叛与辜负了。


午饭的时候，梁璎没回来，倒是周母那边差人来说梁璎中午就在那边吃了。

周淮林沉默了好一会儿才叫人上菜。

徐虎觉得梁璎不在的时候，少爷好像吃得很少，吃完饭后去了书房，更是没一会儿就要问一声："梁璎回来了没有？"

自然是没有的，梁璎若是回来了，肯定第一时间就要回到少爷这里的。

问了几遍后，平日里总是少年老成的少爷，像是坐不住似的，站起来就往夫人那边去了。

周母正一个人坐在外间刺绣。

"母亲。"周淮林先向她请安。

周母抬眼看了看儿子，眼睛里都是笑意："来接你的小媳妇呢？"

周淮林的脸颊微微发烫："母亲，梁璎还小，你千万不要在她面前说这种话。"

他这难得的窘迫让周母觉得有趣："我这不是在你面前说嘛。当初是谁丢下一句'我去接我未来的娘子'就跑去了大老远的地方？哎？我就好奇了，你是怎么知道她是你未来的娘子的？梦里的神仙跟你说的？神仙还管……哎！臭小子，我话还没说完呢。"

周淮林已经不理她了，自己去了里间。

梁璎正在榻上睡着。她跟着周母学了一中午的刺绣，因为太过困乏，被周母安排在这里小憩。

周淮林在她的旁边坐了下来。

他在心中叹了口气，没有她在旁边的寂寞、不安和烦躁，在看到她恬静的睡颜时却被抚慰下来了。

不知是不是察觉到旁边有人，床上的梁璎身子动了动，迷迷糊糊地睁开了眼睛。第一眼，她就看到了周淮林。

"少爷！"她睡眼惺忪，但下意识地就已经开口叫周淮林了，语气中藏着惊喜，"您怎么来了？"

"来给母亲请安。"

"咳咳。"他这么说的时候，外间传来周母的一阵咳嗽声。

周淮林没理会："用过午饭了吗？"

尚未完全清醒的梁璎没有注意到外边的动静，只管一五一十地回答："吃了。"还细数了一番自己都吃了什么，最后跟他说，"刺绣真的好有趣，夫人让我以后都可以来跟她学，少爷，我能来吗？"

对着她的眼睛，周淮林如何说得出"不"字？

他摸了摸梁璎睡得有些乱的头发。

这人在自己的梦里刺绣手艺就是一等一的，这点周淮林知道，况且……母亲愿意疼爱她，弥补她缺失的母爱，也是好的。

于是他点了点头。

梁璎脸上的笑容在看到他点头后就更明显了："谢谢少爷！"

"但是，你要回院里吃饭。"

"嗯？"

梁璎一愣，她见少爷移开了目光，他像是不好意思似的说："没你在，我胃口不好。"

她也没想太多，只觉得他这是在夸自己有大用，心里美滋滋的，欢快地应下了。


两个人就这么每日一起读书、写字，转瞬间又是四年。

梁璎的字写得越来越漂亮了，她虽然不会再像刚认字的时候那样，将周淮林的名字写满一整张纸了，可写得最漂亮的就是这几个字。

她这日起得比平日里早一些，一打开门，正好碰见了同样打开房门的周淮林。

梁璎作为少爷的贴身丫鬟，房间与少爷本就是挨着的。

已过十八岁的少年长得更加高大，脱去了稚嫩的脸也显得更加严肃，可梁璎已经完全不怕他了，见了面就笑着招呼："少爷！"

她很快就发现了，今日的少爷有些奇怪，明明第一眼看见她的时候，目光是柔和的，可马上就移开了视线，轻轻地点了点头。

梁璎也没在意，她发现少爷抱着一堆衣裳，大约是要洗的，马上伸手去接："少爷，这些是要洗的吗？我来吧。"

哪知梁璎的手刚伸过去，周淮林就猛地一个侧身躲过了她。

"你不用管，"他说话的时候背对着梁璎，声音比起平日里的严肃低沉，倒是多了几分说不出的局促，"我自己来就好。"

梁璎没有在意少爷的异常，她的关注只在少爷居然要亲自洗衣服这件事上，赶紧出言阻止："那怎么能行呢？少爷，您在准备会试，怎么能让这些杂事分了心神？我去做就可以了！"

其实梁璎这几年在周府里，从未做过粗活，但她还是记得自己的身份，一边说着，一边又要去拿周淮林手中的衣物。

少女曾经被养得肉肉的手指已经随着年龄的增长，变得细长而均匀，指甲修剪得整整齐齐的，那葱白的手指触碰到藏蓝色的衣物时，色差的对比和脑子里的纷乱思绪，让周淮林只觉得自己的心仿佛是被风吹过的水面，一层层荡起涟漪。

他下意识地赶紧又退了两步。

"梁璎，我自己来。你先去看书。"

梁璎可算是察觉到了不对劲："少爷，您的身体不舒服吗？"怎么奇奇怪怪的？

周淮林快速往她身上瞥了一眼，四目相对，他那些暗藏着的心思，在这双纯净的眼眸里仿若无所遁形。

梦中的梁璎，如今的梁璎，不断在他的眼前交换和重叠。

"少爷？"梁璎又叫了他一声，"您要是不舒服，就更得好好休息了。"她的语气里都是担心。

即使已经在梦里跟她过完一辈子了，可周淮林还是会一次次地对她的靠近，心动得不知所措，少女对自己在他身上点燃了怎样的火焰无所察觉，还在靠近。

周淮林能清晰地感觉到自己的心跳又加快了几分，他终于忍无可忍，一把将撩拨着他而且一无所知的少女推到了门上。

"梁璎。"他叫着梁璎的名字，叹息般的语调，仿佛不知道要拿她怎么办才好，无奈与柔情都杂糅在其中。

周淮林的力道控制得很好，梁璎没有觉得疼，只是疑惑他这样的反应，于是茫然地看过去。

她这一抬头，就觉得好近——少爷离得太近了，他比自己高出了很多，此刻正弓着腰，使得二人的脸只隔着一只手的距离。

梁璎只觉得自己整个人都被笼罩在了他的阴影之下。逆光中，少爷看着她的目光显得格外专注，带着莫名的炽热，梁璎甚至能感觉到他紧绷的身体和微微急促的呼吸。

也不知怎的，梁璎的心跳蓦然快了几分，她一时间忘了自己要说什么，只是下意识地咽了咽口水。

周淮林好像是反应过来了，身子站直了一些，怕梁璎闻到奇怪的味道，用手将衣物拿远了一点儿："你就在这里站着不要动。"

"为什么？"梁璎不解地问道，"我做错了什么吗？"

只有她做错了事情的时候，周淮林才会偶尔这样让她罚站的。

她当然没做错什么，错的是自己，可是怕她继续纠缠自己洗衣裳的事情，周淮林只能丢下一句"你自己想"就离开了。

那个背影，带着几分仓皇而逃的模样。

梁璎一直看着他离开得没有踪影了，才伸手，捧住自己的脸颊。

好烫。

怎么回事？为什么自己的脸会这么热啊？心跳得也好快。是因为少爷长得太好看了吗？


周淮林回来的时候，梁璎还在那儿站着，探着头往自己这边看。

难得见她这么乖乖地罚站，他还有些意外："今日怎么这般听话？"

"我在反省呢。"梁璎笑道。

"反省什么？"

"少爷是因为我把你写的字给了李姑娘才生气的吗？"

周淮林虽然天生带几分凶样，但毕竟样貌、家世都不差，字画在峻州更算一绝，也有姑娘心生爱慕，就把主意打到了梁璎这里。

梁璎可比周淮林好说话多了。

听她这么说，周淮林不着痕迹地吸了吸气："那你继续站着吧。"

"啊？"梁璎耷拉着脑袋，"还没罚完啊？"

周淮林不理她，继续往屋里走，可是走了两步，就听到少女在后边叫他："可是少爷，我的脚都疼了。"

周淮林总算是知道梦里他们那古灵精怪、逃避惩罚"一绝"的女儿随的是谁了，梁岁暖也是这样，笃定了他会心软，一被罚就撒娇，让自己一点儿办法都没有。

只是梁岁暖好歹有梁璎这个母亲管着。

梁璎呢？

他们之间，只有周淮林被吃得死死的份。

他无奈地回头去看眼里藏不住笑的少女，确实没有一点儿办法，她的撒娇会让他的心里止不住地泛甜。

甚至有时他会想，还好自己从小把她养在身边，不然在她没有爱上自己的时候，哪里会这么自然地同自己撒娇。

周淮林只能叹了口气："进来吧。"

看着一边说"谢谢少爷"，一边跨进屋里来的梁璎，他也忍不住地露出了淡淡的笑意。

至于把自己的字送给爱慕自己之人，怎么能怪她呢？她又什么也不懂，只是拒绝不了好友的要求罢了。她还知道只送自己练的字，不舍得赠画呢。

自己在她的心里，还是最重要、最特别的。

梁璎觉得自己变得好奇怪。她最近总是忍不住地去关注少爷。当然，她作为少爷的贴身丫鬟，以往也要时时刻刻地关注少爷，但梁璎总觉得是不一样的。

以前的关注，只是因为她想知道少爷是不是需要什么，那是作为丫鬟的职责。

而现在……她就像是被不自觉地吸引了过去一般，常常是回过神时，才发现自己盯着少爷好久了。

每次只要一听到少爷的声音，哪怕是旁人提起他，她都能精准地捕捉，然后格外上心。更别提靠近他的时候了，她的心会跳得格外快。

这是什么缘故？

"爱慕少爷的人很多吗？"梁璎问那个李姑娘。

李姑娘是她的伙伴，跟她说过很喜欢少爷，也说过还有其他人也是如此。

"那是自然。不过，爱慕也是无用的。"

"嗯？"梁璎不解。

李姑娘解释道："先前有人找周家长辈说过，想要搭线说个媒。只是人家那边回了说不行，周少爷已经定了亲事，周家人都知道呢。"

定了亲事？周家人都知道？

梁璎愣住了，心中突然感到刺痛，转瞬间消失不见，可又莫名地憋闷。

怎么就她从未听说过？

李姑娘没有发现她的异常，还在继续说着："所以我们啊，都已经断了念想。但周少爷的字画还是受欢迎的，就是太难求了，才要托你帮忙。

251

对了，你在周家这么久，都没有听说过吗？周少爷到底是跟谁定了亲？怎么一点儿风声都没有传出来？"

梁璎摇摇头，她是真的不知。

这件事被她记在了心里，少爷跟谁定亲了？那他什么时候会成亲？

想到少爷要成亲娶妻，梁璎一下子变得闷闷不乐起来。

她怀着心事，吃得也少，刚放下碗筷，周淮林就看了过来："怎么了？今日的饭菜不合胃口吗？"

梁璎摇头："不是，或许是天气太热了，才吃得少一些。"

她说话的时候，低垂着眼睛没敢去看少爷，只觉得少爷的目光落在了自己的身上一会儿，他才说了声"好"。

周淮林因为要为来年的会试做准备，如今中午并不休息，梁璎也陪着他一起在书房读书。

天气热了以后，梁璎吃完午饭就忍不住困倦，困意之下，她眼前的字越发东扭西歪，一开始她只是小鸡啄米一般地头一点一点的，慢慢地那颗脑袋就完全倒在了桌子上。

周淮林已经看了她好一会儿了。他原本是想让梁璎若是困了就回房间里睡的，可她强忍着睡意的模样太过可爱，让他忍不住多看了一会儿，直到她彻底睡着了。

周淮林也放下了手中的笔，寂静之下，屋外的蝉鸣显得格外刺耳。

这是她来府中的第五个夏季，再过两个月，就是她的十五岁生辰了。

看着她能健健康康地长大，真的是再好不过了。可周淮林也会不安，有时候他会问自己，梦里的梁璎，为什么喜欢上自己呢？

是不是因为她在魏琰那里受过伤？是不是因为当时碰巧出现的就是自己？是不是因为……自己一开始就提亲了，以夫君的身份自居？

若他们以一种再正常不过的身份，在再正常不过的情况下相遇呢？她还会再次爱上自己吗？

即便是有那个他们会成为夫妻的梦境，在爱人面前，周淮林好像也无法足够地自信。

他起身，慢慢地走到了梁璎身边，看着她被窗外的风吹起的发丝，他的呼吸都忍不住轻了下来。

他确实与梁璎培养出了感情，但那会是想要相伴一生的情爱吗？周淮林不敢确定，想到这个人依旧是懵懵懂懂的没心没肺的模样，在心里叹了口气，喃喃着出声——

"梁璎，快些长大吧。"快些察觉到他的感情。


"梁璎。"

梁璎睁开了眼睛，站在旁边的少爷的眉眼显得异常温和。

"在这里睡不舒服，你回房间里休息一会儿吧。"

听他这么说，梁璎揉了揉惺忪的眼睛："那少爷我先去休息了。"

周淮林点头。

然而转身之时，梁璎的脸上却没有本该有的睡意。她早就醒了。

梁璎最近对周淮林的脚步都异常敏感，在听到那走向自己的刻意放轻的脚步时，她的睡意一下子就全部消散了。

只是也不知是出于什么原因，她并没有睁开眼睛。

"梁璎，快些长大吧。"她听到了少爷对着自己这般说。

梁璎想起那天早上也是如此，自己的名字被少爷用这般缠绵的声音叫出来，连着当时他看向自己的目光，都是说不出的黏稠。

现在的他，是在用什么样的目光看向自己？梁璎甚至感谢起窗外聒噪的蝉鸣，让少爷不至于听到自己如雷鸣般的心跳声。

因此在少爷说让她回房时，她几乎是迫不及待地就赶紧离开了。明明放在平时，她必定还要逞强一二的。

可现在心乱如麻的思绪让她好像没有办法在少爷旁边停留太久了。

晚上，躺在床上的梁璎难得失眠了。她翻来覆去的，一闭上眼睛，脑海里莫名就是少爷的身影。

梁璎想起李姑娘说的爱慕一个人的样子："就是你睡觉的时候也会想他，吃饭的时候也会想他。他一在你面前出现，你的眼里就再也看不见任何人了。"

梁璎将那些话与自己的心情一一对照，某一刻她恍惚间有一种茅塞顿开之感，一下子从床上坐了起来，这些天所有的异常和困惑，突然有了答案。

难道……她也爱慕着少爷？

这个念头一起，她的心脏又像是生病了一般，开始怦怦地跳个不停。

她开始重新回忆与少爷的点点滴滴，不知是不是与他待的时间久了，即使是那低沉得没有起伏的声线，也能让人听出来柔情与宠溺。

"周少爷已经有了亲事。"这话如同一盆凉水泼了下来，让梁璎瞬间冷静了。

她这是在想什么呢？连李姑娘那些名门贵女们都在得知这样的消息后断了念想，她怎么能在少爷有了婚约后，还对他有非分之想呢？

梁璎像是失去了力气般，又躺了回去。

胸闷得厉害，连眼眶都是酸酸的，她才刚刚意识到自己的感情，可随之而来的，还有那已经能看到的结局。

梁璎一晚上没有睡好，早上周淮林也发现了她的脸色不好："夜里睡得不好吗？"

"就是……有些热。"梁璎随意找了个借口，说话的时候，连少爷的脸都不敢看。

自从明确了自己的心意，她好像就没有办法好好地去看少爷了，与他说话也是低垂着眉眼。

"最近天气是有些热，"周淮林皱了皱眉，似乎在想着要怎么做才能解决这个问题，"要不放一些冰块在屋里，只是也不能放得太多了，寒气重了对你也不好。"

要是在那个梦境里就好了，他可以给她扇扇风。

不知道周淮林在想什么的梁璎鼻子有些酸，少爷真的是个好人，哪怕看起来凶凶的，但是只要相处久了就能发现，这个人是怎样地温柔与细心。

他对自己好，应该也是因为自己从小跟着他。

可这样只会让自己那不该有的念想更加无法淡忘罢了。

这天午饭的时候，梁璎没来，是徐虎来回周淮林的。

"梁璎……梁璎说她不来了。"徐虎一五一十地传着梁璎的话，"她说她就是一个下人，跟少爷您同桌吃饭于礼不合。"

他说完后，在看到少爷的表情时，身体抖了抖。

老实说，他并不害怕外人眼里严肃的少爷，但是有时候遇到与梁璎有关的事情时，这样不知道在想什么的少爷，真的挺可怕的。

"我知道了。"但是周淮林也只是说了这么一句话。

他对着桌上的吃食看了许久，终究没有拿起筷子。

周淮林很快就发现了，梁璎好像在躲着自己。她不与自己一起同桌吃饭了只是开始，从那以后，她见了自己就低头，从不正眼看自己，与自己说话也是自己问什么就答什么，再也没有先前的随意，更别提那些撒娇般的语气。

周淮林的心中难受得紧。

便是第一次见到梁璎，被她害怕、戒备的时候，他都没有这般难受。

"梁璎。"他试图跟梁璎谈一谈。

可一听到他这么叫自己，梁璎的心脏就仿佛不是自己的了，哪里还能听他说什么。

"少爷，我突然想起来，夫人今日约了我绣花呢，我先去了。"说完她头也不回地溜了。

只留周淮林愣在原地。

在周母那里的时候，梁璎也依旧心神不宁，因为失神，一不小心就把针扎进了手指之中。

"哎哟！"疼痛感让梁璎一瞬间回了神，拿开针后，指尖有细小的血珠渗了出来。

"怎么回事？"周母也听到了，赶紧放下手中的绣品过来看她。

"不要紧的。"

尽管她这么说了，周母还是拿起她的手看了看："哎呀，疼不疼？可得小心些。今日就先不绣了吧？"

这些年来，周母一直是很疼爱梁璎的，说是把她当作亲生孩子疼爱都不为过。

梁璎看着她慈爱的面容，心口的酸涩与委屈莫名就又多了几分。

"夫人。"

"嗯？"

"我以后，在您的院子里伺候您好不好？"这话说出口的时候，梁璎的心里就已经有了不舍，但想到以后少爷会和别的女人恩爱，她就心痛得不行。

还不若早早避开好了。

倒是周母一愣："怎么了？是淮林欺负你了吗？好孩子，受了委屈就跟我说。"

"不是的。"梁璎赶紧否认，哪有说主子欺负下人的？

她也不知道如何解释："梁璎……梁璎只是喜欢夫人，想来伺候您。况且，少爷既然有了婚约，日后少夫人进了门，我贴身伺候，也是不好的……"

这话没什么说服力，事实上，她自己都不知道自己在说什么，只是觉得与少爷保持些距离，对他们都好。

原本周母听梁璎这么说，还以为是自己的儿子与小媳妇的感情出了什么问题，但又听她说起婚约时语气里止不住的难过，周母大概想明白了，也不急了，反而眼中带上了笑意，偏偏嘴上还故作为难。

"璎璎，你想来我这里，我自然是愿意的。只是淮林那边，你得亲自去说才行。你也知道，谁能犟得过他啊？"

想到儿子到时候的表情，她甚至有些幸灾乐祸了。让那小子天天板着脸，要是能把他气哭就最好了。

让梁璎去说，梁璎哪里说得出口。

每次与少爷单独在一起，她都会觉得紧张得不像自己了，完全没了以往想说什么就说什么、想做什么就做什么的自在。要是跟他说自己想要离开去夫人那边，她怕自己话没说完，人就要哭出来。

于是这一拖就拖了好几日。

还是周母先按捺不住了，在周淮林来给她请安的时候故意问他："梁璎跟你说什么了没有？"

周淮林最近因为梁璎对自己的疏远整个人显得魂不守舍："没有。"

周母笑道："她没跟你说，倒是跟我说了。她想离开你那院子里，来我这边呢。"

她一边说，一边故意去看周淮林的表情。他虽然不至于哭了，但明显受到的打击不轻，那张从来泰山崩于前而不变色的脸，这会儿表情隐隐有些失控的模样。

周母还在煽风点火："当然，我是没什么意见，我可是恨不得她日日在我身边才好。"

周淮林明显是听不下去了，转身就往外面走，甚至连跟母亲告退都忘了。

梁璎正在与徐虎说话。

徐虎也是看她最近与少爷闹得太僵了，想要劝劝她："梁璎，你要是心里有什么事情，你就跟少爷说。没什么是解决不了的。"

梁璎是少爷喜欢的人，这件事大家都知道，除了梁璎自己。

因为在少爷看来梁璎太小了，他不愿她过早地懂得这些，不愿她过早地被他的爱所裹挟，所以就只是守护着梁璎，让她作为一个孩子，无忧无虑地长大。

想到自己最开始以为少爷让梁璎做陪读是怕被比下去，徐虎恨不得捂住当时自己的嘴。

这会儿梁璎那平日里总是带着明媚的笑容的脸上，满是忧愁之色："徐虎哥哥，你不懂的。"

徐虎还想说什么，突然看到不远处站着的少爷，一时间只觉得脖子凉飕飕的。

"梁璎，我……我突然想起我还有事情，就先走了。"

说完，他一溜烟地消失了。老天爷呀，这样的少爷好可怕。

梁璎愣了愣，隐约也觉得不对，回过头，就见少爷站在那里，脸上不知道是难过还是什么，那眼里的悲伤让她的心口莫名发颤，手也不自觉地握在了一起。

"梁璎，"少爷说道，"你跟我进来一下。"

他看起来表情很严肃，并不是她能随意溜掉的模样，梁璎迟疑了好一会儿后，才跟着少爷进了书房。

"把门关上。"

听到少爷这么说，梁璎也照做了。

哪知她刚关上门，一转身，却发现少爷就在她的身后——与那天清晨相似的姿势，相似的距离，梁璎看过去时，陷进了那双同样翻涌着复杂情绪的眸子里。

不同的是，当时懵懵懂懂的她尚且还能镇定自若，可是现在的她却怎么也无法镇定下来。

她在少爷盯着自己的目光中越发地显得不自在了，更让她无法接受的是，她竟然从这若有似无的暗涌中，感受到了一丝甜蜜。

"少爷……"

她刚想说什么，却听到少爷叹息了一声，语气中带着丝丝缕缕的委屈："年纪小的都是这么善变吗？明明前些日子还日日盯着我，怎么现在既不理我也不看我了？"

梁璎的脸腾地一下红了，原来少爷已经发现了自己先前盯着他的事情。

太丢人了！

怕被少爷看到自己的异样，梁璎赶紧低下头不言不语。可那副模样落在周淮林的眼中，却像是在拒绝跟他交流。

他没有办法逼迫梁璎，哪怕他们在自己的梦里是夫妻，但那只是一个梦，现在的梁璎是一个活生生的人，有权利选择她自己的人生。

周淮林知道的。

可就算他这么告诫自己，心却像被一只无形的手攥紧一般，狠狠地疼痛着，那是不舍与……不甘心。

他无法想象没有梁璎参与的余生，亦不甘心，输给其他人。

"母亲说你想要去她的院中，"怕自己吓到她，周淮林努力地放柔了声音，可其实他此刻的心情与听到母亲说这话时一样，难过得嘴中都是苦涩的滋味，"是因为受了什么委屈吗？还是我哪里让你不高兴了？"

梁璎没想到周母会跟他说，想到自己这样提议的理由，她的心中也十分苦涩，不敢抬头，只能咬着嘴唇摇头表示自己没有什么委屈。

"那是为什么呢？"周淮林的手动了动，他很想看看少女此刻的表情，却又退缩了，"是因为知道了我的心意吗？"

这是周淮林唯一想到的梁璎突然转变的理由。

"梁璎，你是因为知道了我喜欢你，所以厌恶我了吗？"

梁璎下意识地抬起头，赶紧否认："当然不是了，我只是听说了少爷有婚约，想着……"

等等，她突然停了下来，少爷说了什么？梁璎的脑子有一瞬间转不过来："少……少爷，您刚刚是说……喜……喜欢我吗？"

可是问完了，梁璎又开始后悔了，喜欢与喜欢，也是有不同的，少

258

爷说的喜欢，也许并不是她想的那种。

她还未胡思乱想完，头刚要低下，一双大手突然牢牢地抓住了她两侧的手臂。周淮林用了很大的力气，使得她不得不继续抬眸，与近在眼前的人对视着。

黄昏时分，夕阳橘色的光芒从窗枢处照进来，洒在周淮林墨黑的衣袍上。

梁璎甚至能看清光束中跳动着的细小灰尘，这让少爷的目光变得不那么清晰。可她能感觉到周遭升温般的空气，少爷的急切与他的坚定。

某一刻，她好像已经知道了少爷要说什么。

"梁璎，"他的声音在耳畔响起，"你没有听错，我喜欢你，爱慕你，心悦于你。我不知道用哪一个词才不会让你产生误解，才能让你准确地接收到我的感情，我的喜欢是想要娶你为妻，与你共度余生的喜欢。"

他说完后，寂静的空气里，只有杂乱的心跳声，却分不清是谁的。

与之前的烦躁苦涩不同，梁璎清楚地感受到，这次心脏的跳动，每一下都带着甜蜜。

可她还是没有忘记："可是，少爷您的婚约……"

"婚约的事情不知道你是从哪里听来的。"周淮林当然看到了梁璎眼里的松动，他这会儿自然是恨不得把所有事情都解释清楚，甚至难掩急切地忍不住又上前两步，将梁璎逼到了门上，让她退无可退，"但那只是我对外拒绝媒人的说辞。实际上……是真的有婚约，还是我的一厢情愿……"他顿了顿才继续开口，"梁璎，那得你说了算。"

他的目光带着莫名的灼热。

梁璎的鼻子酸酸的，她还以为少爷是真的有婚约，以为自己的感情，才刚刚开始就要被迫放弃。

如今听到少爷的真情表露，她在突如其来的欣喜之中，还藏着些许的酸涩。

梁璎在眼眶发热之际低下头，好一会儿，才终于忍住了喉头的哽咽。

"不是的。"她小声地开口。

那声音小得周淮林又靠近了一些才能听得清楚："不是什么？"

良久，他才再次听到梁璎的声音："不是一厢情愿。"

那细小而羞涩的声音，抚平了周淮林所有的纠结，让一切不确定、猜疑和忐忑都消失了。

不再是梦境了，他终于再次等来了爱人真正的回应。


徐虎发现，少爷和梁璎的危机好像解除了。

之前这两个人一碰面，梁璎就要找借口离开，一个人躲着，一个人的脸色黑着，吓得他天天提心吊胆的。

现在可好了。梁璎又恢复到了往日的模样，出门之前，要跟少爷打一声招呼，若是从外面回来了，远远地就能听到她跑向书房的欢快声音："少爷，我回来了。"

也好，他们好起来，整个院子的氛围都好起来了。

也有不好的。

徐虎无意中听到过一次少爷与梁璎说话。

"你还叫我少爷？怎么就叫徐虎哥哥？"

那醋味酸得徐虎打了一个激灵，老天爷啊，谁也不知道少爷谈情说爱起来，是这个样子啊？

他回想着每次梁璎叫自己"徐虎哥哥"时少爷的表情，只觉得这下自己说什么也解释不清楚了。

好，好，好，徐虎在心里告诫自己，以后就得把梁璎当作未来的少夫人看了，可不能没大没小的。

其实两个人互通了心意后，周淮林也从未对梁璎有过逾越之举，只除了这个称呼问题。他忍这个"少爷"忍得够久了。

梁璎一直无法习惯叫周淮林的名字，以前是觉得尊卑有别，现在则是羞涩得叫不出口。

"那以后成了亲你也要叫我少爷吗？"

梁璎点点头，气得周淮林敲了敲她的头。

失策了，当初就该弄个妹妹的身份，日日听她叫哥哥。不过……周淮林想了想，那样的话，又怎么能如此朝夕相处呢？

罢了，慢慢来吧。


次年，周淮林进京赶考，在殿试中一举夺得状元，一时间风光无限。

梦里的他对功名仕途没有太多渴望，所以依托着周家的打点，离开京城偏安一隅。

现在的周淮林却一改那般作风，留在了京城——权力中心的旋涡中。

他自愿成为羽翼尚未丰满的天子手中一把锋利的剑。这世道，总是需要明君的。

与梦境不同，没有了梁璎以后，薛家未像前一世那般受到萧家信任，让魏琰在争权的路上要更加艰难一些。

周淮林依着梦境里从梁璎那里听来的点点滴滴，一次次帮助魏琰度过困境。但是很奇怪，即使如此，他也并未完全赢得魏琰的信任。

或许是他对魏琰的不喜实在是无法完全隐藏，或许是他一次次料事如神太过诡异，也或许是因为他们天生不对付吧。

魏琰哪怕对周淮林表现得又看重又亲近，他也能感觉到对方对自己的戒备。

周淮林并不在意这个，他只想快些解决完这些事情后回峻州去。

一次过中秋节，魏琰邀他在宫中共饮。

"也不知怎么回事，在这样的时节饮酒，我唯一能想到共饮的人，居然是你，"魏琰笑道，"大概是良辰美景，朕孤家寡人一个，爱卿也是孤家寡人一个，倒是合称。"

他才不是孤家寡人一个，周淮林想着自己家里还放着梁璎寄来的桂花酒，想着自己怀里此刻揣着的手绢上还有梁璎绣的桂花，心便是满满当当的。

他并不说，也不表现出来，只是一杯接一杯地喝着魏琰为他倒的酒。及至最后，还是魏琰先有的醉意。

"周爱卿，"魏琰的语气没那么清明了，但又好像脱去了一些伪装，反而更真诚了些，"有时候，朕会觉得，你是上天特意派来相助朕的。"

周淮林想了想，与其说是上天派来的，不如说他是来替梁璎完成原本该属于她的功绩的。

不对……端起酒杯时，周淮林否认了这样的想法。

不光是原本，现在也是她的功绩。

无论是他知道并且在做的事情，还是他出现在这里的理由，不都是源于她吗？

冥冥之中，到底还是她在庇佑这位帝王。

"不过我怎么就喜欢不起来你呢？"魏琰好像很困惑。

周淮林心想，那真巧，他也是。

"可能是因为朕知道，你再怎么帮朕，其实也并非真心的……"

周淮林将杯中的酒一饮而尽："臣愿为皇上赴汤蹈火，在所不辞。"

魏琰笑了："我知道。虽然不知道为什么，但我知道，你会如此的。"

离开之前，周淮林回头看了一眼亭子里孤身一人的男人。明明是同样的境遇，与他当年在灯会上看到的人，却很是不同。

罢了，周淮林回头，原本也与他没有关系的。


周淮林在京城的第二年，梁璎偷偷地来京城找他了。

她是在某一日突发奇想，如果周淮林突然看到自己出现在他的面前，会是什么表情呢？定然会开心吧？

就是这样一时兴起的念头，让她义无反顾地跋山涉水过来了。

梁璎来的时候正巧赶上京城的乞巧节灯会。她第一次来京城，又正逢热闹的节日，一时间逛花了眼。还是徐虎不断地提醒她："姑奶奶，咱们是要去找少爷的，您忘了吗？"

哎哟，这不把人带到，他的心就安定不下来啊。

"不急嘛。"梁璎一边说着，一边将自己刚挑好的狐狸面具戴到了脸上，"怎么样？好看吗？"

徐虎叹气："好看。"

"好了，好了，那我们去找少爷就是了。"

她戴着面具一边走着，一边与徐虎说着话，放在一侧的手某一瞬间似乎拂过了谁的长袖。原本灯会上人来人往的就很拥挤，梁璎也没在意，自然不知道那个与她擦肩而过的男子，突然停下了脚步。那一瞬间的悸动是如此陌生的情绪，他似有所感地回头，可亮如白昼的长街上，再也没有一个身影，能在心中激起方才的涟漪。

魏琰不顾旁边人的提醒，站在那里许久未动。

为什么？他会觉得自己像是失去了什么重要的东西一般？心脏……好生难过。


梁璎还没到周府，就已经看到周淮林了。难得的，他也在逛街，甚

262

至在一本正经地买东西。

没有任何猜疑，只一眼，梁璎就肯定那些东西是买给自己的。就像是时不时有人会在她的耳边说些"周公子说不定在京城成了小家哩"诸如此类的话，她从未相信过。

周淮林沉默却深重的爱，给了她这样的底气。

梁璎突然明白了，她之所以千里迢迢地来了，是因为想见到他。

"少……"

"少爷"两个字还未说出来，她不知怎的，突然改了口。

"淮林……"

往日她怎么也叫不出来的名字，在这一刻突然变得异常顺畅，就像是从灵魂深处发出的声音。

周淮林看了过来，他们在灯火中遥遥相望。

梁璎不知怎的，眼眶莫名发热，仿佛等这一声，等得好久了。

无论是他，还是她。


周淮林中了状元的第三年，在峻州与梁璎成了亲。只是京城的事情尚未结束，他成完亲马上就要离开。

梁璎也不介意："我知道，你肯定是在做很重要的事情。"

面对这样全心全意相信自己的人，周淮林有时也会想，若是梁璎也做了与自己相同的梦，知道自己这样抹去她原本的痕迹，会怪自己吗？

罢了，想这些也没什么意义。现在的梁璎在刺绣方面大放光彩，是这江南诸地再难以挑出来的绣娘。

她也许会觉得有新的不同的人生，也是好的。

至于他自己，就拼命地对她好好了，让她满足到不会后悔。

知道周淮林成了亲，魏琰特意送了贺礼，还问他："怎么不接到京城里来？"

"内人更喜欢在峻州一些。"

魏琰只是笑笑，像是知道他的难言之隐："也是，京城局势复杂，留下软肋，总归是不好的。"

不好的地方有很多，而且多是周淮林无法说出来的。

好在这样分别的日子并没有持续太久，就像是梦里那般，萧家倒台，魏琰终于掌控了朝局。

周淮林向他辞行，请求调职到峻州。

他的折子几次都被魏琰扣下了，不予批准。不知是真心还是假意，魏琰甚至还挽留了他几次，直到最后一次，魏琰似乎看出了他是认真的，沉默了好一会儿后，终于同意了。

"既然爱卿执意如此，朕也不好再拦着了。"

周淮林跪下谢恩："臣谢皇上隆恩。"

他惯是个话少的，这会儿连句漂亮的离别话也没有一句。

魏琰笑了笑："那就希望爱卿日后皆能得偿所愿。"

"谢皇上。"周淮林以一句再刻板不过的话，作为两个人交谈的结束。

魏琰看着离开的人的背影。

这个人的出现，就好像只是为了帮他一般，然后功成身退，对权力没有一丝留恋。

这自然是最好的。

在看到渡口等待自己的女子身影时，周淮林也是如此想的。

是的，这就是最好的结局了。

# 平行线：独角戏

"这就要离开了吗？"御书房里，坐在上方的男人一身明黄色龙袍，轻声问着下方的人。

被他问话的梁璎点了点头。

魏文杞的病好了以后，她想要出宫却因宫中戒严被拦住，听说如今出入宫中都需要有魏琰的旨意，梁璎不得已只能来找他。

梁璎打着手语：臣妇已经在京城耽搁了许久，如今太子殿下的病好多了，不好再耽搁了。

魏琰说他能看懂手语的时候，她是有些惊讶的，这会儿从男人的反应来看，他确实是能看懂的。

梁璎的心中莫名涌起淡淡的不安。

"耽搁……"魏琰重复着这两个字，他的脸上依旧带着温和的笑意，可是吐出这两个字时不明情绪的语气让梁璎的心蓦地跳了一下。

她正想着怎么解释，却听魏琰又略过了这个话题。

"左右时间已经晚了，你们现在出发，年前也到不了峻州。不若就年后再启程，这个年你跟文杞一起过怎么样？他应该会很高兴的。"他依旧在挽留。

梁璎拒绝得没有一丝犹豫：谢皇上好意，只是太子殿下有皇上您，就已经足够了。

这是客套话，但好在她这么说后，魏琰终于并未再坚持了："既然如此，也好。"

他说完叫来了刘福，吩咐道："你拿朕的手谕，送周夫人出宫。"

魏琰起身与梁璎一起出来，梁璎见他还有继续要送的意思：**皇上请留步。**

她用手语这么阻止了以后，魏琰也真的留步了。

只是走出去两步后，梁璎似乎听到他叫了一声自己的名字。那声音很小，夹在风中，带着不易察觉的挽留，让人恍惚间觉得更像是听错了一般。

梁璎当作没有听到，头也不回地继续向前走。

魏琰一直站到那个身影完全消失在了视线中，才转身回到了御书房里。他没有坐回自己的位子上，而是坐到了梁璎方才坐着的地方。

旁边桌上的茶水还冒着热气，魏琰看到了，她方才自始至终都没有碰这个杯子一下。

戒备、紧张，努力隐藏的厌恶，就是如今她对他的全部感情。

魏琰将那个茶杯端了起来，紧紧地握在手里没有下一步动作。他看着杯中漂浮着的茶叶，像是在看方才女子离开的背影。

梁璎，梁璎……

明明这两个字，倾注了他的所有温柔，可身体里的猛兽，却在因为这个名字而狂躁地撞击着囚禁它的牢笼，在不断地发送着渴求的信号。

梁璎，我在叫你啊，你明明听到了的，你明明听到了是不是？

为什么呢？为什么不能回头看我一眼。明明只要你施舍一点儿目光，我就能活下去的，哪怕是像阴沟里的老鼠那般活下去也没关系。可是为什么，要对我这么吝啬？

为什么要对我的痛苦、我对你的迷恋，都视而不见？

如果……如果放你走了，你再也不会看我一眼了吧？

男人深不见底的眼眸中，那抹阴骘与执拗的色彩愈发浓重。

他仿佛听到了哐当的一声，那是猛兽终于撞破囚笼的声音。

反正……总归是留不住她的心的，那就留下别的什么好了。什么都好，至少是让他能抓住的。


直到真的出了宫，梁璎才算是松了口气。

还好，她想着，总的来说，还算顺利。

等到了周府门口，她才刚下马车，就见到从府里冲出来的男人。他应该是一听到消息就出来的，完全没了平日里的稳重，黑色的长袍被风吹起，像是在向她飞来一般。

梁璎笑着站在原地，任由心焦的男人将自己紧紧地抱在怀里。

"梁璎……"短短的两个字，不足以完全表达他的担忧与不安，周淮林抱着她的手又紧了几分。

梁璎伸手拍了拍他的后背，就像是在告诉他"我回来了"。

没人忍心打扰这一对璧人，被周淮林放开的时候，梁璎看到了他泛红的眼睛。

她伸手比画：淮林，我想回家，我们现在就回家好不好？

周淮林点点头，答了一声："好。"

后来想想，大约彼时的他们，都隐约间察觉到了什么，或许已经预见了分离的结局，只是不愿去相信，徒劳地做着最后的挣扎。

周淮林牵着她的手没有松开过，马车在驶出城门之前突然停了下来。随即响起一阵整齐的脚步声。

梁璎听到外面有人在喊："奉命捉拿叛党周淮林，闲杂人等速速退开！"

她的心好像一瞬间坠入了深渊中，憋闷得呼吸不过来。

还是来了，她最怕的事情，还是发生了。她就不该回京的，不对，就不该接受周淮林的，不该让他为她受累，她……

手上蓦然传来的力道，打断了她的思绪。

周淮林没有太多的惊讶，握着梁璎的手也没有松开："梁璎，"他看着外面，"你要相信，天理昭昭，公道自在人心。"他转头看着梁璎的眼睛，"不要为我做任何事情。"

梁璎知道，自己这会儿的表情一定很难看。她难过得想哭，却没有眼泪流出来，不知道该说什么，也不知道该做什么，只能死死地拉着周淮林的手。

马车的帘子突然被外面的人一把掀开，来人语气冰冷："周大人，请吧。"

周淮林面色坦然地向外边去了，梁璎要跟着一起，还没下马车就被拦住了："我们只奉命捉拿周刺史一人，"面对梁璎，不知道是不是被交代过，那个人的语气要温和得多，"夫人就不必下马车了。"

周淮林转头，对梁璎点点头，示意她不要轻举妄动。浩浩荡荡的队伍这才带着他离开。

周淮林是以勾结薛家叛党的名义被带走的，再明显不过的欲加之罪。

天理昭昭——梁璎守着周淮林的这句话等在家中，像先前他喜欢做的那样，她站在院中，看着屋檐上的枯枝。

因为临近新年，又逢主人在这里，下人布置院子的时候特意在树枝上挂了几个红色的小灯笼增加喜庆，如今灯笼都已经褪色了。

梁璎就这么盯着它们在风中晃动的模样。

原来他站在这里等她的时候，是这样的心情啊——心急如焚的担忧、无能为力的绝望。

身后传来脚步声，梁璎回头，是在外打探消息的下人。

四目相对，他对梁璎摇了摇头。

身后树枝上的一个灯笼，像是终于承受不住风雪的重量，从树上倏忽飘落。

梁璎觉得自己心中的某根弦也断了。

周淮林已经被抓走三天了，梁璎所有的耐心都消耗殆尽，她其实知道，魏琰在等着她的妥协。

他喜欢的不是薛凝吗？不是已经同意放她走了吗？为什么？为什么要这么做？

周淮林说让她什么都不要为他做，但是怎么可能呢？事情本就是起于他们，梁璎避无可避。

她径直向外走去，这些天原本已经休养得没有问题的腿，这会儿又因为寒气开始泛痛，但她恍然未觉。

梁璎一出周府的大门，就看到站在那里的杜林芝。

猛然见她出来，杜林芝立刻变得窘迫又不知所措："梁……梁璎。"

梁璎顿了顿。

她这些天听到了很多消息，知道杜太傅拖着病躯跪在御书房外，知道魏文杞与魏琰起了几次争执，也知道许多人都在为了周淮林而努力。

可那又如何呢？

什么天理昭昭？这天下是魏琰一个人的天下，天理是顺他心意的天理。

毕竟是在为周淮林奔波之人，梁璎终究暂时抛下旧怨，对杜林芝点了点头以示回应。

杜林芝愣了愣，梁璎这样的反应像是给了她勇气，只见她上前两步到了梁璎的跟前："梁璎，你先不要着急，"她自然能猜到梁璎想去哪里，"再等一等，我们会再想办法的。"

梁璎等不起了：杜姑娘，你回去吧，也让杜太傅不要再做伤害身体之事，淮林的事情，我自会想办法。

她打的手语，这些话都是旁边能看懂的下人转述的。

"梁璎……"杜林芝还想劝她，梁璎却退后两步：解铃还须系铃人，杜姑娘不用再劝我了。

虽然梁璎不复之前的冷漠，但对杜林芝依旧客气生疏。况且杜林芝知道，梁璎说得没错，自己没有任何阻拦的立场，她只能眼睁睁地看着梁璎迈着不太顺畅的步伐，再次走向那座囚笼里。

梁璎很顺利地见到了魏琰。不如说，魏琰原本就是在等着她。

此刻，梁璎伏在地上，等着上方之人的回应。

魏琰没有让她跪的，是她执意跪着不起。男人盯着她看了好一会儿，视线才终于收回来，看向方才她递过来的那张纸。

纸上是他熟悉的字迹，一字一句，在诉说着她夫君的清白。即使她大概也知道，没人会比魏琰更清楚周淮林的清白。

魏琰其实准备了许多话要说，想了太多要如何循序渐进留下梁璎的方法，可在这距离达成心愿一步之遥的时刻，他发现自己的耐性，要比想象中差得很多。

他受够了她心心念念着其他男人，受够了她这样跪着面向自己，受够了她人就在面前，自己却无法触碰。

魏琰将纸一把合上，对着不远处的女人开口："梁璎，来我这里。"

他在极力抑制了，但还是没办法抑制住语气里的急切和赤裸裸的渴望。

他摒弃了所有的策略、节奏，迫不及待地露出自己的真实意图。

梁璎没有立即动，他也不急，虽然梁璎对那个男人的在意是他心中的一根刺，但是他知道，那也是自己的筹码。

他没有等太久。

梁璎终于动了，她缓慢地从地上起了身，即使知道那句"来"背后的含义，可她依旧没有任何选择。

她只能像一个被操控的木偶一般，在那个男人越来越灼热的目光中，一步步走向他。

她的不甘、愤怒与怨恨，魏琰都看在眼里。可就算是这样，"她在走向自己"这样的事实，就足以蒙蔽他的眼睛。

魏琰甚至在很努力地克制着自己，不要像一只狗似的迫不及待地迎上去，在一切没有定论之前，他不能把自己的心脏毫无保留地暴露出来。

梁璎终于慢腾腾地走到了他跟前。她在桌子的边缘停下，视线正好能看到魏琰的书桌。

她看到他递过来了一张纸，还有随之而来的，温和却让人恶心的话语。

"梁璎，周淮林是清白的，还是确有其罪，选择在你。"

梁璎伸手打开那张纸，映入眼帘的首先就是明晃晃的"和离书"三个字。

那一瞬间的愤怒让梁璎握紧了手，也揉皱了纸张的一角。但其实她更想将它撕碎了扔到那个无耻男人的脸上。

她抬头，目光直直地对着魏琰看过去，用手慢慢地比画：*魏琰，我从未想过，你会如此。你怎么能如此？*

为一己私利残害忠良，那不是明君该做的事情，也不是梁璎认识的那个魏琰会做的事情。即使自己是那个被他辜负的人，她潜意识里也是这么觉得的。

魏琰挂着温和的笑容的脸，在她的质问下，僵了僵。他的喉结微微滚动，想说的话仿佛哽住了一般，女人闪着泪光的眼眸，让他的心也在抽痛。

是，他何尝不知这样做会让梁璎不齿，会让自己在她心中的最后一丝好感也消失了。

可不这样做的话，他又能怎么办？

他又得回到暗无天日之中，继续经历那一个个孤枕难眠的夜，经历每天睁开眼睛就是没有她的一天。他几乎可以预见，自己守在这里，绝望地期盼她目光施舍过来的每一天该有多难熬，甚至连自欺欺人的伪装平静都做不到。

跟这些比起来，被她看不起又算得了什么？

"梁璎，"他放弃那些辩解的话，毫不隐藏自己的卑劣，"你来选。"

他让梁璎来选，可是梁璎有的选吗？

长久地等待后，梁璎终于低下头：我愿意与周大人和离，但也请皇上放他安全离京。

她说完就要再次跪下，却被魏琰一把拉住了，不仅将她拽了起来，更是将她拉到了自己的身侧。

男人握住她手腕的手，如同他的目光一般，灼热得可怕，又带着不易察觉的颤抖。

"这是你说的，是你答应了的。"那些曾经有意识或者无意识的煎熬着他的嫉妒，终于在这一刻无处隐藏，"你得忘掉他，再也不许想他、念他、爱他。"那强硬的声音到最后带着微微的哽咽，"像你对我那样。"


空了许久的长宁宫，迎来了新的主子——皇上亲封的宸妃娘娘。

没人知道这位娘娘的来历，只知道她一进宫，就直接位居仅次于皇后与皇贵妃的妃位。

偏生皇后娘娘如今被贬冷宫，皇贵妃一位更是一直空缺着，也就是说这位宸妃娘娘，是后宫中品阶最高的妃子了。

在长宁宫中侍奉的宫人倒是比外人知道的要多一些。比如这位宸妃娘娘虽然生得貌美但其实不能说话，比如她对皇上异常冷淡，比如太子与她关系甚好。

再比如……皇上对她，是如何极尽宠爱。

"参见皇上。"看到那明黄色的身影，宫殿外的宫人们纷纷行礼。对于只要早朝的时间一过，皇上就会出现在这里，大家已经见怪不怪了。

魏琰点点头，他手中还拿着两枝刚摘的梅花，那轻快又急切的步伐，直到殿门口才有所收敛。

男人低头往自己身上看了一眼，确认仪容没有问题后，才抬步跨了进来。

梁璎正倚在窗前，火炉也被宫人移到了那里。

魏琰为她准备了很多东西，不管是她喜欢的刺绣还是爱看的书，但都被摆放一边无人问津。

她如今唯一爱做的事情就只是发呆，魏文杞若是不来，她可以呆坐那里一整天。

魏琰的笑容黯了黯，他站在那里看了好一会儿屋里的女人，自从周淮林离开京城以后，这个人就是如此了。

她现在，应该是在想周淮林吧？

几乎是这样的念头起来的时候，魏琰就开口："梁璎。"

梁璎看了过来，那目光像是刚刚回神，还带着空洞与茫然。

魏琰的心一软，怎么样都好，只要她在自己触手可及的地方，只要她的目光落在自己身上，他的心就会被满足感所填满。

这失而复得的喜悦，让他刻意狠下心去忽视梁璎的不快乐。没有关系的，他有足够多的时间，来求得梁璎的原谅，来让她慢慢地忘记那个人。

女人很快就移开了视线，但魏琰的脸上依旧带着笑容，一边说，一边往里走："园里的梅花开得甚是漂亮。你不想去，我就给你摘了两枝来。"

梁璎不理他，他也不介意，亲自将梅花插到了花瓶之中，又将花瓶摆放到桌上，才在她的旁边坐下。

梁璎不能说话，两个人之间一直是魏琰在说。

他倒是乐意得很，喋喋不休地说着，说朝事，说文杞，像是要把这五年未对她说的话，都一股脑地补回来。

梁璎烦不胜烦，干脆拿起一边的书打开。

果然，她一拿起书，男人的声音就慢慢地小了下去，最后安静下来。

她其实只是想让耳根子清净一些，至于手中的书，她是一个字也看不进去。

她无论睁眼、闭眼，眼前浮现的都是周淮林的脸，还有分离时，他哀恸的眼神。

梁璎知道，若不是自己说定有再见之时，他宁愿死，也不愿离开京城。

该如何能再见呢？如果……如果魏琰死了，是不是就没人再阻碍她了？

这样的想法刚起，腿上蓦然一沉，梁璎下意识地就要挪动腿，却被魏琰搭在她腿上的手，以不容抗拒的力道禁锢着。

"今天腿还疼不疼？"

他明明是笑着的，对视之时，梁璎却从他的眼里看到了一抹森冷，就好像自己在想什么他都已经看透了一般。

梁璎微微心惊，用摇头回答了他。

这是这些时日以来，她难得给的回应，哪怕只是小小的动作，男人的眼里也多了几分光彩，方才的不悦更是都被抛在了脑后。

"我来给你揉揉。"他一边说着，一边又靠近了一些。

旁边伺候的宫人对两个人这样的相处模式已经习以为常了，只是心里暗想，不知这位宸妃娘娘到底是施了什么媚术，让皇帝这般甘之如饴。

魏琰原本以为那些所有爱而不得的痴念、妄想，都会在得到以后逐渐平静甚至是冷淡，可他却发现并没有如此。

他的渴望，非但没能缓解，反而愈演愈烈。

等魏琰发现自己踏出长宁宫的大门就已经开始觉得难熬时，他回头，看着身后的这座宫殿。

被关住的是梁璎，被紧紧拴住的却是自己。

他一踏出这里就像是进入了地狱，可是梁璎呢？她这会儿应该松了口气吧？她又能无人打扰地去想那个周淮林了。

魏琰的心好像扭曲成了一团，他站立了许久才离开。

当天他难得地没有去长宁宫，而是留在了自己的寝宫。

连刘福也看不明白，只知道皇上在温池里沐浴了好一会儿，换上了特意香熏过的长袍，在床边坐了良久才吩咐他："召宸妃侍寝。"

刘福一愣，不敢不应，可紧接着又听到皇上嘱咐了："你亲自看着，把她带过来就行，不用走那些侍寝的流程。"

确实是不用了，毕竟皇上自己先把流程走完了。这不知道的，还以为是皇上侍寝呢。

魏琰知道，他这是在用皇帝的身份逼梁璎。

否则若是去了长宁宫里，一面对她，自己就只是一个摇尾乞怜的可怜虫，哪里还能摆得起皇帝的架子？

现在他把这个难题交了出去，至于结果会如何，他也只能等待。

魏琰就这么一直维持着一个姿势，沐浴后被打湿的发梢已经彻底干了，他的眼睛也因为盯了太久的跳动的烛火而变得酸涩。可殿外依旧没有一点儿动静。

魏琰所有的运筹帷幄都在这漫长的等待之中变得不确定起来。

她是不是不愿意？她若是生气了怎么办？

在极度的焦虑与不安中，魏琰甚至生出了现在就去长宁宫的冲动，就说是刘福传达错了旨意好了。然后他们就像以前那般，不碰她就不碰她，她不看自己就不看自己，只要他们还能相守，就够了……

男人无意识地起身，却正好看到走进来的梁璎。

她一身白衣，那眉眼仿佛落了霜一般，看过来的眼神也是冷的。

魏琰差点儿就要输给她，但她先一步输给了周淮林。

他知道，梁璎会来，是怕他会对周家不利。

男人的思绪不自觉地又回到了先前的问题上，够吗？就像之前那样只要能相守就好，那样够吗？

他清晰地听到了自己的答案，不够！不够的，他想让梁璎看到他，不管以什么方式。

是爱也好，恨也好，唯独不能忽视他。

梁璎在距离魏琰很远的地方就停下了，她知道进入了这里意味着什么，在答应留在宫中时，她就已经预见了这一天。可现在她的心情，还是比想象中更加恶心，恨不得时间就停在这一刻。

魏琰没有让僵持的状态持续太久，那对他来说就是一种浪费，只要梁璎在他的身边，他想要靠近她的心就没有停止过。

怎么可能够呢？爱就是贪心，她的心、她的人，魏琰都要。

梁璎听到了向自己走来的脚步声，她下意识地想后退，却被大步跨过来的魏琰一把抓住了。

"梁璎。"男人的喉结随着吞咽的动作微微滚动着。

想要……他太想要这个人了。

床笫之欢、鱼水之乐，应该是什么样的呢？老实说，魏琰都已经忘了。就算是他想着梁璎自己释放，那种事情也谈不上"欢"与"乐"，结束后只有无止境的空虚和怅然若失。

"你身体的每一处，都是我的。"女人曾经霸道的宣言，成了他挥之不去的魔咒。

彼时魏琰在不知名的情绪指引下，选择了妥协，左右已经欠了她那么多了，就为她留一样东西，当作是对自己的惩罚好了。

所以他只能不断地用政事来麻痹自己。

可现在，他仅仅是将唇贴着女人冰冷的皮肤而已，他的脑海中就像有烟花盛开一般，伴随着记忆一起复苏的，还有不需要任何刺激与抚慰就轻而易举激动起来的身体。

然后就是一发不可收拾。眼睛、鼻子、嘴，他杂乱无章的吻落在女人脸上的每一处。哪怕魏琰不断地提醒自己慢一点儿，多看看梁璎的反应，可他好像怎么也找不回失控的理智，只剩下欲望驱使下的本能。

他甚至开始埋怨起自己熏香后的衣物，掩盖了女人身上的味道。

直到魏琰将手靠近梁璎的衣带，正欲解开时，无意中瞥到女人眼角落下的泪，这让他的理智一瞬间回笼。

梁璎自始至终都没有反抗，只是木然地任由他动作。但是她在颤抖，像第一次侍寝那般。

魏琰想起那个初次侍寝，害怕得发抖的小姑娘。

两张相似又不同的脸在不断地重合，他的怜爱与心疼，也都叠加在了一起。

魏琰微微垂眸，掩去被欲望逼得发红的眼角，让自己如野兽般的粗重的喘息也渐渐平稳一些。渴望的人就在眼前，他忍得身体都在发疼。

要如何是好？梁璎，我要如何是好？

她在害怕、在愤怒，如果她能说话，还可以咒骂、嘲讽他，可是她不能。是他，让她连委屈都无法表达。

魏琰的手在停顿半晌后，终究还是从梁璎的衣带处离开了。

他把上半身支了起来，两三下就将自己本就松松垮垮系着的衣裳脱下扔去了一边，露出没有赘肉的身体。

"梁璎。"男人用低哑的声音叫了一声女人的名字。

梁璎闭着眼睛没有回应，他也不介意，他突然就明白了自己无论如何也要守着身体的意义，或许潜意识里就是在等着今天，可以跟她说："你看，都是你的，没有人碰过。"至少答应她的这一点，他做到了。

魏琰握住梁璎的手，带着她抚摸上了自己的身体。女人冰凉的指尖一触碰到他的皮肤，脊柱酥麻的快感就像是要把他逼疯了。

"梁璎，梁璎……"他一遍遍地叫着梁璎的名字，情难自禁地低喘着，带着她的手，巡视那些属于她的地盘，而后慢慢向下。

梁璎始终闭着眼睛，她想着，或许自己不应该只是哑了，她应该也彻底聋了，就不会听到这让自己作呕的声音。

她甚至不敢去想周淮林，这个时候，哪怕是脑子里闪过他的名字，都是对他的亵渎。

梁璎只能不断地放空自己，祈祷这场酷刑快点儿结束。

等结束后，魏琰重新俯下身，亲吻着她的嘴角。

自己就像是……一摊烂泥似的，魏琰想着，自己错过了那条明明可以携手妻儿共度此生的阳关大道，一念之差，走向了另一边的泥潭之中。

求生的本能让他抓住了梁璎。

明知道抓住她就是让她同自己一同深陷。可是万一呢？魏琰心中总是忍不住一次又一次地生出这般幻想。万一呢？万一她愿意带自己离开这个泥潭之中呢？

他想赌这一丝的可能。

明明都已经到不再年轻的年纪了，魏琰却依旧像一个初识情爱的小伙子一般不知餍足。

歇下之时，他又要去解梁璎的衣带，这次女人终于有了反应，她拽紧了自己的衣带怒目瞪了过去，就像是在说方才那样还不够吗？

梁璎眼中的厌恶让魏琰高涨的欲望被熄灭了一些，但她恼怒地瞪自己的模样带着平日里没有的鲜活，又让男人心软得不行。

"我不做什么，"他解释，"你的衣裳都被我弄脏了，"他说话时还垂眸看了一眼，女人的白衣上被他弄上了污浊，仿佛是某种让她染上他的味道的标记，这让他的耳尖染上一抹红色之时，心底也泛起诡异的甜蜜，"脱了外衫再睡。"

梁璎闭了闭眼，按捺住恶心后才起身：后妃按照规矩不能夜宿皇上寝宫，皇上若是结束了，我就先行告退。

床帐里浓郁的气味、身上的不适感，以及面前这个在欲望之下变得尤其丑陋的男人，都让她迫不及待地想要逃离。然而梁璎的脚还没能挨到地上，她就被魏琰一把抓回来按在了床上。

"谁说结束了？"男人的语气有些气急败坏，带着幽怨的目光仿佛是在控诉，就像梁璎是个吃干抹净又不认账的负心汉，"你要是想走，那就结束不了。"

见梁璎不说话了，他的表情又马上缓和下来："你是什么后妃？你是我的娘子，没有什么规矩是要你守的。"他握着梁璎的手，这样浑身沾满了他的气息的梁璎，让他生不出半分脾气。

对比衣衫不整、发丝凌乱的魏琰，只是褪去了外衫的梁璎完全不像是经历了一场情事。官人并不敢多看与议论，只是听见皇上好像还在哄着宸妃娘娘："等她们收拾好了，我们就休息，好不好？"语气是她们从未听过的温柔，更遑论那藏在其中放低的姿态。

众人不敢多想，只是加快了手中的动作。

翌日需要上早朝的魏琰起得早。他轻手轻脚地没有惊动床上的女人，更衣之时，任谁都能看得出皇帝的心情是怎样的愉悦。

连魏琰也多看了两眼铜镜里的自己，与往日伪装出来的温和笑意不同，此刻那嘴角的上扬好像是自己无法控制的一般。

眉间、眼里，都是说不出的满足。

原来无论男人、女人，被心爱之人滋养过后，都是能看得出来的。

魏琰失笑，自然是满足的，他到现在都好像在被梁璎的气息包裹着。

慢慢来好了，这世上所有的事情总归都是有办法的。


这个年，梁璎是在宫里过的。

宫里的宴会需要魏琰出面，百官都在等着他，他与魏文杞都需要露面。梁璎则是一个人待在长宁宫中。

既然是过年，自然是吵闹的，外面此起彼伏响起的鞭炮、烟花之声，远处隐隐传来的歌舞之声让平日里寂静的皇宫尤其热闹。

热闹极了，也寂寥极了。

梁璎一遍遍地摸着手腕上的镯子，好像这样做，对周淮林的思念就能减少几分。

可令她难过的，从来都不只是思念。当她想象着周淮林此刻是如何想念自己、如何自责、如何寝食难安，梁璎的心就像是在被一把钝刀一刀刀地凌迟着，疼痛难忍。

　　倒不如他是个薄情寡义之人，如果他像其他男人那般懂得趋利避害、多情善变，或许自己此刻就不至于如此心痛难忍。

　　"母亲。"

　　听到声音的梁璎下意识地回头，一眼就看到了站在那里的魏文杞，她在他担忧的目光中回过神，赶紧先背过身去将湿润的眼睛擦了擦，整理好了表情才回过头。

　　她抬手问道：文杞，你怎么来这里了？宴会已经结束了吗？

　　魏文杞看着母亲脸上的表情从哀伤变成了笑容，他知晓那是怕自己担心装出来的，但也没有戳破，一边向屋里走，一边笑着回答："宴会太过无趣了，我想与母亲一起守夜。"

　　那微微带着撒娇的语气，让梁璎的笑容真挚了几分。

　　对于梁璎来说，魏文杞是她在这宫里唯一的念想了，她不会忘记，当初为了能让魏琰放自己离开，魏文杞甚至用了绝食这样的方法来逼他。

　　因绝食而饿得虚弱的少年，见了自己的第一句话就是："母亲，父皇同意放你回家了吗？"

　　梁璎心疼得眼泪不停地流。她最责怪自己的事情，就是当年愚蠢得什么也没看清，就将魏文杞带到了这个世上，让他在这样纠结的环境中挣扎。

　　所以在这宫中，梁璎唯有对他，无法吝啬爱意。

　　她问：吃过饭了吗？

　　见魏文杞摇摇头，梁璎便招呼宫人上菜。

　　母子二人已经很久没有在一起过年了，难得有这样的机会，梁璎让自己暂时收起那些坏心情。

　　她也看出了魏文杞的努力，她的孩子在想方设法地说着高兴的事情，想让她开心。

　　梁璎笑着给他的碗里夹菜，傻子，她想，原本母亲高兴，就不是因为孩子说了什么，仅仅是因为说话的人是他罢了。

　　这样其乐融融的氛围并没有持续太久。在外面传来宫人向魏琰请安

278

的声音时，母子二人的笑容一同僵了下来。果然下一刻，魏琰的身影就出现在了殿里。

今日是过年，魏琰也穿得隆重，一进来就先让宫人给他卸去身上的装饰。

他站在那边，还要扭头去看梁璎："我一见文杞不见了，就猜他定是来了你这里，果不其然。"

他面带笑意地看着妻儿的脸，让外人来看，当真是再幸福不过的一家三口模样了——如果不去看另外两个人低沉的脸色的话。

魏琰就没去在意，他沉浸在这样珍贵的时刻里，即使这一刻是他抢来的，即使这阖家团圆，是他一个人沉浸进去的戏。

魏琰在梁璎身边的位子上坐了下来，宫人连忙给他添置碗筷，他没动，反而拿过梁璎面前空着的汤碗给她盛汤，嘴上仿若唠叨家常一般地说着。

"前边那些老家伙们真是不懂看人脸色，喋喋不休的，年年都是那些说辞，也不嫌烦。"

这话有些似曾相识。

梁璎想起喜欢魏琰的那几年，除夕夜的宫宴结束以后，他无论多晚都会回到这里来，跟自己絮絮叨叨地抱怨那些人有多烦。

她从来都是面带笑容地听着他说，满心欢喜地以为他是真的只把自己这里当作家，也从未在意过那混在酒味中的几分似乎在哪里闻过的香味。

如今想想，分明就是他来她这里之前就已经与薛凝见过面了。想明白了这些，伤心难过倒是没有，梁璎只是觉得讽刺。

原来一切都是有迹可循的，她毫无察觉，真的不是没有一点儿责任。

这一顿饭，大概也只有魏琰是真的用得愉快了，他给梁璎盛了汤，又给魏文杞夹菜，也不管这两个人的脸色有多难看。

晚膳结束后，魏琰还有些事情要处理，先离开了，刚走出长宁宫，就听见身后传来呼唤声："父皇。"

他回头，是魏文杞追着他出来了。

"怎么了？"哪怕最近父子二人闹了诸多的不愉快，魏琰对他的语气依旧温和。

可是显然，特意追出来的人，并没有因为这份温和就缓和态度，魏文杞将与他有几分相似的脸绷得紧紧的。

"你把母亲囚禁在宫中有什么意义？你以为这样一个人沉浸在你自己的世界里，我们就是一家人了吗？"魏文杞原本就早熟，这会儿更像是一夜之间长大了许多，目光凌厉地看着自己的父皇。

"真正的一家人，应该是心系彼此，应该是互相希望对方过得好，母亲这般痛苦你看不见，算什么爱她？既然爱她，就应该在当初乞得她的原谅，而不是在她已经有了爱人以后，让她再承受分离之苦。"

以往魏文杞虽然对魏琰诸多埋怨，但毕竟是被他抚养长大的，两个人倒也能和谐相处。自从魏琰将梁瓔留在了宫里，他们的关系就急转直下。

而相较于激动的魏文杞，魏琰就平静得多，他不答反问："你有多少年没有跟你母亲一起用膳、一起过年了？方才与她一起的时候，你丝毫没有快乐吗？你每日去向她请安的时候，也丝毫没有快乐吗？每日一睁开眼睛，就想到可以见她的时候，你也没有快乐过吗？"

魏文杞到底是年轻，比不过他的定力，面对这声声质问，一时间居然哑口无言，那满腔的怒火也变得没了底气。

看到母亲就欢喜，那是他的本能反应。可他明明知道母亲那般难过的。

"回去陪着她吧，"魏琰的声音再次传来，"我处理完事情后就会过来。"

说完魏琰不管他的反应就转身离开了，只是背过身的那一刻，脸上的表情却不复平静。

魏文杞说的那些话，他何尝不知道，又何尝不悔恨。

那明明是他早就该知道的事情——在他开始对冗长的官宴生出不耐时；对与薛凝的除夕幽会产生了敷衍的心情时；在他脑子里想的都是在长宁官的人，一开始是梁瓔，后来又多了他们的孩子时；在他带着几分醉意趴在梁瓔的肩上絮絮叨叨，无论说什么都觉得安心时……

太多太多这样的时刻，他原本早就该发现的。是他一次次地忽视过去，一直到事情再无回旋的余地。

要怎么办才好？抓住她痛苦，可是放开她也同样痛苦。

那就像现在这样吧，至少她在身边的时候，能看见她这件事，对于他来说，本身就是一种甜蜜。

他就是因为这甜蜜，无论如何也放不开手。

次年夏季，梁璎在一次去东宫时，碰巧遇上了正在教魏文杞射箭的杜林芝。

二人这段时间里也有过照面，直到现在，杜林芝每每见了她还是一副愧疚而不知所措的模样："梁璎。"

梁璎点头回应。就像之前说的两不相欠那样，她对杜家，已经没有了多余的恨意。如今杜家在朝堂上又是支持太子的中流砥柱，她便多了几分客气。

"梁璎。"大概是知道梁璎不喜欢被人叫宸妃娘娘，无人之时，杜林芝都是直接叫梁璎的名字，"来看太子吗？"

梁璎点头。

杜林芝便接着说起魏文杞的功课，多是夸他的，这个孩子任谁见了都想要夸上两句。只是说到后面时，她突然靠近了一些，压低声音，快速说了一句："听说周大人不日要进京了。"

梁璎一愣，抬眸看过去。

杜林芝也是怕人多眼杂，徒生事端，小声地跟她解释："这次南方夏汛，他治理有功，特被召进京面圣。"

梁璎已经很久没有听到关于周淮林的消息了，此刻她面上装着淡定，其实心里早在一瞬间就已经掀起惊涛巨浪。

治理有功……

还好……还好淮林他看起来是有在好好地生活着。梁璎其实不能确定的，但她只能这么想，至少淮林没有一蹶不振。

杜林芝观察着她的神色，试探性地问："要不要……我安排你们见一面？"

她实在是心疼这样的梁璎，想要让他们见一面虽然不容易，但是仔细想想的话应该也是有办法的。杜林芝甚至做好了要豁出去的准备。

但梁璎一听到她的提议，就立刻连连摇头了。她不想为了见这一面，让周淮林身处险境。

梁璎小幅度地用手比画着：不要做。

杜林芝现在也能看懂一些手语了，但是懂得不多，所以梁璎也比画得简单。

杜林芝明白梁璎的顾虑，老实说这样才是对的，可是对她的心疼和不知道能做什么的无能为力，让杜林芝的心里格外不好受。

梁璎的手微微地往上抬了抬。

见面是绝对不行的，梁璎比任何人都更能察觉到魏琰对周淮林的敌意。如果她跟周淮林见面被他发现，无异于火上浇油，但对周淮林的担心，让她饱受煎熬。

她想知道周淮林现在怎么样了，明明这么长时间都忍过来了，可现在这个念头却在她的脑海中疯长，让她无法忽视。

"我会去见他的。"杜林芝的声音突然传来。

梁璎愣了愣，她看见杜林芝露出了笑意："你放心，我不做别的，就看他过得好不好。"

良久，梁璎终于点点头。她的手动了动，杜林芝看得懂，说的是"谢谢"。

杜林芝的眼眶蓦然有些发涩。

梁璎没有再久待，辞别了杜林芝便去了魏文杞那边。只留着杜林芝看着她的背影好半晌，眼眶微微酸涩。

她跟以前一样，不论关系多么熟，受了恩惠也要说一声谢谢。

但杜林芝知道，与那时候不一样了，她们的关系再也无法回到从前了。不过那也无妨，自己只是想为她做些什么，什么都好，并不求能有什么回应。一如她当年那般，哪怕自己做不到她当年那般。


梁璎一直思绪不宁。魏琰来了，她就低头做着手中的刺绣不去看他。好在她一直都是如此，男人早就习以为常，也并不放在心上。

"今日你见着林芝了？"

突如其来的问话，让梁璎心中一凛，好在她手上的动作并没有受到影响，未将情绪泄露丝毫。

她波澜不惊地点头。

"听说你们还交谈了一会儿。"

官中到处都是魏琰的眼线，他会知道也不奇怪，梁璎继续点头。

这次男人未再问下去了，梁璎没有抬头，看不见魏琰的表情，却能感觉到他落在自己身上审视的目光。

半晌，她听见魏琰像是叹了口气。

"你倒是……这么轻易就能原谅她。"那怎么就对他如此无动于衷呢？

他低声的语调，倒像是在自言自语，而不是对梁璎说。

梁璎就只当作没听见，自顾自地继续手上的动作，直到结束了最后一针。

"结束了吗？"魏琰也像是早就忘了他们方才在说什么，凑在她的旁边问道。

是结束了，在官中大约只有刺绣是梁璎能够做，又能躲避魏琰的。她没理会魏琰对她绣品的赞叹，起身用官人准备的水盆净手。

将手浸泡在水里，梁璎没有立即动。她不期然地想起周淮林，今日也没有问杜林芝，他是哪一日进京？说不定他现在已经在路上了。

只要想到此刻他正在赶往京城，两个人的距离在慢慢变近，梁璎的心便一阵阵发麻。

"怎么了？"盆中的水面上突然多映出了一人，梁璎一愣，还没有反应，手就已经被魏琰捞了起来，"又在发呆。"

不同于平日里说这话时带着的宠溺语气，这会儿他的声音和脸色都莫名地很低沉，以至忍不住猜测他是不是知道些什么的梁璎没有第一时间挣脱他的手。

这样的顺从让魏琰的脸色好看了一些，他用毛巾将梁璎的手慢慢地擦干净了，却没有放开她，而是继续盯着那手指看。

"真漂亮。"他说。

是的，真漂亮，至少在他的眼里，是最漂亮的。捏针的时候、握笔的时候，无论做什么，都漂亮得让他移不开眼睛。

还有……握着自己的时候，那时候应该是最美的，美到让他轻易就会失去理智，只剩下将自己往她手上送的本能。也只有在那一刻，魏琰才能感觉到，他是在她的手上的。

眼前的人，他抓不到。既然抓不到，就只能让她抓住自己。

"梁璎。"他叫着她的名字，声音与视线，都是说不出的黏稠，"帮帮我。"

　　帮帮我，他无数次在心底，对这个冷眼旁观自己痛苦的人，这么一遍遍地哀求着。


　　梁璎并没有等到周淮林来京城。

　　为了这件事，杜林芝特意来长宁宫跟她解释："或许是峻州那边有什么事情，皇上又下旨让周刺史回去了。"

　　梁璎不说话，她的脸上没什么表情，杜林芝也看不出她是怎么想的，只得又忐忑地加了几句："想是……想是皇上不想见周刺史吧，想着法让他掉头。"

　　这么说好像也没错，毕竟魏琰讨厌周淮林是不言而喻的事情。

　　可梁璎只是垂眸沉默着。

　　她与杜林芝曾经太过相熟了，哪怕是如今关系不复从前了，就像杜林芝能猜到她的心思一样，梁璎也能轻易地看出此刻对方的欲盖弥彰。

　　对方有事情在瞒着她。

　　这样的猜测让梁璎的心不断地下坠，杜林芝会瞒着她什么？跟周淮林有关吗？是周淮林出了什么事情吗？

　　她明明一句话没有说，可那一瞬间流露出的痛意，让杜林芝马上乱了手脚。

　　"梁璎，不是的……"杜林芝知道梁璎肯定在胡思乱想，也不敢瞒她了，马上一五一十地说，"其实是周刺史在将要出发的时候，突然病倒了，所以没能来京城。今年南方的事情真的很多，他大概就是太过劳累了才会如此。我也是怕你担心。"

　　杜林芝满眼自责，早知如此，她就不会那么快地将消息告诉梁璎，白白让她失望一场不说，现在还这么担心。

　　梁璎抬手想对她说谢谢，如今除了杜林芝，也不会再有旁人告诉她周淮林的消息了，可手刚刚抬起来，那不受控制滑落的泪水，就让她不得不先擦拭掉脸上的泪痕。

　　怎么办啊？一时间擦不干净的眼泪让梁璎别开了脸，怎么办啊？他是因为什么病了？病得重不重？她疼得心如刀割却一点儿办法也没有。

　　杜林芝知道她的难过，却不知道要怎么安慰她："梁璎，你先别急，"

只能想到什么说什么，"周刺史吉人自有天相，定然不会有什么事情的。"

他若真是吉人自有天相，梁璎想着，就不该遇见自己的。


魏琰当晚难得地很晚才来长宁宫。

梁璎已经躺下了，睡在床的里边背对他闭着眼睛。

她能感觉到魏琰在床边坐了下来，高大的身躯挡住了大半边光线。

对方显然是对她装睡的行径已经十分熟悉了，没有像以前那般直接放过，而是把手放在她的肩上，无视女人那在他眼中微乎其微的抗拒，将她的身子转了过来面向自己。

即使是在昏暗的光线下，梁璎那哭过以后泛红的眼眶，还是落在了他的眼里。

梁璎没有去刻意掩饰什么。她知道魏琰什么都知道，他知道杜林芝来过，也知道杜林芝与她说了周淮林的事情。

她干脆就等着魏琰的反应。

梁璎在宫中这般忍耐地待着，不就是因为想护着周淮林的平安，等着与他再见的一天。要是周淮林出了什么事情，她做的一切还有什么意义？

所以这会儿她倒是莫名带着一种破罐子破摔的冷静。

魏琰的眼里没有一贯的笑意，他盯着梁璎看了好一会儿，女人那心如死灰般的脸上，连敷衍都吝啬表现。

半晌，还是他先败下阵："你不用担心别的事情，我会处理好的。"

魏琰还是不愿意提起那个人的名字，但这句话，也算是在给梁璎承诺。说完他低头，原本是想吻住女人的唇的，被她一个侧头躲了过去。

魏琰的吻落在了梁璎的侧颈，他也不勉强，继续在那处雪色的肌肤上亲下去，直至出现暗红的吻痕。

"没事的。"魏琰低哑的声音缓和了许多，"不会有事的。"

他比谁都知道梁璎留下来的原因，所以比谁都更在意那个男人的生死。


自那以后，杜林芝连续半个月都没有再来长宁宫。梁璎知道这多半是魏琰做的，说不定魏琰还会怪她将周淮林的消息告诉了自己。

梁璎唯一的外界消息来源也断了。

魏琰虽然是那样承诺的，但长宁宫的宫人与守卫在不知不觉间增加了，连魏文杞能被允许待在这里的时间也变短了。

梁璎就坐在窗前看着外面，像是又回到了刚出宫的时候，对什么都提不起兴趣来。

只不过那时候她生无牵挂，如今却心系一人。

"下人说你今日一直没有用膳。"身后突然传来魏琰的声音。

梁璎回头去看，魏琰还穿着朝服，应该是从御书房那边过来的。

男人来得很匆忙，气息都是紊乱着的。

可梁璎没有察觉，她这会儿已经失去了所有的耐心，抬手问对方：他怎么样了？

魏琰的心中有说不出的恼怒，那是持续长时间的焦躁滋生出的恼怒。从他早上听说她没有用膳，到中午宫人再传来消息的时候，他的忍耐一点点到达了极限。

他知道，他生气的不仅仅是梁璎不好好珍惜身体，他更生气自己的无能为力。

他就只能眼睁睁地看着梁璎在迅速枯萎，而后清晰地认识到这两个人就真的如同那诗文中的连理枝，一个人若是出了什么事，另一个人也一定会跟着离去。

然而在看到梁璎盯着自己要一个答案的模样时，魏琰满心的恼怒又成了心疼："你先来用膳。"

这是获得周淮林的消息的交换条件，所以梁璎没有任何迟疑地起身，跟着他往桌边去了。

她没有一点儿胃口，但还是勉强自己吃了几口。

作为交换，魏琰也确实跟她说了周淮林的情况："我派去的太医已经看过了，说是并无大碍，很快就会恢复的。"

这话非但没有让梁璎松一口气，反而让她生出更莫名的恼火。她一个字也不信，她无法相信魏琰，他说的一切在自己看来都是假的。

怎么可能并无大碍呢？若真是小病，周淮林无论如何也会来京城的。

魏琰这个骗子！梁璎将手中的筷子握得紧紧的。她心中从未如现在这般憎恨过这个人。

第二日魏琰一醒来就习惯性地看向身侧。梁璎正背对着他躺着，只留给他饱满的后脑勺。

魏琰的手拈起一绺乌黑的发丝在手中缠绕，梁璎……他现在越来越一步也不想离开她了，明明已经得到她了，可患得患失的心情，却从未停止过。

半晌，待心情终于平静后，魏琰去外间收拾妥当，临走时又进来看了一眼，梁璎还是同样的姿势，面朝内侧，一动不动地躺着。

魏琰也不知怎的，莫名地心慌起来，走到床边重新坐下。他知道梁璎这会儿肯定醒了。

"我去早朝了。"

梁璎没动静，他就又说了好几遍，最终，女人几不可察地点了点头，算是回应了。

魏琰于是又说了其他的话，嘱咐她起来后要把饭吃了。

"林芝前些日子出了京城才回来，我让她等会儿进宫来陪陪你。"

面对他说的话，梁璎虽然都没有回应，但看上去也没有其他异常。

魏琰原本应该放下心的，他也确实走出了长宁宫，可心中的不安，还是让他在走了几步后就停住了脚步。

他的脑海中全是刚刚梁璎背对着他的画面，虽然那是她对自己常有的姿态，但这会儿魏琰一想起那个画面，心就莫名地被揪紧。

就好像……是在失去她一般。

想到这里，男人突然转身，留下一句"今日罢朝一日"和一堆傻眼的宫人们，毫不犹豫地返了回来。

他没有刻意放缓脚步，可床上的人还是维持着那样的姿势，看也不看去而复返的自己一眼。

魏琰在她的旁边坐下，伸手摸了摸女人的额头，没有发热。

可他还是不放心："梁璎。"

梁璎没有回应。

"有没有哪里不舒服？"他又问。

这次女人动了，却是扯过被子一把盖住了头，明显是不想与他说话的模样。

魏琰看了梁璎好一会儿，想起了她刚出宫的时候就是这般意志消沉，她在京城的时候尚且撑着，到了周府，从密探传来的消息看，便终日都是如此的。

大夫说这也是病，心病。

魏琰的手紧紧地攥着被子，他不敢对梁璎说什么，转头时，哪怕眼眶已经红了，还是用尽量平静的语气吩咐："去叫太医！"

说完他靠近床上的女人，隔着被子哄着她："梁璎，我与你说的都是真的。太医说周淮林只是积劳成疾，我已经让最好的大夫带着最贵的药材去了，定然不会让他有事的。"

他这次说得要详细得多，但还是隐去了周淮林的病也有郁结于心的因素在里面。

可不管他说什么，梁璎都是不信的。她好像对什么都提不起来兴致了，无论是用膳、看看外面的世界，或者是其他事情。

她放任自己缩进一片漆黑的世界里。

就好像……那样的话，她的那束光，还能再次照进来。

很快就从太医院来了不少太医，这里面有很多是先前就经常为梁璎诊治的人，对她的情况比较清楚，所以即使梁璎并不配合，他们也有了些眉目。

一番艰难的看诊结束后，众人去了外间，魏琰先将梁璎的被子盖好了，才跟了出去。

"启禀皇上，娘娘这是心病。"

魏琰对他们的答案并不意外，除了沉默外没别的反应。半晌，太医们才听到上方传来的问话。

"怎么治？"

"这……"低头的众人互相看看，才壮着胆子回答，"要治好心病说容易也容易，说难也难。最重要的还是要找到心结的根源。"

这其实是魏琰能想到的答案，要怎么让她走出来，曾经有人给过最好的答案。

他却还是怀着最后一丝期望问了太医那话，就像是期望着能绕过那个"根源"让她好起来。

终于，好半天过后，太医们只见皇帝像是失去了所有的力气一般对他们挥了挥手。

"下去吧。"

众人连忙低头道了声"告退"后依次离开。

魏琰再次回到里间时，床上的人依旧是那个姿势。那背对着他的背影，每一寸都写着抗拒。她把自己缩在龟壳中，任由外人怎么戳、怎么哄，都不愿意伸出头来。

魏琰并不缺乏耐心，更不介意花上一辈子的时间来让梁璎慢慢地接受自己。

如果是在……她出宫前的那一年的话，如果是在那时候就好了。而不是像现在这样，她的心里已经认定了人，除了那个人，不会再给其他任何人机会了。

男人的心再次被悔恨的情绪撕扯着，每一次的呼吸都带着疼痛。他之前总是想着若是给他机会，他能做得比周淮林更好。可他能拿什么做得比周淮林好？

魏琰无力地躺到了梁璎的身边。

"梁璎。"他轻声地呼唤着，可背对着他的人，却没有给他任何反应。

魏琰将额头抵在她的后背上，闭上了眼睛。

他们一步一步，走到了今天。明明隔着这么近，却又那么远。


后面的几天里，杜林芝和魏文杞都来过长宁宫。

杜林芝在床边告诉梁璎，她快马加鞭地去峻州看了周淮林，确实如魏琰所说，他是思虑过重，又积劳成疾才会病倒的，现在已无大碍了。

床上的人在听到周淮林的名字时，像是动了动，可也仅仅如此，就再也没有其他的反应了。

看到她这个模样，杜林芝忍不住擦拭湿润的眼眶。

梁璎不光是对她如此，魏文杞更是几乎住在长宁宫了，但梁璎也是从来不理会的。

"若是母亲真的出了什么事，"魏文杞红着眼眶，看着那个颓废的男人，第一次对自己的父亲产生这么浓烈的恨意，"我以后，也绝不会再认你这个父亲了。"

可魏琰好像什么也没有听到。

梁璎就这么躺了两三日，一直未进食水，直到这天晚上，她听见魏琰又在叫她。

"梁璎。"

梁璎没有理会，捂住了自己的耳朵，恨不得能隔绝掉魏琰的声音。

以往魏琰感受到她的不耐烦，都会小心翼翼地不敢说话，这次却是不一样，他又靠近了一些，将手搭在梁璎的身上。

"梁璎，起来好不好？"他说，"我们去峻州。"

这句话让梁璎愣了愣，捂着耳朵的手已经不自觉地放了下来。

那个牵动着她的心的地名，让一直了无生趣的她，仿佛一瞬间活了过来。去峻州？真的吗？魏琰是不是又在骗她？

魏琰就像是知道她在想什么似的："真的，我们去见周淮林。左右不管我说什么，或者是林芝，还是其他人说他没事，你都不会相信。既然如此，他好不好，你亲眼去看一看。"

他说完以后，那个被子盖住的人，好久都没有动静。

魏琰并不催促，只是静静地等待着。他不知道自己等了多久，直到那被子里的人终于动了动，从被窝里伸出了两只指节匀称的手。

梁璎用手语问他：真的吗？

魏琰张了张嘴，却没有回答，不知怎的，喉头突如其来的哽咽让他一瞬间失声，只能别过头，将手放在嘴边死死地咬着牙，好一会儿，待那情绪缓和过来了，方才重新开口："真的，梁璎，我不会骗你的。"细听还能听出他声音里的几分颤抖。

他哪里还会骗她？

梁璎最终相信了他。或者说，只要能见周淮林一面，不论是多么渺茫的希望，她都要试一试。

魏琰让她吃饭的时候，梁璎也乖巧得很，将官人送来的东西一口一口地吃下去，哪怕她看起来毫无食欲，也确实努力地都咽了下去。

吃过饭，他们才坐上去峻州的马车。

梁璎先上的马车，看到魏琰也要上来时，她露出了微微一愣的表情，堵在马车的帘子处没动。

魏琰跟她解释："我同你一起去。"

女人的表情瞬间变了又变，她像是才想起来魏琰一直说的都是"我们"，此刻脸上所有的期待与迫切消失不见了，她的神情甚至带上了几

290

分惊恐。

魏琰知道她在想什么："我说过我不会骗你的对不对？我只是带你过去而已，并不会把他怎么样。"他叹了口气又补充，"梁璎，只要有你在一天，我就绝对不会伤害周淮林的。"

梁璎的手抓着马车的帘子，神情满是戒备。她依旧堵在那里，那瘦弱的身躯，莫名地呈现出守护的姿态。

魏琰甚至仿佛看到了她守护着的那个男人。

他习惯了内心即使被嫉妒啃噬得血肉模糊，面上依旧不动声色，唯独习惯不了的是被梁璎刺伤时的心痛。

梁璎思考了很久，大概是在权衡他说的是不是真的。他们之间，不仅是感情，连信任也没剩下什么了。

可最终，在思考了整个形势后，她还是屈服了，一点点地往旁边挪动，最终挪出了魏琰的位置。

男人对她笑了笑："那我们走吧。"


京城离峻州甚远，为了能更快一些，他们大部分时候走的是水路。原本半个月才能到的路程，他们十天便到了。

魏琰提前做了安排，他和梁璎两个人是随着大夫们进去的，没有惊动周府的任何人。

梁璎一开始还能耐着性子跟在大夫的后边往周淮林的院子去，可走着走着，她的脚步就仿佛不再受自己的控制，越走越快。

"梁璎。"身侧的男人发觉了她的急切，刚轻唤了一声，那人就已经飞奔着往前了，魏琰伸出的手只触碰到女人的一片衣角。

她对周府显然是熟悉极了，往哪个方向走、出现岔路时拐向哪边，都不需要任何人指点。她就像是回到了自己的家里一般，毫不迟疑地奔向周淮林的方向。

魏琰在她身后看着，看着女人急切地奔跑，风将她原本戴在头上的披风兜帽吹下，他最后的视线里，只有黑夜里她飞起的发丝，在回廊两边昏暗的花灯光线中，朦胧得不真切。

好半天，他才终于将手收了回来。

他没有追上去，依旧用不疾不徐的速度在后面跟着。

有什么好急的？急着过去看他们的浓情蜜意吗？看他们久别重逢后怎么互诉衷肠吗？

魏琰只是这般想象着，就恨不得马上过去将那两个人分开。

可他到底是忍住了。

这是他唯一大度的一次，就这一次，他容忍周淮林的存在，容忍他们……不管做什么。如果这样能让梁璎好起来的话。

魏琰怀着这般煎熬的心情到达周淮林的院子时，却只看到站在那里失神般地盯着屋里的梁璎。她没有进去，明明那么急切地跑过来了，却只是站在那里。

随行的大夫冲着魏琰看了一眼，在他的点头示意下，才进去了屋里。

"周大人。"

里面的声音传来，虽然不清晰，却也能勉强辨认出来说了什么。

"胡太医。"

梁璎的眼前开始模糊，她知道自己又忍不住哭了，那是周淮林的声音，虽然能听出几分虚弱，但至少可以确定他是没有性命之忧的。

自己这么久以来悬着的心终于可以落下了。

里面的声音断断续续地传出来，偶尔还夹杂着几声咳嗽，梁璎就站在那里听着，努力捕捉周淮林的声音。

"你不进去吗？"魏琰走到了梁璎的跟前，而"你可以进去的"这句话，鬼使神差地被他咽了回去。

不进去不是正好吗？反正他也不想看到这两个人甜蜜地待在一起。

梁璎快速地将眼里、脸上的泪水都擦干净了，才摇了摇头。

见了面，又能怎么样呢？除了让周淮林的郁结更深，除了让魏琰对他的怨恨更深，除了让他们都更加痛苦，还有什么其他的意义吗？

除非魏琰愿意放手。可他会愿意吗？

梁璎抬头，往魏琰的方向看了一眼。

对方原本就是在注意着她的动向的，见她看过去，便马上说："你可以进去看他，或者想待久一点儿也行，我可以等你。"

他在妥协，在克制，却也露出了底线——她唯独不能留下来。

他甚至看起来在害怕，可他又有什么可怕的呢？作为一国之君，有谁能不顺着他的意？

梁璎摇了摇头，她又重新看向了屋子里。

周淮林的病需要静养，所以院中周府的下人并不多，反而是魏琰派过来了不少的人，梁璎站在阴影处也无人在意。

隐约中，她似乎听到了周淮林在问："是京城里又来了人吗？"

梁璎咬住嘴唇，忍不住往前走了一步。

"承蒙皇上关心，我的身体已无大碍，还请太医如实回禀。"说是回禀魏琰，其实他是知道梁璎会担心。

梁璎低下头，她就立在那里，待了一整夜。

一直到天边露出了些许光亮，她才终于动了。

魏琰看到她向自己打手语：回吧。


回去的时候他们依旧是走的水路。梁璎从上船以后就开始睡，到夜里魏琰再进去船舱的时候，床上已经没了人影。

他在船舱外面找到了梁璎，女人趴在船边的栏杆处向外面看着。

水上风大，即使是在这样的天气里，入夜以后也有凉意。

魏琰走过去，先将披风披到了她的身上，才随着她的视线一同看向黑漆漆的江面。

他没问梁璎在想什么，只是在陪着她站了好一会儿后怕她受寒，才开口："这里冷，我们进去吧。"

船已经出了峻州。梁璎最后看了一眼江面，没有反驳，稍做停顿便顺着他的话起了身。

男人的手很自然地就伸过来牵住了她的手。还没等她的脑子反应过来，身体先下意识地僵了僵，挣脱几乎是本能的动作。

可梁璎却在理智回归之时止住了想要挣脱的动作，就这样被他牵着往回走去。

一进到船舱的房间里，那耐着性子随着她的节奏、等着她缓慢挪步的男人就像是换了个人似的，脸上的表情不复温和，一弯腰，轻而易举地将她横抱起。

他迈着稳健的步伐，只在几个呼吸之间，梁璎就被放在了床上。

魏琰的动作不算粗鲁，但不知是不是因为晕船，梁璎有片刻的眩晕，等再抬眸时，就对上了魏琰的眼睛。

她的心仿佛颤动了一下，是因为害怕。

男人此刻神情平静，只有那像猛兽死死地盯着猎物的眼神，让人能够察觉到他的盛怒，仿佛下一刻就会被他撕碎。

梁璎其实有所预料的，她知道自己这段时间踩了魏琰的多少底线，知道男人忍耐了这么久，迟早是要把先前憋屈的账都讨回来的。

可此刻，她还是下意识地抓紧了身下的被褥。她在等着，等着魏琰的怒火，甚至在他俯身之际闭上了眼睛。

可过去了好一会儿，她才终于听到了魏琰的声音。

"梁璎，"男人疲惫的声音带着说不出的哀求，"亲亲我，快点儿，"他蹭着身下的人，"快亲亲我。"

好疼啊，魏琰从不知道，爱是这么令人痛苦的事情。

或许当初在梁璎回京城的时候，他说什么也不该挡不住那一时的诱惑，特意去见了她。

如果没有见到她，她能好好地做她的周夫人，而他也能继续自欺欺人，不管那不见天日的内里怎么腐朽发臭，至少能维持外表的光鲜亮丽活下去。

而不是像现在这样……像现在这样……

魏琰的眼眶酸涩得想要落泪，他快要被逼疯了。

在梁璎不吃不喝，像是要一心赴死时；在她毫不犹豫地奔向周淮林时；在她明明那么想要见周淮林，却克制地守在窗前一整夜时，每一刻，都是对魏琰的凌迟。

他居然还想着能用时间让梁璎忘记那个人，跟自己重新开始。

梦在这一刻，碎得彻底。

好疼啊，魏琰不再等梁璎的反应，他低下头，近乎迫不及待地寻到女人的唇，没有章法地亲上去。

梁璎……梁璎……

这个名字不停地回响着，在脑海中、在耳边、在心上，让他的身体仿佛要爆裂开了一般。

魏琰控制不住地去想，若是周淮林出了什么事，她是不是真的准备……想到这里，他就恨极、气极，可偏生再浓烈的情绪，都盖不过对她的爱意。

男人的动作忍不住粗鲁起来，他撬开梁璎的唇，一副要把她嘴里所有的空气都吸噬干净的模样。

魏琰极少如此，他大多时候是温柔的，当初与梁璎恩爱之时是如此，后来将她强行留在宫中，哪怕是理智总是在失控的边缘，也是克制居多。

这会儿……这会儿他像是真的疯了。疼痛不已的心，迫切地想用某种方式寻求一个安定。

魏琰终于松开了些，身下被亲得呼吸不过来的人在大口大口地喘气，这样的感觉让他有些痴迷，好像周边都是她的气息，女人那急促的呼吸声让他眼底愈发火热。

魏琰伸手，将梁璎方才因为窒息溢出的眼泪擦掉。

待那呼吸声刚刚平稳了一些，他新一轮的进攻便又开始了，只是这次，他并不再满足于单独的亲吻，手不断地向下，尽可能地在身下的娇躯上游走。

绝望、恼怒、嫉妒……所有激烈的情绪，都转化成了爱欲，让男人平静下来，却也愈加疯狂。

他没有受到太大的抵抗，或许是梁璎觉得这是自己这番任性的代价，认命般地由着他为所欲为。

魏琰在一阵阵头皮发麻的快感中，第一次有一种实实在在地拥有了她的感觉。

即使那都是身体的快感带来的错觉，他也沉迷其中无法自拔。

"梁璎。"

梁璎无法说话，所以帷帐里都是魏琰的声音，几近于胡言乱语却又句句真心的声音。

"我喜欢你。

"很爱你。

"你可怜可怜我。

"就当是……借我点儿时间吧。"

既然已经明白她再无可能爱上他，就借给他一点儿活在虚幻中的时间吧。

他太过投入，没有看到身下人过于冷静的眼神。

梁璎想了许久，在那些不吃不喝的日子、站在周淮林窗前的时候，还有方才。

她连死，都要担心魏琰会不会用周家泄愤，所以想要守护自己在乎的人，最好的方法……

女人闭上了眼睛。

果然最好的方法……魏琰，还是你来消失吧。


正兴二十三年。

皇帝的身体近些年来欠安，他将国事慢慢地交给了太子。太子虽然年仅十五岁，却已经展示出他作为储君出色的能力，群臣莫不欣慰。

早朝结束，魏文杞照例来长宁官中请安时，先在外间碰到了魏琰。

男人未束发，衣裳也穿得很随性，端的是一副风流倜傥的模样，连那看起来没什么血色的脸都为他增添了几分病弱美。

"父皇。"魏文杞招呼了一声，声音很冷。

魏琰也只是随意地"嗯"了一声，他看着自己面前的药，这会儿药有些烫，正在放凉。

父子俩谁都没有说话。

旁人都道太子孝顺，日日来长宁官中关心皇帝的身体，但只有这两个人自己清楚，魏文杞来，只是跟梁璎请安的。

他们以前的关系倒也还好，但自从梁璎进官以后，魏琰为魏文杞花的心思少了许多，魏文杞更是因为母亲对魏琰满腔怨恨。以至二人如今的关系僵到了极点。

不多时，里面传来脚步声，父子二人一同看过去。

魏文杞虽然是看自己的母亲，但视线却瞥过父皇。母亲出现的那一刻，父皇那泛白的脸色都像是重新有了光彩，好像他的药并不是那泛着黑色的汤，而是走出来的女人似的。

"母亲。"魏文杞叫道。

梁璎对他笑了笑：用过膳了吗？

魏文杞点头。

梁璎又问了些朝堂上的事情，尽管这不是她该问的，可这里的另外两个人好像都没觉得有什么问题，魏文杞更是一五一十地全回答了。

直到他们在谈话中遇到些难题，才想起了一边的魏琰。

296

魏琰在梁璎的后边，半卧在榻上，一只手搭在屈起的腿上，另一只手绕着她的头发玩。见梁璎侧头看向自己，他眼里的笑意加深了许多。即使他与魏文杞说话，视线也始终落在梁璎身上，甚至还往她的身边挪了挪，在外人看来，就像是女人靠在他的怀中。

魏文杞没有待太久，现在国事大部分都交给了他，他要忙的事情很多。

他走了以后，梁璎才提醒魏琰：你的药还没喝。

魏琰往那边看了一眼，方才还滚烫的药经过这么长时间，确实已经是能喝的温度了。他也不娇情，端过药碗便一饮而尽。

看着他将空碗放下了，梁璎才抬手又对他比画着：今日我要去杜府一趟，昨日跟你说过了，你还记得吧？

魏琰的表情开始变得奇怪甚至是扭曲，他确实是知道，昨晚还因为这个将女人狠狠地折腾了一通才松口。

但其实他现在已经想反悔了。

"非要去吗？我觉着今日好像病得又重了，你陪陪我好不好？"

梁璎没有回应，只是视线微微向下，秀眉轻蹙。

魏琰原本就心虚，一见她这般，又心疼得什么原则都放去了一边："好，好，好，那你去就是了。"

梁璎不会为他的示弱就改变主意，但魏琰永远会为她的不悦而诚惶诚恐。

她走的时候，魏琰特意交代，自己想吃糖葫芦，让她给自己带。

女人明显是有几分意外的，似乎是惊奇他也会吃这种小孩子吃的东西。

"就是突然馋了。"魏琰笑着解释。

梁璎迟疑了片刻，还是点了点头。

待她的身影彻底消失后，男人脸上的笑容也彻底不见了。

他的脸色阴沉得可怕，他知道的，知道梁璎并不是去杜府，周淮林这几日进京了，她定是去看那个男人了。

不管她是去远远地看上一眼，还是忍不住要当面与那个男人互诉衷肠，魏琰只要想着她去见他，就一刻也静不下心来。

该死的！该死的！

他不止一次地咒骂着，那个男人要是能消失就好了，不对，应该是如果从未出现过，就好了。

没有了梁瓔的长宁宫安静得可怕，可她总是会把自己丢进这可怕的寂静之中。魏琰逐渐变得烦躁起来。

他就应该硬气一些的，便是不让她去又怎么样？

梁瓔一整天未归，在这样的等待中，男人的暴躁到达了顶点。

宫里的下人都被他骂过了，在他面前恨不得连呼吸都屏住。大家都已经习以为常了，宸妃娘娘在的话倒还好，皇上还是那个温和的皇上。但是只要娘娘不在，皇上就会像现在这般，狂躁得像是换了个人。

直至天色已晚，他们终于听到了刘公公跑进来的声音："皇上！宸妃娘娘回来了！"

众人如释重负。

魏琰这会儿本来是躺在榻上发呆的，听了这话，一瞬间就跳了下来径直往外冲出去了，后面的宫人赶紧叫他："皇上，您还没穿鞋！"

但明显，那个连头也不回的男人是听不见的。他还是穿着晨起时的那身衣裳，一整天都未曾束发，这么赤脚踩在地上风一般地冲出去的时候，颇有一副失了神志的疯子模样。

他也确实失了神志。

魏琰这会儿怨毒的情绪已经达到了顶峰，即使见到自己心心念念了一天的人，也没有任何好转，满脑子都是她是不是跟那个男人待了一整天，是不是因为被他缠住了才这么晚回来的。

"你还知道回来？"魏琰站在台阶上，愤怒让他的声音变得尖锐而显得阴阳怪气，"宫外有什么好的迷了你的眼？你是不是根本就不想回来了？你还回来做什么？再晚一点儿就直接给我收尸算了。"

他顿了顿，还是怒气难平："梁瓔，你就是故意的对不对？成心折磨我的对不对？你再这样，我不好过谁也不要好过了。"

他宛若一个抓到妻子出轨的妒夫，自顾自地放着狠话，全然忘记梁瓔是怎么被自己留在宫里的。

这突如其来的一通责难让梁瓔看起来显得有些茫然，她迟疑了一下，递出手中的东西。

魏琰还在气头上，看也不看地一伸手打掉了。

298

掉落的袋子在地上滚了两下后，一串红色的糖葫芦从里面露了出来。

看到这一幕的魏琰怔住。他这是在做什么？他早上说想吃糖葫芦，其实只是随口说的，只是想找个理由能让梁璎时刻惦念着他。哪怕是她跟周淮林在一起的时候。

怒意悉数褪去，理智回归后，他才意识到自己是在对谁发火。

"梁璎。"他急忙道歉，"对不起！我不是故意冲你发脾气的。"

梁璎点点头表示知道了，她神色淡淡的，好像并不怎么在意，却让魏琰更加惶恐。

他跟着梁璎一路进了宫殿，嘴里一直在道歉："我就是太着急了，对不起！我以后再也不会对你发脾气了，好不好？"

梁璎大概是真的烦了，停下来看着他：那今晚你去御书房睡吧。

男人的表情僵了僵。

可梁璎手上比画的动作没有停下来：就算是惩罚了。

她好像在配合着魏琰演这出"闹别扭"的闹剧，魏琰说不出一句话来，只能眼睁睁地看着女人进去了。

他咬着牙暗恨自己，发什么火呢？她又不是一定去见周淮林了，再说就算见了又如何呢？自己有这么长的时间跟她在一起，她和周淮林却只能见一面，那还是自己赢了。

他最终还是去了御书房，像梁璎说的那样，既然是她的惩罚，他自然要领的。

痛苦而又甜蜜。

魏琰拿着梁璎带回来的那串糖葫芦，糖葫芦是从地上捡起来的，还沾着尘土，可他也不介意，一口一口地吃着。

这不就是证明她在念着自己吗？他想着。


正兴二十五年，魏琰病得愈发严重了。作为他的宠妃，梁璎日夜伴随在他的身侧。

魏琰只要是清醒着，就一定要见到她，连喝药，都必须得是她来喂。

梁璎自然是乐见其成的，她等这一日等得太久了。

只是男人时常用复杂的眼神看着她，梁璎不知道他在想什么，也没有兴趣去猜测他知不知道她做的那些事情。她唯一害怕的是魏琰在死前发疯，做出对周家不利的事情。好在他并没有什么异常。

这日魏琰难得精神好了许多，与梁璎絮絮叨叨地说了许多话。

"我做了个梦，"他说，"梦到了另一个世界的我们。"

梁璎附和着他：是什么样子的呢？

然后她端起一边的药碗要给他喂药。

魏琰很听话，梁璎的汤匙送到了嘴边，他就乖乖地把药喝下去。

他笑了笑："那个世界的我是个傻子，放你走了，一个人痛苦了许多年，直到死前，都没能等到见你最后一面。"

梁璎手上的动作顿了顿，正要再喂他药时，病了那么久的男人，突然抱了过来，他的动作太大，让猝不及防的梁璎将手中的药碗打翻在地，里面的药更是洒出来，溅到了两个人的身上。

可是谁也没有在意。

魏琰就这么抱着她，好像用尽了所有的力气一般，死死地抱着。

"所以，我赚了。"梁璎听到他在自己的耳边低语，"梁璎，我赚了，多得了跟你在一起的这么多年，最后……被你送走，是我赚了，是不是？我就不信，我就不信！你日后，当真……一次也不会想起我。"

梁璎没有回应。

她静静地等待着，等待着抱着自己的人力度一点点变弱，最后环着自己的手，无力地垂下。

梁璎张嘴了："不会的。"嘶哑难听的声音，牵扯着锥心的疼痛，却是说给这个男人听的，"绝不会。"

番外三

# 兄妹

梁岁暖出生的消息传到皇宫里的时候，魏文杞是与魏琰在一起的。

他看着父皇拿着信高兴地来回走动，一副欣喜得不知如何是好的模样，嘴里还在喃喃自语："是个女孩儿，女孩儿好，女孩儿好，女孩儿像她。文杞，你说我应该给她封个什么封号比较好？"

但其实他并不需要魏文杞的回答，自顾自地说完，突然又高声叫殿外的人："刘福，传朕的旨意，赏！今日宫中的人都有赏！

"我还得挑一些东西过去。"

魏文杞就这么看着他兴致颇高地将库房里的宝物挑了个遍，又用一早就寻好的由头大赦天下。仿佛那是他自己的孩子一般。

魏文杞忍不住想，若岁暖是父皇的孩子，他会高兴成什么样子？定然是恨不得将世间所有珍贵的宝物捧到那对母女面前。

不过现在其实也没什么差别，对于父皇来说，那个孩子是母亲的，那就也是他的，至于孩子的亲生父亲，他明显下意识地忽略了。

魏文杞又忍不住在心里划过某个念头，若不是……若不是当初发生那种事情，或许岁暖就是自己可以亲眼见着、宠着长大的妹妹。

他突然开口问魏琰："当初我出生的时候，父皇是什么样的心情？"

这话让原本沉浸在喜悦中的人愣了愣。已经不再年轻的男人不知想到了什么，手指摩挲着掌中的长命锁，好半晌，眼里慢慢地浮出一丝笑意，低声回答了他："欢喜，很欢喜。"

魏文杞的话应该是让他回忆起了自己初为人父时的喜悦。

原来他也曾经离幸运那么近过，只是如今，他连对那个人好的资格都没有了。

这个时候的魏琰还会老老实实地在京城里待着，如怨夫，又像是望妻石一般守着梁璎的到来。在第一次南下后，他就明显没有了这样的定力，时不时地就要找理由往江南那边去。

魏文杞则留在京城作为太子监国。

他的年纪虽然小，却依旧在杜太傅的帮助下，慢慢地在朝中站稳位置。

一个人坐在窗边，看着那些枯燥无味的奏折与古书时，魏文杞偶尔会对父皇产生羡慕之情，羡慕那个人可以抛下一切，去看母亲，看他的妹妹，看他们生活的地方。

母亲经常会在给他写的信中提起岁暖，父皇南下回来的时候也会跟他说，说小姑娘长得是怎么样的粉雕玉琢，跟母亲像极了，性格又是怎么样的古灵精怪。

魏文杞想起凿壁偷光的故事。虽然并不合时宜，但父皇如今确实像是如此，偷着不属于自己的光，支撑着他忍耐下去。

关于梁岁暖的这些只言片语，让魏文杞在心中，勾勒出妹妹的模样。

妹妹……这两个字流淌在心间时，魏文杞说不清自己心中涌起的是什么样的情绪。

他们都流淌着母亲的血，是这个世界上除了父母以外最亲近的人了。即使妹妹还不知道他的存在。


梁岁暖五岁的时候，魏文杞收到了一封很独特的信。

信上稚嫩的字体歪歪扭扭得让人辨认不清，若不是用的是母亲的信封来装的，这样无厘头的信是绝对传不到他的手中的。

魏文杞心中有了猜测，他看向落款，果然勉强辨认出了那左一笔画、右一笔画的几个字，是"梁岁暖"。

看得出来，这几个字很是不好写，刚学会写字的人是费了很大的功夫才把那些笔画组合在一起的。

魏文杞之前就听母亲提起过，岁暖写自己的名字总是写不好，每次

302

都要练废好多张纸，直到写到哭，说自己不要叫这个名字了。

也不知道她以后知道这个名字是他给起的，会是什么反应。

知道了这封信是谁写给自己的，魏文杞的脸上蓦地多了几分笑意。他转身两三步走到了一边的榻上，衣摆一拂坐在灯旁，开始认真地去分辨那些"字"写的都是什么。

他那过于轻快的动作和脸上突然浮现出的喜悦，还引得伺候的官人多看了两眼。

你是……谁……——简单的字还好，若是那些难一点儿的，魏文杞真的要辨认上一会儿才行，更别提还有错字得让他猜着去替换正确的字。

不过他终究是把这封信的内容拼凑出来了——

你是谁？为什么要叫我娘亲"母亲"？你不许叫，娘亲是我一个人的！娘亲每次走，是不是都去看你了？大坏蛋！我讨厌你！

被宠爱的丫头霸道极了。

魏文杞想，她应该是看到了自己与母亲的通信吧？因为她的年龄还小，自己的身份又特殊，没人跟她说过她还有一个哥哥，所以才会有这样的不解吧？

魏文杞对着信看了好久。他其实是嫉妒过岁暖的，这个在爱里长大的孩子，获得了母亲全部的关心与陪伴。这会儿他却奇异地没觉得生气。

他知道母亲每次进京，小家伙在家都是又哭又闹的。她还小，习惯不了这样的分别。

与妹妹第一次这样正式地沟通，让他既觉得新奇，又有一种莫名的暖流流淌在心间，这也许是血缘发挥了作用吧。

他思考了好一会儿，径直忽略小家伙气势汹汹的质问，写道：你第一次给哥哥写信，哥哥有礼物送给你。

这是第一次正式给妹妹送礼物，送什么东西好呢？魏文杞还真是苦苦思索了好久。

没办法，他前面还有一个恨不得掏空一切讨好她的父皇，送什么也许都会被比下去。

他最后送的是一只小狗。那只小狗是官里人调教好的，聪明到让人觉得它能听懂人话。

魏文杞没事的时候会逗逗那只小狗，让人带走它之前，他摸着小狗的头念叨："你可得聪明一点儿，讨人喜欢一点儿，替我守着她。"

魏文杞带着一丝忐忑将狗送走了，还带去了狗狗的名字——一一。

其实小狗原先不叫这个名字，他特意改的，因为好写。


魏文杞是在五个月后收到梁岁暖的回信的。

在那之前，母亲就已经写信跟他说过了，岁暖对一一宝贝得不得了，现在走哪儿都带着，那只小狗越长越高大，像个小护卫似的。

魏文杞想着小家伙带着一一威风凛凛的样子，就忍不住嘴角上扬。

魏琰看了，在一边冷哼道："我送了那么多东西，到底是不如你这个哥哥会讨人欢心。"那语气，怎么听怎么酸。

魏文杞也不接他的话。

现在，梁岁暖给他的信总算是来了。信中小家伙虽然还嘴硬着说"娘亲是我一个人的娘亲，谁也不能让"，却又因为那份礼物，她明显对他卸下了不少敌意，也没忘记道谢。

最后，她还在信中问他：第一次写信有礼物，那第二次也有吗？

魏文杞哑然失笑。

他又寄过去了一件礼物，这次是泥塑，上面的图案还是他亲自画的。

梁璎写信跟他说，岁暖喜欢得不得了。

兄妹二人便一直保持着这样通信的联系。

春去秋来，梁岁暖的字写得越来越好看了，再也不需要魏文杞费力地一个字一个字地去辨识。她的语气也越来越熟稔，她终于知道了给她写信的人确实是她的哥哥，是母亲生下却没有办法带在身边的孩子。

小姑娘极为心软，满心难过又诚恳地跟他道歉：对不起！原来是我抢了哥哥的娘亲。娘亲离开我一个月我都会哭，哥哥是不是每天都这么难过？

也不知怎的，魏文杞看到这句话时，眼眶有些发热，心中那最后一丝芥蒂和嫉妒，终于在此刻烟消云散。

哪怕是没有她，他与母亲也只有这么些可以相处的时间。

如今，他多了一个会问自己难不难过的妹妹。


过年的时候，魏文杞收到了梁岁暖给他寄的礼物——从玩具到香囊，

304

零零碎碎的什么都有，甚至还有因为长途跋涉而已经碎掉的糕点。

她在信中写道：哥哥，你一个人在家里，是不是很孤单？这些都是我喜欢的，给哥哥。

已经逐渐变得沉稳而不动声色的少年，脸上多了几分笑意。

他抬眸，看了一眼坐在团圆桌旁的魏琰，或许是真心的，也或许是为了让梁岁暖宽心，他给妹妹写了回信：哥哥不是一个人，哥哥也有父亲。

可是后来有一天，他的父亲也不在了。

那是魏文杞第一次一个人过年。说是一个人似乎也不太妥当，这宫里最不缺的就是人，奉承他的人、巴结他的人，或者是真心关心他的人。

可那些，都不是他想要的。

他好像真的……是一个人了。

魏文杞照例收到了梁岁暖的来信：哥哥，娘亲说你的爹爹不在了。

信纸上这一句话后面的字迹被泪水晕开了，他似乎可以想象到，小姑娘写信时泪眼婆娑的模样。

没有人告诉她那些陈年往事，所以她只会真心实意地为"哥哥的爹爹"去世而难过。

魏文杞轻轻叹息了一声，心里说不出地柔软。

你不要难过，以后我再也不跟你争娘亲了，我的爹爹也分给你。

他看到这儿不禁失笑。


魏琰走的第二年，官人来报，冷宫中那位先帝的疯后去世了，她昨晚突发癔症，大喊大叫了好一会儿后突然不行了。

魏文杞当时在更衣，闻言正在扎袖口的手停顿了一会儿。

这个疯后说的是被废后就打入冷宫的薛凝。

不期然地，他想起那年宫乱躲在暗格里时，正好听到的薛凝与她身边人的谈话。

"娘娘，皇上特意叮嘱过要照顾好宸妃娘娘，我们是不是该救一救？"

魏文杞绝望的心中升起一丝希望，他是那么渴望那个人能救一救自己的母亲。

"不救。"可是，等了良久，他只等来了这一句，"就让她死在这里吧，死在萧璃月的手里。"

自此，仇恨的种子在他的心底埋了下来。

父皇说她不一样，但他不知道，明明都是一样的。

魏文杞收回了目光："周刺史已经进京了吗？"

见他没有回应有关疯后的事情，宫人也就默契地不问了："回皇上，是的，就等您的召见了。"

魏文杞没有召见，他亲自去了宫外的周府。

那道身影撞到怀里时，明明是第一次见面，他就已经知道是谁了。

"你是谁呀？"小姑娘问他，就像是当年给他写信时的第一句话那样。

"岁暖，叫哥哥。"

他看到梁岁暖在那一刻眼里迸出的光亮、欣喜，以及那没有掩藏的思念。

"哥哥！"她张开双手，重新向他奔跑而来，那么亲昵。

那是他的妹妹，是他血脉相连的亲人。

魏文杞的脸上扬起笑容。在这世上，他永远都不会孤单一人。

**图书在版编目（CIP）数据**

出宫后的第五年 / 鸽子飞升著 . -- 南京 : 江苏凤
凰文艺出版社 , 2025. 6. -- ISBN 978-7-5594-9374-3

I. I247.5

中国国家版本馆CIP数据核字第2025TW1307号

# 出宫后的第五年

鸽子飞升 著

| | |
|---|---|
| 责任编辑 | 耿少萍 |
| 特约策划 | 橙　一 |
| 封面设计 | 普遍善良 |
| 责任印制 | 杨　丹 |
| 出版发行 | 江苏凤凰文艺出版社 |
| | 南京市中央路 165 号，邮编：210009 |
| 网　　址 | http://www.jswenyi.com |
| 印　　刷 | 三河市九洲财鑫印刷有限公司 |
| 开　　本 | 880 毫米 × 1230 毫米　1/32 |
| 印　　张 | 9.75 |
| 字　　数 | 283 千字 |
| 版　　次 | 2025 年 6 月第 1 版 |
| 印　　次 | 2025 年 6 月第 1 次印刷 |
| 标准书号 | ISBN 978-7-5594-9374-3 |
| 定　　价 | 49.80 元 |

江苏凤凰文艺版图书凡印刷、装订错误，可向出版社调换，联系电话 025-83280257